스토리를
만드는 **물리학**

스토리를 만드는 물리학

대가처럼 소설 쓰기, 거장처럼 시나리오 쓰기

래리 브룩스 지음 | 한유주 옮김

INFINITY BOOKS

차례

part 1 이야기의 동력이 **당신과** 함께 하기를

part 2 이야기 물리학을 **최적화**시켜라

part 3 과정의 **힘**

part 4 이야기 물리학과 **실전 글쓰기**

이야기의
동력이
당신과
함께 하기를

1

이야기를 찾아서
자, 이제 도전을 시작하자

작가라면 좋은 이야기를 쓰겠다고 생각하기 전에 이야기를 발견해야 하는 법이다. 최선을 다해 가장 근사한 이야기를 찾아볼 생각도 하지 않고 무작정 원고를 쓰기 시작한다면, 이는 대개 실패로 이어진다.

가끔 이야기는 길을 잃어버리기도 한다. 그러면 처음부터 다시 시작해야 한다. 약한 아이디어를 강한 아이디어로 바꾸지 못한다면 강력한 이야기는 나오지 않는다. 당신만 좋아하는 약한 아이디어에 목숨을 걸고 음모론을 옹호하는 사람들처럼 매달리지 마라. 다른 사람들은 전혀 매력을 느낄 수 없을 테니까.

이야기를 탐색하고 발견하는 과정에는 여러 단계가 있다. 브레인스토밍, 계획 짜기, 개요를 작성하는 기초작업, 마음가는 대로 한번 써 보기 등은 이러한 단계다. 이야기는 언제 어디서나 탐색될 수 있다. 탐색은 이야기를 발전시키는 과정에서 중요한 단계다. 탐색 역시 이야기를 쓰는 과정에 속하기 때문이다. 이처럼 중요한 탐색 과정을 무시하는 사람들도 있다. 물론 우리가 글을 쓰면서 늘 최선의 선택만을 하는 것은 아니다. 하지만 어떤 결정을 내린다면, 이는 이후의 결정들에 연쇄적으로 영향력을 미치게 된다. 따라서 선택을 할 때는 신중해야 한다. 그래야 당신이 가는 길의 전망도 밝아진다. 만약 잘못된 선택을 하거나 최선이 아닌 선택을 내린다면, 당신이 갈 길은 반드시 고통스러워진다. 아주 잘못된 길을 선택한 당신은 벼랑 끝으로 내몰릴 수도 있다.

이렇게 쓴 원고는 거절당한다.

이야기를 찾아내기 전에, 이야기를 탐색하기 전에, 당신은 직관적으로든 배워 온 내용들을 통해서든 성공적인 이야기의 싹을 찾아내야 한다. 그래야 이야기가 힘을 지닐 수 있다. 이는 서사 전략을 발전시키는 과정에서도 가장 중요한 단계라고 할 수 있다.

특히 전략을 잘 짜야 한다.

이야기를 쓰는 과정은 쉽지 않다. 당신의 방식이 제아무리 독창적이더라도 결국 이야기에 필요한 모든 구성요소들이 얼마나 잘 구축되었는지가 이야기의 성패를 좌우한다. 글을 쓰는 과정에서 목표는 단 하나다. 훌륭한 이야기. 그리고 이야기를 쓰기 위해서는 스토리텔링의 물리학 – 동력 – 이 반드시 필요하다.

이야기 탐색의 목표는 당신이 짠 서사적 틀에 독자들이 느끼고 반응하게 하는 동력인 보편적인 이야기 물리학을 적용시키는 것이다. 최적화된 동력을 통해 이야기에 필요한 요소를 결정하여 이야기의 가치와 영향력을 최대로 끌어낼 수 있다. 좋은 식재료를 찾는 요리사나 적합한 수술 도구를 찾는 외과의사처럼. 이렇게 적합한 물리학이 적용된 이야기는 보다 효과적이고 강력해진다. 그러므로 이야기 물리학을 발전시키기도 전에 이야기의 현 상태에 안주하겠다고 생각하지 마라.

운동시합을 할 때와 마찬가지다. 빠르게 달릴수록, 배트를 강하게 휘두를수록 좋은 결과가 나온다('물리학'은 운동선수들에게도 적용되는 단어다). 순간적인 판단력이나 직관을 폄하할 생각은 없다. 나나 당신이나 아무리 정확하게 골프공을 친다고 해도 4오버파보다 좋은 결과가 나오지는 않겠지만, 전문가라면 버디를 잡을 것이다. 경기결과는 골프채를 휘두르는 속도와 정확도가 어우러진 순수한 물리학에 달려 있다. 일반인에게는 똑같은 스윙으로 보일지 모르겠지만, 실제로는 전혀 그렇지 않다. 물리학이 다르기 때문이다.

성공한 작가들은 이야기 물리학을 최적화시키는 방법을 알고 있다. 엄밀한 의미에서 이야기 물리학은 과학이 아니므로, 전문작가들은 특히 극적 긴장감과 인물에 대한 몰입도(독자가 인물을 응원하는 정도)와 관련된 이야기 물리학을 꾸준히 더 높은 단계로 끌어올리는 방법을 알고 있다고 말하는 편이 낫겠다. 위대한 작가들은 말로는 어떻게 썼는지 모르겠다고 하더라도, 그냥 키보드만 두드렸을 뿐이라고 하더라도, 실제로는 이야기 물리학을 적용하고 있다. 많은 작가들에게 초고를 쓰는 과정은 일반적으로 재능이라 불리는 본능과 감각을 동원해 이야기를 탐색하는 과정이다. 이야기를 탐색하는 과정을 깊이 이해한다고 해서 곧장 베스트셀러 소설을 쓸 수 있는 것은 아니다. 다만 이런 과정에서 당신은 훌륭한 이야기에 반드시 필요한 이야기 물리학을 능숙하게 적용할 줄 알아야 한다.

좋은 소식이 있다. 당신은 눈가리개를 하고 총 쏘기 게임을 하는 것이 아니다. 재능도 중요하지 않다. 굳이 재능이라는 말을 써야 한다면, 무엇을 찾고 어디서 시작하고 어떤 기준으로 최선의 선택을 내려야 하는지를 아는 것, 다시 말해서 이야기 물리학의 본질을 제대로 파악하는 것이 재능일 것이다. 당신의 소설이 독자나 비평가들을 만나게 되는 것은 바로 이런 재능을 통해서다.

재능은 행운이나 마찬가지다. 인내심을 갖고 글쓰기 기법을 갈고 닦을 때, 재능에 한 발짝 다가설 수 있다. 이렇게 기법을 향상시킨 당신은 반드시 필요한 이야기 물리학을 이끌어낼 수 있을 것이다.

아이디어 하나로 이야기를 만들 수는 없다

너무나 많은 작가들이 아이디어 하나만으로 글쓰기를 고집한다. 포도즙을 짜서 잔에 담아놓고 포도주라고 부르는 꼴이다. 아무리 비싼 크리스털 잔에 포도즙을 담았다고 해도 소용없는 짓이다. 이런 작가들은 씨앗에 불과한 아이디어 하나만으로 시작하고, 너무 성급하게 초고부터 쓴다. 유감스럽게도 이런 작가들은 더 나은 선택을 생각하지도 않고 경쟁력 있는 콘셉트도 찾아내지 않은 채 자신의 결정을 판단할 어떤 기준도 없이 이야기에 정착해 버린다. 그들은 아이디어를 더 나은 이야기 물리학을 이끌어내는 콘셉트로 발전시키는 데 실패한다. 좋은 아이디어에 살을 붙일 때 근사한 콘셉트가 생겨난다. 콘셉트는 아이디어를 강렬한 극적 구조를 지닌 이야기로 발전시킬 수 있다. 그리고 당신에게는 이를 가능하게 하는 방법이 많이 있다.

암울한 미래사회의 사랑 이야기라는 아이디어가 있다고 치자. 나쁘지 않다. 하지만 해묵은 정치적 갈등 때문에 죽음의 승부를 벌이는 와중에 일어나는 사랑 이야기라는 아이디어가 훨씬 더 낫다(이에 대해서는

24장을 참고하라).

이야기를 쓴답시고 아이디어 하나만 붙들고 늘어지면 효과적으로 이야기를 탐색할 수 없다. 발전되지 못한 아이디어만으로 초고를 쓰기 시작한다면, 이야기 물리학을 최적화시킬 수 있는 창의적인 도구들 – 플롯포인트, 전환점, 플롯을 비트는 지점, 컨텍스트, 서브텍스트 등 – 을 제대로 다루기가 어렵다. 하지만 아이디어를 제대로 발전시킨다면, 이야기 물리학은 달콤한 초콜릿을 얹은 아이스크림콘처럼 확장된 콘셉트를 통해 이야기 구석구석에서 위력을 발휘할 것이다.

아이디어를 처음보다 강렬한 콘셉트로 발전시키고 이야기 물리학의 동력을 이용하여 창의적인 도구들을 활용한다면, 이야기를 쓰기 전에 이미 서사적인 힘과 이야기의 미묘한 차별성을 만들어 내고 있는 것이다. 당신이 아이디어를 발전시키기 전에 초고부터 쓰기 시작하는 사람이라 하더라도, 초고를 쓰면서 이야기 물리학의 동력이 적용된 콘셉트를 바탕으로 이야기를 써나가야 한다.

하나의 아이디어는 길고 복잡하고 창의적인 여행의 첫 걸음에 불과하다. 당신은 첫 걸음부터 최적화시켜야 한다. 그렇지 않다면 처음부터 문제가 생긴 셈이고, 적어도 앞으로 언제고 문제를 겪게 될 것이기 때문이다. 변변찮은 재료로 훌륭한 물건을 만들 수는 없다. 넝마로 비단 지갑을 만들 수는 없는 법이다. 외과의사가 되겠다고 2년제 대학을 졸업하자마자 병원에 지원서를 넣는 것이나 다름없다. 외과의사가 되겠다는 아이디어는 훌륭하지만, 의대를 다니지도 않고 바로 아프리카로 가서 실습하겠다는 전략은 전적으로 잘못된 것이다.

이런 비유를 들으면 금방 이해할 수 있을 것이다. 하지만 머릿속이 제대로 박힌 작가들도 종종 이런 식으로 작업한다는 걸 알면 충격을 받을 지도 모른다. 그들은 진부하고 때로는 나쁘기까지 한 아이디어 하나로 글을 쓰기 시작한다. 이 아이디어를 정교하게 꾸미고 살을 붙여 견고한 이야기로 보이게 하는 것이다……. 그리고는 자신의 원고가 되돌아오는 이유를 궁금하게 생각한다.

이야기는 아이디어만으로 쓰여지지 않는다

이야기는 4가지 중심요소로 구성된다. 바로 콘셉트, 인물, 주제, 그리고 구조다. 이들은 저마다 독립적이면서도 필수적인 서사적 목표와 컨텍스트를 지닌다. 아이디어 단계에서는 구체적인 컨텍스트가 떠오르지 않을 수도 있다. 그러나 이야기 물리학이 효율적으로 적용된다면 각각의 컨텍스트들도 더욱 강화될 수 있다.

이야기는 문단과 문장(문체 혹은 작가의 목소리)으로 구성된 서사적 장면들로 이루어진다. 장면은 이야기 물리학이 직간접적으로 드러나는 곳이며, 작가의 의도가 글을 통해 드러나는 곳이다. 장면이 잘 쓰여졌다면 이는 높은 수준의 이야기 물리학이 적용되었기 때문이다. 하지만 장면이 늘어지기만 하고 전체 이야기에 도움이 되지 않는다면 적용된 이야기 물리학을 바꾸어야 한다.

다시 처음의 아이디어 단계로 돌아가자. 여기서 우리는 이야기 물리학의 의미를 알 수 있다. 물리학은 이야기의 장면을 만들어 낼 뿐만 아니라, 이야기의 잠재력을 가장 높은 단계까지 신속하게 끌어올린다. 다시 말해서 아이디어가 있다고 해서 바로 탄탄한 이야기로 이어지는 것이 아니며, 훌륭한 이야기는 처음 생각해 낸 강렬한 아이디어 하나로 시작되지 않는다. 그러니 환상을 버려라. 음악을 듣는다고 생각해 보라. 선율을 연주하는 것은 콘셉트이고, 볼륨과 박자를 결정하는 것은 이야기 물리학이다.

갈등을 만들어라

이야기에 갈등이 없다면, 갈등을 적절하게 드러내는 아이디어가 없다면, 이는 전혀 이야기라고 할 수 없다. 당신이 여름휴가를 보내는 이야기는 극적인 요소를 전혀 찾아볼 수 없는 아이디어 하나에 불과하다. 그 자체로는 갈등이 없기 때문이다. 아직 콘셉트라고 할 수도 없다. 당신은 이 아이디어를 발전시켜 콘셉트로 만들어야 한다. 이야기를 작동시키려면 반드시 필요한 과정이다. 여름휴가를 떠난 주인공이 마침 몸값이 필요했던 이탈리아 조폭들에게 납치된다면…… 그런데 몸값을 요구한 자가 알고보니 CIA 요원이라면……. 이런 것이야말로 잠재적인 갈등과 긴장감, 스릴을 제시하여 독자들에게 훌륭한 대리 체험을 선사할 수 있는 콘셉트라고 할 수 있다. 조폭들 중 한 명을 주인공과 사랑에 빠지는 여성으로 설정할 수도 있다. 아니면 KGB 요원으로. 그러면 당신에게는 서브플롯도 생기는 셈이다. 아니면 주인공을 극우파 상원의원을 아버지로 둔 레즈비언으로 만들 수도 있다. 그런데 아버지가 딸을 레즈비언 클럽에서 빼내려고 한다……. 그러면 갑자기 주제도 만들어진다.

겉으로는 달콤하게 보이지만 실제로는 위험천만한 덫을 피해야 한다. 소위 '자아를 찾고', '의미를 찾는' 이야기를 쓰겠다는 아이디어에서는 위와 같은 드라마를 찾아볼 수 없다.

그러므로 이러한 아이디어로는 콘셉트를 통해 높아질 수 있는 극적 긴장감이라고는 전혀 찾아볼 수 없는 단편적인 이야기만 나오게 된다. 인물에 무게를 싣지 말라는 말은 아니다. 당신의 인물을 갈등과 드라마, 위험에 빠뜨려야 한다는 말이다. 그리고 이러한 갈등은 반드시 이야기 물리학이 이끌어내는 플롯으로부터 발생한다는 점을 잊지 마라.

우리는 좋은 재료, 그리고 미묘한 차이를 찾아내야 한다

훌륭한 이야기를 쓰려면 이야기 탐색 과정, 즉 이야기 물리학을 탐색하는 과정을 통해 약한 아이디어를 배제하고 풍요롭고 비옥한 콘셉트와 인물, 주제를 담을 수 있는 아이디어를 생각해내야 한다. 작가는 이러한 요소들을 심사숙고하여 골라야 하며, 이야기에 최적화된 선택을 도입해야 한다.

나는 그런 소설을 써왔다. 나의 세 번째 소설 〈뱀의 춤Serpent's Dance〉은 인생을 낭비한 남자가 현실로 돌아와 자기가 실패했던 이유를 깨닫고 다시 노력하기 시작한다는 내용의 야구 이야기다(내가 이 책을 쓴 것은 친구 마이크 리치Mike Rich가 극본을 썼고 비평가들의 찬사를 받았던 영화 〈더 루키The Rookie〉가 나오기 훨씬 전이다). 나는 이 아이디어를 펭귄 출판사의 담당 편집자에게 보냈는데, 그는 별로 마음에 들어하지 않았다. "야구 이야기는 재미없어요." 그가 말했다(하지만 잘못된 판단이었다는 것이 증명되었다). 하지만 우리는 이 아이디어를 버리지 않았다. 아이디어에 무언가를 더하기도 하고, "이러면 어떨까?"라고 하며 뒤집어보기도 했다. 이야기는 겉보기에는 전혀 야구와 관련 없는 것으로 바뀌었다. 게다가 주인공은 여자고, 사용자들의 컴퓨터를 일부러 바이러스에 감염시켜 백신을 판매하려는 소프트웨어 회사의 사기행각에 관한 플롯도 더해졌다.

우리는 이야기를 탐색했고, 고민하는 과정을 거쳤다. 어떤 부분들은 과감히 제거했다. 그러다 마침내 흐름을 발견했고, 그러자 새롭고 더 나은 이야기가 나타났다. 이러한 과정 없이 평범한 야구 이야기를 썼다면 어땠을까? 어땠을지는 몰라도 어쨌거나 나와 담당 편집자는 최초의 아이디어를 보다 풍요롭고 적절한 콘셉트로 발전시키는 데 성공했다. 그 책은 올해 재판을 찍고 있다.

우리는 아이디어만 들고 벼랑 끝에 서 있는 것이나 다름없다. 무턱대고 지금의 아이디어를 사랑하기만 해서는 안 된다. 우리가 아닌 다른 사람들은 우리의 아이디어를 전혀 마음에 들어하지 않을 수도 있다. '뭐, 여름 휴가를 갔는데 끝내주게 재밌었다는 이야기에 불과하군'이라는 반응이 나올 수도 있다. 우리에게는 아이디어를 콘셉트로, 그리고 하나의 이야기로 발전시켜줄 도구가 필요하다. 탐색과 결정에 도움을 줄 수 있는 기준이 필요하다.

그리고 이러한 기준은 존재한다……. 바로 이야기 물리학이라는 형태로.

이야기 물리학으로 나아가라
슬픈 표정으로 고개를 가로젓는 악마를 만나보자

변화하기란 쉽지 않다. 하지만 변화가 없는 인생은 공허하다.

우리는 역설적인 상황에 놓여 있다. 이야기 물리학은 당신이 한 번 이해하는 순간 너무나 명쾌해진다. 그런데 글쓰기 모임이나 인터넷상에 존재하는 글쓰기 관련 사이트나 합평 모임에서는 이야기 물리학을 이야기하지 않는다. 그렇지만 성공적인 소설이라면 어떤 방식으로든 하나같이 이야기 물리학을 적용하고 있다. 이것이 역설이다. 다른 사람들의 믿음이나 의견에 더 이상 귀를 기울이지 말고 과연 무엇이 진실인지를 스스로 결정해야 한다. 바로 당신이 누구인지, 어떻게 쓸 것인지와 더불어 어떤 길을 따라가야 할 것인지를 고민해야 하는 것이다.

당신을 위한 최상의 길이 쉬운 길도, 오래된 길도, 당신이 원하는 길도 아닐 수 있다는 것을 알아야 한다.

그러면 당신은 어떤 선택을 내려야 할까. 이야기 물리학은 진실하다. 나는 당신에게 무엇을 믿으라거나 어떻게 쓰라거나를 알려줄 생각은 없다. 그럴 생각이었다면 나 역시 당신의 어깨에 올라앉은 또 다른 악마에 지나지 않을 테니까. 나는 이야기 물리학의 힘을 보여주어 당신이 스스로 이야기 물리학을 발견하고 글쓰기에 적용할 수 있게 할 생각이다. 이야기 물리학은 영구하고, 보편적이며, 자연스럽게 존재한다. 이야기 물리학은 당신을 실망시키지 않는다. 물론 제대로 사용되지 않는다면 당신을 배신할 수도 있지만. 이런 점에서 이야기 물리학은 한번 빠지면 결코 헤어나올 수 없는 사랑과 마찬가지다. 이야기 물리학을 알게 된 당신은 글을 쓰면서 선택을 내릴 때마다 아무렇게나 주사위를 던져보는 것보다는 훨씬 더 적합한 선택을 할 수 있게 될 것이다.

글쓰기에서나 애정전선에서나 당신의 낡은 믿음과 프로그램이 제대로 작동하지 않는다면, 다음의 두 가지를 다시 한 번 생각해 보라. 당신은 무언가를 변화시킬 필요가 있다……. 또 이를 인식하고 나면, 변화해야만 하는 이유는 더 이상 수수께끼가 아니라는 것을 알게 될 것이다.

몇 년 전 우연히 본 소설이 하나 있다(1970년대 후반에 실제로 출간된 소설이다). 그 소설의 주인공은, 농담이 아니라, 아메바였다. 주인공이 미생물이었던 것이다. 우리 사회와 비견되는 고전적이면서도 현대적인 토끼들의 공동체를 살펴보는 독자들이 주인공 토끼에게서도 극적 긴장감과 공감을 느낄 수 있었기에 성공적이었던 〈워터십 다운의 토끼Watership Down〉와는 전혀 다른 소설이었다. 아메바가 등장하는 책에서 설정이라고 할 만한 것이 있었다면, 뭐, 미생물들이 사는 장소 정도였다. 당신이 추측하는 대로 악당은 척추동물인 우리가 보기에는 세균과 다를 바 없는 악당 미생물이었다. 분명 작가는 미생물학을 현란한 문체로 쓰고 싶었던 모양이지만, 그 결과물은 전혀 극적인 서사로 작동하지 못했다. 적어도 생물학 강의실 밖에서는.

이유가 뭘까? 작가가 이야기 물리학을 전혀 고려하지 않은 채 아이디어 하나로만 글을 썼기 때문이었다. 그리고 이 아이디어에서 파생된 이야기에서 강렬한 극적 사건은 하나도 찾아볼 수 없었다. 우리는 아메바 주인공에게 공감할 수 없다. 어떤 감정이나 인격을 갖지 못한 아메바에게 몰입할 사람은 아무도 없기 때문이다(물론 아메바들에게 감정이나 인간적 특성을 잔뜩 부여했다면 어린이용 공상과학소설이 되었을 것이다. 하지만 작가는 우리가 그의 작품을 진지하게 취급하기를 원했던 듯하다). 호흡도 없었다. 작가가 다음에 일어날 사건을 생각해내기 어려웠을 테니까. 주인공의 경험을 간접적으로 체험할 수도, 주인공이 처한 위험한 상황을 느낄 수도 없었다. 따라서 주인공……을 응원할 수도 없었다. 작가가 생물학 전공수업에서 전수받은 지식을 셰익스피어를 떠올리게 하는 문체를 통해 소설로 써냈다는 사실도 아무런 소용이 없다. 그 작품은 전혀 성공하지 못했다. 한낱 농담에 불과한 소설이 되어버렸다. 그 작가에게 아이디어는 있었을지 모르지만, 콘셉트는 없었다. 이런 소설은 오늘날의 시장에서 절대로 통하지 않는다.

그런데 이 소설은 실제로 출간되었다. 그것도 뉴욕 메이저 출판사에서. 윌리엄 골드먼William Goldman이 스토리텔링 산업에 관해 쓴 책에서 "아무도 아무것도 모른다"고 했던 말이 옳았는지도 모른다. 그리고 나는 이 말의 의미가 우리가 결코 포기해서는 안 될 이야기 물리학에 의존해야 한다는 것이라고 생각한다.

글쓰기를 가르치면서 수많은 이야기들을 접한다. 아메바 소설처럼 괴상한 이야기는 많지 않지만, 상당수는 이야기 물리학의 요소들을 활용할 수 있는 기회를 전혀 만들어내지 못하는 개념에만 매달린다. 다음을 기억하라. 우리는 이 책에서 상업적인 스토리텔링에 대한 이야기를 하고 있다. 우리는 계약과 독자들로 이루어진 모험을 목전에 두고 있다. 그리고 이 모험에 뛰어들겠다면 당신은 매력적이지만 괴상한 이야기에 매달리기보다는 큰 그림을 볼 줄 알아야 한다.

아무리 쿨한 아이디어나 콘셉트라 할지라도 이야기 물리학 없이는 아무런 쓸모가 없다

12세기 아일랜드 기사들이 소유지를 두고 싸우는 이야기를 생각해 보자. 이 이야기는 적어도 극적 긴장감을 이끌어낼 수 있는 잠재력을 갖추고 있다. 하지만 작가가 아이디어를 콘셉트로 발전시키기 위해 이야기 물리학 – 강렬한 매력을 지닌 문제투성이 주인공(어쩌면 보노Bono(아일랜드의 유명한 가수)의 먼 조상일 수도 있다!), 위험요소, 위대한 전진, 그리고 독자들을 매혹시키는 요소들(정확하고 다채로운 세부사항들을 나타내는 요소들) – 을 더하지 않는다면, 이 이야기는 그저 역사 속으로 관광을 떠난 것보다 약간 나은 정도에 불과하다. 오랫동안 나는 이런 이야기들 수도 없이 보아 왔다. 주제, 인물들이 혈투를 벌이는 장소, 시간, …… 등에 흥분한 작가가 이러한 요소들을 늘어놓고 말아버리는 일이 잦았던 것이다. 극적 긴장감은 이러한 설정에 갇혀버리고 만다. 인물들은 근사한 설정 속에서 걸어 다니기만 할 뿐이다. 그들에게 이야기 물리학은 전혀 영향력을 행사하지 못한다.

효과적인 이야기에서는 해결해야 할 문제를 갖고 모험을 떠나는 주인공, 그리고 주인공에게 적대적인 인물이 항상 등장하기 마련이다. 그래야 이야기의 호흡은 적절한 방식으로 독자에게 상황을 설명할 수 있고, 독자는 주인공에게 공감하며 대리 체험을 할 수 있다. 단순히 12세기 아일랜드 이야기만을 쓰겠다고 생각하지 마라. 내가 제시한 모든 요소들은 처음부터 중요하게 다루어져야 한다. 작가가 어려움을 겪는 지점도 바로 여기서부터다.

주인공은 행동해야 한다

제대로 된 이야기라면 시간이나 장소, 혹은 주제에 관한 아이디어만을 다루지 않는다. 상황만을 다루지도 않는다. 물론 이런 요소들도 중요하기는 하지만, 이야기 물리학 없이는 제대로 작동하지 않는 기초적인 요소들에 불과하다. 이를 잘 활용하기 위해서는 성공적인 글쓰기를 위한 여섯 가지 핵심요소(22장을 보라)를 통해 실행되는 전문적인 단계를 거쳐야 한다.

앞서 넝마로는 비단 지갑을 만들 수 없다고 했다. 이 말은 우리가 쓰는 소설에도 적용된다. 이야기 탐색이란 이야기의 재료가 쓰레기통에서 주운 넝마인지 비단인지를 알아내는 과정이다. 그리고 이야기 물리학은 이야기를 탐색하는 과정에서 기준으로 적용되어 당신에게 아이디어가 있는지, 아니면 이야기가 있는지, 아니면 아이디어가 어떻게 이야기가 될 수 있는지를 알려준다.

누구도 이러한 진실을 외면할 수 없다

어떤 작가들은 이처럼 성가시기만 한 기초적인 원칙들과 이야기 물리학에 신경 쓸 필요가 없다고 말한다. 이런 사람들은 종종 내 워크숍에 찾아와 다음과 같이 말하기도 한다.

> 너무 많이 생각하지 마세요. 그냥 앉아서 이야기가 흘러가도록 놔두면서 쓰세요. 당신 본능대로, 원하는 대로 하세요. 그렇게 하다보면 자연스레 방향이 잡힐 겁니다. 규칙은 없어요."

그들은 '규칙'이라는 단어를 다른 의미로 생각하고 있다. 그들은 '규칙'을 단지 '기교'라고 생각하는 모양이다. 위험한 조언이 아닐 수 없다. 마치 성공하려면 어떻게 해야 한다는 것을 진작 다 알고 있다고 생각하는 듯하다. 하지만 그들이 말하는 대로 쓴 소설은 전혀 좋지 않거나, 혹은 결코 끝을 맺지 못한다. 나는 갑자기 개종이라도 한 것처럼 뒤늦게 후회하며 몇 년 동안이나 이런 방식의 글쓰기가 가장 좋은 줄 믿었다고 털어놓는 말들을 날마다 듣는다.

다른 종류의 창작에서는 분명한 것이 글쓰기에서는 분명하지 않다고 생각하는 사람들이 있다니 흥미롭다. 당신은 날개 없는 비행기를 설계할 수 없다. 그런 비행기를 만들고 싶어도, 혹은 날개가 중요하지 않다고 생각해도, 날개 없는 비행기가 어떻게 될지 궁금해도, 혹은 항공학과 교수가 틀렸다는 것을 증명하고 싶어도 그런 비행기는 설계할 수 없다.

물리학 때문이다. 물리학 없이는 이야기도 날지 못한다.

어떤 사람들은 이런 순진함을 태도의 문제로 연결시키기도 한다. 사람마다 선호하는 글쓰기 방식이 다르다는 것이다. 하지만 자기 식대로 소설을 썼는데 마침 좋은 소설이 나왔다면, 그것은 이야기 물리학이 어떻게든 작용했기 때문이다. 이야기 물리학을 다른 이름으로 부르더라도 말이다. 중력은 규칙인가, 아니면 보편적인 법칙인가? "수영장에서 뛰지 마시오……"는 규칙이다. 그리고 역설적으로 들릴 수도 있겠지만 이 규칙 역시 수많은 규칙들과 마찬가지로 물리학에 근거를 두고 있다. 수영장에서 미끄러지면 머리통이 깨질 수도 있다. 중력 때문이다.

거의 모든 규칙과 지침 뒤에는 조용히 자리하는 물리학이 우리가 내리는 선택으로 인한 결과에 언뜻 보이지 않는 영향력을 행사하고 있다. 작가는 자신이 원하는 과정과 형식을 선택할 자유를 갖는다. 하지만 당신의 원고에 생명력을 불어넣는 것은 효과적인 스토리텔링의 물리학이다.

얼마 전 나는 솔트레이크에서 열린 글쓰기 모임에서 워크숍 및 발표를 진행하기 위해 비행기에 올랐다. 공항에 마중을 나온 젊은 작가들이 이야기 물리학을 극적 구조(구조란 매우 공학적인 단어가 아닐 수 없다)를 형성하는 과정에 적용시키는 방법에 관한 내 책(《이야기 공학》)에 관심을 보였다. 대화가 이어지는 도중, 모임 참가자 중 한 사람이 내 책이 필요하지 않다는 말을 내뱉었다. 여러 해 동안 글을 써왔다는 그는 내 책이 분명해야 할 점들을 공연히 난해하게 설명하고 있으며, 작가는 시작, 중간, 결말이라는 세 가지만 알면 된다고 했다. 나머지는 다 헛소리라는 얘기였다. 내가 듣기에는 그의 말이야말로 허튼소리였다.

나는 그에게 몇 권의 책을 출간했느냐고 물었다. 그는 한 권도 없다고 대답했다.

우습지 않을 수 없었다. 나는 그 사람처럼 단순하고 편협한 사고방식을 지닌 작가들에게 같은 질문을 던졌다. 그들 중 누구도, 단 한 사람도 책을 출간한 적이 없다고 대답했다. 그냥 앉아서 쓴다고 말하는 작가들조차도 실제로는 이야기를 제대로 작동시키기 위해 이야기 물리학을 적용시키고 있다. 그들이 이 일에 여러 번 성공하게 되면 누구나 아는 유명한 작가가 되는 것이고.

우연이라고? 나는 그렇게 생각하지 않는다.

이야기 물리학의 동력은 당신이 인지하지 못하더라도 중력이나 햇빛, 온도처럼 그 자체로 존재한다. 이야기 물리학을 무시하고 싶어도 무시할 수 없다는 말이다.

물리학을 찾아야 할 것인가, 찾지 말아야 할 것인가

당신은 이런 질문을 할 필요가 없다. 이야기 동력과 동의어인 이야기 물리학은 스토리텔링에 관한 보편적 진실이다. 당신은 언제나 이야기를 탐색하고, 이야기를 발전시킨다. 중요한 점은 이야기를 찾는 방식이 아니라 무엇을 찾고 있느냐는 점이다.

금맥을 발견한다면, 그것이 황금이라는 것을 알아볼 수 있겠는가? 아니면 모자이크를 만들기에 적당히 예쁜 재료를 찾았다고 생각할 것인가?

성공적인 이야기가 진공상태에서 솟아나온다고 믿는 사람은 이야기 물리학에 대해서는 전혀 생각하지 않는 사람이다. 떠오르는 대로 글을 쓰다 보니 필요할 때 필요한 내용이 튀어나온다고 말하는 식이다(이런 식으로 글을 쓰면 책 한 권이 나오기 위해서는 쓰고 고치는 데 몇 년이나 걸린다). 이 말에 담긴 진실성을 폄하할 의도는 아니다. 다만 이런 작가들은 글을 쓰면서 무슨 일이 일어났는지, 특히 어떻게 일어났는지를 전혀 모르거나 이를 대수롭지 않게 생각한다는 것이다. 자신의 의도와는 관계없이 엄청난 가치를 발견한 광부나 마찬가지다. 그는 어떤 장소를 선택하고 땅을 파기 시작한다……. 계속해서 판다……. 무언가 가치있는 것을 찾을 때까지. 아마 이런 작가들은 자기가 이야기 물리학과 관계가 있다는 사실을 전혀 알지 못했는지도 모른다. 그들은 그저 글을 썼을 뿐이고, 아이디어 하나만으로 금을 캐냈다. 하지만 당신이 이야기 물리학을 알지 못한 작가들이 본능적으로 이를 이야기의 핵심에 적용했다고 생각하더라도, 그들이 몇 년 동안이나 원고를 쓰고 다시 쓰며 솜씨를 갈고닦아야 했다는 사실을 잊어서는 안 된다.

당신이 직접 시험해 보라

자리에 앉아서 독자를 빨아들이는 극적 긴장감이 없는 이야기를 써 보라. 다시 말해서 이야기 물리학의 동력이 존재하지 않는, 극적 긴장감이 존재하지 않는 이야기를 써 보라는 말이다.

주인공이 없는 이야기를 써 보라. 주인공이 용감하고 영웅적인 행동을 보여주지 않는 이야기를 써 보라. 급히 여행을 떠날 필요가 없거나 해결해야 할 어려운 문제가 없는 주인공을 써 보라. 본능적으로 어떠한 공감도 불러일으키지 않는, 따라서 별 매력이 없는 주인공이 등장하는 이야기를 써 보라. 그러면 당신은 효과적인 이야기를 써 내는 필수적인 동력 두 가지를 무시하는 셈이다. 주요인물이 정서적인 반응을 일으키지 않거나, 강렬한 호흡으로 구성된 서사를 결여하고 있거나, 주제의 깊이나 서브텍스트가 부족하거나, 지루하고 따분한 설명으로 가득한 이야기를 쓴다고 생각해 보라. 당신이 원하는 대로 아무렇게나 써 보라. 사건이 일어나기 전에 인물의 배경을 설명하는 데만 200페이지를 써 보라. 내 말대로 해보라. 효과적인 글쓰기에 대해 들었던 말들을 싹 무시하면서 말이다.

이렇게 쓴 원고는 거절당하게 되어 있다. 소수의 편집자만이 당신에게 전화를 걸어올 것이다. 그렇다고 해도 작품이 마음에 들어서는 아니다. 그저 원고를 받았기 때문이다. 그들은 무엇이 이야기를 움직이는지를 아는 사람들이고, 해당 원고에 이야기를 움직이게 하는 요소가 없다는 사실을 모를 리 없다.

이는 모두 이야기 물리학과 결부되어 있다. 당신은 이런 요소들을 찾아 이야기에 적용해야 한다. 작가는 이런 요소들을 탐색하고, 찾아내고, 심사숙고하고, 선택하는 사람이다. 원고를 쓰기 전에도, 쓰는 동안에도. 우리가 이야기에 적합한 요소들만 찾아내지는 않는다. 그러므로 처음 찾아낸 요소를 무턱대고 사용해서는 안 된다. 처음 본 요소가 늘 최적인 것은 아니니까.

나는 세상을 표류하며 자아를 찾는 주인공을 묘사할 의도로 쓴 원고를 수없이 봤다. 발전된 물리학이 완벽하게 적용된 콘셉트 대신에 이런 아이디어 하나로 쓰여진 소설은 일기처럼 읽히는 주인공의 삽화적인 인생을 '이야기'한다. 그가 세상과 어떻게 불화하는지를, 그리고 어느 날

스토리를 만드는 물리학

어떻게 화해하는지를. 이런 이야기에서는 극적 긴장감도, 플롯도, 영웅적인 모험도, 문제도, 목표도, 외부 적대자들의 압력(이 역시 극적 긴장감을 유발한다)도, 독자들로 하여금 주인공의 정체성을 파악하게 하는 위협적인 요소도 전혀 찾아볼 수 없다.

기본적인 의도는 훌륭하다. 하지만 이는 콘셉트가 아니라 주제와 관련된 서브텍스트다. 당신은 주인공의 내면 풍경을 펼쳐 보이면서 인물이 변화하는 과정을 제시할 수 있다. 하지만 이야기 물리학의 다른 요소들 - 인물이 어떤 행위를 하도록 해서 플롯을 만드는 - 을 더하지 않는다면 이는 전혀 이야기라고 할 수 없다. 적어도 출판 가능한 이야기라고는 할 수 없다.

홀든 콜필드(〈호밀밭의 파수꾼〉의 주인공)조차도 어떤 행동을 한다.

외출해서 다른 뇌세포를 만나고 싶어 하는 장난꾸러기 아메바 이야기? 그 소설의 작가는 마치 시인처럼 글을 썼다. 하지만 시장에서 전혀 먹히지 않았다. 그의 소설은 독자들과 제대로 교감을 나눌 기회조차 갖지 못했다. 편집자가 그 소설을 좋아했다는 것은 분명하다. 어쩌면 그도 작가의 아이디어가 매력적이라고 생각했을지도 모른다. 하지만 분명히 밝혀두건대, 나는 그런 괴상한 작품은 조금도 좋아하지 않는다. 개선의 여지가 없는 아이디어를 붙들고 늘어지는 것보다는 제대로 작동할 가능성이 있는 이야기를 쓰는 편이 훨씬 낫다.

예술만이 능사가 아니다. 소설쓰기는 반드시 기법을 필요로 한다. 당신은 기법이 뛰어나기는 하지만 예술적이지는 않은 작품을 마음에 들어 하지 않을 수도 있다. 하지만 당신도 분명 책 표지에 인쇄된 자신의 이름이 보고 싶을 것이다.

다음의 문장을 책상 앞에 붙여두도록 해라.

> **"이야기는 단지 시간, 장소, 상황, 주제에 관한 것이 아니다. 이야기에서는 반드시 사건이 일어나야 한다."**

당신은 다음과 같은 역설에 절대적으로 의존해야 한다. 이야기는 기본적인 특정 원칙이나 물리학이 약하거나 없다면 작동할 수 없고, 이러한 원칙이나 물리학이 제대로 적용될 때에만 작동할 수 있다. 당신의 이야기는 어떻게 작동하고 있는가?

브로드웨이에서 오디션을 볼 때와 마찬가지다. 오디션에 참가한 모든 사람들은 노래를 할 수 있고, 춤을 출 수 있다. 그들 각각은 물리학이 적용된 특정 기교를 보여준다. 그러나 배역을 따내는 사람들은 소수에 불과하다. 견고한 물리학을 소유한 사람들만이 전문적인 수준에 도달한 기교를 지니고 있기 때문이다.

이러한 물리학을 보여줄 생각이 없다면 오디션에서 떨어질 것은 자명하다. 배역을 따내는 사람들은 이러한 물리학을 찾아내어 온전히 자기 것으로 만들었기 때문이다.

이야기 물리학의 동력이 이끌어내는 스토리텔링 기법을 이해하고 통달하는 것이 우리의 목표다. 이야기 물리학을 최적화시켜 줄 콘셉트를 정하고, 이러한 콘셉트로부터 이야기를 설계하여, 독자들에게 기억에 남을 만한 독서 경험을 가져다 주는 것이다.

스토리를 만드는 물리학

이야기를 발전시키는 세 단계
혼란스러운 생각에 질서를 부여하라

당신은 존 그리샴John Grisham[1]보다 잘 쓸 수 있다고 생각하는가?
제임스 패터슨James Patterson[2]은 어떤가? 노라 로버츠Nora Roberts[3]는? 〈그레
이의 50가지 그림자Fifty Shades of Grey〉를 써낸 행운의 작가보다 잘 쓸 수 있
는가? 베스트셀러에 이름을 올리는 작가들이 과대평가되었다고 생각하
는가? 아니면 그들이 그저 운이 좋았다고 생각하는가? 당신도 그들처럼
쓸 수 있다고 생각하는가? 혹은 그들보다 더 잘 쓸 수 있다고 생각하는
가? 그들의 작품이 베스트셀러로 만들어지는 과정에 뭔가 있다고 생각
하는가? 작품은 진부한데 이름값 때문에 베스트셀러가 되었다고 생각하

---

1 할리우드 대 배우들과 감독들 사이에서 흥행의 보증 수표로 가장 신뢰 받는 원작자 중 한 명이다. 첫
   작품은 1989년에 발표된 『타임 투 킬』이며, 그 후 『의뢰인』, 『가스실』, 『레인메이커』, 『사라진 배심원』,
   『파트너』, 『거리의 변호사』, 『유언』 등을 발표해 명실 공히 전 세계 대형 베스트셀러 작가 군단에 이름
   을 올리게 된다.
2 현재 미국에서 최다 베스트셀러 기록을 가지고 있는 최고의 인기 작가이자, 전자책을 100만 권 이상
   판매한 세계 최초의 저자이다. 대표작으로는 『토머스 베리맨 넘버』, 『내 인생 최악의 날들』, '알렉스 크
   로스 시리즈', '맥시멈 라이드 시리즈', '우먼스 머더 클럽 시리즈' 등이 있다.
3 뉴욕 타임스 베스트셀러 작가. 로맨스 소설의 여왕으로 불리며 매혹적인 인물을 창조해내고 있다. 백
   여 권이 넘는 작품 중 다수는 영화로 제작되었으며, 전 세계 25개국에서 번역 출간되었다.

지는 않는가?

많은 작가들이 이렇게 생각한다. 작가들이 이처럼 오만한 생각을 하게 되는 과정은 흥미롭기만 하다. 우리들 중 레지 부시Reggie Bush(미식축구선수)의 태클을 막을 수 있다고, 조시 그로번Josh Groban(가수)과의 가창력 대결에서 이길 수 있다고, 혹은 우리가 직접 그린 수채화와 직접 만든 도자기로 전시회를 열 수도 있다고 생각하는 사람은 많지 않을 것이다. 그런데 우리는 새로 등장한 베스트셀러를 읽고 감명 받고 감동하면서도, 그 책이 부드럽게 술술, 그러니까 단순하게 읽힌다면, 해당 책이 어떻게 베스트셀러가 되었는지에 대해서는 별로 생각하지 않는다. 정말 쉽게 쓴 것 같은 이런 책이 어떻게 베스트셀러가 될 수 있지? 당신은 생각한다. 그런데 내 책은 왜 안 되는 거야?

사실 그렇게 쓰기란 어렵지 않다. 당신에게는 이야기를 제대로 작동시키기 위한 이야기 물리학의 6가지 기본원리가 있고, 이를 도와주는 6가지 도구가 있다. 물론 간단하지는 않다. 절대로. 일종의 수학적인 머리가 필요하기 때문이다. 당신은 수많은 변수를 다루어야 하고, 각각의 원리를 적용시킬 때마다 정도와 강도를 결정해야 한다. 따라서 최종 결과물의 가능한 가짓수는 무수히 많아진다.

특히 명성이 자자한 작가들의 베스트셀러 작품들을 읽다 보면 그들처럼 효과적인 이야기를 쓰기란 쉬워 보인다. 하지만 그런 이야기를 쓰는 건 쉽지 않다. 그러니 쉽게 읽히지만 베스트셀러가 된 소설을 접한 당신이 혼란스러움을 느낄 수밖에 없다. 행운은 대개 단 한 번 번쩍이는 번갯불이나 마찬가지다. 한 번에 그치지 않고 계속해서 성공하려면 이야기 물리학과 기법에 관련된 12가지 변수를 다루는 수많은 테크닉을

스토리를 만드는 물리학

꾸준히 학습해야 한다. 그러니 착각하지 마라. 당신이 부러워하는 작가들은 우연히 그런 작품들을 써내지 않았다. 그들 역시 스토리텔링의 동력이 명령하는 바에 따라 이야기를 효율적으로 써낸 것이다. 연쇄적인 사건들과 이들을 떠받치는 건축적 플롯포인트들이 스토리텔링 모델을 만들어낼 때 이야기의 동력은 최적화된다. 베스트셀러 작품들이 가진 힘은 결과effect가 아니라 원인cause이다. 아이디어 자체에 내재된 매개변수가 이러한 힘을 이끌어낸다. 베스트셀러 작가들이 어떻게 쓰는지 궁금해 하지 마라(이런 질문을 받을 정도로 충분히 유명한 작가들이 어떻게 쓰는지에 대해 한 말은 어디서나 접할 수 있다). 당신이 알아야 할 것은 그들이 이야기 물리학의 내재적인 힘을 어떻게 사용하고 있는가이다.

좋은 이야기는 우연히, 우발적으로, 운이 따라서, 불가해한 방식으로 생겨나지 않는다. 대박을 터뜨리기 바라는 원고나 이름을 대면 누구나 알 법한 작가들로부터 온 원고들이 도움을 요청하며 편집자에게 날아들고, 편집자는 전심전력을 다해 이들의 원고가 구조적인 모델로 거듭날 수 있도록 한다. 이야기가 성공적인가, 그렇지 않은가는 이야기를 얼마나 갈고닦는지에 달려 있다. 작가가 이야기를 이끌어가는 동력을 이해하고 있는가, 그렇지 않은가에 따라 이야기에 힘이 생길 수도, 그렇지 않을 수도 있다. 초보 작가들이 이야기 동력을 열심히 파고들지 않는다면, 편집자는 그들의 원고를 구해주기는커녕 단박에 거절할 것이다.

작가는 이야기 동력을 찾아내고 이를 최적화시켜야 한다. 당신이 이 과정을 잘 알수록 이야기 물리학을 잘 활용할 수 있을 것은 분명하다.

이야기 발전 과정의 세 단계

이야기를 발전시키는 과정의 여러 단계들은 때로는 함께, 때로는 독립적으로 진행된다. 하지만 항상 다음과 같은 순서대로 진행된다.

1. **탐색**: 처음 생각해 낸 아이디어를 바탕으로 이야기를 찾아보는 과정. 이 과정을 통해 콘셉트로 진화하며, 후에 전체적인 이야기가 된다.
2. **설계**: 이야기 설계.
3. **시행**: 이야기 쓰기. 이야기를 최종적인 원고로 다듬기.

탐색(Search)······ **설계(Design)**······ **시행(Execution)**······

이야기를 발견하는 과정은 대략적으로 1단계 ― 이야기의 요점과 컨텍스트, 서브텍스트를 찾아내고 숙고하기 ― 에 들어있다. 그러나 2단계에서도 사실상 탐색이 계속된다고 볼 수 있다. 당신이 어느 단계에 있는지와는 관계없이 새로운 아이디어가 떠오를 수 있고, 이야기를 설계하는 훌륭한 태도는 항상 절치부심하는 과정을 통해 원래의 생각을 수정하는 것이기 때문이다. 초안을 구체화해 보자는 생각이 든다면, 이야기를 탐색하는 과정이 끝났다고 생각해도 좋다. 이제 이야기를 설계하는 과정을 통해 초안을 면밀히 뜯어볼 차례다.

이야기를 창작하는 과정은 하나같이 이러한 순서를 따른다. 작가가 이에 동의하지 않더라도, 이 순서를 따르지 않는다고 말하더라도 말이다. 물론 초안을 작성하면서 우리는 언제라도 다른 아이디어 - 새롭고 더 나은 아이디어 - 를 떠올릴 수 있다(위의 순서를 지켜가며 작업하는 작가들은 이를 '성배를 찾아서 떠나는 모험'이라고 말하기도 한다). 하지만 여기서 주목해야 할 점은 첫 번째 아이디어가 지속적인 이야기 탐색에 영감을 줄 보다 효과적인 아이디어로 (아마도 무의식적으로) 이어진다는 점이다. 하나의 아이디어는 작가의 편에서 작가를 위한 더 나은 아이디어들을 끌어 모으는 법이다.

작가에게는 더 많은 이야기 물리학이 필요하다.

문제는 바로 이 점인지도 모른다. 당신은 단 하나의 아이디어만으로 글을 쓰기 시작하고, 그러다 차라리 다른 아이디어를 사용하는 것이 낫겠다고 생각하지만, 처음으로 돌아가서 첫머리를 고치는 데 실패한 끝에, 아이디어가 당최 어디로 향하고 있는지를 모르게 될 수도 있다. 그러다 자칫하면 책을 출간할 기회는 영영 사라지고 만다.

초안이 제대로 힘을 발휘하려면, 즉 최적화되려면, 당신의 이야기에 강력한 물리학을 충분히 전달할 수 있는 아이디어와 이로 뒷받침된 콘셉트를 처음부터 갖고 있어야 한다. 아이디어 하나로 무턱대고 시작했다가 도중에 다른 아이디어로 바꾸는 것은 추천하지 않는다. 확신을 주지 않는 원고는 여러 번의 퇴고를 거치지 않는다면 책으로 출간될 수 없다. 당신이 구입해서 읽는 책은 분명 이런 원고는 아니었을 것이다.

이야기를 탐색하는 과정이 사실상 계속해서 지속되고 있다는 점을 알아두어야 한다. 초안을 작성할 때도 마찬가지다. 아니, 초안을 작성할 때 특히 그러하다. 이 점을 염두에 둔다면 이야기를 탐색하는 전 과정에서 특정한 스토리 비트story beat를 시도하고, 숙고하고, 제거하고, 다듬을 수 있을 것이고, 설계 단계에도 (다시 시작하지 않을 수 있는) 도움을 줄 것이다. 이로 인해 당신은 그럴듯한 비타민처럼 보이는 독약을 삼키지 않을 수 있다. 그냥 정착해버리지 않는 것이다. 훌륭한 이야기로 발전할 수 있는 스토리 비트 씨앗을 발견했다고 생각한다면, 전에 생각했던 것보다 낫다고 여긴다면, 이 과정은 제 몫을 다한 것이다.

어쩌면 당신의 문체가 유명한 작가들보다 뛰어날지도 모른다. 그런 당신에게 대부분의 베스트셀러 소설은 얄팍하게 보일 수도 있다. 하지만 문체가 그들의 작품보다 뛰어난지 아닌지는 중요하지 않다. 중요한 점은 다음과 같다. 당신의 이야기는 가장 기본적인 물리학에 따라 스토리텔링의 힘을 강화하고 있는가? 당신은 스토리텔링의 동력을 잘 알고 있으며, 이에 따라 이야기를 탐색하고, 숙고하고, 결정했는가? 아니면 그저 처음부터 정착하려고 하지는 않았는가? 처음 떠오른 아이디어만으로 이야기를 쓰지는 않았는가? 당신을 더 나은 길로 이끌어줄 정보들을 무시하고 이야기를 쓰지는 않았는가?

스토리텔링의 힘(즉, 이야기 물리학)을 알고, 이를 적용하는 법을 안다면, 당신도 훌륭한 이야기를 쓸 수 있다. 첫 번째 단계에서는 이야기를 탐색하고 발견하며, 두 번째 단계에서는 이야기가 전개되는 방식을 설계하고, 세 번째 단계에서는 이야기를 쓰기 시작하라.

마음가는 대로 여러 번 초고를 쓰든, 개요를 작성하고 글을 쓰기 시작하든, 혹은 이 둘을 조합하든 당신은 훌륭한 이야기를 쓸 수 있다. 모두 가능한 일이다. 하지만 어떤 방식을 선택하더라도 결국 이야기 물리학을 고려하지 않을 수 없을 것이다.

꼭 이야기의 윤곽을 잡고 시작할 필요는 없다(물론 나는 윤곽을 잡고 시작하는 편을 선호한다). 초고부터 쓰기 시작해도 잘 될 수 있다. …… 잘 된다면 말이지만. 많은 사람들은 이런 말을 듣기 싫어한다. 하지만 초고 부터 쓰기 시작하면 훨씬 더 어렵다. 무작정 이륙부터 하고 비행계획을 세우는 셈이니까. 지금까지 봤던 수많은 원고들 가운데 구조적 문제가 있었던 원고 대부분은 직감에 의존하여 쓰여진 것들이었다.

이야기 물리학은 당신이 이야기를 쓰는 방식에는 관심이 없다. 다만 당신의 결과물에 영향을 미칠 뿐이다.

무작정 쓰든 계획을 세우고 쓰든 결국 작가는 이야기 물리학에 주목 할 수밖에 없다. 당신은 초고를 쓴다. …… 좋은 이야기를 찾아낼 때까 지. 당신은 계획을 세운다. …… 좋은 이야기를 찾아낼 때까지. 최적화 된 이야기 물리학을 적용하여 최상으로 작동하는 이야기를 찾아낼 때 까지 '좋다'라는 단어를 써서는 안 된다. 무작정 초고부터 쓰기 시작한다 고 하더라도, 물론 여러 개의 초고를 써야 하겠지만, 그래도 당신은 '좋 은' 이야기를 찾아낼 기회를 잡을 수 있을 것이다.

하지만 명민한 작가라면 최종 원고를 완성하기 전에 길이 두 갈래로 나뉜다는 사실을 알게 될 것이다. 첫 번째 길은 당신이 이야기를 탐색하 는 중이라면 - 초고를 쓰고 있건 계획을 세우고 있건 - , 어떤 스토리 비트라도 활용할 수 있다는 것이다. 더 좋은 아이디어가 떠올랐다면 이 아이디어에 맞추어 초고/계획 단계로 돌아가야 한다. 이야기를 탐색하 는 과정에서 가장 중요한 것은 페이지에 더 좋은 스토리 비트(순간들)를 전달하는 것이다.

그리고 두 번째 길은 아무렇게나 생각해 낸 첫 번째 아이디어에 정착 하거나, 혹은 컨텍스트와 연관 지어 심사숙고해 보지도 않고 이 아이디어에서 저 아이디어로 옮겨가는 것이다. 만약 그렇게 한다면 이야기를 더욱 가치 있게 할 수 있는 기회를 잃고 있는지도 모른다.

이 길의 끝에는 거절의 편지가 기다리고 있을 것이다.

무엇이 더 나은 아이디어인가?

더 나은 아이디어는 이야기 물리학이 적재적소에서 적시에 작동하도록 그 단계 – 강도, 선명도, 독창성 – 를 증가시킨다. 예를 들어 보자. 보다 강력한 긴장감과 갈등, 그리고 위험요소들을 이끄는 강력한 콘셉트. 흡입력 있는 주인공과 위험한 적대자. 이를 나타내는 풍부한 주제와 극적인 서브텍스트. 가치있는 목표와 의미있는 결론을 추구하기 위한 주인공의 생생하고 풍요로운 여행. (모든 요소들을 필요할 때 더 높은 단계로 끌어올리기 위한) 더 나은 발단단계. 보다 흡입력 있는 전환점들. 보다 효과적인 장면들.

이야기에 변화를 주거나, 퇴고 – 개요를 쓸 때든 초고를 작성할 때든 – 할 때, 당신은 사실상 이야기 물리학을 강화시키고 있다. 더 나은 아이디어가 아니라면 최적화시킬 필요가 없고, 이야기 물리학은 더 나은 아이디어가 어째서 더 나은지를 알려주기 때문이다.

첫 번째 초고를 작성하면서 이야기 물리학의 요소들과 본질을 최적화할 수 있다면, 당신은 축복받은 셈이다. 진짜 문학적 동력을 갖추게 된 것이니까. 하지만 그럴 수 없다면, 당신이 어떤 과정이나 단계에 있는지와는 관계없이 늘 초고를 향상시킬 수 있는 기회가 있다는 점을 알아두어야 한다. 여러 번 초안을 작성하거나 장단점 분석표를 작성하는 과

스토리를 만드는 물리학

정은 더 나은 아이디어를 발견하게 해주고, 미약한 부분을 명확히 밝혀 줄 수 있다.

이야기 물리학은 자연법칙이다

우리는 여기서 가치 있는 교훈을 배우게 된다. 핵심적인 기법이 제 몫을 하는 동안, 차이를 만들어 내는 힘인 순수하고 강력한 스토리텔링 동력이 그냥 좋은 것과 훌륭한 것을, 출판되지 못한 원고와 출판된 원고를 가른다. 등에 낡은 낙하산을 매고 비행기에서 뛰어내린다고 생각해 보자. 적절한 물리학이 적용되어 만들어진 낙하산이라면 안전하고 부드럽게 착륙할 수 있다. 이야기를 어떻게 설계하고 쓸 것인지에 대한 책임은 온전히 우리에게 달려 있다. 우리는 다만 설계 원칙에 의존할 수 있을 뿐이다. 그렇게 우리는 이야기 물리학에 의지한 채 심연으로 뛰어든다.

글쓰기가 아닌 다른 종류의 활동에서 노력과 지식, 그리고 꾸준한 연습이 근력이나 속도, 혹은 타고난 재능의 결여를 언제나 만회할 수는 없다는 것을 볼 수 있다. 그러나 재능은 별로 관계가 없다. 성공하는 대부분의 사람들은 수년 동안 배우고 성취해야만 하는 기술과 경험을 물리학에 기초하여 쌓은 사람들이다. 상당한 급료를 받는 선수들과 동등하게 강하고 빨라도 팀에서 퇴출당하는 선수는 이러한 물리학을 눈에 띄게 보여주지 못했기 때문이다.

글쓰기에서 타고난 재능은 필요하지 않다. 필요한 것이 있다면 물리학을 이해하고, 이러한 이해를 바탕으로 글을 쓰는 것이다. '타고난 이야기꾼'이라고 불리는 작가들이 몇 명쯤 있다 하더라도, 우리도 그런 재능을 갖고 있다고 섣불리 생각해서는 안 된다. 어쩌면 글쓰기에 타고난 재능은 없는지도 모른다. 혹시 자신이 글쓰기에 소질이 있다고 자랑한 적은 없는가? 하지만 출판업계가 보기에 당신에게 이야기 감각이 없다면 그런 소질은 한 푼의 가치도 없는 것이나 마찬가지다.

언제나 기법을 배우고, 갈고 닦아라

하룻밤 사이에 성공한 것처럼 보일지라도, 이처럼 성공하기까지는 대개 수년, 심지어는 수십 년의 세월이 소요된다.

말콤 글래드웰Malcolm Gladwell은 〈아웃라이어Outliers〉에서 어떤 종류의 기술이나 예술, 혹은 지식을 기반으로 한 분야에서 큰 성공을 거두려면 적어도 1만 시간 동안 연습하고, 공부하고, 시도하고, 실수하고, 실패해야 한다고 주장한다. 한 번 계산해 보라. 키보드 앞에 하루에 몇 시간이나 앉아 있었는가? 글쓰기란 아마도 글래드웰의 주장이 가장 적확하게 들어맞는 사례일 것이다.

과정이 좋다고 결과까지 좋지는 않다

"제 이야기가 더 좋지 않아서 미안해요. 하지만 과정은 좋았으니 적어도 이렇게 이야기가 나왔잖아요." 난 이야기의 전환점을 못 찾았다는 사람들에게서 이런 말들을 너무나 많이 들었다. 하지만 과정은 좋았다는 말이 얼마나 사실일까? 어떤 사람은 런닝머신이 어떤 물건인지도 모르는 반면, 또 어떤 사람은 척 보기만 하고도 그 위에 올라타면 체중을

스토리를 만드는 물리학

줄일 수 있다는 것을 알아차린다. 둘 다 과정이다. 그리고 과정은 우리 모두가 선택할 필요가 있는 무엇이다. 우리는 적합한 과정을 선택해야 한다.

당신은 책상 앞에서 많은 시간을 보내고, 프린터 잉크를 수없이 낭비하면서 과정이 좋았다고 할지도 모른다. 하지만 우리가 이야기 속에서 작동시켜야 할 동력은 얼마나 많은 시간 혹은 잉크를 소모하는가와는 관계가 없다. 다시 말해서 당신이 이야기의 전환점을 미리 생각하든, 다음에 어떤 내용이 올지에 대한 단서 없이 텅 빈 화면만을 바라보고 있든 관계가 없다는 말이다(후자의 경우 당신은 기나긴 퇴고과정을 거쳐야 한다). 따라서 옳다는 확신이 들 때까지 이야기 전환점을 찾고 또 찾아야 한다. 당신의 목표는 이야기 동력을 찾아내어 강화하는 것이다. 탐색이 이야기 그 자체에 힘을 싣기 위한 것일 때, 이 목표는 보다 효과적이고 효율적으로 성취될 수 있다.

이런 과정이 이야기 탐색이다. 당신이 사용한 이야기 물리학으로부터 나오는 힘에 의해 다음에 이어질 내용을 알고 있는 것 말이다. 당신은 이야기 물리학을 가장 강력하고 적절하게 행사할 수 있는 이야기의 전환점을 찾아야 한다.

이야기 물리학의 동력은 모두 6가지이다

다음 장에서 이를 자세히 이야기할 것이다. 이제 당신은 이야기 물리학의 동력이 활용되는 방식을, 효과적인 스토리텔링에 이러한 동력이 반드시 필요하다는 것을, 글을 쓰는 과정 내내 이를 염두에 두고 있어야 한다는 것을 알게 되었다.

이야기 물리학의 동력을 세세히 따지다 보면 어떤 사람들은 6가지 이상의 동력이 존재한다고 말할 수도 있다. 하지만 6가지를 벗어나는 것은 핵심요소라고 할 수 없다(처음에는 혼란스러울지도 모른다. 왜냐하면 스토리텔링과 연관된 6가지 핵심요소가 있고, 이들 각각은 이야기 물리학에서 다수의 역할을 맡고 있기 때문이다. 22장을 참고하라). 이런 요소들 역시 6가지 핵심요소를 효율적이고 필수적으로 보완하며 이야기를 강화하는 역할을 맡는다. 성공적인 이야기라면 이러한 동력들이 어떻게든 조합되어 있기 마련이다. 당신의 눈에 어떻게 보이든 말이다. 우리 역시 이러한 동력을 사용하여 이야기를 끌어올려야 한다.

이야기 물리학을 정의해 보자
우리는 이야기를
성공적으로 작동시킬 방법을 찾아야 한다

이야기 물리학은 이야기 요리법이라기보다는 이야기를 요리하는 재료들이 질적으로 어떤 성격을 갖고 있는지 알려주는 방법이다. 이야기 물리학은 이야기를 창작할 때 사용하는 도구도 아니다(이에 대해서는 22장에서 이야기할 것이다). 이야기 물리학은 도구를 적용할 때 지렛대 역할을 하는 동력이다.

어떤 요리를 할까⋯⋯. 순한 맛? 중간 맛? 매운 맛? 우리는 선택해야 한다.

한 걸음 더 나아가 생각해 보자. 한 권의 책을 쓰는 일을 다양한 맛을 지닌 음식들이 나오는 다양한 코스로 구성된 풍성한 식탁을 차리는 일과 같다고 생각해 보자. 이러한 식탁을 차릴 때도 일관된 주제가 필요하고, 음식을 준비하기 위해서는 도구 – 냄비, 팬, 스토브, 버터 나이프 등 – 가 필요하다. 기본적인 요리법도 필요하고, 요리하는 기술뿐만 아니라 요리에 대한 일종의 감수성도 필요하다(돌멩이처럼 딱딱한 스테이크를 낼 수는 없잖은가?). 다양한 식재료들 역시 필요하다. 이러한 식재료들은 각기 다른 역할을 맡아 각기 다른 요리가 될 것이다. 각각의 코스들은 일정한 순서와 조합에 따라 식탁으로 날라져야 한다. 식재료와 요리법은 각기 알맞은 역할을 수행해야 한다(디저트에 타바스코 소스를 뿌릴 수는 없으니까).

요리사는 상점에서 식재료를 구입하고, 손에 익어 편한 도구를 사용한다. 냉동 식재료나 유통기한이 임박해 할인된 재료를 사용하기도 한다. 비싼 식재료 대신 싼 재료를 사용하기도 하고, 소스와 양념을 직접 만들지 않고 병에 든 재료를 따서 바로 냄비에 붓기도 한다.

하지만 전문적인 셰프 – 그냥 요리사보다는 한 단계 위 – 는 설령 동일한 요리법을 사용하더라도 다르게 접근한다. 셰프는 적합한 재료들로 직접 양념을 만든다. 셰프는 고급 정육점에서 고기를, 농장 직거래 시장에서 신선한 과일과 야채를 산다. 셰프는 결코 실망시키지 않는 특별한 빵집에서 빵을 산다. 셰프는 이탈리아산 재료와 캔자스산 재료 사이의 미묘한 차이를 알고 있다. 셰프는 요리를 배우고 하면서 선택하게 된 전문적인 고급 도구들을 사용한다.

셰프는 음식의 풍미, 질감, 신선도, 그리고 색채에 주의를 기울인다.

같은 요리법. 같은 음식. 그러나 셰프는 정착하지 않는다. 왜냐하면 맛의 미묘한 차이와 신경써서 접시에 담긴 음식의 모습은 식사하는 사람들을 음식에 더욱 집중하게 하기 때문이다. 음식을 먹는 사람들이 어떤 맛을 느끼게 될지에 대한 물리학을 이해하는 셰프는 최적화된 식재료를 전문적인 도구로 요리하지 않은 음식은 식탁에 내지 않는다. 셰프는 자신만의 요리법으로 식사를 준비할 때도 이러한 본질을 망치지 않는 사람이다.

물리학은 하나의 목표를 위해 적용되어야 하는 본질이다. 요리의 물리학은 스토리텔링의 물리학과 유사하다. 더 나은 재료와 도구는 맛깔스러운 음식을 위한 요리법에 적용될 때, 더 나은 결과를 보장한다.

요리사와 셰프의 차이점은 다음과 같다. 셰프는 어떤 요리법을 사용할 때, 여기에 자신만의 특성을 불어넣는다. 셰프는 요리의 물리학을 존중한다. 재료를 선택할 때도 마찬가지다. 고기는 너무 익혀서도, 덜 익혀서도 안 되며, 양념은 너무 많이 넣어서도 너무 적게 넣어서도 안 된다. 어떤 접시는 뜨겁게, 어떤 접시는 차갑게, 또 어떤 접시는 실온으로 내가야 한다. 필레미뇽(filet mignon, 뼈가 없는 값비싼 쇠고기 부위)을 준비하면서 서로인(sirloin, 쇠고기의 허리 윗부분의 살)을 생각하면 안 된다. 이런 것들이 물리학이다. 이런 것들은 규칙이 아니다(셰프는 규칙을 싫어한다). 이러한 물리학은 따라야 할 규칙이 아니라 밑바탕에 존재하는 것이다. 그리고 결과물에 영향을 미친다. 본질적이라는 말이다. 요리사는 재료의 성질을 파악하고 물리학을 적용시켜 도구와 요리법의 한계를 벗어나 손님들이 훌륭한 음식을 만끽하게 해준다. 이러한 요소들 가운데 하나라도 소홀히 여겼다가는 식사를 망치게 될 수도 있다.

전문적인 작가들도 마찬가지다. 그들은 어떤 재료를 사용할지, 이러한 재료를 어떻게 조합하고 준비할지 결정한다. 정도와 강도, 뉘앙스, 그리고 타이밍에 공을 들여야 한다. 요리법을 타협할 수 없을 때도. 이러한 선택들은 당신을 성공으로 이끌거나, 애써 쓴 것들을 쓰레기통에 던져버리고 처음부터 다시 시작하게 만들 수도 있다.

이제부터 이야기 물리학의 6가지 주요 요소를 알아보자.

6가지 문학적 동력은 서사적인 선택의 기준 – 이야기를 쓸 때 벤치마

크로 삼을 수 있는 기준 - 으로 사용되며, 6가지 동력을 그냥 내버려만 둔다면 이야기가 가진 최대한의 가능성을 끌어내지 못할 수도 있다. 작가가 이야기의 전환점은 생각하지 않고 처음 떠오른 아이디어가 대단히 창의적이라고 생각하며 무작정 이야기를 쓰기 시작할 때 이런 일이 일어난다. 또 작가가 억지로 이야기의 전환점을 만들어 내려고 할 때, 다시 말해서 궁지에 몰렸을 때, 가장 최적화된 전환점은 좀처럼 나타나지 않는다. 그러면 작가는 탈출 불가능한 서사적 막다른 길에 갇히고 만다.

이야기에 알맞은 양념을 선택하는 데 도움을 줄 만한 사례를 들어 보자. 당신은 주인공에게 일상적인 일거리를 안겨 준다. 그가 일상적인 사람이기 때문이다. 그리고 그에게 지루한 직업을 부여한다. 인물의 특성과 플롯에 더 훌륭하게 작용할 수 있는 흥미로운 직업들이 많은데도 말이다. 왜 그럴까? 당신의 직업이 바로 그것이고, 당신이 잘 아는 직업이기 때문이다. 당신은 종종 "잘 아는 것을 써라"라는 말을 들어 봤을 것이다(쓸모가 없지는 않지만 늘 옳은 조언이라고는 할 수 없다). 그래서 당신은 별 생각 없이 이러한 선택을 내리게 된다.

물론 당신의 직업이 자신에게는 매력적일 수 있다. 하지만 다른 사람들의 직업보다 훨씬 흥미진진한 직업은 아닐지도 모른다. 플롯과 주인공의 직업이 별 관계가 없다면, 그러니까 당신이 구성한 플롯에 주인공의 직업이 직접적인 영향을 미치지 않는다면, 인물의 성격을 더욱 잘 드러내고 이야기에 재미를 더할 수 있는 직업을 생각해 내라. 더 강력한 이야기 물리학을 드러낼 수 있는 직업 말이다. 정치적으로 올바르지 않은 말인지도 모르겠지만, 한 사람이 거쳐온 직업은 그의 전반적인 인격을 어느 정도 짐작하게 해준다. 장의사와 패스트푸드점 직원은 다른 성격을 지녔을 것이다. 음악가와 세무서 직원이 다른 성격을 지닌 것처럼 말이다. 이야기에 매력적인 디테일을 더하고 싶은가? 아니면 티끌만큼도 도움이 안 되는 것을 고수하고 싶은가? 진짜로 인물을 진부하게 만들 생각이 아니라면 강렬하고 재미있는 선택을 내리는 편이 항상 더 낫다.

이야기를 훌륭하게 만들어 줄 창의적인 선택지들은 항상 존재한다. 머릿속에 번갯불처럼 떠오르는 첫 번째 선택에만 매달리지 말고, 어떤 선택들이 창의적인 선택인지를 면밀히 따져볼 필요가 있다.

독자들이 읽게 될 이야기를 정의하는 이야기 물리학은 6가지 동력으로 이루어져 있다. 이야기 물리학은 당신의 소설이 흥미진진한지 진부한지, 자극적인지 혹은 지루한지, 놀라운지 혹은 뻔한지, 끝내주는지 혹은 평범한지를 결정한다. 인간 공통의 욕구와 감정에 연관된 이야기 물리학을 어떻게 사용하느냐에 따라, 또한 어떤 정도와 강도로 사용하느냐에 따라 이러한 동력은 힘을 발휘하거나 그렇지 않을 것이다. 그리고 이러한 동력은 항상 우리가 조절할 수 있는 정도를 약간 넘어선다.

독자들은 이야기를 느끼고 싶어 한다. 독자들은 배우고, 놀라고, 전율과 경이로움을 느끼고 싶어 한다……. 독자들은 답을 찾고자 하고, 무서워하거나 연민을 느끼고 싶어 하고, 인물이나 사건에 공감하고 싶어 한다. 그리고는 어떤 놀라움이나 충격, 기쁨을 느끼고 만족하며 이야기를 읽느라 투자한 시간을 전혀 아까워하지 않는다. 그리고 이러한 이야기를 만드는 데 지렛대 역할을 할 수 있는 것은 바로 물리학이다.

소설(혹은 영화)을 보는 독자들은 명백하게 모순적이고 반대되는 두 가지 이유로 이야기에 몰입한다. 그들은 지루한 일상, 지루한 현실을 탈출하고자 한다. 그리고 의미 있는 부분집합으로 이루어진 인생을 보고자 한다. 그들은 몇 시간만이라도 다른 인생을 살고자 한다. 독자들을 위해 이러한 인생을 지루함을 느낄 새 없이 풍부하고, 흥미진진하고, 의미 있게 만드는 것이 우리가 할 일이다.

이야기 물리학은 독자들의 희망을 만족시킨다. 당신은 최초의 아이디어를 생각해 낼 때부터 이야기 물리학을 적용시켜야 한다. 작가의 선택을 통해 이야기 물리학은 최초의 아이디어 자체를 훌륭하게 변모시키고, 좋기만 한 것을 훌륭한 것으로, 평범한 바닐라 아이스크림을 트리플 초콜릿 선더로 변모시킨다. 이야기 물리학은 이야기를 활활 타오르게 하는 연료다. 당신은 가까운 곳에서 쉽게 구할 수 있는 연료 대신 최상의 연료를 찾아야 한다. 구하기는 힘들지만 한 번 찾으면 빠르게 불을 붙일 수 있고, 오랫동안 밝게 타오를 수 있는 연료를 찾아야 하는 것이다. 라이터가 있는데 왜 성냥을 사용하는가? 당신은 어제 생선을 튀기고 남은 기름을 긁어모으는 대신 최상의 가솔린을 찾아 불을 붙여야 한다.

원고가 거절당하는 주요한 이유 중 하나는, 작가가 깊이 파고들지 않았거나 충분히 높이 올라가지 않았기 때문이다(이 말은 모순되지 않는다!).

작가는 이야기 물리학을 만나고, 이야기 물리학의 강력한 본질을 찾아내고, 이해해야 한다. 알고 있든 그렇지 않든, 이야기 물리학은 이미 당신이 쓰는 글에서 작동하고 있다. 이제부터 당신은 이야기 물리학을 내팽개치고 혼란스러워하는 대신, 이야기 물리학이 제 역할을 다할 수 있도록 최선을 다해야 한다.

1) 흡입력 있는 서사적 전제, 질문, 혹은 약속

당신은 아이디어 하나로 시작한다. 이 아이디어는 아이디어라는 말이
무색할 정도로 허술하거나("러브스토리를 쓰고 싶어"), 한 문장이나 한 단
락으로 요약될 수 있을 정도로 너무나 압축적일 수도 있다("1980년 미국
올림픽 하키팀 이야기를 쓰고 싶어"). 아이디어는 어떤 지점에서 콘셉트로
진화해야 한다. 이야기가 전개되면서 인물이 극적으로 변화할 수 있는
무대를 마련해 주어야 하는 것이다. 아이디어에 갈등과 관련된 요소가
도입될 때, 아이디어는 콘셉트로 진화한다.

"하키팀 이야기를 쓰고 싶어"라는 아이디어에는 콘셉트가 없다.

모든 이야기에는 콘셉트가 필요하다. '아이디어 하나'를 콘셉트로 만
들지 않는다면 성공적인 이야기를 쓰기란 불가능하다. 그러나 콘셉트라
고 해서 모두 같지는 않다. 어떤 콘셉트는 갈등을 정의하거나 암시하며
극적인 질문을 이끌어내지만, 어떤 콘셉트는 이야기 물리학의 측면에서
고려할 때 전혀 강력하지 않다. "남자와 염소의 사랑 이야기"는 하나의
콘셉트라고는 할 수 있지만, 이야기 물리학의 요소들이 지닌 내재적 힘
을 최적화하는 콘셉트는 아니다. 강력한 콘셉트를 만들려면 더 많은 것
이 필요하다. 예를 들어 "무슬림과 공화당 당원의 사랑 이야기"는 어떤
가? 이처럼 견고한 콘셉트라면 글로 쓰여지기 전부터 즉각적인 흡입력
을 갖는다.

이야기 탐색과정이란 사실 더 강력하고 깊이 있는 콘셉트를 찾는 과
정이다. 아이디어가 근본적으로 평범하고 독창적이지 않다면, 혹은 재
미있지 않다면, 그리고 콘셉트가 이러한 아이디어로부터 비롯된 것이라

면, 이를 제대로 작동시켜줄 요소들을 부가하기란 더욱 어려울 수밖에 없다.

우리에게는 그 자체로 장점을 지닌 흡입력 있는 콘셉트가 필요하다 (바다 밑바닥에서 떠오른 타이태닉호나 1962년 미시시피 잭슨에서 살았던 흑인 하녀의 비참한 삶, 사람들을 통제하고 억압하는 잔인한 디스토피아적 사회에서 비행사가 되기를 갈망하는 어린 소녀와 같은 콘셉트). 당신은 이야기를 전개해나갈 때 극적 질문 – 본질적으로 독자를 끌어당기고, 재미있고, 독자에게 보상을 안겨다주는 답변을 이끌어낼 – 을 묻는 콘셉트를 생각해야 한다.

댄 브라운은 훌륭한 본보기다. 하지만 수천 명의 다른 작가들이 그가 〈다빈치 코드〉에서 사용한 것과 같은 (혹은 여타의 훌륭한 책에서 사용된 것과 같은) 아이디어와 같은 요소들을 조합해서 〈다빈치 코드〉처럼 훌륭한 소설을 쓸 수도 있다. 어떻게?

왜냐하면 콘셉트, 그리고 주제가 강력하기 때문이다. 능숙한 솜씨를 지닌 작가라면 이러한 요소들로 대작을 써 낼 수 있을 것이다(하지만 명확히 말해두건대 이러한 요소들을 글로 쓰는 과정을 만만하게 봐서는 안 된다. 글로 쓰는 과정 역시 이야기 물리학의 필수요소 중 하나다. '글을 쓰는' 과정은 6가지 핵심요소 중 2가지와 관련된다. 이에 대해서는 22장에서 자세히 다룰 것이다). 콘셉트를 발전시키는 것은 따분한 재능과는 별 관련이 없다. 당신이 흡입력 있는 콘셉트를 발견하는 것도, 이야기 물리학을 이해하고 끝내주는 상상력을 발휘해서 이러한 콘셉트를 풍부하게 만드는 것도 재능이라고 말할 수 있겠지만 말이다. 그러나 어떤 아이디어가 훌륭한 콘셉트로 진화할 수 있는 힘이 있는지를 알고 이를 발전시켜 글로 써 내는

스토리를 만드는 물리학

방법을 아는 것이야말로 중요하다.

이런 면에서 댄 브라운은 존경받아 마땅하다. 그는 (여러 다른 아이디어들이 있었음에도 불구하고) 어떤 아이디어에 내재된 힘을 발견했고, 이 힘을 훌륭한 콘셉트로 자연스럽게 진화시켰다(특히 〈다빈치 코드〉에서는 여러 콘셉트들이 하나의 힘 있는 서사로 녹아들었다). 그는 날카로운 설계 감각으로 대칭성을 사용하여 이러한 콘셉트를 글로 써 냈다. 그 결과, 이야기는 6가지 핵심요소 중 2가지 – 콘셉트와 주제 – 를 통해 놀랄 만큼 효과적이고 정교하게 완성되었다. 〈다빈치 코드〉가 얼마나 성공했는지는 베스트셀러의 역사를 잠깐만 들여다봐도 단박에 알 수 있다.

많은 작가들이 책의 성공에는 별로 신경쓰지 않는다고 말한다. 물론 우리 모두는 자신만의 의견을 내놓을 자격이 있지만, 많은 경우 이러한 관점은 자신만의 신념과 무지, 그리고 질투에 기반하고 있다. 상업적으로 대단한 성공을 거둔 작품에는 모두 플롯이 존재한다. 이런 종류의 책을 쓰지 못했을 뿐만 아니라 그들의 성공이 부당하다고 생각하는 작가들은 툴툴거리기만 한다.

우리는 그래서는 안 된다. 우리는 이야기 물리학을 항상 염두에 두어야 한다.

어떤 이야기에 대한 콘셉트가 생겨나는 바로 그 순간, 작가들은 더욱 강력한 이야기 물리학을 제공할 수 있는 스토리 비트를 찾아나서야 한다. 당신은 생각해 낸 아이디어에서 어떤 점이 흥미롭고, 어떻게 하면 더 흥미롭게 만들 수 있을지를 자문해야 한다. 이 아이디어는 주인공에게 어떤 갈등을 안겨줄 것인가? 의도적으로 조절된 호흡에 따라 이야기가 풀려나가면서 이러한 갈등은 구심점이 될 수 있을 것인가? 독자는 어떤 감정을 느끼게 될 것인가? 당신의 아이디어가 이런 역할을 맡을 수 없다면, 콘셉트적인 차원에서 아이디어를 다시 한 번 살펴보라.

작가로서 일견 재밌게 보인다는 이유로 모든 아이디어들을 무턱대고 수용해서는 안 된다. 우리는 아이디어를 어떻게 정교하게 만들 수 있는지를 생각해야 한다.

아이디어를 콘셉트로 다듬어라

아이디어가 콘셉트로 구체화되면 이로부터 어떤 질문들이 떠오르는가? 장면들이 이어지고 이야기가 전환점을 맞을 때 어떤 설명적인(서사적인) 답변을 제공할 것인가? 여기서 독자들이 매력을 느낄 만한 요소는 무엇인가?

앞의 예로 돌아가 보자. '12세기 아일랜드에 관한 역사소설'은 당시 아일랜드 사회나 풍경을 제외하면 하나도 재미있는 점이 없는 하나의 아이디어에 불과하다. 아직 콘셉트라고 할 수 없다. 이대로는 이야기를 담기에 충분하지 않다. 그러니 아이디어를 콘셉트로 다듬어야 한다. "그래, 아일랜드는 꽤 멋있지. 그러니까 아일랜드가 멋있다는 걸 보여줘야지." 이런 실수를 하면 안 된다. 이런 아이디어만으로 원고를 쓴다면 이야기를 탐색조차 하지 않은 채로 시작하는 것이나 다름없다.

특히 장르 소설에서 이 점은 중요하다. 미스터리는 해결을 필요로 하는 살인사건을 다룬다. 로맨스는 사랑에 빠지는 두 사람을 다룬다. 따라서 이런 소설을 쓰고자 한다면, 장르를 규정하는 데 필수적인 콘셉트를 더해야 한다. 아이디어를 살아 움직이게 할 수 있는 이야기 물리학 – 흡입력 있는 설정, 힘겨운 장애물, 공감할 수 있는 주인공, 그리고 생생하고 새로운 그 무엇 – 을 모조리 동원해야 하는 것이다.

당신의 콘셉트에 다음과 같은 질문을 던져 보라. 이야기가 극적 긴장감을 배태하고, 함축하고, 예고하는 데 있어 콘셉트는 어떤 역할을 하는가? 이러한 콘셉트 내에서 주인공은 어떤 행위를 할 것이며, 주인공의 욕망을 반대하는 것은 무엇이 될 것인가? 적합한 콘셉트라면 당신을 옳은 길로 이끌 것이다. 그렇지 않다면 이야기 물리학의 특별한 요소들의 힘을 사용할 기회를 영영 날려버릴 것이다.

처음으로 돌아가자. 나는 전제라는 용어를 말한 바 있다. 이야기 물리학의 첫 번째 요소는 흡입력 있는 전제다.

아이디어와 콘셉트, 그리고 전제는 각기 다르다. 어떤 사람들은 이러한 구분을 하찮다고 생각하지만, 뭔가 다른 것을 찾는 작가들에게는 유용한 구분이다. 결과물을 보장하는 콘셉트가 없는 아이디어만으로는 페이지를 채울 수 없다. 그리고 흡입력 있는 전제를 갖추지 못한 콘셉트만으로는 강렬한 이야기를 쓸 수 없다.

콘셉트는 극적 긴장감을 유발할 수 있는 잠재력에 초점을 맞춘다. 전제는 콘셉트에 인물을 부가할 때 생겨난다.

〈다빈치 코드〉를 통해 좀 더 자세히 알아보자.

아이디어: 레오나르도 다빈치가 비밀종파의 단원이었을지도 모른다는 추측을 포함하여, 오늘날까지 이어지는 신화에 기초한 종교적 진실성에 관한 이야기 (강력한 아이디어. 이 아이디어에는 이미 콘셉트적 측면이 포함되어 있다. 많은 사람들이 지지하는 믿음에 도전함으로써 갈등을 증폭

시킬 수 있기 때문이다. 이 아이디어는 그저 교회의 진실성에 관한 이야기라거나 성배에 관한 이야기처럼 보다 단순해질 수도 있었다. 한데 댄 브라운은 이를 묻는 내 전화에 응답하지 않고 있다.)

콘셉트: 예수가 세상에 알려진 바와는 달리 십자가에 매달려 사망하지 않았다면, 그런데 교회가 권위를 잃지 않으려고 이 사실을 묻었다면, 그리고 수백 년 동안 이어진 비밀 종파의 암살자들을 이용해 진실을 찾아내려는 사람들을 살해해 왔다면? (이 콘셉트에 주요 인물들이 하나도 등장하지 않는데도 벌써부터 긴장감과 드라마가 생긴다는 점에 주목하라.)

전제: 한 상징학자가 살인사건이 벌어진 현장의 단서를 해독하기 위해 불려간다. 그는 살인사건과 관련된 거대한 권력의 연결고리를 발견하고, 그가 진실과 관련자들 - 가톨릭 교회의 최고 권위자들 - 에 점점 더 가까이 다가갈수록 그의 인생은 위기에 처한다. 이러한 전제는 인물에 초점을 맞추고 있으며, 드라마와 강력한 주제 역시 포함하고 있다.

아이디어는 콘셉트를, 콘셉트는 전제를 이끌어낸다. 즉 아이디어는 콘셉트로, 콘셉트는 전제로 진화하는 것이다. 콘셉트를 전제로 진화시키는 데 필수적인 인물은 치열하게 갈등과 마주하며 스토리텔링의 최전선에 선다. 여기서 기법이 최고조로 위력을 발휘해야 한다. 콘셉트가 인물과 밀착하기 전에는 진짜 이야기가 시작되었다고 할 수 없다. 당신의 아이디어가 단지 인물하고만 관련이 있다 하더라도(내 첫 소설이 이런 식으로 시작했다), 당신은 이 아이디어를 콘셉트로 진화시켜야 한다. 콘셉트가 당신을 어딘가로 이끌기 시작할 때, 전제는 이야기의 시간과 장소를 설명하는 슬러그 라인slug line4이 된다.

대공황기를 살아남은 사람들에 대한 이야기……. 이는 아이디어다. 대공황기에 다른 집 식량을 훔쳐 살아남은 사람들에 대한 이야기……. 이는 콘셉트다. 부모가 대공황기를 어떻게 살아남았는지를 알게 된 어린 소년에 관한 이야기……. 이는 전제다.

이야기 물리학의 첫 번째 요소는 흡입력 있는 전제다. 앞서 말했던 속담을 되풀이하자면, 넝마로 비단 지갑을 만들 수 없다. 당신의 전제는 고급 비단이어야 한다. 좋은 전제를 갖고 있다면, 하루가 끝나갈 무렵 비단 지갑을 금화로 가득 채울 수 있을 것이다.

2) 극적 긴장감

단순하고 보편적인 불변의 법칙이 있다. 이야기에는 주인공(궁극적으로 이야기를 해결하는 주인공)이 있어야 한다. 작가인 당신은 주인공에게 뭔가 할 일을 주어야 한다. 주인공이 필요로 하는 것, 도전해야 할 것, 해결해야 할 문제, 도달해야 할 목표, 그리고 모험을 만들어 주어야 하는 것이다. 그 후에는 해법을 찾거나 어떤 결과를 욕망하는 주인공에게 장애물을 설정해야 한다. 주인공의 목표에 장애물이 충돌하면서 갈등이 빚어질 때, 극적 긴장감이 형성된다. 그러면 독자는 다음과 같은 질문을 떠올린다. 이제 어떤 일이 벌어질 것인가? 이 질문에는 다음과 같은 필

---

4 시나리오에서 각각의 장면들이 시작될 때 해당 장소와 시간을 설명하는 한 줄의 짧은 문구

수적인 질문이 따라 나와야 한다. 내가 왜 이렇게 관심을 갖지?

이야기의 본질은 갈등이다. 갈등이 없다면 이야기도 없기 때문이다.

이야기를 탐색하는 당신은 갈등을 우선적으로 생각해야 한다. 당신이 구성하는 모든 장면들, 그리고 각각의 장면이 지닌 모든 순간은 갈등을 어떻게 드러내는가?

갈등이 이토록 중요한 이유는 무엇일까? 갈등은 직·간접적으로 이야기 물리학의 필수적인 동력 중 하나인 극적 긴장감을 형성하기 때문이다.

인물 중심적인 작가들도 항상 갈등을 잘 쓰려고 도전하지만, 늘 제대로 되지는 않는다. 겉으로는 잘 보이지 않는다고 하더라도 갈등은 반드시 있어야 하며 이야기의 촉매제로 활약해야 한다. 역설적이게도 갈등을 별로 중요하게 생각하지 않는 작가들도 인물의 내적 갈등을 통해 이야기에서 극적 긴장감 – 극적 긴장감은 이야기에 반드시 존재해야 한다 – 을 유발한다. 내적이고 미묘한 갈등일수록, 더 많은 이야기 요소와 물리학이 효과적으로 작동해야 한다. 이때 외적 갈등 또한 두드러진 역할을 담당하지 않는다고 하더라도 독자들이 볼 수 있어야 하며 나름대로의 흥미진진함을 보여주어야 한다.

이야기의 파트 1(22장을 보라) 이후부터 모든 장면은 각각 다양한 극적 긴장감을 어느 정도 보여주어야 한다. 파트 1의 모든 장면은 암시를 통해 주인공의 과거와 현재, 다가오는 위험요소를 보여주어야 하며, 파트 2로 이어지는 전환점을 구성하는 데 도움이 되어야 한다.

이를 작동하게 하는 것 – 물리학으로 뒷받침된 – 은 주인공을 위해 설정한 위험요소다. 이는 때로 다음과 같은 질문으로 표현될 수 있다. 주인공이 그녀를 만날까? 그녀가 주인공을 만나러 올까? 도시는 구원받을 수 있을까? 정의는 수호될 것인가? 이야기를 끌어가는 것은 바로 위험요소다. 위험요소는 인물이 원하는 바와 하는 행동의 동기가 된다. 얻는 것은 무엇이며 잃는 것은 무엇인가? 성공이나 실패로 인한 결과는 무엇인가? 당신이 독자들로 하여금 이러한 위험요소 — 이 역시 당신을 이야기 물리학의 다른 요소로 이끌 것이다 — 에 집중하게 하여 갈등을 이끌어내는 물리학을 강화할 수 있다면, 이야기는 제대로 작동할 것이다.

디스토피아적 세계를 살아가는 한 소녀에 관한 이야기인 〈헝거 게임 The Hunger Games(24장을 보라)〉은 우리 스스로를 돌아보게 한다. 이것이 〈헝거 게임〉의 콘셉트였다. 적절한 갈등과 전제가 없었더라면 이러한 콘셉트는 제대로 펼쳐지지 못했을 것이다.

이야기의 구조는 외적 갈등을 통해 유발된 역동적인 긴장감으로 뒷받침된다(물론 캣니스Katniss는 내적 갈등도 잘 표현하고 있다). 그녀는 모든 사람들이 그녀를 죽이려고 하는 장소로 보내진다……. 이 이상 훌륭한 외적 갈등이 있을까? 악랄한 지배자는 관중들의 즐거움을 위해 그녀를 살해하기 전 고통스러운 상황에 빠뜨린다. 갖가지 부상과 고난이 그녀를 안전으로부터 멀어지게 한다. 우정은 생존에 방해가 될 뿐이다. 사랑에 대한 내적 저항과 감정에 대한 혼란스러움 — 이 이야기에서 내적 갈등을 담당하는 — 은 외적으로 위험한 상황에 처한 그녀의 생존능력을 위협한다.

〈헬프The Help(23장을 보라)〉에서 갈등은 인종 차별주의자들과 겁쟁이들의 행동을 뒷받침하는 사회적 통념과 믿음체계가 진정한 영웅으로 거듭나는 인물들에 의해 흔들리는 과정에서 비롯된다. 우리는 마치 1962

년 미시시피 잭슨에 있는 듯한 기분으로 인물에 몰입하여 간접적인 경험을 하며 극적 긴장감을 맛보고 만족스러운 결론을 얻는다. 〈헬프〉의 갈등을 설명하는 앞 문장에는 이야기 물리학의 6가지 핵심요소 중 세 가지가 나타나 있다. 〈헬프〉는 이야기 물리학이 이러한 요소들을 어떻게 통합하고 있는지를 증명하는 좋은 사례다.

당신은 이런 이야기는 설정이나 주제가 중요하다고 말할지도 모른다(우리는 이야기를 탐색하는 초기 단계에서 이런 생각을 종종 한다). 그렇다. 〈헬프〉는 1962년 미시시피 잭슨의 한 가정을 비추어 인종적인 편견에 관한 이야기를 하고 있다. 그러나 이야기가 '무엇에 관한' 이야기인지에 대한 설명은 엘리베이터에 탔을 때나 이메일을 보낼 때처럼 짧은 시간 동안 하는 것이다. '무엇에 관한' 이야기인지에 대한 설명은 진짜 이야기를, 보다 중요한 이야기를, 작가가 진정한 이야기 감각을 통해 실제로 쓰는 이야기의 구조적인 드라마를 전혀 드러내지 않는다. 주인공 스키터 Skeeter와 책을 쓰겠다는 그녀의 계획이 없었다면, 못된 장난을 친 파이가 없었다면, 이 이야기는 대학 1학년 학생이 쓴 사회학 보고서처럼 보였을 것이다. 〈헬프〉에서는 뛰어난 콘셉트와 주제가 서사적으로 조화를 이루어 성공적으로 극적 긴장감을 이끌어낸다. 제대로 봐 왔다면, 당신은 여기서 이야기 물리학의 첫 번째 2가지 요소가 이 이야기가 성공한 이유를 뚜렷하게 드러내고 있다는 사실을 알아차렸을 것이다. 나머지 요소들이 진부하게(이 소설이 그렇다는 말은 아니다!) 처리되었다고 하더라도 〈헬프〉는 앞의 2가지 이야기 동력만으로도 충분히 성공했을 것이다.

스토리를 만드는 물리학

3) 호흡 조절

내가 이 책을 쓰는 동안 아내는 존 어빙John Irving[5]의 〈단 한 사람In One Person〉을 읽고 있었다. 처음 몇 페이지를 읽던 그녀는 고개를 돌리더니 이렇게 말했다. "당신도 이거 읽어 봐. 뭐 하나 빠진 게 없어. 문체도 놀랍고." 물론 그렇겠지. 존 어빙이니까. 시인의 눈으로 서정적인 순간을 포착하는 레슬링 선수가 아닌가. 베스트셀러였던 〈사이더 하우스The Cider House Rules〉로 오스카에서 각색상도 받았고. 게다가 문체는 6가지 핵심 요소 중 하나다. 내 아내도 이를 눈치 챘다.

며칠 뒤, 아내는 그 책이 아닌 잡지를 읽고 있었다. 존 어빙의 책은 한가운데 북마크가 꽂힌 채 협탁에 던져져 있었고. 왜 마저 읽지 않느냐고 묻자 이렇게 대답했다. "어빙이 뭘 놓치고 있는 것 같아. 아니면 마음 속 악마에게 졌거나. 그런데 좀 지루한 악마에게 진 거지." 난 아내에게 더 자세하게 말해 보라고 부탁했다. 아내는 이야기가 어지러워졌고, 방향도 보이지 않았고, 진짜 갈등을 끌어내는 플롯도 없다고 했다. "인물이 전부 내적 독백만 하고 있잖아." 난 아내에게 다소 수사학적인 질문을 던졌다. 그게 나쁘냐고. 그녀는 대답했다. "내가 더 이상 읽기 싫다면 나쁜 거지."

뭐, 그는 존 어빙이다. 그는 그런 글을 쓴다. 스티븐 킹이, 배짱 있는 편집자라면 450페이지쯤은 가뿐히 덜어낼, 1000페이지짜리 기나긴 소

---

5   스물여섯에 첫 소설 『곰 풀어주기』를 발표하며 작가생활을 시작했다. 한동안 가르치는 일과 글 쓰는 일을 병행하다 엄청난 작가적 성공을 안겨준 『가아프가 본 세상』 이후 전업 작가의 길로 들어서, 『사이더 하우스 룰스』, 『뉴햄프셔 호텔』, 『오웬 미니를 위한 기도』, 『네 번째 손』 등 선이 굵고 정열적인 작품들을 연이어 발표하며 현대 미국을 대표하는 작가가 되었다.

설을 쓰는 것과 마찬가지다. 조너선 프랜즈Jonathan Franzen[6]이 지식인인 체하는 사람들 사이에 유행처럼 퍼져있는 이야기를 쓰는 것과 마찬가지고. 난 그의 책을 두 권 사서 읽었다. 지난 10년간 비평가들에게서 가장 많은 찬사를 받은 작가라면 뭔가 배울 점이 있으리라고 생각해서였다. 그리고 비평가들 역시 지식인인 양 하는 이야기에 집착하는 모양이다. 나는 두 권 모두 끝까지 읽지 못했다. 물론 이런 이야기를 좋아하는 사람들이 있다. 하지만 이런 이야기가 모든 사람들을 위한 이야기가 아니라는 점은 분명하다. 이런 이야기를 좋아하는 사람들이 얼마나 많은지는 모르겠지만, 최소한 상업적인 소설을 위한 좋은 본보기라고는 할 수 없다(그의 책을 끝까지 읽지 못한 사람이 생각보다 꽤 많다는 데 내기를 걸 수도 있다). 작가로서 당신은 어떤 독자들을 대상으로 하는 소설을 쓸 것인지를 정확히 알아야 한다. 그리고 그들이 기대하는 것, 그들이 바라는 것을 주어야 한다. 장르 지향적인 이야기를 쓴다면 더욱 더 그러하다.

존 어빙과 조너선 프랜즌의 책이 지닌 문제 – 나는 상업적인 소설을 좋아하는 취향을 인정하지 않고 남들이 칭찬하는 책을 읽지 않으면 죄책감을 느끼는 사람들도 문제라고 생각한다 – 는 이야기 물리학이 제대로 활용되지 않았거나, 이야기 물리학이 아예 존재하지 않는다는 것이다. 이런 작가들은 극적 긴장감을 최적화시키지 않고, 독자들을 빨아들이는 구심점 역할을 하는 전제를 제공하지 않는다. 그들은 인물의 내부를 깊이 파고들 뿐이다. 따라서 독자들은 페이지를 넘기는 데 극도로

---

6 1988년 데뷔작 『스물일곱 번째 도시』를 출간했고, 와이팅 작가상을 받았다. 1992년에 『강진동』을, 2001년에 『인생수정』을 출간했다. 『인생수정』은 영미 주요 언론 및 젊은 작가들의 찬사뿐 아니라 오프라 윈프리 북클럽 선정 도서가 되는 등 그해 최고의 화제작이 되었고, 전 세계 35개 언어로 번역, 출간되어 300만 부를 돌파한 베스트셀러가 되었다.

어려움을 겪는다. 적어도 나나 내 아내는 그의 책을 끝까지 읽을 수 없었다. 아마 대부분의 사람들도 마찬가지일 것이다.

그들을 폄하하려는 의도는 없다. 그들은 천재적인 작가이다. 어쩌면 이 점이 문제다. 우리 나머지는 천재가 아니니까.

극적 긴장감이나 흡입력 있는 전제는 제쳐두자. 내가 위에서 언급한 작가들의 작품들은 또 다른 기회를 움켜쥐지 못했다. 그들은 나른한 호흡으로 이야기를 끌어간다. 혹은 호흡이 전혀 느껴지지 않기까지 한다. 특히 프랜즌의 소설은 픽셀 하나하나를 설명하는 스틸사진처럼 읽힌다. 반면 넬슨 드밀Nelson Demille[7]과 마이클 코넬리Michael Connelly[8], 그리고 데니스 루헤인Denis Lehane[9]과 노라 로버츠(이들은 어빙이나 프랜즌과 마찬가지로 가슴 깊이 스미는 문학적 문체를 보여준다)는 호흡 조절의 명수이다. 그들의 소설은 극적 긴장감을 빠르게 제시하고, 독자들에게 주인공에 대한 공감을 불러일으키고, 여기서 탄력을 받은 이야기는 속도감 있게 읽힌다. 정지화면을 해부하는 것 같은 작가들에게서는 찾아볼 수 없는 미덕이다. 이들은 힘들이지 않고 즐겁게 읽을 수 있는 작품을 쓴다.

호흡 조절은 전적으로 작가의 손에 달려 있다. 호흡을 조절하는 최상의 방식은 6가지 구조적인 핵심요소에 달려 있다. 이야기는 대략 동일한

---

7 뉴욕 타임스와 퍼블리셔스 위클리 베스트셀러 1위에 빛나는 걸출한 대중소설 작가다. 대표적인 작품은 '존 코리 시리즈' 그 외에 존 트라볼타 주연의 영화 〈장군의 딸〉의 주인공 폴 브레너가 등장하는 '폴 브레너 시리즈'가 유명하다.

8 '해리 보슈 시리즈', '미키 할러 시리즈' 등의 저작을 통해 추리, 스릴러 분야에서 세계적 명성을 얻은 작가다. 대표작은 초기작인 『시인』, 『블러드 워크』, 『허수아비』, 『링컨 차를 타는 변호사』 등이다.

9 『미스틱 리버』, 『살인자들의 섬』 등으로 주목 받은, 현대 미국의 대표적인 스릴러 작가다. 1994년에 발표한 첫 작품 『전쟁 전 한잔』은 그에게 '셰이머스 상'의 영예를 안겨주었고, 이후 『어둠아, 내 손을 잡아』, 『신성』, 『가라, 아이야, 가라』, 그리고 『비를 바라는 기도』 등을 연이어 발표하면서 평단의 주목을 끌었다.

분량을 갖는 네 개의 파트로 나뉘고, 각각의 파트는 컨텍스트적 임무를 수행하며, 서사 내에서 성취되는 뚜렷한 임무를 갖는 주요한 전환점에 의해 분리된다(22장을 보라). 이러한 4개의 파트와 이들을 각각 구분하는 전환점은 호흡을 최적화시키는 역할을 맡는다.

소설의 파트 1은 주인공과 세계관, 위험요소, 1차 플롯포인트에서 드러나게 될 다가오는 함정을 보여준다. 1차 플롯포인트 – 어쩌면 이야기에서 가장 중요한 장면일지도 모른다 – 는 파트 1과 파트 2를 분리한다. 하지만 파트 2에 발을 들이면, 당신은 이야기가 앞으로 나아가야 할 방법을 찾아야만 한다. 주인공에게는 이제 해결해야만 하는 문제, 혹은 받아들여야만 할 모험이나 여행이 생겼다. 파트 2에서는 이제 막 새로운 국면에 접어든 주인공의 반응을 우리에게 보여준다(주인공이 파트 1에서 새로운 국면을 맞이했다면 이는 파트 2에서 보다 구체화된다).

파트 3에서는 주인공을 압박하고 위험요소를 부가하여 주인공이 대책을 강구하고 공격에 나서게 하면서 이야기에 속도를 부여한다. 파트 2에서 문제에 반응했다면, 파트 3에서는 컨텍스트적 단계에 진입한다. 파트 4에서는 가속페달을 밟으며 극적 긴장감을 고조시킨다. 이야기의 흐름과 주인공의 동기를 한데 모아 마침내 주인공이 마침내 이야기를 해결하는 데 기폭제가 되는 무대를 마련해 주는 것이다.

〈헝거 게임〉은 호흡 조절 면에서 배울 점이 많다. 이야기는 캣니스가 그녀가 사는 구역에서 게임에 지원하는 것으로 빠르게 시작한다. 그녀는 캐피톨로 떠나 게임에 대비하기 시작하고, 게임에 참가할 날짜는 점점 다가온다. 그렇게 호흡은 점점 더 가속화된다.

그런데 이 이야기에서 캣니스와 피타와의 관계 역시 인물과 관련된 극적 긴장감을 고조시킨다. 이들의 관계는 파트 2에서 가속화되기 시작한다. 피타는 캣니스에 대한 애정을 사람들 앞에서 공공연히 드러내고, 그들의 멘토인 헤이미치는 이를 훌륭한 생존전략이라며 추켜세운다. 그들의 관계는 새로운 국면을 맞이하고, 이 역시 호흡을 가속화시키는 데 일조한다. 그 후, 게임이 진행되기 시작하면서 피타는 캣니스를 배신하는 듯하고, 따라서 극적 긴장감이 한층 더 고조되며, 다시 한 번 호흡이 빨라진다.

그리고 책을 읽는 당신은 이 이야기가 얼마나 빠르게 전개되고 있는지를 깨닫는다. 이 이야기는 시작조차도 빠르다. 이 책은 가장 훌륭한 호흡조절을 보여주고 있다고 할 수 있다. 1인칭 화자의 내적 독백이 서사적인 목소리로 사용되고 있는데도 말이다.

당신의 이야기에서도 매 순간마다 각각의 장면이 호흡 조절에 얼마나 도움이 되는지를 생각해야 한다. 이야기가 어느 지점에 있는지 인지해야 하고, 이야기 물리학을 앞으로 밀어붙이고 있는지, 혹은 쉬게 하고 있는지, 혹은 앞으로 나아가야 하는데도 뒤로 물러나게 하는 것은 아닌지 계속 확인해야 한다.

당신은 독자들이 이야기가 빠르게 진행되는 것처럼 보이지만 결국 아무 일도 일어나지 않아 곧 지루해하기를 바라지 않을 것이다. 호흡 조절은 직감에 달려 있지만, 이러한 직감은 습득될 수 있다. 독자일 때 느끼던 감각을 작가로서 글을 쓴다고 해서 자연스럽게 사용할 수 있는 것은 아니다. 우리가 독자로서 지닌 이야기에 대한 본능은 직접 글을 쓸 때는 별 효력을 발휘하지 못한다.

호흡 조절이 잘못된 이야기에는 대개 극적 긴장감을 유발하는 중심

축이 없다. 다시 말해서 에피소드 위주라는 말이다. 이런 이야기는 시간과 장소만이 중요한 것처럼 보이기도 한다. 주인공은 단순히 이러한 시간과 장소를 배회하며 이 모험에서 저 모험으로 이동한다. 여기에는 점점 더 성장하고 움직이고 강렬해지고 명확해지는, 보다 극적인 중심 이야기와의 연결고리를 찾아볼 수 없다. 인생을 다루는 소설이나 시나리오는 종종 이런 실수를 저지른다. 이런 이야기가 제대로 작동할 수 있는 유일한 방법은 주인공의 인생 자체가 문제여야 한다는 점이다. 에드거 후버Edgar Hoover나 에이브러햄 링컨과 같은 인생 말이다(그들의 인생은 모두 영화로 만들어졌다). 독자들은 이런 인생 이야기라면 즉각 관심을 가질 것이다.

책 전체를 통과하는 극적 긴장감의 요소들을 적절히 조합하고, 이야기가 성장하여 그 자체로 모습을 드러낼 수 있는 전략을 사용하는 것이 해법이다. 예를 들면 〈헝거 게임〉에서 가장 극적인 요소는 캣니스의 생존이 항상 불투명하다는 점이다. 그런데 이 책은 큰 줄기의 드라마를 둘러싸고 갖가지 사소한 드라마들이 나타나고 해결되는 과정을 통해 우리를 이야기에 더욱 깊이 빠져들게 하고, 큰 드라마가 해결되는 순간으로 점점 더 가까이 다가가게 한다.

앞으로 나아가지 않는다면 당신은 죽는다. 이는 인생의 법칙이다. 게다가 이는 소설에서도 사실이다.

4) 주인공에 공감하기

우리가 글 쓰는 법을 배운 첫날부터 이야기는 인물, 혹은 주인공에 관한 것이라는 개념이 머릿속에 단단히 자리잡았다. 가끔 이는 스토리텔링에서 가장 우선시되는 목표로 여겨진다. 소설은 인물을 어떻게 보여주느냐에 따라 달라지며, 독자는 우리의 주인공을 반드시 좋아해야만 한다는 것이다.

사실이기도, 아니기도 하다. 좀 역설적으로 들리겠지만 좋은 쪽으로 생각해라.

우리의 이야기는 흡입력 있는 주인공과 흡입력 있는 전제를 모두 필요로 한다. 둘 다 제대로 작동하면, 하나는 다른 하나를 떠받치는 기능을 한다. 인물에게는 무대와 할 일이 필요하다. 갈등과 극적 긴장감이 없다면 이러한 인물은 분주하기만 할 뿐 아무런 행동도 하지 않는 에피소드적 인물로 전락한다. 그저 인생의 단면을 보여주는 에피소드적 인물로만 남는 것이다. 하지만 인물에게 의미 있고 극적인 목표가 생긴다면, 무언가를 찾아야 하고, 성취해야 하고, 도망쳐야 하고, 생존해야 한다면, 그들은 커다란 무대 위에서 의기양양하게 행동할 것이고, 문학 교수가 인정할 정도로 입체적인 모습을 보여줄 것이다.

인물을 관찰하고 분석하는 것과 인물에 정서적으로 몰입하고 지지를 보내는 것 사이에는 차이가 있다. 이야기 전략에서 보다 중요한 것은 후자다. 이러한 전략이 통하게 하려면 당신은 인물들이 모험하게, 여행하게, 문제를 해결하게, 목표를 추구하게 해야 한다. 다시 말해서 플롯을 구성해야 한다.

독자가 반드시 주인공을 좋아할 필요는 없다. 독자가 주인공을 좋아해서 이야기에 도움이 된다면 좋겠지만, 항상 필수적이지는 않다. 우리는 어디서나 반영웅antihero을 찾아볼 수 있다(브루스 윌리스는 반영웅 역할로 먹고 산다). 그러나 독자는 반드시 주인공을 응원해야 한다. 주인공이 반영웅이더라도 마찬가지다. 몇몇 성공한 이야기들은 주인공의 파멸과 몰락을 다루고 있다. 이는 이야기 물리학의 다른 요소들과 연결되는데, 그 까닭은 작가가 위험요소와 갈등이 야기하는 상황(극적 긴장감을 불러일으키는 상황)에 주인공을 밀어 넣고, 우리에게 그의 고통이나 희망을 느낄 수 있느냐고, 그를 계속해서 응원하겠느냐고 묻기 때문이다.

그래서 우리는 어떻게 할 것인가?

우리는 주인공이 처한 상황, 궁지, 모험, 그에게 맞서는 모든 것들에 대해 주인공에게 공감을 불러일으키는 요소를 써야 한다. 주인공을 어떤 노정에 세우거나, 어떤 위험과 연루된 행동을 하게 할 때, 독자는 주인공에게 공감한다. 독자는 주인공에게 몰입한다. 독자는 마치 자기도 이야기 한가운데 서 있다는 듯 극적 긴장감을 느껴야 한다. 무서워서가 아니라 위험한 상황에 처한 주인공이 바로 그 순간에 갖는 감정을 느낄 수 있기 때문이다. 독자는 주인공의 여정을 따라가고, 그의 곤란을 이해하고, 그의 두려움과 희망, 절망을 경험한다. 독자는 주인공에게 공감하게 되면서 주인공을 응원한다.

위험요소는 이러한 공감을 만들어 내는 수단이다. 독자가 위험요소를, 그리고 주인공이 얻거나 잃게 될 것이 무엇인지를 느낄 수 있다면, 당신은 독자를 빠져들게 한 것이다. 사건의 결과와 성공 혹은 실패의 대가, 그리고 연관된 모든 사람들에게 궁극적으로 미친 효과를 분명히 보여주는 것으로 독자가 공감하게 할 수 있다.

마이클 코넬리 소설이 좋은 본보기다. 그의 소설에는 추리소설보다도 더 많은 위험요소들이 등장한다. 최고의 미스터리는 독자들이 항상 위험을 감각할 수 있게 한다. 우리는 희생자에게 공감하고, 탐정인 주인공의 행동을 그의 조수처럼 지켜본다. 우리는 위험을 인지한다기보다는 느낀다. 우리가 코넬리의 주인공이나 희생자에게 공감하는 이유는 그가 우리의 인간적 본성을 건드리기 때문이다. 바로 이런 이유로 그는 미스터리 장르에 탁월하다고 할 수 있다.

로맨스는 독자가 반드시 주인공에게 공감해야만 하는 장르다. 독자가 열정이나 이끌림을 느끼지 못한다면, 여주인공의 타들어가는 갈망을 느끼지 못한다면, 이야기가 제대로 작동했다고 할 수 없다. 로맨스를 잘 쓰는 작가들은 주인공에게 공감하도록 독자를 조종한다(로맨스 작가들은 독자들을 조종하는 데 능하다. 로맨스 소설에는 늘 남주인공과 여주인공이 있는데, 진정한 주인공의 위치는 늘 가변적이다. 왜냐하면 여자들은 일단 나쁜 남자들과 사랑에 빠지기 때문이다). 따라서 독자들은 이야기를 읽으면서 대리 체험을 할 수 있다(대리 체험 역시 이야기 물리학의 한 요소다).

〈헝거 게임〉도 주인공에 공감하기라는 이야기 물리학의 요소를 제대로 보여준다. 우리는 캣니스에게 공감한다(특히 당신이 10대 소녀라면. 이 소설을 구매한 3천만 명의 사람들 가운데 10대 소녀들이 차지하는 비중은 엄청나다). 캣니스가 살아가는 세계가 우리의 일상과는 사뭇 다르더라도, 우리는 그녀를 쉽게 이해할 수 있다.

우리는 본능적으로 공포와 무기력, 급박하게 다가오는 몰락에 대한 감각, 생존의지, 배신의 징후(피타가 팀을 바꿨을 때)를 알아차리고, 타협을 강요당하는 캣니스의 감정을 느낄 수 있다. 작가는 1인칭 현재 시점을 채택하여 우리를 주인공의 심리와 생각 속으로 깊숙이 끌어들이고, 그 결과 우리는 캣니스의 속을 훤히 들여다볼 수 있을 정도로 가까이서 그녀를 바라보게 된다.

주인공에 대한 공감은 이렇게 형성된다. 이러한 공감이 흡입력 있는 (갈등과 인물이 둘 다 중요한 역할을 지닌) 전제에서 유발되는 극적 긴장감을 증폭시키는 방식을 잘 보라.

5) 대리 체험

〈헝거 게임〉을 조금 더 들여다보자. 우리는 캣니스에 대한 감정을 느낄 뿐만 아니라, 그녀를 통해 대리적으로 경험한다. 이는 뛰어난 작가라면 결과물의 차이를 높여줄 수 있는 미묘하지만 중요한 차이다. 독자는 캣니스와 함께 게임 한복판에 서게 된다.

나의 손녀(그래, 난 노인이다)는 이 책을 두 번 읽었고 영화는 세 번이나 봤다. 나는 그 이유를 물었고, 손녀가 내놓은 대답은 "너무 멋있어요"였다. 이미 늙어버린 나는 한 아이가 다른 아이들을 죽이는 이야기는 전혀 멋있지 않다고 말했다. 한동안 티격태격한 끝에 나는 이 이야기가 그 애에게 그토록 매력적인 이유를 깨달았다. 홀로 있다는 것, 홀로 살아남아야 할 의무를 느끼는 것, 강해지는 자신을 느끼는 것, 그리고 항상 스스로 모든 길을 헤쳐나가야 한다는 악몽(그 애도 이 이야기가 악몽이라는 점은 인정했다)에서 살아남는다는 것이 무엇인지를 대리적으로 경험했던 것이다. 이 이야기가 〈해리 포터〉와 함께 지난 몇십 년 동안 가장 많이 팔린 책 중 하나인 까닭은 바로 여기에 있다. 독자들에게 놀라운 방식으로 대리적인 경험을 선사했던 것이다.

톰 크루즈가 개성 넘치는 전투기 조종사로 출연했던 1986년 영화 〈탑 건Top Gun〉을 기억하는가? (나는 그간 수업에서 비판조로 이 영화를 다루어왔지만, 여기서 문학적으로 잘난 체하지는 않겠다. 〈탑 건〉은 죄의식을 동반한 즐거움guilty pleasure이라 할 수 있다. 당신도 이 영화가 성공한 이유가 바로 이 때문이라는 것을 반박할 수 없을 것이다.) 이 블록버스터 영화는 비평적으로는 찬사를 받지 못했지만 박스오피스에서는 대단히 흥행했다. 난 돈을 내고 이 영화를 여러 번 본 사람 중 하나다. DVD까지 샀다. 아직도 가끔 이 영화를 본다.

하지만 이유가 뭘까? 각본이 너무 훌륭해서? 연기가 너무 뛰어나서? (연기가 나쁘지는 않았다. 특히 구스Goose가 그랬다.) 훌륭하기는 하지만 사운드트랙 때문도 아니다. 이유는 다른 데 있다.

전투기, 항공모함, 훈련받는 군인들, 그리고 무엇보다도 조종사들의 동료애를 볼 수 있었기 때문이다. 이 영화는 관객들이 살면서 거의 겪어볼 일이 없을 경험들을 보여준다. 관객들은 〈탑 건〉을 보면서 대리적으로 이를 경험하고, 그래서 기본적인 이야기가 별로 대단찮은 것이었는데도 불구하고 영화는 성공할 수 있었다. 사랑 이야기는 어떤 환경에서라도 일어날 수 있다. 우리는 매버릭과 찰리를 응원하지 않는다. 하지만 조종석에 앉은 매버릭에게는 대단한 응원의 감정을 느낀다.

대리 체험은 이처럼 중요하지만 사람들은 별 관심을 두지 않는다. 대리 체험은 독자들에게 주인공의 심리와 감정을 느끼도록 요구한다. 그래서 대리 체험은 주인공에게 공감하기(응원하기)와 비슷하게 보이지만 실은 다르다. 대리 체험이란 독자에게 주어진 순간을 느끼고, 경험하고,

주인공이 지나는 순간들을 같이 따라가며 이야기 속 세계가 제시하는 상황들 속에 존재하도록, 따라서 단지 이야기를 읽는 것 이상으로 이야기를 경험하게 하는 것이다. 독자가 이야기의 일부가 될 수 있도록.

독자들이 주인공이 된다는 것이 무엇인지를 느끼고, 따라서 주인공을 응원하고, 다른 시간과 공간에서 그들 역시 대리적인 여행을 떠날 수 있을 때, 당신은 이야기 물리학의 두 가지 요소를 최적화하는 데 성공한 것이다.

〈아바타Avatar〉를 기억하는가? 당신이 이 영화를 다시 본다면 3D 효과가 이야기에 미친 영향은 별로 없다는 것을 알게 될 것이다. 사람들이 이 영화에 열광한 까닭은 다른 세계, 다른 시간에서 용을 타고 하늘을 나는 경험을 느낄 수 있었기 때문이다. 당신은 주인공에 별로 공감하지 않았을지도 모른다(특히 두 번째로 이 영화를 본다면 더욱 그럴 것이다). 하지만 여기서는 다른 물리학이 작용한 것이다. 〈아바타〉는 디지털로 만들어 낸 인물들보다는 바로 대리 체험에 관한 이야기를 만들겠다는 의도와 목적을 지닌 영화라고 할 수 있다.

대리 체험이라는 요소를 제대로 작동시키기 위해 액션이나 공상과학적 전제가 꼭 필요하지는 않다. 텔레비전 쇼인 〈서바이벌 천생연분The Bachelor〉이 시즌마다 수천만 명의 시청자들을 매혹시키는 이유는 무엇일까? 그 까닭은 시청자들이 등장인물에 깊이 공감했기 때문이 아니다. 아마도 새로 연애를 시작할 때의 기분을 떠올리거나, 사랑이 실패했을 때나 다른 사람의 주목을 끌려고 노력했을 때의 기분을 다시 체험했기 때문일 것이다. 당신은 다시 사랑할 수 있다. 새로운 사랑을 만날 수 있다……. 대리적으로 말이다.

스토리를 만드는 물리학

몇 년 전, 한 크루즈 회사에서 50단어로 크루즈 여행에 대한 에세이 쓰기 대회를 연 적이 있었다. 참가자들은 에세이 외에도 한 줄짜리 문구를 제출해야 했다. 15,000편의 에세이들이 쏟아졌다. 1등상은 한 명에게만 주어졌다. 부상은 4일간의 크루즈 여행이었다.

난 크루즈를 좋아한다. 아니, 사랑한다. 그래서 나도 에세이를 보냈다.

그리고 내가 1등상을 받았다. 15,000명을 물리치고 1등을 거머쥐었던 것이다. 내 문구가 뭐였냐고? "다시 사랑하라."

그 아래 '바다의 항해자'라는 이름을 지닌 140톤짜리 크루즈선에 올라 허니문을 즐기는 경험에 대한 에세이가 이어졌다. 하지만 나쁜 소식은…… 내가 안내문을 자세히 읽지 않았다는 것이었다. 안내문에는 "전문작가는 참여할 수 없습니다."라고 적혀 있었다. 25년간 카피라이터로 일해 왔으며 소설을 4권이나 출간한 나는 심사위원에게 애원할 수 없었다. 그들은 내게 목욕가운과 위로의 편지를 보내왔다. 그리고 나 대신 누군가 다른 사람이 공짜 크루즈 여행을 즐겼다.

내가 심사위원들이 15,000편의 에세이들 가운데 가장 뛰어나다고 여길 수 있었던 에세이를 쓸 수 있었던 것은 바로 대리 체험을 생각하고 있었기 때문이다. 이제 당신이 나를 통해 대리 체험할 차례다. 당신이 나라면 공짜 크루즈 여행을 가지 못한 심정이 어땠을지 상상해 보라.

캐스린 스토킷은 〈헬프〉에서 우리를 1962년의 미시시피 잭슨으로 데려간다. 우리는 그곳에 대리적으로 존재한다. 이때 우리가 대리적으로 체험하는 느낌이나 동력은 우리가 인물에 대해 느끼는 정서나 감정, 그리고 그들을 억압하는 사회에 대한 분노와 닿아 있으면서도 분리되어 있다. 이러한 대리 경험은 책에서나 영화에서나 큰 역할을 담당한다.

주인공에게 공감하기와 대리적으로 체험하기가 조합되면 거대한 시너지 효과가 발생한다. 마치 마른 장작에 불이 붙었을 때처럼 활활 타오르는 것이다. 불꽃 열 개가 각각 터질 때보다 한꺼번에 터질 때가 훨씬 밝은 법이다.

6) 서사적 전략

서사는 '이야기'를 의미한다. 여기서 말하는 '서사'를 '서술'과 혼동하지 마라. 여기서의 서사는 이야기의 평면도나 구조와 관계가 없다. '서사적 전략'이란 시점, 액자식 구성 등과 관련이 있다.

고전적인 물리학을 벗어나는 예를 들도록 하겠다. 어쨌거나 우리 경우에는 적용된다고 생각한다. 인간의 신체를 생각해 보라. 보기에 좋고, 필요한 모든 부위들(팔이나 다리 등)이 제자리에 위치하고, 완벽한 형태를 갖춘 근육과 털……. 그러나 이러한 신체는 살아있지 않다. 신체가 생명력을 얻으려면 물리학이 필요하다. 신체의 각 부분들이 매우 아름답더라도 생명력을 얻기 전까지는 아무것도 아닌 존재에 불과하다. 눈부신 서사적 전략은 전략이 없다면 제대로 살아 숨쉬지 못할 이야기에 생명력을 불어넣는다.

시점은 무엇일까? 〈헬프〉에서 캐스린 스토킷은 세 명의 1인칭 화자를 등장시킨다. 그들 모두가 동등하게 주인공이다. 스토킷의 이러한 전략적 선택은 이야기에 생기를 불어넣었다.

액자식 구성은 무엇일까? 한 인물이 다른 사람에게서 이야기를 듣는 동안, 우리 역시 문자 그대로 이야기를 듣게 된다. 〈파이 이야기Life of Pi〉가 이런 식으로 쓰였다. 바다에서 갖은 고생을 겪은 끝에 살아남은 생존자를 오늘날 인터뷰하는 이야기를 들으면서, 우리는 생존자가 회상하는 서사적인 이야기를 듣게 된다. 크리스천 슬레이터가 기삿거리를 찾는 기자로 분한 영화 〈뱀파이어와의 인터뷰〉도 이런 식으로 만들어졌다. 최근 개봉한 영화 〈안나 카레니나〉는 초현실과 현실을 오가는 무대를 통해 이야기를 들려준다.

어떻게 이야기할 것인가는 어떤 이야기를 할 것인가와 마찬가지로 중요한 문제다. 우리는 이야기 물리학을 고려하여 가장 창의적인 선택을 할 수 있어야 한다.

이야기 물리학은 한 사람의 성격이나 내면과 유사하다. 당신은 뭔가 다른 것을 해보기 전에, 당신의 행위나 의도에 따른 결과를 경험하기 전에, 상대방의 성격이나 내면을 알아봐야 한다. 이야기 물리학의 내면을 탐사하지 않고도 이야기를 쓸 수 있다. 하지만 그렇게 쓴 이야기는 아무에게도 울림을 주지 않을 것이다.

이야기 물리학을 제대로 파악했다고 하더라도, 당신처럼 쓸 수 있는 사람은 많을지도 모른다. 예외적인 글을 쓰기란 힘들기 때문이다. 소설을 쓰기 시작할 때 누구나 예외적인 소설을 쓰고 싶다고 생각한다. 그러려면 우리에게는 예외적이고 규칙을 넘어서는 무언가가 있어야 한다. 우리는 부분들을 단순히 더해서 만들어지는 총합을 넘어서는 이야기를 찾고 있다. 여기서 서사적 전략이 필요하다……. 이야기를 파고들고, 정교하게 만들고, 필수적인 요소들과 독특한 요소들을 혼합해야 하는 것이다.

이야기 물리학이 이미 작동하고 있더라도, 많은 사람들이 잘못된 이야기를 쓸 수 있다. 강력한 엔진과 최신식 전자설비, 가장 편한 인테리어를 갖춘 세상에서 가장 훌륭한 비행기라도 유능한 조종사가 조종석에 앉기 전까지는 아무것도 아니다.

이것이 글쓰기에서 '미지의 요인' 중 하나다. 이것이 무엇인지는 경험적으로 정의하기 힘들다. 이것은 목소리(문체나 어조)이기도 하고, 유머이기도 하며, 공감이기도 하고, 구조적인 형태이기도 하며, 뭐라 말할 수 없는 것이기도 하다. 이야기 감각이라 할 수 있을지도 모른다. 아니면 기법에 달린 문제일 수도 있다. 아니면 우리의 개인적인 터치touch일 수도 있다. 어쨌거나 우리는 이 모든 것을 고려해야 한다.

모든 이야기들이 뛰어난 콘셉트를 갖추고 있지는 않다

모든 이야기들이 대단한 대리적 경험을 제공하는 것은 아니다. 모든 이야기들이 당신이 원하는 경험을 전달하는 것도 아니다. 사실 성공한 몇몇 이야기들은 당신이라면 결코 원하지 않을 법한 경험을 전달하기도 한다. 하지만 이야기가 제대로 작동하고 있다면, 당신은 그 책을 내려놓지 않는다. 이러한 이야기에서 흡입력 있는 동력들은 페이지 내에서 결합하여 각기 맡은 바 이상을 해내는 특정한 요소로 변한다. 만약 이러한 요소 중 하나가 제대로 기능하지 못한다면, 뛰어난 글쓰기 솜씨로 이를 보완하여 이야기의 효율성을 끌어올릴 수도 있다.

존 어빙과 조너선 프랜즌은 이래서 명성을 얻을 수 있었다. 그들의 책에는 극적 긴장감이나 대단한 콘셉트는 찾아볼 수 없다. 다만 그들은 다른 요소들을 잘 조합하여 뛰어난 기교로 써서 미묘한 감성을 독자들에게 전달한다. 당신이 느린 호흡과 느슨한 긴장감으로 그들이 쓰는 것 같은 이야기를 쓰고 싶다면, 당신도 그들처럼 위의 기교를 잘 활용해야 할 것이다. 당신에게 무리한 요구라는 건 나도 안다.

우리는 그들처럼 잘 쓰지 못한다. 그래서 이야기 물리학이 우리를 도와주려고 기다리고 있다.

당신도 한 번쯤 정말 맛있는 스파게티를 먹어 본 적이 있을 것이다. 별로 특별할 것도 없어 보이는데…… 그냥 맛이 좋은 스파게티를. 하지만 그런 스파게티는 우연히 만들어지지 않는다. 스파게티 요리의 물리학이 너무나 잘 기능했기 때문이다. 그리고 셰프는 가끔 이러한 물리학을 그냥 안다.

최고의 스파게티를 요리하겠다는 생각으로 이야기를 써라.

이야기를 탐색하는 동안 항상 이러한 이야기 동력, 즉 스토리텔링 물리학을 생각해라

아이디어를 최적화시키기도 전에 섣불리 사용하지 마라. 글을 쓰기 시작하면 스토리텔링의 동력이 자연스레 따라오리라고 생각해서는 안 된다. 당신이 인물을 임박한 갈등과 연결시키는 순간, 이야기 물리학은 작동한다. 그러나 이야기 물리학의 정도와 강도, 강제력은 당신이 조절해야 할 몫이다.

정착하려고 하지 마라. 대신 독자들을 한껏 끌어당길 궁리를 하라.

이야기의 컨텍스트

컨텍스트는 이야기를 살릴 수도, 죽일 수도 있다

핵심부터 단도직입적으로 말하겠다. 이야기를 쓰기 위한 가장 강력한 컨텍스트는 눈앞에 있는 이야기 물리학의 기본 성질을 이해하는 데서 출발한다. 이야기 물리학은 이야기를 쓰기 위해 선택하는 모든 결정에 관여한다. 당신의 문학적인 날개를 떠받치는 바람인 것이다. 이야기를 높이 날아오르게 하려면 물리학이라는 바람이 필요하다.

그러나 다른 컨텍스트들도 존재한다. 일부는 도움이 되지만, 일부는 당신을 유혹해서 바보로 만든다. 어떤 사람들은 이야기 물리학에서 단지 경험적으로 아는 부분만 취해 글을 쓴다. 그간 읽어 온 이야기들에서 파악해 온 정도의 이야기 물리학만을 사용하는 것이다. 이런 사람들은 이야기 물리학을 정확히 인지하지도, 적합한 사용법을 알지도 못한다. 이런 식으로 글을 쓰는 것은 식당에서 음식을 먹어 본 경험만으로 맛있는 요리를 만들려고 하는 것이나 마찬가지다.

스토리텔링과 결혼에는 많은 공통점이 있다

우선 스토리텔링과 결혼은 둘 다 애정과 관련이 있다. 혹은 그래야 한다. 그러나 이야기는 당신에게 대꾸하지 않는다(그랬더라면 차라리 쉬웠을 것이다). 이야기는 당신을 속이지 않는다. 만약 당신이 이야기를 속인다면, 응당 대가가 따를 것이고, 이야기도 당신을 배신할 것이다. 당신은 이야기와 잘 지낼 방법을 찾아야 하고, 이야기가 필요로 하는 것을 주고, 당신에게 제공하는 것을 받으면서, 관계를 잘 유지해야 한다. 이러한 관계의 성공 여부는, 그리고 이야기의 성공 여부는 전적으로 당신 손에 달려 있다.

이 비유를 좀 더 사용하겠다.

관계는 어렵다. 오래 지속될수록 더 어렵다. 시간이 우리를 무심하게 하고, 게으르게 만들고, 지루하게 하기 때문이다. 우리는 이에 도전해야 한다. 도전에서 성공하려면, 지금까지 배우고 시도하고 받아들여 온 것들을 반드시 적용해야 한다.

혹은 그렇지 않거나……. 이 역시 좋은 쪽으로도 나쁜 쪽으로도 작용하는 컨텍스트다.

자동항법에만 의지해서 편하게 비행하는 관계는 많은 도전을 받기 마련이다. 자동항법으로는 다양한 상황에 대처할 수 없고, 폭풍을 통과하거나 비상착륙을 시도하거나 예정대로 착륙할 때조차도 안전하지 않을 수 있다. 자동항법은 그저 상황이 안정적일 때 당신이 다른 일에 신경을 쓸 수 있도록 도와줄 뿐이다. 자동항법 같은 관계에는 열정이나 놀라움, 기쁨 등의 기본적인 감정이 없다. 언제 비상등이 켜지고 시한폭탄이 터질지 모르는 관계 같은 것이다.

결혼생활에서나 글쓰기에서나 모든 사람들은 좋은 쪽으로든 나쁜 쪽으로든 관계에 컨텍스트를 부여한다. 이러한 컨텍스트는 가끔 부모로부터 사랑에 대해 배워 온 것이기도 하다(이는 위험할 수 있다. 윗 세대는 사랑에 대해 우리와 다른 생각을 갖고 있을지도 모르니까). 혹은 당신이 책이나 수업, 상담실에서 배워 온 것이기도 하다. 어쩌면 당신이 심리학을 전공했을지도 모른다. 그런 당신은 배우자와 소통하며 상호적으로 용인할 수 있는 최선의 상태에 도달한다고 생각하는지도 모른다.

하지만 작가들은 이야기와 상호적으로 소통할 수 없다. 이야기는 자기 이야기를 하지 않기 때문이다. 이야기는 당신에게 피드백을 주지 않는다. 에이전트나 에디터가 피드백을 줄 때쯤이면 너무 늦다.

관계가 막 시작될 때 당신이 다음과 같이 말하지는 않을 것이다.

에이, 너무 어렵고 혼란스러우니까 결혼하려면 뭘 해야 하고 뭘 하지 말아야 하는지 나한테 말하지 마. 무작정 가장 기본적인 단계로 내려가서 내가 결혼이라는 도전에 쓸만한 도구에 관해 말하려고 하지 마. 내가 어떻게 해야 주말부부나 별거부부로 가득한 이 동네에서 끝내주는 결혼생활을 해나갈 수 있는지 말하지 마. 나도 모르니까. 이렇게 어려워서는 할 수 없는 일이겠지. 그냥 내가 알아서 하게 놔둬. 심리학적으로 나불대는 말들은 너무 혼란스럽기만 해. 그러니까 그냥 옆집 부부를 한 번 보라고. 그들은 자기들 관계에 대해서는 한 마디도 하지 않지만 뭐 끝내주게 행복한 것처럼 보이잖아.

물론 당신은 이렇게 말하고 싶을지도 모른다. 어차피 수많은 사람들이 하는 말이니까······. 하지만 이런 말로는 문제를 해결할 수 없다.

어떤 작가들은 스토리텔링에 관한 지식이 얕다고 느낄 때 이런 감정을 느낀다. 그들은 문학적 자동항법을 변호한다. 그게 훨씬 더 쉬워 보이니까. 하지만 그런 식으로는 이야기가 잘 될 턱이 없다. 자동항법적인 관계를 따른다면 당신은 쓴맛을 보게 될 것이고, 책을 출간하는 일도 영영 없을 것이다.

우리는 어떤 컨텍스트를 사용할 것인지 선택해야 한다

스토리텔링 물리학(4장을 보라)과 스토리텔링 도구(22장을 보라)의 관계는 당신에게 문학적으로 든든한 기회를 열어준다. 이는 우리가 그간 독자로서나 작가로서 배워 온 것이나 본능을 넘어서는 무언가를 사용하여 물리학에 접근할 수 있다는 의미다. 물리학은 우리에게 기준과 본보기, 기대, 그리고 해결책을 제공한다. 그러나 비행기를 작동시키는 법을 이해하지 않고서는 조종간control stick[10]을 잡을 수 없다. 게다가 비행기와 비행기를 작동시키는 물리학 사이에 어떤 관계가 존재하는지, 그리고 왜 존재하는지를 알아야 한다. 무엇을 언제 해야 하는지만 알아도 되는 조종사는 이 관계를 몰라도 괜찮지만, 비행기 설계자는 필수적으로 알아야 한다.

더 자세히 설명하겠다. 작가인 우리는 이야기의 설계자인 동시에 조

---

10 조종사가 항공기의 비행 방향과 운동 방향을 조종하는 막대 모양의 장치. 또는 그 장치의 손잡이.

종사여야 한다. 우리는 이야기를 설계하는 법을 알아야 하고, 이야기에 명령을 내리는 법을 알아야 한다.

글을 쓰는 사람들은 종종 "이 정도면 됐나?"라는 터무니없이 단순한 질문을 던진다. 혼자 힘으로 퇴고를 해야 한다면, 다음과 같은 질문을 던지는 편이 낫다. "이 정도면 충분히 괜찮다는 것을 어떻게 아는가?"

우리는 이야기를 쓰면서 언제나 보다 자세한 질문을 던져 봐야 한다.

* 이 장면에서 극적 긴장감은 무엇인가? 전체적인 극적 긴장감은 무엇인가?
* 호흡조절은 적절히 되어 있는가?
* 이 장면에서 독자들은 어떤 생각과 감정을 느낄까?
* 독자들은 주인공에게 공감하며 주인공을 응원할까?
* 이 이야기는 대리 경험을 제공하는가? 독자들이 한 발짝 떨어져 있지는 않은가?
* 내가 아닌 다른 사람들에게도 흡입력 있는 콘셉트적 구심점은 무엇인가? 이것을 다른 사람들에게 설명할 수 있는가?

컨텍스트의 다층성

컨텍스트는 어디에나 있다. 작가는 작업에 적용할 컨텍스트가 이야기를 강화하는지, 저절로 나타나는지, 혹은 신뢰할 수 있는 원천에서 솟아나는지, 분명한지 혹은 혼란스러운지, 자신이 그 존재를 인지하고 있는지 혹은 완전히 망각하고 있는지를 분명히 알 필요가 있다(글쓰기 여정이 작가에게 주는 큰 선물 중 하나는 이전까지 몰랐던 것을 알게 해주는 것이다). 당신은 스스로 만족스러웠던 독서 경험을 통해 글을 쓰기로 마음먹었는가? (아마도 어떤 장르 소설을 한 권 읽고?) 속으로 그것보다는 잘 쓸 수 있다고 생각했는가? 학교수업이나 글쓰기 워크숍, 작법에 관한 책 등으로 스토리텔링을 알게 되었는가? 당신은 컨텍스트를 전혀 중요하게 생각하지 않았나? 상업적인 소설과는 전혀 다른 일종의 신비롭고 영혼을 해방시키는 글쓰기를 방해한다는 이유로?

당신은 그런 사람인가?

아마도 당신의 컨텍스트 – 당신의 기법과 지식의 원천 – 는 단순히 이야기를 열심히 읽는 동안 얻은 것이리라. 당연한 일이다. 이러한 컨텍스트로 이야기의 구조와 뉘앙스에 어떤 감성을 불어넣을 수도 있을 것이다. 하지만 이는 당신을 제한한다. 법정 드라마를 너무 본 당신이 스스로를 변호할 수 있으리라고 생각하는 것이나 마찬가지다. 따라서 구조적으로나 전략적으로나 이야기를 잘 쓰기 위해서는 대부분의 독자들이 이해하거나 파악할 수 있는 범위 이상을 준비해야 한다(당신의 목표는 독자들이 느끼는 감정을 조종하는 것이고, 바로 이야기 물리학이 이 일을 해줄 것이다). 대부분의 독자들은 그냥 자리에 앉아 작가들이 무엇을, 혹은 어떻게 했는지도 모르는 채로 책을 읽는다.

이런 점에서 당신의 컨텍스트와는 관계없이,
외적 컨텍스트 역시 당신의 이야기에 직접적으로 적용된다

예를 들면 시장에서처럼. 당신은 어떤 장르를 쓰는가? 시장에 나와 있는 책들은 당신이 쓰려는 책과 비슷한가? 너무 비슷하지는 않은가? 당신이 이름난 작가이고 이미 출간한 책들이 있다면, 이제부터 쓰려고 하는 책은 전에 쓴 책들과 나란히 놓일 수 있는가? 당신이 쓰는 책에는 어떤 정치학과 사회학이 영향을 미칠 수 있는가? 당신은 상업적인 사람인가, 아니면 타인의 생각은 고려하지 않는 예술가인가? (둘 다 가능하겠지만, 전자와 후자가 매우 다르다는 점은 알아두어야 한다.)

컨텍스트는 우리가 쓰는 이야기의 구조와 목표에도 연관된다. 컨텍스트는 이야기를 최적화하는 작가의 능력을 규정하기 때문이다. 예를 들어, 거대서사macrostory는 기승전결이라는 네 개의 파트로 나뉘어지며, 각각의 파트는 중요한 국면을 갖는다. 장면들은 극적으로 최적화된 마이크로 컨텍스트들로 각각의 파트를 채운다. 두 유형의 컨텍스트들은 각기 뚜렷한 목적을 갖고 있으며, 서로 다르면서도 상호보완적인 컨텍스트들로 기능한다. 여기서 어떤 것은 단순히 이야기가 넘어가는 부분을 설명하는 데 그치는 반면. 어떤 것은 하위플롯(subplot)과 연결될 수 있다.

인생 그 자체는 컨텍스트라고 할 수 있다

진공상태의 우주에서 떠다니는 것들에게조차 컨텍스트가 있다. 컨텍스트는 산소처럼 보이지 않지만 필수적이다. 컨텍스트는 중력과도 같다.

컨텍스트를 무시하거나 잘못 다루면 압력차로 머리가 터질 수도 있다.

이야기 탐색과 이야기 물리학을 적용하는 방식은 전적으로 컨텍스트에 달려 있다. 어떤 컨텍스트를 적용해야 이야기를 효과적으로 만들 수 있는지를 알게 된다면, 당신이 쓰게 될 책의 운명도 달라질 것이다.

스토리텔링의 컨텍스트

워크숍을 할 때마다 나는 종종 몸 풀기 삼아 다음과 같이 질문한다. 당신은 어떤 컨텍스트에서 이야기를 쓰고 있는가? 대부분은 멍한 눈으로 나를 바라본다.

그들이 내 질문을 이해하지 못했다는 말이 아니다. 그들이 스토리텔링을 이런 관점에서 생각해 본 적이 없다는 말이다.

강력한 컨텍스트들은 이야기를 쓰는 동안 작동하기 시작한다. 컨텍스트는 질문의 형식을 취할 수 있다. 작가들이 자신의 글쓰기에 어떤 재료를 갖고 있는지, 또 그것들은 어디서 기인한 것인지를 묻는 질문으로.

> • 당신은 기본적인 드라마 이론의 핵심을 이해하고 있는가? 그렇다면 당신의 이야기에서 핵심적인 갈등은 본질적으로 어떤 것이며, 어떻게 발전하게 될 것인가? 외적 갈등인가, 내적 갈등인가? 내적 긴장감은 무엇인가? 인물은 어떤 계기로 변화하게 되는가? 대략 어떤 주제를 담고 있는가? 구조적으로는 어떠한가? 당신이 이런 질문들을 떠올리지 않는다면, 누가 말해 주기 전까지 무엇이 잘못되었는지를 결코 알 수 없을 것이다.

- 당신이 쓰는 장르가 컨텍스트적으로 어떤 요구를 하고 있는지를 아는 가? 다른 장르와 어떻게 차별화될 수 있는가? 이는 독자와 에이전트, 출판사의 기대에 부응하는가? 이러한 요구 때문에 당신의 창의적인 선택이 방해를 받지는 않는가?

- 스토리텔링의 6가지 핵심요소가 어떤 컨텍스트를 갖고 있는지를 알고 있는가? 6가지 핵심요소 아래 어떤 범주가 있는지를 면밀히 살펴보았는 가? (이에 대해서는 22장을 참고하라.)

- 당신이 쓰는 이야기에서 본질적 컨텍스트는 무엇인가? 설정(시간과 장소) 이 지닌 내재적 힘을 강화시켰는가? 어떤 목소리를 사용했는가? 서브텍스트는 사용했는가? 당신의 전제는 내재적인 울림이 있는가? 아니면 당신은 직접 글로 써서 독자들에게 알려주려고 하는가?

- 인물의 배경이나 설정, 주제에만 몰두하는 것은 아닌가? 당신은 핵심 이야기를 분명히 알고 있는가? 그렇지 않다면 문제가 생긴다. 왜냐하면 배경이나 설정, 주제만으로는 극적 긴장감을 유발할 수 없기 때문이다. 배경이나 설정, 주제는 이야기가 작동하는 무대를 만들지만, 작가의 관점으로 볼 때 '이야기의 핵심'이라고 할 수는 없다.

수많은 작가들이 이야기를 정의할 수조차 없다고 말한다는 사실에 새삼 놀랄 때가 있다. 그들은 이야기에 본질적인 요소란 단 두 가지, 즉 인물과 갈등뿐이라는 것을 알고 놀란다. 그러나 물론 그 이상이 필요하다. 이러한 요소들을 작동시키는 이야기 물리학이 필요한 것처럼.

위의 질문에 대한 답변은 바로 이야기 물리학이다. 이야기를 발전시켜 나가는 동안 반드시 이야기 물리학을 찾아야 한다. 이야기 물리학은 당신의 글쓰기를 위해 가장 강력하고 직접적으로 적용할 수 있는 컨텍스트를 제공한다.

기자나 에세이스트, 논문을 쓰는 학자들은 내용이 왕이라고 믿는다. 그러나 작가인 당신은 소설에서는 컨텍스트가 왕좌에 올라야 한다는 것을 알아두어야 한다.

이야기를 탐색하는 방법과 수단
글쓰기의 길은 로마로 통한다

6가지 핵심요소에서 글쓰기와 직접적으로 관련되는 항목은 두 가지다. 바로 장면 쓰기와 글쓰는 목소리. 다른 네 가지 요소들은 이야기 물리학이 이끌어낸다(6가지 핵심요소의 정의와 상호적인 관계에 대해서는 22장을 보라). 그러나 키보드를 두드리며 원고를 쓰기 시작하면, 어떤 원고를 쓰고 있든, 당신은 한 가지에 집중해야 한다. 바로 장면이다. 이야기 물리학이 이끌어내는 다른 네 가지 요소들은 장면으로 녹아든다.

스토리 비트

이야기 탐색은 스토리 비트에 대한 정의다. 스토리 비트story beat란 상황, 움직임, 사실, 거짓말, 행동, 그리고 독자와 등장인물에게 정보를 주면서 이야기를 앞으로 밀고 나아가 컨텍스트를 통합하는 특정 순간과 장면을 말한다. 스토리 비트는 당신이 접근할 수 있는 컨텍스트 내에서 최대한의 효율성을 전달한다. 다시 말해서 스토리 비트는 당신의 이야기와 관련된 물리학을 최적화시키는 장면이라 할 수 있다.

지금쯤이면 당신도 다 아는 이야기일 것이다. 그러니 스토리 비트를 어떻게 써야 하는지를 자세히 알아보자.

복잡한 플롯, 놀라운 순간…… 이런 것이 스토리 비트다. 이야기에서 뭔가 변화한다면, 뭔가 새로운 것이 등장(설령 아무것도 바뀌는 것이 없더라도)하면, 이런 것이 스토리 비트다. 세 가지 주요 전환점(1차 플롯포인트, 중간포인트, 2차 플롯포인트 등……. 22장을 보라) 역시 미끼, 핀치 포인트, 그리고 이야기를 앞으로 나아가게 하는 모든 것들과 마찬가지로 중요한 스토리 비트다.

길든 짧든 각각의 장면은 이야기를 앞으로 나아가게 해야 한다. 각각의 장면은 스토리 비트를 전달하는 수단이다.

첫 데이트에 나간 주인공이 상대방에게서 불꽃을 느낀다. 이것이 스토리 비트다. 하지만 (다음 장면에서) 집으로 돌아가는 길에 헤어진 여자친구에게 전화해서 다시 돌아와 달라고 고백한다. 이것도 스토리 비트다. 두 장면 모두 이어질 내용을 예고하며 이야기를 앞으로 나아가게 한다. 이 장면에 따라 나오는 장면 역시 스토리 비트가 될 것이다.

다시 말해서 스토리 비트를 제공하지 않는 장면을 쓰면 위험할 수 있다는 말이다. 각각의 장면이 당신이 바라는 목표(18장을 보라)를 위해 쓰여져야 한다는 것을 알아야 한다. 장면은 전체적인 서사를 앞으로 밀고 나아가야 한다. 이러한 목표가 없는 장면은 정지버튼이나 다름없다는 것을 알아야 한다.

물론 모든 스토리 비트가 절체절명의 위기를 다루어야 한다는 말은 아니다. 어떤 상황에 대한 반응이나 반성에 잠긴 순간을 묘사하는 장면도 가치가 있을 수 있기 때문이다. 기억을 회상하는 장면도 마찬가지다. 예를 들어 로맨스 소설에서는 '그들의 시선이 마주쳤다'라는 장면에서 많은 것을 담을 수 있다. 이 장면을 강렬하고 기억에 남을 만한 것으로 만드는 동시에 이 장면이 인물을 묘사하는 데 도움이 될 수도 있는 것이다.

이는 이야기 구조에도 도움이 된다. 컨텍스트가 작동하려면 당신이 이야기의 어느 지점에 와 있는지가 중요한 것과는 달리, 스토리 비트는 당신에게 무엇을 어떻게 하라는 식의 전략적인 충고를 하지 않는다. 구조는 기틀을 마련한다. 당신에게 어떤 그림을 걸어야 할지가 아니라 어디에 그림을 걸어야 할지를 알려주는 것이다. 화장실 벽에 졸업사진을 걸지는 않을 것이다……. 이는 작가가 가져야 할 지식이자 본능적인 감각이다. 가끔 구조는 약해도 훌륭한 소설이 나오는 것은 바로 이런 이유에서다. 이야기의 생사가 우리의 선택에 달려 있다.

구조가 결정하는 컨텍스트를 존중하여 좋은 선택을 내린다면, 당신이 선택한 장면은 최적화될 수 있다. 당신은 그 장면을 위해 긍정적이고 강력하며 창의적인 선택을 내린 셈이다.

하나의 장면을 최적화하는 최상의 방법은 이야기를 서술하기 위해 필요한 것이 무엇인지를 정확히 이해하는 것이다. 다시 말해서 장면의 목표를 찾아내야 한다. 대개는 하나의 정보를 짧게 서술하는 식이다. 변형을 가한다거나, 층위를 하나 더 만든다거나, 앞으로 나타날 일을 암시한다거나. 독자가 알아야 할 정보를 간략히 알려준다거나, 인물에 대해 좀 더 알려주는 식으로.

영화감독 쿠엔틴 타란티노는 특정 설명요소를 선택하여 장면을 최적화시키는 데 능하다. 〈바스터즈, 거친 녀석들Inglourious Basterds〉의 첫 장면에서부터 타란티노는 해당 장면의 목표를 정확히 알고 있다. 일가족을 몰살한 한 남자가 자신에게서 도망치는 어린 소녀를 내버려두는 장면을 보여주기. 그래서 그가 어떤 사람인지를 생생하게 보여주기(물론 어떤 장면이라도 인물의 성격을 보여주는 법이지만). 처음부터 관객들의 시선을 사로잡는 이러한 오프닝은 앞으로 이어질 이야기의 훌륭한 도입부가 되며, 후에 소녀가 남자에게 돌아오면서 1차적인 기폭제로 작용한다. 악당을 증오할 수밖에 없는 관객들이 소녀를 응원하고, 마치 소녀 자신처럼 절대적인 공포를 느끼는 장면에는 수많은 이야기 물리학이 적용되어 있다. 영화에서 한 장면은 1분에서 5분가량 지속된다. 소설에서는 이보다는 짧은 한 문단 정도 지속되기도 하고(한 챕터는 이처럼 짧은 여러 개의 장면들로 구성될 수 있다), 몇 페이지에 걸쳐 지속되기도 한다. 장면의 길이가 길다고 해서 해당 장면의 목표를 여러 개 갖지는 않는다. 하나의 장면에는 하나를 설명하겠다는 목표를 갖는 것이 이상적이다. 풍경이나 인물묘사만으로 이루어진, 아무 일도 일어나지 않는 장면은 이야기의 호흡을 늘어지게 한다. 최적화되지 않았기 때문이다. 이런 장면은 조금만 사용해야 한다. 그러지 않는다면 이야기를 망치기 십상이니까. 당신은 한 장면이 반드시 성취해야 할 목표 − 서사적인 목표 − 를 알아야 한다. 그래야 당신의 무대가 뭔가 강렬하고 기억에 남을 만한 것 − 이야기를 앞으로 밀고 나아가게 하는 것, 혹은 적어도 이야기가 성장하는 데 뒷받침할 수 있는 것 − 을 만들어 낼 준비를 할 수 있다.

〈바스터즈, 거친 녀석들〉의 오프닝은 9분간 지속된다. 악마적인 나치 장교가 등장한다(크리스토프 월츠는 이 영화로 오스카 상을 수상했다). 끔찍한 계획을 지닌 나치 장교는 패거리들을 끌고 의기양양하게 한 농장에 도착한다. 그는 가학적인 만족감을 숨기지 않는다. 그는 농장 주인과 우유 잔을 사이에 두고 마주앉는다(타란티노는 일부러 이상한 선택을 했다). 그들이 수수께끼 같은 대화를 나누는 동안, 마룻바닥 아래 숨어있는 가족들이 떨고 있는 모습이 교차로 등장한다. 9분의 끔찍한 시간이 이어지는 동안 관객들은 타들어가는 긴장감을 느낀다. 우유 잔이 비워지고 지옥이 열린다. 마룻바닥 아래 숨어있던 가족들은 냉혈한의 총알 세례를 받는다. 그리고 장교가 망설이는 동안 – 장교는 이를 나중에 후회한다 – 소녀는 탈출한다.

극적 긴장감과 인물에게 공감하기의 물리학은 당신이 내린 선택의 결과다. 그리고 당신이 어떤 선택을 했는지는 바로 장면에서 명백하게 드러난다. 당신은 구조의 원칙에 도움을 받아야 하지만, (배우기도 어려운) 감각에 의존해 선택한다. 오프닝에 등장하는 농부와 딸들은 동정심을 사는 인물들이다. 따라서 관객들은 그들에게 순수한 연민을 느끼며, 그들의 처지를 대리적으로 경험한다. 작가의 목표는 바로 이러한 장면에 독자가 들어갈 수 있게 하는 것이다.

당신이 쓸 모든 장면들을 위한 타겟 컨텍스트

이는 결코 배신하지 않을 글쓰기 원칙이다. 1장에서 이미 언급한 바 있지만, 여기서 한 번 더 말하기로 한다.

"스토리텔링의 목표는 무엇보다도 단지 무언가에 관한 것을 쓰는 것만이 아니다. 스토리텔링의 최대 목표는 무언가가 일어나 발생하는 사건에 관해 쓰는 것이다."

사실상 정언명령이라 할 수 있는 이 원칙은 다양하게 적용될 수 있고, 그래야만 한다. 하지만 이 원칙은 결코 틀리는 법이 없다. 이야기의 발단단계(파트 1)에서 당신은 아무 일도 일어나지 않는 두 개의 짧은 장면 – 보충하는 작은 이야기나 관찰하는 이야기 – 을 쓸 수 있다. 그리고 이어지는 이야기가 극적 긴장감으로 충만하다면, 당신은 이 원칙에 위배되는 역시 아무 일도 일어나지 않는 짧은 장면을 한둘 더 써도 된다.

하지만 여기까지다. 계속해서 아무 일도 일어나지 않는 장면으로 이야기를 채운다면, 독자들이 이야기가 앞으로 나아간다는 어떠한 느낌도 받지 못한다면, 당신의 이야기는 곤경에 빠지고 말 것이다.

의미를 중요하게 생각하는 작가들은?

주제나 역사적인 사건에 지나치게 열정을 쏟는다면 정작 필요한 이야기를 못할 수도 있다. 많은 작가들이 특히 장소를 지나치게 설명하려고 든다. 기억해라. 당신은 기사가 아니라 소설을 쓰는 사람이다.

당신이 특정한 주제 – 사랑, 역사, 정의, 편견, 종교, 권력남용, 생존권, 동성애자들의 권리, 혹은 다른 이슈들 – 를 쓰고자 한다면, 당신의 글에서 위의 원칙에 위배되는 모든 것들을 삭제해야 한다. 위의 원칙을 커다란 포스터로 출력해서 책상 앞에 붙여둬라. 위에서 언급한 특정 주제에 대해 쓸 때 위의 원칙이 큰 도움이 될 것이다.

이야기 물리학이 문제와 목표를 지닌 인물이 아니라 특정 주제나 역사적 순간, 혹은 장소만을 다루고 있다면, 다시 말해서 당신의 이야기에서 아무런 일도 일어나지 않고 있다면, 위험요소를 찾아볼 수 없다면, 당신의 이야기는 총체적 난국에 빠진 셈이다. 시간과 장소, 혹은 당신이 표현하고자 하는 주제와 관련된 컨텍스트 내에서 어떤 일이 일어나는 동시에 무언가에 관한 이야기를 쓸 수 있다면, 당신의 소설은 바라건대 비평가들까지도 '예술'이라고 찬사를 보낼 정도의 수준에 도달한 것이다. 그러기 위해서는 무엇보다도 솜씨를 갈고닦아야 한다. 그런 소설을 쓰려면 영감보다는 원칙을 우선시해야 하기 때문이다.

모든 장면마다 다음과 같이 물어야 한다. 이 장면에서 어떤 일이 일어나고 있는가? 앞 장면과는 어떻게 연결되고, 다음 장면과는 어떻게 이어지며, 그 다음 장면과는 어떤 관련이 있는가?

모든 장면에서 어떤 일이 일어나도록 해야 한다. 그러나 강력한 주제적 컨텍스트를 벗어나서는 안 된다. 분석이나 서사적으로는 쓸모가 없는 장면, 혹은 당신이 서사에 슬쩍 끼워 넣고는 하는 에세이적 단락을 통해서가 아니라 장면 그 자체가 주제를 탐험할 수 있도록 당신의 이야기를 발전시켜라. 애런 소킨Aaron Sorkin(아카데미상, 에미상을 받은 미국의 각본가)이라면 모르겠지만, 우리는 이런 유혹에서 벗어나야 한다. 당신의 인물이 선택하고, 행동하고, 느낀 결과를 통해 주제를 부각시켜라.

그러므로 "이 이야기는 무엇에 관한 것인가?"보다는 "이 이야기에서는 어떤 일이 일어나는가?"라고 질문하라. 이 질문에 대답할 수 있다면, 당신의 이야기가 제대로 작동할 수 있도록 이야기 물리학을 적용하라.

그저 무엇에 관해 서술하기만 하는 글쓰기와 사건이 일어나는 글쓰기 사이의 차이를 알 수 있을 때, 무엇이 이야기에 힘을 부여하는지도 알 수 있고, 더 나은 글을 쓸 수 있다. 대부분의 원고가 거절당하는 까닭은 이 원칙을 전혀 지키지 않았기 때문이다.

초보가 빠지는 함정

사람들은 흔히 잘못된 믿음에 빠져 비효율적인 과정으로 글을 쓰는 실수를 저지른다. 글쓰기를 가르치는 나는 워크숍에서 이야기 구조의 원칙, 이야기 계획, 염두에 둔 결말, 혹은 이야기의 울림이나 공명과 관련된 컨텍스트를 전혀 생각하지 않는 사람들을 수없이 본다. 그들은 이야기가 발견되기만을 기다린다. 스토리 비트도 생각하지 않음은 물론이다.

이런 함정에 빠져서는 안 된다. 우리는 그러지 않을 수 있다.

당신에게 반드시 계획을 짜라는 말이 아니다. 기본적인 이야기 물리학을 이해한 당신은 계획을 짜지 않을 수 없다. 적어도 어느 정도는. 인터뷰를 할 때마다 머릿속에 어떠한 과정도 담아두지 않고 글을 쓰기 시작한다고 말하는 작가들조차도 자기도 모르게 어떤 계획을 담아두고 있다. 그렇게 하지 않는다면 그들의 이야기 역시 결코 작동하지 않았을 것이다.

PART 2

이야기
물리학을
최적화
시켜라

7

아이디어 vs 콘셉트
아이디어와 콘셉트의 차이를 확실히 알아보자

프로 야구선수들은 해마다 아리조나와 플로리다에서 춘계훈련을 받는다. 선수들은 날마다 기본적인 원칙을 지키며 체력을 단련하고, 타격을 연습하고, 시범 경기를 진행한다. 그렇게 그들은 매일같이 실력을 향상시킨다.

7장에서는 이 점을 다룬다. 앞에서도 슬쩍 언급한 바 있지만, 이제는 깊이 들여다볼 차례다. 이제부터 스스로를 프로 작가라고 생각해야 한다. 이러한 마음가짐이 긍정적인 변화를 만들어 낼 것이다.

얼마 전, 나는 훌륭한 작가이기도 한 내 친구와 점심을 먹었다. 그녀는 사랑스러운 여동생을, 나는 사랑스럽고 아름다운 아내를 동반했고, 오믈렛과 유기농 빵을 사이에 둔 우리는 힘들지만 재미있고 보람있게 글을 쓰는 경험에 대해 이야기하며 서로를 위로하는 기분 좋은 시간을 가졌다.

대부분의 작가들과 마찬가지로 나 역시 "이러면 어떨까"를 늘 생각하는 사람이다. 대화가 그 지역에서 가장 근사한 바의 여성용 화장실로 흘

스토리를 만드는 물리학

러갔을 때, 내 머릿속도 빙글빙글 돌아가기 시작했다. 그 바는 〈서바이벌 천생연분〉의 오프닝 에피소드에 등장할 법한 외모의 여성들, 그리고 짧게 친 헤어스타일에 골프셔츠를 입고, 이유는 모르겠지만 리얼리티 쇼에서 늘 부인들의 추격을 받을 것처럼 보이는 근육질 남성들이 들락거리는 곳이었다. 나는 친구들과 아내의 대화가 잠재적인 아이디어가 될 수 있을지도 모르겠다고 생각했다.

처음에 이 아이디어는 근사하게 여겨졌다. 집에 가자마자 곧장 글을 쓰고 싶을 정도였다. 이 아이디어를 제대로 살린다면, 적재적소에서 적절한 솜씨로 적절한 극적 요소를 집어넣는다면, 훌륭한 이야기를 쓸 수 있겠다고 생각했기 때문이었다. 사실 이렇게만 한다면 어떤 아이디어라도 살려낼 수 있을지도 모른다.

하지만 아무 아이디어나 살릴 수 있는 사람은 없다. 아무 꼬마나 붙잡고 가르쳐서 프로 선수로 키우거나, 아무 노래나 유행가로 만들거나, 평범한 이웃집 사람을 하루 아침에 미국 대통령에 당선시킬 수 있는 사람은 없는 것과 마찬가지다. 승리의 유전자가 없는 아이디어는 과감히 버려야 한다.

하지만 좋은 소식이 있다. 우리는 아이디어에 승리의 유전자를 주입할 수 있다. 바로 아이디어를 거대한 잠재력을 지닌 콘셉트로 변화시키는 것이다.

나와 함께 있던 여성들은 어느 유명 클럽에서 10년 동안 화장실 관리자로 일해 온 한 여자를 화제로 삼았다. 화장실에서 손을 씻거나 화장을 고치는 여자들은 하나같이 그녀를 좋아한다고 했다. 나는 둥근 약상자 모양의 모자를 쓴 비올라 데이비스 Viola Davis(미국의 여배우)가 수건을 꺼내고 미소를 지으며 현명한 조언을 해주고 팁을 받는 모습을 떠올렸다.

세상에, 그녀는 화장실에서 얼마나 많은 것을 보고 얼마나 많은 이야기를 들었을까. 그녀는 책이라도 한 권 써야 했다.

그러나 그녀가 쓸 법한 책은 일화와 삶의 교훈으로 가득한 책이었다. 강력한 플롯이 없는, 에피소드로 나열된 책 말이다. 내가 원하는 책과는 전혀 다른 책. 이런 이야기가 소설이 될 수 있다는 말에 유혹당하기란 너무나 쉽다.

하지만 실망하기에는 아직 일렀다.

나는 이 아이디어에 "이러면 어떨까?"라는 질문을 던지기 시작했다. 그녀가 들어서는 안 될 이야기를 화장실에서 우연히 들었다면? 바에 있는 누군가에 대해 은밀하게 속삭이는 말을 얼핏 들었다면? 그렇게 말하는 사람이 해서는 안 될 일을 하는 것이라면? 그런데 그날 저녁, 바에서 나쁜 사건이 터졌다면? 그런데 모든 사건의 중심인물을 알고 있다고 짐작되는 사람을 제거하는 방향으로 흘러간다면?

비올라 데이비스가 갑자기 인생을 걸고 달리기 시작한다(나는 소설을 쓰는 동안 항상 훌륭한 배우들을 머릿속에 떠올리는 버릇이 있다). 풋내기 형사가 그녀를 해치려는 악당들을 찾아낼 수 있도록.

나는 테이블에서 이 아이디어를 떠들어댔다. 그리고 대부분의 작가들이 그냥 생각해 낸 아이디어를 섣불리 말할 때, 특히 작가가 아닌 사람들이 하는 말을 듣게 되었다(사실 세 명 중 한 명은 훌륭한 작가였지만). "세상에, 그걸 꼭 써야 돼! 정말로! 아주 멋진 이야기가 될 거야!"

아직 오전이었다. 술을 마신 사람도 없었고.

최초의 아이디어는 흥미를 불러일으켰다. 그런데 아이디어에 콘셉트가 더해지자 단순한 흥미 그 이상을 느낀 그들은 금방이라도 환호성을 지를 것처럼 보였다.

우리는 한동안 브레인스토밍 – 언제나 즐거운 작업이다 – 의 시간을 가졌다. 이야기의 서두를 생각해 냈고, 이는 1차 플롯포인트로 이어졌다. 때마침 음식이 나왔고 우리의 화제는 다른 곳으로 흘러갔다. 어째서 어떤 작가들은 술을 마시고, 어떤 작가들은 분노하는가에 대해(슬프지만 술을 마시거나 분노하기는 유일한 두 가지 해결책인 것처럼 보인다).

그러다 나는 다시 조금 전의 아이디어를 화제로 삼았고, 최초의 아이디어를 콘셉트를 갖춘 이야기를 위한 아이디어로 바꾸었다. 나와 함께 식사하던 여성들이 첫 번째 아이디어만큼 바뀐 아이디어를 좋아할지는 알 수 없었다. 하지만 내가 보기에 첫 번째 아이디어는 전혀 이야기라고 할 수 없었다. …… 바뀌기 전까지는. 첫 번째 아이디어는 그저 하나의 계기에 불과했다.

우리는 글쓰기를 시작하기 전에 아이디어를 콘셉트로 바꾸어야 한다. 친애하는 작가 친구들이여, 아이디어가 머릿속에서 번뜩이는 매 순간마다 이 과정을 염두해야 한다. 아이디어를 본격적으로 사용하기 전에 말이다. 역설적으로 보이겠지만 이 과정이야말로 전체 글쓰기에서 무척 중요하다는 점을 알아둬라.

콘셉트가 아닌 아이디어에만 의지해서 원고를 쓰는 것, 이는 가장 흔하게 저지르는 실수다.

집으로 돌아오는 길에 아내가 물었다. "그래서, 그 이야기 쓸 거야?"

생각할 필요도 없었다. 나의 대답은 확고하게도 "아니"였다. 이유는 이야기 물리학 때문이었다. 그 아이디어로는 내가 생각하는 이야기 물리학을 작동시킬 수 없었다.

아이디어는 아이디어일 뿐이다

아이디어는 맛이라고 할 수 있지만 음식은 아니다. 약속이라고 할 수 있지만 반드시 지켜야 하는 약속은 아니다. 씨앗이라고 할 수 있지만 아직 나무라고 부를 수는 없다.

추리소설을 다 읽고 만족감을 느껴본 적이 있는가? 이러한 만족감보다 더 구체적인 무언가를 우리에게 가르쳐줄 때, 아이디어는 작가인 당신에게 가치를 지니게 된다. 다시 말해서 즉각적인 만족감을 초월하여 더 깊고 넓은 시야를 갖게 해주는 아이디어가 가치 있다는 뜻이다.

아이디어는 당신을 전율하게 해야 한다. 혹은 적어도 당신이 집착할 만큼 흥분되는 것이어야 한다. 열정과 시간을 바쳐서 "이러면 어떨까?"라고 질문하며 아이디어를 확장시킨다면……, 이제 당신에게는 무기가 생긴 셈이다.

당신은 바로 이런 이야기를 써야 한다.

화장실을 관리하는 여성에 관한 첫 번째 아이디어는 어쩌다 들어서는 안 될 말을 듣게 된 순진한 여성에 관한 아이디어로 이어졌다. 하지만 나로서는 이 아이디어가 충분히 매력적이거나 강렬하게 여겨지지 않았다. 나는 클럽 화장실에 아무런 매력을 느끼지 못했다. 이야기에서 중심적인 역할을 맡게 될 인간관계에 대해서도 그러했다. 잔뜩 꾸미고 남자를 찾아 헤매는 중년여성들 – 그래, 아주 재미없지는 않다 – 로 가득한 여자 화장실에 난 들어가 본 적이 없다. 그러니 내가 어떻게 이 이야기를 쓰겠는가?

이 아이디어가 마음에 든다면, 당신이 써라.

한 번이라도 여자 화장실에 들어가 본 적이 있었더라면 나도 이 아이디어가 마음에 들었을지도 모른다. 하지만 난 그런 적이 없다. 내게는 이 아이디어를 쓸 만한 아이디어로 만들 열정이 없었다.

위대한 이야기는 우리의 열정을 필요로 한다.

당신이 쓰고자 하는 이야기대로 살아봐야 한다는 뜻이 아니다. 당신 스스로 그렇게 살아보고 싶은 욕망을 샘솟게 하는 이야기를 써라. 함께 점심을 먹으며 대화를 나누다가 곧장 책을 쓰기 시작하는 것은 코스트코 계산대 앞에서 줄을 서 있다가 만난 사람과 바로 결혼하는 것이나 마찬가지다.

물론 이런 일도 있을 수 있다. 하지만 결과가 좋지는 않을 것이다. 로맨스 소설에서조차 거의 찾아볼 수 없는 일이다.

이야기 속에서 대리적으로 살아보고 싶다는 욕망이 이야기가 전개될 장소에 대한 열정과 연결되어 있다. 그래야만 이야기가 작동하기 때문이다. 넬슨 드밀은 〈나이트 폴Night Fall〉에서 전직 군인이었던 주인공에게 진실이 은폐된 비행기 폭발사고를 조사시킨다(이 이야기는 1996년 7월 17일 롱아일랜드에서 실제로 있었던 비행기 폭발사고를 바탕으로 한다. 이 일로 230명이 목숨을 잃었고, 이 사건을 두고 각종 음모이론들이 진실공방을 벌였다). 드밀이 이 이야기를 소설로 쓴 이유는 열정이 있었기 때문이었다. 그는 진실이 밝혀지지 않았다는 것에 대해 분노했을지도 모른다.

당신이 좋아하는 것은 무엇인가? 인생을 다시 시작할 수 있다면, 어떤 삶을 살 것인가? 당신은 무엇을 할 것인가? 무엇이 될 것인가? 어디를 갈 것인가? 무엇을 끌어안을 것인가? 작가라면 "이러면 어떨까?"를 묻기에 앞서 이렇게 질문해야 한다. 아이디어는 열정에서 나와야 한다. 그리고 당신이 열정적으로 파헤친 아이디어를 무대에 올리기 전에 콘셉트로 진화시켜라.

어느 날 아침, 에이브럼스의 새 텔레비전 쇼 〈알카트라츠Alcatraz〉에 대한 기사를 읽던 나는 이러한 생각을 굳히게 되었다. 〈알카트라츠〉는 50년 전 어느 섬에서 사라졌던 범죄자들이 오늘날의 샌프란시스코에 나타나 사람들을 살해하기 시작한다는 내용이었다. 그들은 시간 여행을 했다. 유령일지도 모른다. 하지만 그들이 다시 깨어날 때 남겨둔 죽은 몸은 진짜이고, 따라서 그들은 발견될 수밖에 없고, 그들의 행각도 중지될 수밖에 없다.

이 아이디어에는 구미가 당겼다. "이러면 어떨까?" 단계와 시간을 들여 열정적으로 파고들어야 하는 단계를 모두 적용해 볼 만한 아이디어였다. 내가 먼저 생각해 냈더라면 좋았을 걸. 시간여행은 내가 생각할 수 있는 한 가장 흥미로운 전제 중 하나니까……. 그리고 나는 시간여행을 쓴 적이 없었다.

흠, 내가 먼저 생각해냈어야 했다. 내게는 항상 시간여행에 대한 열정이 있었다. 이 아이디어에는 주제와 드라마를 마음껏 펼칠 수 있는 가능성이 얼마든지 있었다. 나 역시 이제부터 밤을 새워가며 "이러면 어떨까?"라는 질문을 계속 해봐야 할런지도 모른다(사족이지만 〈알카트라츠〉는 실패했고, 첫 시즌 이후 더 이상 제작되지 않았다. 아이디어도 근사했고 제작진도 훌륭했는데. 윌리엄 골드만 말대로 "아무도 아무것도 모른다." 우리는 집착에 이를 정도로 우리의 흥미를 끄는 아이디어를 추구해야 하고, 지나간 열정은 지나간 대로 흘려보내야 한다).

나의 책들은 전부 내가 집착하고 열광했던, 내가 아는 무언가에 기초하고 있다.

"이러면 어떨까" 단계로 성급히 넘어가지 마라

아이디어는 마치 메뉴판에서 볼 수 있는 음식 사진 같다……. 사진 속 음식들은 너무나 맛있게 보인다. 하지만 영양학적으로는 어떨까? 늘 먹어보고 싶던 음식인가? 당신에게 즐거움과 도전정신을 불러일으킬까? 당신의 인생에서 1년을 소모할 가치가 있는 아이디어인가? 당신의 이야기가 기억되기를 바라는가?

아이디어가 생각날 때마다 "이러면 어떨까?"를 묻기 전에 위와 같은 질문들을 해봐야 한다.

열정적으로 집착할 수 있는, 그리고 시간이 지나도 사그라지지 않는 호기심을 불러일으킬 만한 아이디어로부터 출발하라. 당신이 관심을 둔 사안이 콘셉트로 진화하고, 당신이 만들어 낸 무대에서 인물이 극적 긴장감을 강렬하게 고조시킬 수 있는 아이디어를 쓰라는 말이다.

당신이 써야만 하는 이야기를 써라. 이러한 열정이 좋은 아이디어를 만난다면, 한 글자를 쓰기도 전에 이미 이야기 물리학이 작동하기 시작했다는 것을 알 수 있을 것이다.

콘셉트의 이면
콘셉트의 두 가지 측면에 주목하자

콘셉트는 성공적인 스토리텔링을 위한 6가지 핵심요소 중 하나다. 콘셉트에서는 다음과 같은 두 가지 측면을 고려해야 한다. 콘셉트는 이야기가 무엇인지를 드러내고, 이야기를 말하는 방식을 드러낸다. 전자는 아이디어를 콘셉트로 진화시켜 이야기의 뼈대를 드러내는 것과 관련이 있고, 후자는 작가가 이야기를 어떻게 말할 것인지와 개념적으로 관련된 서사적 전략이라 할 수 있다.

둘 다 이야기의 운명을 좌우한다는 사실에는 이견이 없을 것이다.

콘셉트의 창의적인 영역

분명한 것은 콘셉트가 이야기를 서사적인 단계로 진입시킨다는 점이다. 인물을 설정하고, 인물에게 흡입력 있는 상황을 부여하여 이 둘을 섞을 때, 콘셉트는 당신의 이야기가 돌진할 수 있는 힘을 부여한다.

인물에게 흡입력 있는 상황을 주지 않는다면, 지나치게 평면적이거나

스토리를 만드는 물리학

전형적이거나 만화적인 인물로만 가득한 플롯을 쓸 수밖에 없다. 그리고 이런 소설은 결국 …… 지루하다.

전율, 오싹함, 극적 긴장감, 웃음을 유발하는 요소, 경이로움, 흥분, 기타 감정들, 그리고 삶의 교훈은 좋은 책을 위대한 책으로 만든다. 이런 책을 쓰려면 훌륭한 콘셉트가 있어야 한다. 인물 자체는 이런 요소라고 할 수 없지만, 이러한 요소들을 드러내는 창인 동시에, 독자들이 대리적인 경험을 할 수 있게 해주는 수단이다. 이야기에서 인물이 이런 요소들을 마음껏 보여주는 무대를 제공하여 주제를 나타내는 씨앗 역할을 하는 것이 콘셉트다.

6가지 핵심요소와 이야기 물리학이 상호적으로 어떤 관계인지에 주목하라.

콘셉트를 생각할 때마다 종종 본능적으로 "이러면 어떨까?"라는 질문을 던진다(당신도 이렇게 해야만 한다. 콘셉트의 목표는 극적 긴장감을 이끌어내는 것이기 때문이다). 콘셉트는 우리에게 미끼를, 거대한 질문을, 극적 긴장감과 주제, 인물의 변화를 이끌어내어 독자를 몰입하게 하는 강렬한 소설적 장치를 지향한다.

그러나 아이디어 단계에서만 콘셉트를 고려해서는 콘셉트의 잠재력을 완전히 파악할 수 없다. 본격적으로 글을 쓰기 시작했을 때도 콘셉트를 고려해야 한다(그러면 당신에게는 또 다른 기회가 생길 것이다). 글을 쓰는 과정에서 콘셉트를 생각하지 않고 선택을 한다면, 기회는 영영 날아가 버릴 것이고, 당신의 이야기는 날개를 펼치지 못할 것이다.

서사적인 관점 ― 어떻게 이야기할 것인가 ― 에서 콘셉트를 최적화하라. 그러면 가장 강력한 이야기 물리학이 가동될 것이다.

콘셉트의 역학

콘셉트의 역학이란 이야기를 가장 훌륭하게 말하는 방법, 즉 전략적으로 서사적인 감각을 활용하는 것과 관련이 있다. 1인칭 현재 시점을 사용하느냐, 혹은 3인칭 전지적 과거 시점을 사용하느냐는 (이야기 물리학의 핵심요소인) 서사적 전략이다. 둘 중 어떤 것을 선택하든, 콘셉트를 고려해야 한다.

1인칭 화자를 선택했다면, 당신은 이제 막 서사적 전략 – 콘셉트적 전략 – 을 채택한 것이다.

콘셉트의 역학은 작가가 화자와 시점, 시간 순서, 곁가지 이야기, 선형적인 구성을 벗어나는 요소들, 작고 교묘한 서술적 장치들을 선택할 때 영향력을 행사한다.

대개 단순한 선형적 구조가 이상적이지만, 늘 그렇지는 않다. 당신은 이럴 때 콘셉트를 고려한 서사적 전략을 선택해야 한다. 그래야 당신의 결과물도 더 나아질 수 있다.

(23장에서 자세히 뜯어볼 예정인) 〈헬프〉는 1인칭 화자를 채택했다. 과거시제와 현재시제를 오가는 이 소설은 가끔 두 가지 시제를 뒤섞기도 한다. 까다로운 작업이다. 시제 혼용은 함부로 쓰면 안 되는 전략이다. 하지만 작가가 이러한 결정을 내리게 된 까닭은 콘셉트 때문이었다. 그리고 작가는 한 명이 아닌 세 명의 화자를 사용하기로 결정했다.

작가는 이야기를 발전시키는 과정 초반부터 이러한 선택 – 콘셉트 – 을 내렸다. 이야기를 탐색한 결과 3명의 화자를 사용하는 것이 최상의 방식이라고 결정한 것이다. 스토킷은 3인칭 전지적 단일 화자를 선택하지 않았다. 이 이야기의 주인공은 세 명이다. 따라서 세 명을 모두 내세우는 것이 더 나은 선택이라고 생각했다.

이 방식은 먹혀들었다. 세상에, 너무나 훌륭했다.

앨리스 시볼드Alice Sebold도 〈러블리 본즈The Lovely Bones〉를 쓸 때 전형적인 구조, (어린 소녀가 살해당한다는) 전형적인 미끼, (죽은 소녀가 천국에서 말을 걸어온다는) 전형적인 콘셉트, 그리고 전형적인 인물과 드라마를 보여주는 탐정소설로 만들 수도 있었다. 그랬다면 이 소설은 완전히 달라졌을 것이다. 대신 그녀는 미스터리 소설에서는 잘 사용하지 않는 1인칭 시점을 최적화시켰고, 이 책은 1천만 부가 팔렸다. 그녀의 선택이 옳았음을 인정하지 않을 수 없었다.

독자나 관객은 우리가 어떤 역학을 고려한 전략적 선택을 내리는지에 대해서는 관심을 갖지 않는다. 하지만 우리는 작가다. 우리가 선택을 최적화시키지 못한다면, 결과물도 당연히 좋을 리가 없다.

역학을 고려한 콘셉트가 중요한 까닭은 바로 이런 이유 때문이다. 역학을 고려한 콘셉트와 전략은 이야기가 궁극의 효율성을 발휘할 수 있는 수단으로 활용할 수 있다.

〈펄프 픽션Pulp Fiction〉을 기억하는가? 이 영화에서 시간의 흐름은 어떠했나? 영화 속 시간은 선형적으로 흘러가지 않는다. 이러한 시간의 흐름은 타란티노가 전략적으로 선택한 콘셉트이다.

〈매디슨 카운티의 다리The Bridges of Madison County〉는 어떤가? 이 영화는 전적으로 역학을 고려한 콘셉트에 의존한다. 영화 속에서 시간은 둘로 나뉘어 흘러간다. 그리고 서사적인 다리(매디슨 카운티의 다리가 아니라!)가 두 갈래의 흐름을 연결하여 이야기의 호흡과 긴장감, 그리고 감정과 관련된 이야기 물리학을 최적화한다. 딸의 시점도 활용하는 이 이야기는 다른 로맨스 영화들 사이에서 독보적인 위치를 차지한다.

어떤 구조를 선택할 것인가는, 물론 원칙을 따라야 하지만, 무엇보다도 콘셉트에 의해 결정된다. 이야기의 어느 지점에서 무슨 일이 일어나는가가 이야기를 규정하기 때문이다. 시간 순서가 긴장감을 일으키고 독자가 공감하는 정도를 결정하므로, 이야기 물리학은 시간 순서와도 관련된다. 원칙은 우리에게 중요한 컨텍스트를 제공한다. 그러나 내용은 우리가 선택하는 것이다.

〈500일의 서머〉라는 영화를 봤는가? 각본이 오스카상 후보에 올랐다는 사실을 알고 있는가? 무질서하게 보이는 순서로 등장하는 각각의 장면에는 500일 중 하루에 해당하는 숫자가 붙어있다. 이 영화는 첫째 날부터 시작하지 않는다. 예를 들면 365번째 날이 먼저 나오고, 그 다음에 21번째 날이 이어지는 식이다. 하지만 작가는 날짜의 순서를 무작위로 결정하지 않았다. 이 영화는 우리에게 어떤 장면이 먼저 등장할 필요가 있는지를 보여준다. 따라서 각각의 장면들은 이야기 구조의 컨텍스트적 – 이야기 물리학적 – 원칙에 따라 최적화된 순서로 등장한다. 과거의 이야기를 현재와 병치시키고, 가짜 클라이맥스를 제시하고, 절망에 빠진 주인공을 보여주고, 다시 불붙은 열정을 설명하며 기존의 선형적인 연애담을 교묘하게 뒤바꾼 것이다. 따라서 이 영화는 결말 그 자체만큼이나 이야기가 어떻게 결말에 이르렀는지가 중요하다.

여기서 중요한 것은 콘셉트였다. 작가가 어떤 전략적, 역학적 결정을 내리는지와는 관계없이 이야기는 주제적으로나 극적으로나 선형적으로 흘러가야 하므로, 이 영화의 콘셉트는 대단히 교묘했다고 할 수 있겠다.

스토리를 만드는 물리학

2004년에 발표한 소설 〈유인Bait and Switch〉에서 나는 주인공의 의식 너머를 보여줄 의도로 1인칭 시점과 3인칭 시점을 모두 사용했다(문학적 근본주의자들은 이런 전략에 고개를 돌릴 것이다). 그러나 〈퍼블리셔스 위클리Publisher's Weekly〉는 이 소설을 "2004년 최고작"이라 칭했고, 비평가들은 너나 할 것 없이 찬사를 보냈다. 그리고 이 책은 2013년에 재판을 찍었다.

위험한 선택은 아니었냐고? 꼭 그렇지는 않다. 나는 넬슨 드밀의 〈사자의 게임The Lion's Game(2002)〉에서 처음 접한 이러한 기법을 매력적이라고 생각했다. 전적으로 새로운 콘셉트적 가능성을 보게 된 것이다. 그럴만큼 그 작품은 훌륭했다. 고루한 영문학 선생들은 무덤 속에서 돌아눕겠지만, 뭐 상관없다. 작가들에게는 재미있고 새로운 가능성이 생겼으니까.

명민한 작가들은 콘셉트의 두 가지 측면, 즉 아이디어와 관련된 측면과 이야기의 역학을 고려한 측면을 항상 생각한다. 초고를 작성하기 전부터 콘셉트를 분명히 파악하면 당신의 이야기도 힘을 받게 될 것이다. 원고를 쓰면서 콘셉트를 파악할 때도 마찬가지다. 한 번 파악하기만 하면 당신의 이야기를 위한 전략도 생겨날 테니까.

콘셉트가 없어도 성공적인 이야기를 시작할 수는 있다. 하지만 콘셉트를 파악하지 않고서는 이야기를 성공적으로 완성할 수 없다.

따라서 우리는 다음과 같은 질문을 해야 한다. "이 상황에서 주인공은 무엇을 할까?" 혹은 "이 장면에 힘을 실어줄 극적 긴장감은 어떻게 만들어야 할까?"(이처럼 콘셉트와 관련된 질문들은 끝없이 이어질 수 있다.) 우리는 시점, 시간 순서, 대화체, 페이지에 필요한 요소를 삽입하는 방법과 관련된 역학을 고려한 선택들이 이야기와 적합한지를 늘 질문해야 한다.

여기서 잠재력이 폭발하며 당신의 용기와 창작력이 눈부시게 결합한다.

최적화란 이런 것이다.

당신도 이제 알 것이다.

이야기는 아이와 같다

위험한 놀이를 즐기는 아이들은 곁눈질하는 데 시간을 낭비하고 나쁜 선택을 하는 경향이 있다. 하지만 그런 과정을 통해서도 귀중한 교훈을 배우는 법이다. 우리가 쓸 장면들이 극적으로 최적화될 수 있도록, 적합성을 지닐 수 있도록 풍요로운 땅으로 데리고 가는 것이 목동인 우리의 역할이다.

이런 일이 벌어지면, 콘셉트가 지닌 두 개의 측면이 모두 작동한다는 것을 알아두어라……. 그리고 두 가지 측면의 선택지들을 완벽하게 통제할 수 있는 사람은 당신이라는 점도.

이야기 물리학을 서사적 기준으로 활용하자
치킨샐러드와 닭똥은 전부 같은 닭에게서 나온다

이야기를 탐색하는 것과 가장 훌륭한 이야기를 탐색하는 것은 무척 다르다. 그 차이를 알아야 작가라고 할 수 있다.

소설을 쓰는 사람 아무나 붙잡고 작가가 얼마나 많은 것들을 생각해야 하며, 알아야 하고, 수행해야 하는지 물어보라. 당신은 수십 가지, 혹은 수백 가지에 달하는 대답을 듣게 될 것이다. 사실 그래야 맞다. 조금만 알아도 된다고 생각하는 사람은 많지 않다.

답변들을 단순화하기보다는 체계화해서 생각하자. 우리에게는 덜컹거리는 상자 두 개가 있다. 하나는 다이너마이트, 다른 하나는 도구로 가득한 상자이다.

다이너마이트 – 스토리텔링의 동력

엔진 – 우리의 이야기에도 극적 엔진이 꼭 필요하다 – 을 설계하고 제작하는 사람들과 마찬가지로 우리 역시 이야기의 힘과 연료가 무엇인지를 알아야만 한다.

이야기 물리학의 6가지 요소는 다음과 같다.

1. 흡입력 있는 전제
2. 극적 긴장감
3. 호흡/완급 조절
4. 주인공에게 몰입하기
5. 대리 체험
6. 서사적 전략

당신의 이야기가 페이지를 장악하려면, 혹은 독자들을 유혹하려면, 독자들을 쥐락펴락하려면 꼭 필요한 요소이다.

이런 요소가 없다면, 혹은 잘못 다룬다면, 성냥으로 만들어진 책에 기름을 붓는 것이나 마찬가지다. 불꽃은 타오르지 않을 것이다.

당신은 이런 요소를 고려하여 글을 써야 한다. 이런 요소는 콘셉트로 강화된다. 그리고 독자들은 이런 요소에 주목한다.

이러한 요소를 스토리 비트가 타오르기 위한 연료로 사용하라. 이러한 요소로 스토리 비트에 양념을 쳐라. 그러면 당신의 이야기는 더 나아질 것이다. 이러한 요소들은 스스로 나타날 것이다. 하지만 그 전에 먼저, 우리가 나타나게 하는 편이 낫다.

이야기 물리학을 작동시키는 도구들을 알아보자. 전동공구라고 생각

스토리를 만드는 물리학

해라. 이러한 도구들은 물리학이 이야기에서 실제로 작동할 수 있게 하는 수단이다. 각각의 도구들은 이야기 물리학의 본질과 연결되어 있다.

도구상자: 성공적인 스토리텔링을 위한 6가지 핵심요소

1. **콘셉트(Concept)**: 흡입력 있는 전제를 위한 핵심적인 극적 요소
2. **인물(Character)**: 독자들이 지지하고 공감할 수 있는 인물
3. **주제(Theme)**: 이야기 물리학의 6가지 핵심요소에 의존하는 컨텍스트적이고 서브텍스트적인 도구
4. **구조(Structure)**: 극적 긴장감, 완급 조절, 그리고 공감이 발생하는 인물의 전환점을 만들어 내기 위한 도구
5. **장면 쓰기(Scene Execution)**: 스토리 비트들을 물리학적으로 최적화된 형식으로 표현하는 도구. 여기서 이야기 물리학은 페이지에 고스란히 나타난다.
6. **글쓰는 목소리(Writing Voice)**: 차별화된 글쓰기를 보여줄 수 있는 도구

이러한 요소를 반드시 제대로 알아두어야 한다. 아이디어가 떠오르자마자 이러한 도구를 사용해 연구해 보라. 각각의 도구들을 제대로 활용하지 못한다면, 이야기는 결코 작동하지 않을 것이다.

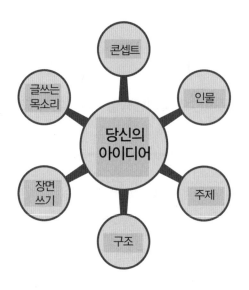

도판: 브라이언 위긴스(**Bryan Wiggins**), wigginscreative.com

당신은 성공적인 소설을 쓰는 방법을 수십, 수백 가지쯤 알고 있다. 하지만 이 방법들은 이제 12가지로 체계화된다. 이야기 물리학의 6가지 핵심요소, 그리고 이를 적용하는 도구와 관련된 6가지 핵심요소로 말이다. 언뜻 서로 겹치는 것처럼 보이거나 건성으로 보는 사람들에게는 똑같이 보일지라도 전문가들에게는 근육과 바벨처럼 서로 완전히 다르게 보인다.

다시 말해서, 이는 정도와 뉘앙스의 문제다. 작가인 우리는 디자이너이자 몽상가여야 하고, 설계자인 동시에 계획자여야 하며, 조립자인 동시에 검수자여야 하고, 리벳공인 동시에 검토자, 시험자, 운반공, 배달부, 마케터, 프로모터, 그리고 부기담당자여야 한다. 우리는 예외 없이

스토리를 만드는 물리학

이 모든 것들을 전문적인 단계로 마스터해야 한다. 노동자와 예술가를 어떻게 구분하는지 아는가? 이러한 동력을 최대치로 사용하는 감각과 뉘앙스를 부여하는 정도를 결정하는 능력을 지닌 사람이 예술가다.

당신은 도구를 사용하여 최상의 이야기를 쓸 수 있다. 다른 사람들의 도식이나 방식을 따라가지 않고 말이다. 물리학을 이해하고, 물리학을 작동시키는 원칙을 안다면, 그리고 미켈란젤로가 붓을 휘두르듯 이러한 요소들을 활용하여 당신은 성공적인 이야기를 쓸 수 있다. 미켈란젤로의 작업 역시 물리학과 도구를 빼고 나면 아무것도 아니라는 점을 알아두어야 한다. 색, 붓질, 머릿속의 아이디어를 그림으로 드러내기……. 미켈란젤로는 수년 동안 인내하며 이러한 요소들을 모두 통합하여 열정적으로 작업했다. 당신 역시도 이런 과정을 통해 훌륭한 이야기를 써 낼 수 있다.

나는 당신을 천재로 만들 수 없다. 하지만 당신에게 물리학과 도구는 보여줄 수 있다.

핵심요소의 세 단계

자, 정도와 뉘앙스는 어떻게 다루어야 할까? 구조는 우리에게 '무엇'을 '언제' 써야 할지를 알려준다. 하지만 '얼마나 많이'는 알 길이 없다. 이에 대한 답변은 물리학과 관련된 개인적 취향과 판단에 맡길 수밖에 없다. 얼마나 강렬해야 강렬하다고 말할 수 있는가……. 얼마나 긴장감이 있어야 긴장감이 있다고 할 수 있는가……. 얼마나 부드러워야 부드러운 것인가……. 결정해야 할 사람은 바로 우리다.

재료를 선택하고, 이야기 요소와 글쓰기 도구를 선택한 우리는 이를 최적화할 수 있는 준비를 마친 셈이다. 우리는 마술을 조금도 사용하지 않고 무언가 마술적인 것을 창조하게 될 것이다……. 그저 좋기만 해서는 구미를 당기지 못한다. 그간 배운 내용들과 더 나은 것을 구하는 방법을 사용하여 최상을 추구해야 한다.

콘셉트

콘셉트의 정의: 당신의 이야기에서 가장 많이 발전된 아이디어. 기본적으로는 "이러면 어떨까?"에서 출발한다. 극적인 장면들과 플롯을 보여주는 창, 갈등의 원천, 강렬한 질문, 유혹적인 상황, 이어지는 이야기에 대한 약속, 인물이 해야 할 일을 찾아내는 무대.

좋은 콘셉트: 독자의 마음을 끄는 콘셉트. 콘셉트가 제기하는 극적인 질문에 대한 답변에 독자가 매력을 느낄 수 있도록 하는 것.

더 나은 콘셉트: 독자가 답변을 추구하는 영웅의 여행을 따라가게 한다. 독자가 주인공의 여행을 대리적으로 체험할 수 있게 하는 것이다. 이야기는 독자를 자극하고, 보상이 주어지리라고 약속한다.

최상의 콘셉트: 독자는 주인공의 여행을 대리적으로 체험할 뿐만 아니라 주인공의 상황에 공감을 느낀다. 독자 역시 이야기 해결과정에 뛰어든다.

예시: 〈헝거 게임〉. 이 책의 콘셉트는 대단하다. 이 책은 콘셉트 단계에서부터 강렬하고, 기나긴 여정을 예고하고, 독자에게 주인공의 감정을 느끼기를, 주인공을 응원하기를 요구한다. 아이가 엔터테인먼트를 위해, 혹은 이상한 우월의식에 가득한 사회에 복수하려고 다른 아이를 죽인다는 설정은 독자들을 사로잡기에 충분하다. 조너선 프랜즌의 〈프리덤Freedom〉과 같은 소설은 콘셉트보다는 인물에 더 의존한다. 물론 이 소설에도 콘셉트가 있지만, 그다지 흡입력 있다고 할 수는 없다(평범한 직업의 평범한 사람들이 평범한 관계를 찾는 소설이다). 이 소설의 콘셉트는 일상에 대한 눈부신 통찰이라고 할 수 있다.

배울 점: 당신이 장르 소설을 쓸 예정이라면 콘셉트는 더욱 중요해진다. 콘셉트는 인물이 등장하는 무대이며, 극적 긴장감과 대리적인 체험이라는 이야기 물리학이 이를 가능하게 하는 동력으로 작용한다.

당신은 이야기 물리학을 통해 당신의 이야기를 성공시킬 수 있을 만한 힘을 전달하는 콘셉트를 찾아야 한다. 너무나 많은 작가들이 하나의 아이디어를 시장경쟁력을 지닌 콘셉트로 발전시키지 못한다. 그들의 아이디어는 그들만을 매혹시킬 뿐이다. 어느 여름날 딸기를 따는 당신의 사촌 이야기는 경쟁력이 없다. 소설 자체만 놓고 봐도 강렬하다고 할 수 없다. 프랜즌이라면 몰라도, 우리는 매혹적인 콘셉트를 반드시 찾아내야 한다.

인물

인물의 정의: 이야기의 주요 인물(주인공), 다층적인 뒷이야기들, 내부 심리, 외부 행동, 그리고 이야기가 전개되면서 어떤 영웅적인 행동을 보여주며 여행을 시작하는 것으로 이야기 해결을 위한 일차적인 기폭제로 작용한다.

좋은 인물: 독자는 흥미로운 주인공을 지지한다.

더 나은 인물: 독자가 공감할 수 있는 다층적인 면을 많이 갖춘 인물.

최상의 인물: 우리가 느끼는 것을 느끼고, 우리가 두려워하는 것을 두려워하는 주인공. 우리가 바라는 방식으로 영웅의 역할을 떠맡는 주인공. 다시 말해서 독자가 감정을 대리적으로 체험할 수 있게 하는 주인공.

예시: 〈호밀밭의 파수꾼The Catcher in the Rye〉의 홀든 콜필드. 그의 기본적인 인간됨됨이는 우리와 같다. 그러나 그는 우리보다 낫다. 우리는 할 수 없는 방식으로 (그러나 공감대를 형성할 수 있는 방식으로) 순간, 컨텍스트, 그리고 역학을 묘사할 수 있기 때문이다.

배울 점: 인생의 정적인 단면들을 보여주는 것으로 인물을 묘사하기보다는, 인물에게 흥미로운 할 일을 주도록 하라. 변화하게 하라. 그래야 이야기에 극적 긴장감이 생겨나고 독자들은 주인공에게 공감할 수 있다.

스토리를 만드는 물리학

주제

정의: 이야기의 역학, 즉 인물과 갈등을 통해 인간 경험의 의미를 투명하게 보여주는 것. 이야기가 의미하는 것. 이야기 내에서 정보를 제공하고 기폭제로 작용하는 사안issue. 독자들에게 생각하라고, 분노하라고, 질문하라고, 느끼라고 이야기가 요구하는 것.

좋은 주제: 인생을 좋건 나쁘건 날 것 그대로 보여주는 이야기. 이야기가 펼쳐지는 시대가 언제인지와는 관계없이 살아 움직이는 이야기의 역학을 인지하게 해 주고, 이야기 속 시간과 설정을 통해 인간에 대한 보편적인 진실을 보여주는 이야기. 예를 들면 가난에 관한 소설. 우리는 가난하지 않더라도 가난을 느낄 수 있다.

더 나은 주제: 풍부한 주제와 현실적인 무대를 지닌 이야기에서 활약하는 주인공이 훌륭한 영웅의 모습을 보여주는 이야기. 영웅적인 모습을 보여주는 동시에, 주인공이 반드시 극복해야 할 어둠 역시 놓치지 않고 제시한다.

최상의 주제: 머뭇거리지 않고 독자들의 '버튼'을 누르는 주제. 독자들에게 주인공에게 주어진 모든 선택지들을 보게 하는 이야기. 그리고 주인공이 겪는 과정을 통해 진실과 리얼리티를 가르쳐주는 이야기. 인물이 감내해야 할 도전과 인물이 선택하고 행동한 결과를 통해 주어진 사안들을 탐험하고 시험해 보게 하는 이야기.

예시: 존 어빙의 〈사이더 하우스The Cider House Rules〉는 주어진 사안에 대해 극단적인 입장을 취하는 인물들을 보여준다. 인물들은 기성 정치나 종교에 저항하고, 그 결과에도 움츠러들지 않는다. 이 이야기는 독자들에게 어떤 결정을 내릴 것인지, 생각에 잠겨 보기를 촉구한다.

캐스린 스토킷의 〈헬프〉도 마찬가지다. 역시 주제를 명확하게 제시하는 이 책은 독자가 인물들의 이야기를 따라가는 동안 그들의 인생을 대리적으로 경험하고 입장을 바꾸어 생각해 보도록 하게 한다.

구조

정의: 시간 순서에 따라 설명되는 이야기의 흐름. 독자는 이러한 흐름을 따라가며 심각해지는 위험요소와 전환점twist을 경험한다. 구조는 네 파트로 구성되어 있으며, 이야기의 중심점은 특정한 위치에 놓인다. 이야기의 각 파트는 할당된 분량과 각기 고유한 컨텍스트적 목적을 갖는다. 목적이 뚜렷한 구조는 네 파트가 지닌 서로 다른 목표와 각각의 파트가 포함하고 있는 장면들의 컨텍스트적 목적을 부각시킨다.

좋은 구조: 네 개의 파트는 시간 순서에 따라 다음과 같이 이야기를 제시한다. 설정, (1차 플롯포인트까지 이어지는) 반응, 문제에 대한 능동적인 접근, 해결.

더 나은 구조: 독자들이 이야기 속에서 대리적인 방식으로 길을 잃게 하는 구조. 이로 인해 네 개의 파트가 지닌 극적 긴장감과 흡입력을 효율적으로 강화할 수 있다.

스토리를 만드는 물리학

최상의 구조: 놀라우면서도 호기심을 불러일으키고 매혹적인, 독자들에게 감정적으로나 지적으로나 만족감을 가져다 주는 구조. 전체 이야기가 드러날 때까지 독자들이 책을 손에서 놓지 못하게 하는 구조. 조금씩 독자들을 유혹하고 안달복달하게 하다가 최종적인 만족감을 줄 수 있어야 한다.

예시: 댄 브라운의 〈다빈치 코드〉. 당신이 〈다빈치 코드〉를 좋아하지 않을 수도 있다. 하지만 이 소설에는 6가지 핵심요소가 적재적소에서 위력을 발휘하고 있으며, 이 책을 한 번 집어든 (8천만 명에 달하는) 독자들은 좀처럼 손에서 책을 놓지 못했다. 4개의 파트가 완벽하게 최적화된 구조야말로 이 소설이 성공할 수 있었던 힘이다.

〈헝거 게임〉 역시 기승전결 구조를 분명히 보여준다. 이 소설들이 상업적으로 놀라운 성공을 거두고 있다는 사실은 우연이 아니다. 이 소설들이야말로 최적화된 이야기 물리학이 적용된 구조를 갖추고 있기 때문이다. 〈다빈치 코드〉와 〈헝거 게임〉이 성공할 수 있었던 이유는 콘셉트 때문만이 아니다. 독자들은 두 소설에서 완벽에 가깝게 이야기를 풀어나가는 호흡조절의 솜씨를 볼 수 있다.

장면 쓰기

정의: 최적화된 방식으로 이야기를 전개하는 서술적 설명. 인물의 성격을 묘사하기도 하고, 극적 긴장감을 묘사하기도 한다. 각각의 장면은 이야기 속에서의 위치와 서사적 흐름에 따라 특정한 목적을 지녀야 한다.

좋은 장면: 순서상 논리적인 장면들. 시간 순서에 따라 제시되는 장면들은 완만하고 연쇄적인 이야기의 흐름을 형성한다.

더 나은 장면: 단막극처럼 기능하는 장면들. 다음 장면으로 이어지면서도 독립적인 설정, 갈등, 해결을 갖는 장면. 독립적인 설명적, 서술적 층위에 또 하나의 층위를 덮어씌워 인물의 성격을 묘사하면서도 플롯에 대한 기본적이고 핵심적인 서술을 놓치지 않는 장면.

최상의 장면: 장면의 목적을 빠르게 전달하는 장면. 이러한 장면은 이후 심각해지는 위험요소, 위급한 상황, 또 다른 선택지들, 인물의 전환점, 어떤 조짐이나 서브텍스트처럼 미묘한 요소들을 암시하면서도 스토리 비트를 제시하고 해결한다. 그러나 파트 1의 장면들은 이러한 요소들을 다소 느슨하게 드러낼 수 있다. 특히 주요인물과 극적 전제를 소개하는 첫 번째 장면이 이러하다.

예시: 마이클 코넬리, 넬슨 드밀, 조디 피콜트Jodi Picoult[11]가 이런 장면을 잘 쓰는 작가들이다. 혹은 베스트셀러 목록에서도 이런 장면을 탁월하게 쓰는 작가들을 다수 발견할 수 있다.

---

11 『혹등고래의 노래』(1992)를 발표하면서 언론의 주목을 받았으며 그 후 열 권 이상의 책을 뉴욕 타임스 베스트셀러에 올렸다. 2008년 영화화된 『마이 시스터즈 키퍼: 쌍둥이별』로 미국도서관협회 선정 알렉스 어워드를 받았다. 총기 난사 사건을 다룬 『19분』은 뉴욕 타임스 베스트셀러 1위에 올랐으며, 2009년에 뉴햄프셔 플럼상을 수상했다.

스토리를 만드는 물리학

글쓰는 목소리

정의: 독자가 느끼는 문체, 스타일, 글의 (산문적) 흐름.

좋은 목소리: 분명하고 직접적인 문장. 형용사와 묘사를 효과적으로 사용하는 문장. 명료한 글이란 산만하지도 난삽하지도 않은 글을 말한다. 문체적인 효과만을 노리지 않는 문장. 독자들이 이야기를 읽는 데 방해되지 않는 단어, 문장, 문단. 전문적인 글을 쓰려면 이 점을 반드시 명심해야 한다.

나은 목소리: 관련된 인물, 관련된 순간의 서브텍스트를 조명하는 문장. 인물의 내부를 조명하려면 3인칭 화자보다는 보통 1인칭 화자가 낫다.

최상의 목소리: 유머와 감칠맛을 느낄 수 있는, 필요한 부분에서 미묘함을 전달하거나 직접적인 서술을 보여주며 독자들에게 만족감을 안겨주는 문장. '적을수록 좋다'라는 규칙을 어기지 않으면서 개성을 보여주는 문장. 과하지 않은 문장. 우리는 어떤 노래를 듣고 어떤 가수의 목소리인지를 알 수 있다. 문장도 마찬가지다. 문체를 통해 어떤 작가가 썼는지 알 수 있는 문장을 써라. 독자들은 여기서도 즐거움을 느낀다.

예시: 존 업다이크John Updike[12]는 문장의 대가였다. 콜린 해리슨도 마찬가

---

12 처녀시집 『손으로 만든 암탉』(1958)에 이어 현대 미국 문화의 환멸을 그린 장편 『양로원의 축제일』(1959)로 미국 예술원상을 받았다. 이듬해 『달려라 토끼』(1960)에서는 고등학교 재학시절에 스타 선수였던 주인공이 사회에 나와서 적응하려고 고민하는 과정을 묘사한 작품을 출판하여 작가적 지위를 확립하였다.

지다. 해리슨은 누구보다도 놀라운 문장을 썼다. 데니스 루헤인은 미스터리 장르를 주로 썼지만, 그의 소설은 대학원 문학수업에서도 다룰 만한 가치가 있다. 이처럼 타의 추종을 불허하는 작가들의 목록은 끝없이 이어질 수 있다.

당신의 이야기에 깊이를 부여하라

이야기의 모든 순간들을 장악하라.

어떻게? 장면들마다 목표와 서브텍스트를 제시하라. 주어진 장면에 무엇이 필요한지를 파악하고, 어떻게 쓸지를 생각하고, 가장 적절한 문체를 적용하는 것으로 최적화하라. 당신은 가능한 선택지들을 최대한 창의적으로 고려해야 한다.

다시 말해서, 퇴고과정에 의존할 생각을 버려라. 글을 쓰면서 형태를 빚어나간다고 생각해 보라. 장면들을 만들어가는 당신이 구조면에서나 물리학면에서나 이야기가 최종적으로 작동하게 하는 동력들을 기본적으로 알고 있다면, 이야기를 바로 쓸 수 있다. 당신은 좋은 것과 더 나은 것, 최상의 것 사이의 차이를 분명히 알아야 한다. 그래야 실패를 줄이고 최상의 글을 쓸 수 있다.

좋은 것, 더 나은 것에만 머무르려고 하지 마라. 어떤 선택을 내려야 이야기 물리학을 최적화시킬 수 있을지를 늘 고민하라. 다듬어지지 않은 초고를 여러 번 고쳐 쓰는 것은 양으로만 승부를 보려는 태도다. 이야기를 탐색할 때, 어떤 접근방식이 질적으로 우수한지를 고려하라.

예시를 통해 알아보자

한 여성이 자신을 유혹한 뒤 살해누명을 씌우리라는 것을 주인공이 알아차리는 장면을 쓴다고 생각해 보자. 이것이 장면의 목표다. 이러한 장면을 쓰려는 당신에게는 무수히 많은 선택지들이 있다.

좋은 장면: 주인공이 주차장에 서 있던 자신의 차로 간다. 여자를 본다. 미소 짓는 여자를 보고 그녀가 자신에게 접근하기를 원한다는 것을 알아차린다. 그는 그녀의 자동차 번호판을 보고, 그녀의 이름과 주소를 묻는다.

더 나은 장면: 그녀의 미소는 무언가를 암시하는 것처럼 아리송하다. 차에 탔을 때, 그는 앞유리창에 남겨진 그녀의 쪽지를 본다. 그녀는 그의 이름을 이미 알고 있으며, 조만간 그에게 연락을 취할 것이다.

최상의 장면: 주차장에서 그녀는 우연을 가장해 접촉사고를 꾸민다. 하지만 후에 그는 그녀가 일부러 자기를 드러내려고 사고를 냈다는 것을 알아차린다. 그는 이 사건을 금방 잊지 않을 것이다.

연쇄적이고, 콘셉트가 분명하고, 구조가 명확하며, 유기적으로 연결된 이야기를 써라. 그래야 독자들이 도중에 책을 놓는 일 없이 계속해서 이야기를 읽고 싶은 마음을 느끼게 된다. 만약 당신이 무작정 결론까지 써 버린다면, 다시 처음으로 돌아가 이야기의 아귀가 맞도록 검토해야 할 수도 있다. 하지만 당신이 아이디어 단계에서부터 이야기 물리학의 요소들을 최적화시키고, 콘셉트를 분명히 하고, 전체적인 그림을 파악하고, '비트 분석표'를 작성하고, 그 후에 초고를 쓰기 시작한다면, 당신은 언제나 이야기가 어디로 흘러가고 있는지를 명확히 파악할 수 있을 것이다.

따라서 이야기 탐색과정은 필수적이다

초고를 쓸 때만큼이나 탐색과정 역시 필수적이다. 탐색과정을 빠뜨리지 마라. 설령 개요를 작성하기 전에 초고를 쓰기 시작했다 하더라도(사실 둘 다 이야기를 탐색하는 방식이다). 이야기 물리학을 리트머스 시험지로 활용하라. 그러면 항상 탁월한 선택지를 고를 수 있을 것이다.

이야기 속 이야기들
보이는 것처럼 쉽지는 않다

당신이 글을 쓴다는 얘기를 할 때마다 사람들은 "멋있네요……. 뭘 쓰시나요?"라고 묻는다. 방금 무척 환상적인 말을 들었지만 별로 진짜처럼 생각되지는 않는다는 것처럼 말이다. 사실 모든 사람은 숨은 작가지만 대부분의 사람들은 이를 받아들이지 않는다. 그리고 당신이 '소설'이나 '각본'을 쓴다고 말하면, 대략 다음의 두 가지 중 하나의 반응이 따라 나온다.

대개 사람들은 아리송한 표정으로 예의바르게 고개를 끄덕거릴 것이다. 그리고 '뭐, 알았어요. 이제 당신에 대해서는 충분히 알았어요'라는 뜻이 함축된 의미심장한 표현이 이어진다.

드물지만 보다 적극적인 관심을 보이는 사람들도 있다. 이럴 때면 대부분 피하고 싶은 질문이 이어지게 마련이다. "출판된 책이 있나요?" 이제 성가신 상황이 발생했다. 내 말을 믿어라, 예의바르게 "아직 없습니다."라고 대답하는 것보다 "네, 그렇습니다."라고 대답하면 더 곤란한 일이 생길 것이다.

하지만 한낱 호기심을 벗어나 어떤 소설을 쓰고 있는지 말해 달라고 요구하는 사람을 만날 수도 있다. 그렇다면 운이 좋은 셈이다. 당신에게는 엘리베이터를 타는 짧은 순간과 맞먹는 30초 동안 두 눈을 반짝이는 사람들 앞에서 소설에 대해 말해 줄 기회가 생긴 것이니까. 하지만 당신은 예의바르기보다는 텅 빈 눈으로 말하는 당신을 빤히 바라보고 있는 상대방을 발견한다.

"글쎄요, 무슨 얘기인가 하면……"이라고 대답하는 순간, 당신은 그들을 혼란에 빠뜨린다.

그리고 "글쎄요, 설명하기 좀 복잡한데요……"라고 대답한다면, 혼란에 빠진 사람은 바로 당신이다.

파티에서 편집자를 만났다면, 일어서라. 기회를 잡아야 한다. 하지만 당신은 제임스 패터슨을 좋아하는 사람이나 예의바르게 타인의 말을 들어주는 사람을 만날 가능성이 더 크다. 아무튼 누구를 만나더라도 스포트라이트는 당신을 비추고 있으므로 열심히 설명하도록 하라. 상대방이 소설과는 관련 없는 사람일 경우, 그저 6가지 핵심요소 중 몇 가지를 들먹이며 간단하게 설명할 수도 있다(어차피 그 이상 설명할 필요가 없을 것이다. 내 말을 믿어도 좋다).

"어떤 사람에 대한 이야기인데요……." (당신의 주인공)

"그래서 이야기가 어떻게 되냐면……." (이 지점에서 당신의 열정이나 계획을 표현하라. 그게 바로 주제다.)

"결국 감옥에 가게 된 알콜중독자 어머니 밑에서 자라난 이야기에요……." (구조를 간략하게 설명하라.)

누구를 상대하더라도 이런 요소들을 설명하며 강렬한 인상을 남길 수 있다. 상대방이 출판업계 사람일 경우, 이 모든 요소들을 최대한 전략적으로 말할 수 있어야 한다(그리고 이는 이야기의 전제를 드러내는 설명이 될 것이다).

당신은 누군가에게 설명할 가치가 있는 초고를 갖고 있어야 하고, (엘리베이터 안이든 어디든) 이야기를 – 다시 말해서 이야기의 전제를 – 요약해서 설명할 수 있어야 한다.

하지만 아직 이야기를 요약할 수 없다면? 그런데 워크숍이나 중요한 사람들이 모인 자리에서 당신의 이야기를 설명해야 한다면? 당신은 어떤 이야기를 할 것인가? 핵심요소(콘셉트, 인물, 주제, 구조) 가운데 어떤 요소로 말문을 열 것인가? 그 다음으로는 무엇을 말할 것인가?

가능한 한 당신은 이야기를 발전시키는 초기단계부터 당신의 이야기를 위의 4가지 핵심요소로 설명할 수 있어야 한다. 그래야 이야기 탐색과정이 끝났다고 할 수 있다. 그러면 이야기 물리학도 작동하기 시작할 것이고, 당신의 이야기를 훨훨 날아가게 할 연료가 되어 줄 것이다.

(엘리베이터를 탄 짧은 시간 동안 이야기를 설명하는 방법에 관한) 위의 접근방식은 모두 이야기들이다. 전체 이야기라는 거대한 컨텍스트 안에 존재하는 마이크로 이야기라고 할 수 있는데, 이러한 이야기들은 다른 요소들과 결합되어 거대 이야기와 함께 나란히 전개된다. 이야기들이 어떻게 서로 녹아들고, 하나의 이야기가 다른 이야기로 어떻게 이행되는지는 당신, 즉 작가만이 알고 있다.

당신의 이야기를 설명할 때 어려운 점이 하나 있다. 당신은 독자(혹은 청자)들이 가장 먼저 반응하는 요소가 무엇일지를 알 수 없다. 많은 에이전트들은 인물에 주목한다. 기본적인 콘셉트를 알고자 하는 사람들도 있다. 어떤 사람들은 당신의 눈을 들여다보며 당신이 두려움에 떨고 있지는 않은지 알아내려고도 한다. 하지만 그들 모두는 당신을 위해 상업적으로 대박을 터뜨릴 수 있는 그 무엇을 찾아내고자 한다.

그래, 실은 그들을 위해서도 상업적으로 대박을 터뜨릴 수 있는 그 무엇을.

누구나 아는 사실이다. 서로 긴밀하게 연결된 작은 이야기들이 거대 이야기와 결합되어 전체적인 이야기를 풍성하게 만들 수 있다면, 이는 성공적인 소설을 써 내는 데 커다란 도움이 될 수 있다.

가장 좋아하는 영화나 소설을 생각해 보라

이야기 하나에는 수많은 이야기들이 담겨 있다. 동시에 진행되지 않더라도 각각의 이야기들은 상호의존적인 방식으로 긴밀하게 연결되어 있다.

전경 이야기.

배경 이야기.

인물 중심적인 이야기.

극적 긴장감에 의존하는 플롯 중심적인 이야기.

서브플롯 이야기.

서브텍스트 이야기.

경쟁 이야기.

부상하는 이야기.

과거 이야기.

주제에 관한 이야기.

놀라운 이야기.

감동적인 이야기.

긴장감을 자아내는 이야기.

연민을 자아내는 이야기.

감정과 의미에 대한 이야기.

실화 이야기.

내부자 이야기.

역설적인 이야기.

가슴 아픈 이야기.

…… 그냥 좋은 이야기.

이러한 이야기들을 그저 전체 이야기를 설명하거나 장식하는 수단으로 생각하지 마라. 이러한 마이크로 이야기들은, 같은 방을 점유한 각기 다른 사람들처럼 당신의 글에 존재하는 동시에, 신중하게 결정된 스토리라인에 따라 전개되어야 한다.

〈다빈치 코드〉를 예로 들어 보자. 여기서 전경 이야기는 살인자를 쫓아 상징과 단서를 해석하는 랭던의 여정이다. 그가 지녔던 믿음체계를 무너뜨리는 이러한 여정은 인물 중심적인 이야기와도 연결된다.

추악한 사건과 연루된 고대 가톨릭 분파가 종교적 진실을 감춘다는 이야기가 점진적으로 부상하며 배경 이야기를 형성한다.

서브플롯 이야기는 그를 도와주는 여성의 실체와 관련되어 있으며, 이는 2000년 전에 실제로 무슨 일이 있었는지와 관련된 서브텍스트 이야기와 연결된다.

부상하는 이야기는 수백 년간 이어진 종교적 암살자들이 교회의 지령을 받들어 가톨릭교가 2000년간 지켜 온 믿음체계 중 어떤 사실에 대해 도전하는 사람들을 제거한다는 이야기다. 이는 서브텍스트 이야기의 일부이기도 하다.

주제에 관한 이야기는 이 소설이 말하는 대로 과거에 진실이 은폐된 적이 있었고, 오늘날에도 이런 일이 벌어지고 있다는 것이다.

긴장감을 자아내는 이야기(극적 긴장감)는 진실을 쫓는 랭던이 과연 살아남을 수 있을 것인가와 관련이 있다. 그가 진실을 찾아내기 전에 살해당하지는 않을까? 이는 수수께끼 살인사건을 다루는 전경 이야기와는 사뭇 다르다. 그리고 이 이야기는 마지막 부분에서 압도적으로 영향력을 행사한다.

한편 긴장감을 자아내는 이야기는 레오나르도 다빈치와 그의 작품을 기묘한 타임캡슐로 사용하며 더욱 긴장의 끈을 놓지 못하게 한다. 실재하는 작품으로 독자의 흥미를 더욱 유발시키는 것이다. 이는 부분적으로 과거 이야기인 동시에 역사 이야기이며, 추측 이야기이기도 하다.

이 소설에는 감정과 의미에 대한 이야기도 담겨 있다. 이 소설은 (그리고 영화는) 당신을 분노하게 했다가 의심하며 경악하게도 하고, 냉소를 불러일으키기도 한다. 왜 이 책이 그토록 화제였는지, 어째서 그토록 성공했는지를 생각해 보라.

〈다빈치 코드〉는 공감 이야기이기도 하다. 당신은 가엾은 랭던을 걱정한다. 그가 암살자들의 표적이 되었을 뿐만 아니라, 당신의 믿음체계를 뒤흔들지도 모를 종교적 진실을 쫓고 있기 때문이다. 아닐 수도 있다.

어떤 독자들은 단순히 랭던을 자기 자신이라고 생각한다.

이 모든 것들이 한 권의 소설에 들어 있다. 그리고 이 소설은 양장본만 8천만 부가 팔렸다. 페이퍼백도 상당히 팔렸다는 것은 말할 필요도 없다. 이 소설은 두 편의 영화로 제작되었고, 불멸의 작품으로 남게 되었다.

댄 브라운이 이 모든 것들을 무작정 썼으리라고 생각하는가? 그냥 원고를 쓰기 시작했는데, 이 모든 요소들이 우연히 들어가게 된 것일까? 그냥 글을 쓰면서 되는대로 집어넣은 것일까? 그랬다고 치자. 그러면 대체 몇 번의 퇴고과정을 거쳐야 했을까? 수천만 달러를 벌어들인 이 책의 서문은 넬슨 드밀이 썼다. "놀라울 정도로 천재적이다." 하지만 천재는 1%의 영감과 99%의 노력으로 만들어진다는 말을 기억하라. 이 이야기는 근사한 콘셉트와 이야기 물리학이 최상의 방식으로 작동하여 만들어 낸 결과다.

앞서 제시한 마이크로 이야기들의 목록을 기억하라. 당신은 〈다빈치 코드〉가 얼마나 정교하고 복잡한 소설인지를 알게 될 것이고, 스스로를 위한 영감을 받을 것이고, 당신도 그렇게 쓸 수 있으리라는 자신감을 갖게 될 것이다.

댄 브라운은 모든 이야기들을 전체의 한 부분들로 간주했고, 각각 살을 붙인 이야기들을 연결했다. 어떤 이야기들은 취재를 바탕으로 했고, 어떤 이야기들은 원고를 쓰는 도중 저절로 생겨났다. 그러나 확신컨대 그는 각각의 이야기들을 쓰면서 '전체 이야기'와의 맥락을 고려하고 있었을 것이다. 그냥 스토리라인을 따라가면서 소 뒷걸음질 치다 쥐 잡은 격으로 운 좋게 이러한 작은 이야기들을 발견한 것이 아니라는 말이다. 그는 먼 하늘나라에 사는 뮤즈가 속삭이기만을 기다리다 우연히 이런 소설을 써낸 것이 아니다.

우리도 그렇게 할 수 있을까? 그렇게 해야만 할까?

내 대답은 다음과 같다. 물론이다. 그래야만 한다. 당신이 성공하고 싶다면, 엄청난 대작을 쓰고 싶다면, 대답은 한결같이 그래야만 한다는 것이다.

일단 글을 쓰면서 작은 이야기를 만들면 된다고 생각하지 마라. 당신에게는 이러한 마이크로 이야기를 찾아내는 것이 무엇보다도 중요하다. 마이크로 이야기들을 찾아내고, 심사숙고하고, 시도해 본 뒤에, 이러한 이야기들을 매끈하게 봉합하는 원고를 최적화시킬 수 있는 것이다.

지금 쓰는 원고 안에서 어떤 아이디어를 시도해 본 적이 있는가? 아이디어를 확장하고, 잠재력을 시험하고, 이어질 사건을 생각해 보고, 이어지는 이야기를 생각해 본 적이 있는가? 그렇다면 당신은 이 과정이 얼마나 어려운지를 잘 알 것이다. 이런 까닭에 이야기를 '무작정' 쓰는 작가들은 하나의 이야기를 끝마치는 데 수년을 필요로 한다. 좋은 소식이 있다. 당신은 머릿속에서 아이디어를 진화시켜 볼 수 있다. 대화를 통해서도. "이러면 어떨까?"라는 질문을 던져 보는 것으로도. 비트 분석표를 써보는 것으로도. 한 글자를 쓰기도 전에 이 모든 일들을 거의 최대치로 해볼 수 있다.

〈다빈치 코드〉에 담겨 있는 수많은 이야기들은 하나같이 생생하다. 그리고 각각의 이야기들은, 다른 복잡한 소설들과 마찬가지로, 제대로 된 시작과 중간, 그리고 끝이 존재한다. 4개의 파트(기승전결)로 이루어진 이야기 구조를 통해 인물을 앞으로 나아가게 하는 동력이 극적 긴장감이라는 사실을 잊지 마라. 이야기 속에서는 어떤 일이 해결되거나 성취되어야 하고, 반대자를 겪어야 한다.

다시 말해서…… 어떤 일이 발생해야 한다. 작가의 관점에서 〈다빈치코드〉는 종교에 관한 이야기가 아니라 해결해야 할 문제와 목표를 갖는 인물에 관한 이야기다. 그리고 위험요소와 반대자들이 출현하면서 문제와 목표가 드러난다.

각각의 작은 이야기들은 저마다 전체 이야기의 작은 뼈대를 형성한다.

깊고 넓은 심연이 당신을 부르고 있다

성공한 작가가 되겠다는 포부를 지닌 우리는 (4가지 요소들이 최초로 부상하는) '근사한 아이디어'와 관련된 작은 이야기들 중 한두 가지 정도에만 집중하기 쉽다. 다른 이야기들은 알아서 굴러가게 놔두기 쉽다는 말이다. 그래도 어느 정도 제대로 작동할 수도 있겠지만, 이는 피해야 할 덫이다. 하지만 이야기의 전체 구조를 파악하고 있다면, 전체 이야기 안에서 전개되는 모든 작은 이야기들이 어떤 위치를 갖는지 알 수 있다는 장점이 생긴다. 작은 이야기들을 미리 알고 있다면 나중에 변경할 수도, 최적화할 수도 있기 때문이다.

어떤 사람들은 작은 이야기들이 전체 이야기에서 제멋대로 드러나게 하는 경향이 있다. 그러나 이야기를 건축하는 우리는 소설 속에서 전개되는 모든 이야기들을 한눈에 파악하고 있어야 한다. 작은 이야기들이 각각 어느 지점에 위치할지를 알아야 조종하기도 최적화하기도 쉽기 때문이다. 그래야 독자들도 조종할 수 있고.

어떤 작가들은 독자들을 조종해야 한다는 생각에 발끈할지도 모른다. 하지만 성공적인 이야기에서 이런 일이 실제로 일어나지 않는가?

대부분 머릿속에 하나의 아이디어를 떠올리는 것으로 시작한다.

그리고 이 아이디어를 '근사한 아이디어'로 발전시켜야 한다. 그 다음에는 강렬한 콘셉트로. 그 다음에는 풍부하고 풍요로운 전제로. 이 지점에서 우리는 필수적인 단계를 거치게 된다.

당신은 초고부터 쓰는가? 혹은 초고를 쓰기 전에 (꽤 많은) 작은 이야기들이 서로 손에 손을 잡고 전체 이야기 안에서 조화를 이룰 수 있도록 미리 계획을 세우는가?

초고부터 쓰기 시작한다면, (안 된다는 말이 아니다. 다만 청사진 없이 직접 현장에서 다리를 설계하고 건설하는 것과 마찬가지로 더 어렵고 오래 걸릴 뿐이다) 뒤로 돌아갈 필요가 생길 것이며, 작은 이야기들이 서로 잘 어우러질 수 있도록 다듬는 과정이 필요하리라는 점을 알아두어야 한다. 왜냐하면 모든 이야기들이 구성하는 전체 이야기를 완벽하게 파악하기 전까지는 작은 이야기들이 화합할 수 있는 가능성도 없기 때문이다.

쉬울 것이라고 생각했다면 오산이다.

11

서브텍스트의 유혹적인 속삭임
서브텍스트를 얕잡아 보지 마라

모든 이야기들은 서브텍스트를 포함하고 있다. 예외는 없다. 인생 자체가 서브텍스트로 가득하고, 우리는 다른 시간이나 공간, 차원을 배경으로 하더라도, 궁극적으로 인생에 관한 이야기를 쓴다.

작가들이 생각해야 할 서브텍스트는 다음과 같다. 당신의 이야기에서 서브텍스트가 주요 이야기에 도움이 되는가? 아니면 그저 무의미하게 행간 사이에만 숨어 있는가? 더 나쁜 경우, 약간의 상업적인 감각을 지닌 영문학 교수만 알아볼 수 있는 서브텍스트는 아닌가?

장르 소설, 그리고 주류를 차지하는 인물 중심적 소설로 가득한 오늘날, 서브텍스트는 스토리텔링의 강력하고 미묘한 어떤 부분을 담당하고 있으며, 차별화된 스토리텔링에 도움이 된다는 사실은 저평가되고 있다. 당신이 남들과는 다른 특별함을 찾고 있다면, 당신의 이야기를 돋보이게 하고 싶다면, 베스트셀러 작가들이 다른 사람들에게는 알려주기를 꺼리는 비밀을 파헤쳐라. 비밀은 바로 서브텍스트에 있다. 이를 제대로 파악한다면 누구보다도 돋보이는 글을 쓸 수 있을 것이다.

이야기에 내재된 힘을 강화시켜 줄 서브텍스트를 심각하게 고려하지 않는 작가는 화음을 신경 쓰지 않는 작곡가와 같다. 주요 스토리라인이 만들어 내는 여러 겹의 층위들 사이, 그리고 위와 아래에는 잠재력을 지닌 서브텍스트들이 자리하고 있다. 이야기에서 남들과는 차별화된 강렬한 서브텍스트를 사용하라. 그렇지 않다면 당신은 아카펠라나 부르고 있을 것이다(요새 아카펠라 곡이 히트하는 경우가 있는가?).

소설에서 서브텍스트는 설정, 인물묘사, 배경, 그리고 극적인 요소가 설명되면서 발생한다. 뒷뜰에서 자라는 작물 같다는 말이다. 당신은 작물을 돌봐줄 수도 있고, 그냥 스스로 자라게 놔둘 수도 있다. 어느 쪽을 선택하느냐에 따라 길에서 본 뜰의 모습은 달라질 것이다. 좋게 보일 수도 있고, 무신경하게 보일 수도 있다.

서브텍스트를 어떻게 다루느냐에 따라 당신의 이야기는 풍부하고 깊이 있고 흡입력을 지니게 될 수 있다. 그리고 성공한 작가들은 서브텍스트의 장점을 십분 활용하고 있다.

서브텍스트는 당신의 이야기가 전개되는 우주다

서브텍스트는 모든 것들을 규정하지만, 직접적으로 드러나지 않는다.

바닷속에서 펼쳐지는 이야기를 상상해 보자. 이야기 속에서 수중세계의 물리적 법칙은 서브텍스트가 된다. 물속에서 생활하는 사람들에 대한 이야기를 쓰려고 잠수함이나 산소탱크를 굳이 설명하지 않아도 된다.

범죄자들만 등장하는 이야기를 상상해 보자. 인물들 사이의 역학관계는 범죄자들의 세계라는 서브텍스트에 의해 정의된다. 독자들은 인물들이 범죄자라는 것을 알고 있으며, 그렇다면 응당 어떤 행동을 하리라는 예상을 할 수 있다.

서브텍스트는 이야기에서 무언의 영향력을 행사한다. 사회적 통념, 정치권력, 자연법칙, 기술적인 것, 과학적인 것, 시간과 공간이 인간에게 행하는 제약……. 이러한 서브텍스트들은 가능과 불가능, 개연성과 비개연성, 그리고 인물의 사고방식을 규정한다.

이야기에는 '설정'이 필요하다. 이야기는 반드시 당신이 만들어 낸 세계 안에 머물러야 한다. 현실적인 세계든 환상적인 세계든, 당신의 이야기는 어떤 장소나 시간, 문화, 사회, 혹은 적어도 어떤 직장이나 가족을 필요로 한다.

한편 이야기는 설정 그 이상을 필요로 한다. 서브텍스트는 종종 주제와 동일하게 여겨지며, 주제를 뒷받침하는 역할을 한다. 설정이 미리 서브텍스트로 기능할 때, 설정은 주제가 된다고 말해도 좋을 것이다. 물리적으로나 문화적으로 설정과 관련된 선택을 내릴 때, 당신은 서브텍스트를 선택하는 셈이다. 당신의 선택은 당신이 선택한 설정과 주제 안에서 어떤 일이 벌어질지 규정하고, 영향력을 미치는 특정 동력을 이야기에 적용하기 때문이다.

서브텍스트를 최적화하기 위해, 의도한 주제를 뒷받침하는 수단으로 사용하기 위해, 작가는 이야기를 설정에 의존시키기를 선호한다. 시간, 장소, 혹은 공동체가 지닌 사회적이고 물리적인 컨텍스트는 이야기를 전개시키는 실제 요인이자 극적인 동력으로 작용한다.

해리슨 포드Harrison Ford가 출연한 영화 〈위트니스Witness〉를 기억하는가? 이 영화에서 서브텍스트는 종교와 관련이 있다. 플롯에서 핵심적인 지위를 차지하는 범죄를 목격했던 사람은 바로 아미시Amish 교도다. 아미시교의 믿음체계는 아미시 교도들이 무언가를 선택할 때 중요한 사회적 압력을 행사고, 그들을 바라보는 외부세계의 시선을 규정한다. 그리고 이처럼 중요한 역할을 맡은 서브텍스트가 없었다면, 〈위트니스〉는 흔한 미스터리물이 되었을 것이고, 아카데미에서 8개 부문 후보에 오르지도, 그중 2개 부문을 수상하지도 못했을 것이다.

〈헬프〉에서 서브텍스트 – 이야기가 펼쳐지는 시간과 장소에 존재했던 인종에 대한 편견, 사회규범, 불평등 – 는 전체 이야기에서 가장 중요한 역할을 맡는다. 이 이야기가 오늘날의 어느 장소를 배경으로 삼고 있다고 생각해 보라. 그런대로 괜찮을지도 모르겠지만, 극적 효과는 완전히 달라졌을 것이다.

캐스린 스토킷은 〈헬프〉에서 인종과 관련된 주제가 필수적이라는 것을 알고 있었다. 인물이나 플롯과 관련된 모든 사건들은 이러한 주제와 빠짐없이 연결되어 있다. 그녀가 '서브텍스트'라는 단어를 한 번도 떠올리지 않았을 수도 있지만, 그러나 그녀는 어떻게든 서브텍스트를 사용하고 있었던 것이다. 그녀의 이야기는 편견이나 사회규범에 대한 것만이 아니다. 〈헬프〉에는 흡입력 있는 '플롯'도 존재한다. 주제든 플롯이든 하나라도 부족했다면 〈헬프〉는 이처럼 엄청난 성공을 거두지 못했을 것이다.

존 그리샴John Grisham의 첫 번째 소설 〈타임 투 킬A Time to Kill〉[13]을 기억하는가? 이 소설은 서브텍스트가 살린 셈이다. 1950년대 미국 남부라는

---

13 변호사였던 존 그리샴이 어느 날 강간의 희생양으로 법정에 오른 12세 소녀의 암담한 판결을 목도한 후, 만약 그 소녀의 아버지가 비인간적인 판결에 불복해 법정에서 범죄자를 직접 처단한다면 어떻게 될까? 이런 스토리를 구상하다가 발표된 소설이 『타임 투 킬』이다.

스토리를 만드는 물리학

설정이 없었다면 진부한 소설에 지나지 않았을 것이다. 우리는 시대를 규정할 때, 플롯을 강화시킬 수 있는 기회를 잡아야 할 때 서브텍스트를 사용한다.

눈에 띄는 베스트셀러 소설이나 호평을 받는 영화를 자세히 연구해 보라. 이러한 작품들은 공통적으로 서브텍스트를 대단히 잘 활용하고 있다. 보고, 읽고, 당신 것으로 하라.

배울 점은 어디서나 찾을 수 있다

로맨스 소설에서 서브텍스트는 연인들을 갈라놓으려는 사회적 장애물이다. 이야기 속 시대의 문화적, 사회적 압력은 어떤 일이 일어날 수 있는지, 그리고 어떤 일이 일어날 수 없는지를 규정한다. 이러한 규정 자체가 주제가 아니라면, 이는 서브텍스트다.

미스터리 소설에서 서브텍스트는 종종 부패한 정치나 성적 일탈, 기업이나 정치인들의 탐욕, 혹은 질투심에 사로잡힌 사람이나 소시오패스, 기회주의자, 두려움이나 증오로 점철된 인물 등 인간의 어두운 측면이다.

과학 소설에서의 서브텍스트는 소멸을 앞둔 행성일 수도, 묵시록 이후의 세계에서 사람들이 살아가는 환경일 수도, 혹은 인간이 아닌 지적 존재의 출현일 수도, 기술과 인간의 대결일 수도 있다.

모든 이야기에는 서브텍스트가 있다.

우리는 선택해야 한다. 서브텍스트를 제대로 다루어야 하고, 서브텍스트가 이야기 속에서 제대로 작동하게 해야 한다. 하지만 다음을 명심하라. 길들이지 않는다면 서브텍스트는 거칠게 날뛰다가 도망칠지도 모른다. 서브텍스트를 사로잡아 길들여라. 그러면 당신은 서브텍스트를 이끌고 어디론가 갈 수 있을 것이다. 그렇지 않다면 도망치고 말 테니까.

서브텍스트를 최적화시켜라

작가로서 우리는 항상 설정이나 인물이 변화하는 지점, 극적 긴장감에 대해 어떤 결정을 내려야 한다. 따라서 이야기가 전개되는 과정에서 서브텍스트가 하는 역할은 간과하거나 당연하게 여기기 쉽다.

서브텍스트는 콘셉트와 관련이 있다(그리고 콘셉트는 6가지 핵심요소 중 하나다). 이야기에서 흡입력 있는 미지의 요인을 만들어 내는 설정, 혹은 근본적인 이야기 동력들을 선택하는 과정에서. 당신이 아이오와 촌구석 농장에서 벌어지는 로맨스 소설을 쓰고 싶다면……, 조녀선 프랜즌처럼 써라. 아니면 위험한 도박을 하는 셈이니까.

수녀원에서 벌어지는 로맨스라면……. 장담컨대 이쪽이 당신을 훨씬 더 유명하게 만들어 줄 것이다.

함정을 피하는 법
영리한 작가도 함정에 빠질 때가 있다

이야기를 위한 열정은 좋다. 이야기의 중심 주제에 대한 열정도 좋다. 글을 쓸 때의 열정도 좋다. 그러나 열정은 당신을 취하게 한다. 계획 없이 약속부터 하게 만든다. 열정은 중독적이다. 직접 게임에 뛰어들지 않고 뒷자리에서 응원만 해도 뭔가 하는 느낌이 들게 한다.

열정을 갖는 것은 좋지만, 이야기를 계획하는 데는 아무 쓸모도 없다.

글을 쓸 때의 가장 커다란 자산이라고 생각할 열정은 이야기 전체를 조용히, 그리고 교묘하게 허공으로 날려버릴 수도 있다. 당신의 감정을 물귀신처럼 잡고 늘어지면서도 정작 당신이 필요한 것은 전혀 줄 생각이 없는 애인이나 마찬가지다.

몇 년 동안 감세정책으로 중산층을 도울 수 있다고 목소리를 높여 온 정치인들을 생각해 보라. 하지만 그럴 시간에 차라리 입을 다물고 국세청 뒷방으로 들어가 세법을 다시 작성하는 편이 낫지 않겠는가?

어떤 사람들은 소설로 세계를 구원하려고 한다. 어떤 사람들은 몇 사람의 영혼을, 적어도 스스로를 구원하려고 한다. 다들 진지한 태도다. 우리는 우리가 쓰는 이야기가 중요하고 꼭 필요하다고 생각한다. 우리의 이야기는 반드시 이야기될 필요가 있다.

캐스린 스토킷에게 〈헬프〉가 어떤 소설이냐고 묻는다면(23장을 참고 하라), 당신은 두 가지 답변을 듣게 될 것이다. 첫 번째는 해당 주제의 목표와 그런 주제를 선택한 이유이고, 두 번째는 서사적 전략을 엿볼 수 있는 이야기 그 자체다.

"〈헬프〉는 1962년 미시시피 잭슨에 살던 흑인 하녀들이 백인 고용주들의 편견과 부당함에 맞서는 이야기다. 이 이야기는 흑인 여성들의 인격과 굴하지 않는 힘, 그리고 그들이 인종차별의 역사를 바꾸는 데 어떤 도움이 되었는지를 보여줄 것이다."

그렇다……. 하지만 아직 이야기는 아니다. 이는 서브텍스트다.

"〈헬프〉는 1962년 미시시피 잭슨에 살던 흑인 하녀들의 경험을 토대로 이야기를 써서 출판하려고 하는 젊은 작가에 대한 이야기다. 그녀는 은밀하게 행해지는 불의를 조명하는 책을 쓰기 위해 하녀들의 도움을 얻으려고 분투한다. 그러면서 인간의 어두운 면과 긍정적인 면을 발견하게 되고, 자신의 시야를 확장시킨다. 그렇게 그녀는 공동체의 위협 속에서 자신의 자리를 찾아낸다."

이것이 이야기다. 이런 이야기라면 주제는 저절로 생겨난다.

작가에게는 언제나 두 가지 답변이 필요하다.

이야기의 역학, 구조, 흡입력을 지닌 요소들, 극적 전제……, 긴장감과 갈등……, 갈등을 유발하는 반대자……, 최적화된 호흡 조절……, 주인공에게 공감하기……, 독서를 통한 대리적 체험……, 글 솜씨……. 이런 것들이야말로 주제를 살릴 수 있는 진짜 작업이라 할 수 있다.

작가는 섣불리 열정을 표출하기 전에 이런 것들을 먼저 생각해야 한다. 열정을 발휘하는 것은 진짜 작업을 시작한 다음이다. 흥미로운 주제를 생각해 냈다고 해서, 그 주제가 당신 눈에 흥미롭고 중요하게 보인다고 해서 이런 작업의 중요성을 간과해서는 안 된다.

주제의 힘은 극적 효율성에서 나온다. 당신의 열정이 극적 효율성과 아무런 상관이 없다면, 당신의 이야기에 경호원을 붙여야 한다. 이야기가 위험에 처할 수 있기 때문이다.

당신은 무엇에 관한 이야기를 쓸 것인가?

당신의 이야기가 '무엇에 관한' 것인지를 묻는 질문은 원고의 중심부를 겨냥하는 권총과도 같다. 당신의 답변은 당신을 드러낼 것이고, 당신이 과연 소설 시장에서 살아남을 수 있는지의 여부를 판가름할 것이다. 당신의 답변은 당신이 무엇을 알고 있는지를, 또한 무엇을 모르는지를 밝힌다.

흡입력 있는 이야기를 쓰려면 플롯이 필요하다.

플롯 없이 열정만 발휘했다가는 원고를 돌려받기 십상이다.

위대한 이야기는 이념 그 자체를 다루지 않는다. 이념으로 인해 발생하는 문제를 다룬다. 이념은 서브텍스트에 불과하다. 이야기가 한 인물을 다룬다면, 해당 인물은 문제를 해결하기 위해 고군분투하는 과정에서 이기거나 지게 되는 요소를 가져야 한다. 주인공의 반대자 역시 자기식대로 이런 요소를 지녀야 한다. 반대자가 나타나면서 주인공이 전장으로의 여행을 시작하고, 이런저런 굴곡을 거쳐 영웅으로 성장하고, 마침내 문제를 해결하기 위해 행동에 나서는 것이다.

전장이라는 말을 곧이곧대로 들어서는 안 된다. 주인공이 꼭 군인이어야 한다는 뜻이 아니다. 다만 주인공이 해결해야 할 문제는 주인공 앞에 자리한 갈등으로 가득찬 길과 컨텍스트적으로 나란히 놓여있어야 한다.

서점에 나와 있는 소설을 아무거나 읽어 보라. 분명 이러한 역학을 찾아볼 수 있을 것이다. 하지만 미출간 원고에서는 이 역학을 찾아볼 수 없다.

고통이나 불의, 혹은 치유, 다시 시작되는 사랑에 관한 이야기를 쓰고자 하는 대부분의 사람들은 이 점을 생각하지도 않는다. 그들은 주제에만 매달린다.

플롯이 있는 이야기를 써라.

누구나 이런 실수를 한다

소설쓰기를 가르치는 나는 미출간 원고를 읽을 기회가 많다. 그리고 다음과 같은 문제를 발견한다. 초점이 빗나간 이야기. 갈등이 아닌 주제에만 초점을 맞춘 이야기. 민감한 사안에 대해서만 열정적으로 쓴 이야기. 세계 평화. 사랑을 찾아 나서기. 차갑고 잔인한 세상에서 진정한 자아를 찾는 이야기. 가정의 불화를 해결하는 이야기. 용서에 관한 이야기.

나는 개요를 읽고 이야기의 아이디어와 콘셉트를 찾아본다. 그리고 묻는다. "주제는 좋군요. 하지만 이야기는 뭐죠? 콘셉트는 뭡니까?" 주제는 콘셉트가 아니다. 어느 지점에서 콘셉트와 연결될지라도, 주제는 서브텍스트다. 주제는 결코 콘셉트가 아니며, 어떤 결과물을 향한 목표이자 의도이다.

문단들이 이어지고, 당대의 정치적 상황이나 주인공의 과거사, 붕괴된 가족에 대한 묘사가 이어진다. 작가는 인물의 감정을 묘사하고, 주인공이 어느 날 돌연히 깨달음을 얻어 문제(문제가 있긴 있다면)를 해결하는 과정을 묘사한다. 이는 잘못된 시도다.

이야기의 정수는 이런 묘사에 있지 않다. 당신이 만들어 낸 갈등, 그리고 갈등을 해결하기 위한 주인공의 행위에 이야기의 정수가 있다.

하지만 여전히 이야기라고는 할 수 없다. 작가는 자기가 흘린 눈물로 페이지를 적시려고 한다. 앞에서 애완동물 이야기가 나왔는데, 이를 통해 카타르시스를 느끼고 자신을 구원하려는 모양이다. 그는 자신의 고통과 분노와 열정을 이 이야기에 쏟아 붓는다. 이런 사람들은 대부분 자기 자신만의 이야기를 쓰려고 한다.

여전히 이야기가 없다. 나는 주인공의 문제가 뭐냐고, 외부적인 반대자는 누구냐고, 주인공의 목표는 무엇이냐고 묻는다. 이런 글에는 단지 에피소드적으로 나열되는 내적 심리만을 찾아볼 수 있을 뿐이다. 우리가 공감하고 응원할 만한 일이 하나도 없다.

그는 내가 무슨 말을 하고 있는지를 모른다. 그래서 나는 다음과 같이 말해 준다.

이야기에는 인물, 주인공이 있어야 한다……. 주제만으로 이야기를 쓸 수는 없다. 주인공이 문제를 해결하기 위해 도전할 때, 혹은 새로운 임무를 부여받고 이에 응답할 때, 따라서 독자들이 주인공에게 공감하며 대리적인 경험을 할 수 있을 때에만 주제가 부상한다. 주인공은 반대자의 압박이 거세지고 급박해질수록, 목표하는 끝을 향한 새로운 임무에 사전 대책을 강구한다.

이 모델을 활용해라. 모델 자체를 바꿀 필요는 없다.

이런 것이 이야기다. 주인공, 문제, 반대자, 반응, 변화, 공격, 재편성, 성장, 영웅적인 행위, 문제 해결.

여기서 '주제'라는 단어는 찾아볼 수 없다. 주제는 아무것도 의미하지 않는다……. 주제의 의미는 이야기에서 생겨난다.

인물은 행동해야 한다

간단하다. 인물이 하는 행위들이 연쇄적으로 이어지며 전체를 구성할 때 이야기가 된다. 인물의 감정이 아니라 압력과 위험, 필요에 반응하며 하는 행위가 이야기다.

이야기가 '의미하는 것'은 서브텍스트다. 의미는 서사적인 구성과는 관련이 없다. 서브텍스트의 장점은 실제로 일어나는 일에 대한 정보를 준다는 것이다. 하지만 서브텍스트 자체는 추진동력이 아니다. 당신이 그토록 열정을 다하는 주제는 당신이 서사적으로 노력한 결과에 따라 나온다. 나무에 열린 과일을 수확할 때처럼 말이다.

비료나 물을 주지 않는다면, 햇빛이 없다면, 돌봐 주지 않는다면, 서투르게 다룬다면 과일은 열리지 않는다……. 당신은 사람들에게 맛있는 과일 샐러드를 대접할 수 없다…….

의도한 주제적 결과의 힘이 당신 손아귀에 있다는 것을 깨닫는 순간,

당신은 그 한계와 이것이 의미하는 바의 장점을 파악해야 한다.

이 점은 폭탄이나 범죄, 살인이 등장하는 이야기에만 적용되지는 않는다. 이는 어떤 이야기에도 적용될 수 있다. 어떤 이야기라도 갈등이, 그리고 갈등으로부터 솟아오르는 플롯이 필요하기 때문이다. 이처럼 필수적인 두 가지 요소 – 인물의 행위, 그리고 관련된 갈등 – 는 주제를 강렬하게 부각시켜 줄 것이다.

플롯이라는 무대를 통해 인물은 스스로 모습을 드러낸다

인물은 플롯을 앞으로 밀고 나아가는 기폭제 역할을 한다.

플롯과 관계된 모든 인물들은 어떤 정서를 드러낸다.

인물이 플롯에 참여할 때 위험요소가 생겨난다.

좋은 글쓰기 선생은 당신이 어떤 주제나 문제를 다루고자 하는지에는 별로 관심이 없다. 중요한 것은 이야기 물리학이다. 물리학을 얼마나 잘 활용하느냐에 따라 주제도 사안도 부각될 수 있다.

우리는 이야기를 찾아야 한다. 그러려면 이야기의 호흡, 컨텍스트, 형식, 그리고 기능이 살아 숨 쉬어야 한다. 의사는 당신이 곧 승진할 예정이라는 사실에는 관심이 없다. 다만 승진하는 날 당신의 호흡이 가빠질 것이라는 점에만 신경을 쓴다.

이야기 물리학과 구조는 어떤 관계일까?

이야기에 꼭 맞는 구조를 찾아보자

모든 사람들이 원칙과 규칙의 차이를 제대로 아는 것은 아니다. 사실 예술에는 '규칙'이 존재하지 않는다……. 그러나 예술이 효율성을 발휘하려면 원칙이 필요하다. 이러한 원칙은 대개 '갈고 닦기craft'라 불린다.

당신도 이미 알고 있을 것이다. 만약 아직도 모르겠다면, 계속해서 내 말에 집중해라. 나는 당신이 나아가야 할 방향을 보여주고 있다.

**스토리텔링은 당신의 선택을 이야기에 적용하여
글로 쓰는 과정이다**

당신은 창의적인 선택을 내려야 한다. 이때 함정에 빠지지 않으려면, 무수히 많은 선택들 가운데 길을 밝혀줄 원칙이 있어야 한다. 원칙은 우리를 안전하게 지켜준다. 원칙은 우리가 이야기 물리학을 제대로 다룰 수 있도록 도와줄 뿐더러, 원하는 대로 물리학을 해석하고 적용할 수 있는 자유를 부여해 주고, 따라서 우리의 이야기를 강화시킨다.

스토리를 만드는 물리학

이야기의 구조가 약하다는 말을 듣게 된다면, 이는 대부분 다음의 이유 중 하나이다. 바로 호흡이 너무 느리거나……, 긴장감이 충분하지 않거나……, 특별한 인물이 보이지 않거나……, 이야기가 너무 평면적이거나……, 독자들의 흥미를 계속해서 유발할 수 있을 정도로 복잡하거나 입체적이지 않기 때문이다. 사람들은 당신의 원고를 읽지 않고도 콘셉트를 마음에 들어 할지도 모른다. 하지만 당신의 이야기가 얼굴은 예쁘지만 성격은 지루한 사람 같다면? 글쓰기 게임에서 성격은 무엇보다도 중요하다.

당신은 아마도 호흡이나 긴장감, 평면적인 인물에 대한 쓴소리를 듣게 될 것이다. 구조를 지적당하기 전에. 하지만 당신은 둘을 연결지어 생각할 필요가 있다. 하나는 원인이고 다른 하나는 결과이기 때문이다. 구조가 취약하면 나머지도 전부 취약해질 수밖에 없다.

구조는 이야기의 호흡, 긴장감, 전환점, 깊이, 그리고 강렬한 재미를 떠받치는 수단이다. 구조는 이러한 요소들을 적절한 방식으로 표현하는 하나의 지도이자 패러다임이다. 구조를 아무렇게나 만들면, 다시 말해서 마음 가는 대로 뚝딱 만들어 내면, 최종 이야기는 위험에 처할 수밖에 없다. 구조는 원인과 결과와 밀접한 관련을 맺는 보편원칙이다(윤회라는 말을 들어본 적이 있는가? 이야기를 쓸 때도 윤회가 작용한다……. 죄를 저지른 당신은 후에 대가를 치르게 될 것이다. 선하게 행동한다면 보상을 받을 것이고). 당신이 소설의 원인과 결과를 잘 이해할수록, 당신의 이야기 역시 훌륭해질 것이다.

구조는 당신을 자유롭게 해 준다

벼랑에서 발을 헛디디면 추락한다. 벼랑을 오르려면 적절한 장비를 갖추어야 한다. 벼랑의 물리력에 맞서야 하기 때문이다. 그리고 당신은 어느 날 가뿐히 정상에 오르게 된다. 사실 적절한 장비를 갖추고 벼랑을 오르는 행위는 스포츠로 여겨진다. 하지만 자연스럽게 글을 써야 한다고 주장하는 작가들은 이야기의 어느 지점에서는 장비가 필요하다는 말에 혐오감을 내비친다. 어떤 사람들은 이렇게 묻기도 한다. "왜 자기가 하고 싶은 대로 이야기를 쓰면 안 되나요?"

당신은 소설의 기본적인 원칙으로 이야기를 정비할 수 있다. 이야기의 중요한 지점들이 정밀함을 요구할 때, 이러한 원칙을 통해 전체적인 균형을 잡을 수 있다. 다소 과학에 근거한 얘기다. 마음대로 쓰고 싶다면 그렇게 해라. 하지만 책을 출간하겠다는 생각은 버려야 할 것이다.

문제는 이러한 원칙이 너무나 기본적이기 때문에, 대다수의 작가들이 이야기의 최종적인 효율성을 규정하게 될 선택을 내려야 하는 시점에서, 원칙을 전혀 고려하지 않는다는 점이다.

그들은 그저 자리에 앉아 되는 대로 쓰기만 한다. 그러다 뭔가 생각나면 그대로 이야기의 흐름에 집어넣는다. 그들은 그런 식으로 이야기를 써나간다. 플로리다로 드라이브를 가다가 갑자기 뉴욕 한복판에서 피자를 먹겠다고 하는 것 같다. 당신 혼자 그러고 싶다면 상관없을지도 모른다……. 하지만 티켓을 구매하고 탑승한 승객들로 가득한 버스를 운전하고 있다면, 당연히 전문가처럼 행동해야 한다.

왜 우리가 구조를 직접 만들 수 없냐고?

자주 나오는 질문이다. 의미심장한 질문이기도 하고. 당신이 이야기 구조의 원칙을 무시하고 그냥 자기 식대로 쓰고 싶어서 이런 질문을 한다면, 구조를 직접 만들고 싶은 유혹을 느끼는 사람일 것이다. 몇몇 유명 작가들이 인터뷰에서 이런 식으로 작업한다고 공공연히 말하기도 한다. 자기들은 기존 모델을 사용하지도, 구조적인 원칙을 사용하지도 않는다는 것이다.

하지만 잘못된 말이다. 그들이 그렇게 말하더라도, 그렇게 믿더라도, 잘못된 말이라는 점에는 틀림이 없다.

이야기가 작동하고 있다면, 그들이 무시하는 원칙이 이미 작동하고 있기 때문이다. 그들이 인정하지 않더라도, 그들이 모르더라도. 지구가 평평하다고 믿는 사람이 있다고 치자. 그의 믿음은 지구가 둥글다는 사실을 바꾸지 못한다. 구조 따위는 신경쓰지 않는다고 말하는 작가들이라 하더라도, 뭔가 잘못되었다는 것을 감지하거나 누군가의 지적을 받으면, 퇴고 과정에서 고전적인 이야기의 구조를 발견하게 될 것이다. 그들의 이야기는 그렇게 아늑한 구조 속으로 들어가게 된다.

우리는 처음부터 구조를 생각하도록 하자.

스토리텔링과 관련된 몇몇 용어들은 언뜻 보기에는 상당히 비슷하게 여겨진다(예를 들면 주제와 콘셉트는 유사하게 생각된다). 하지만 실제로 사용할 때는 정확한 용어를 선택해야 한다. 특히 '기법'을 향상시키려는 우리 같은 사람들은.

많은 작가들이 부주의하게도 아이디어, 콘셉트, 전제, 주제를 혼동하여 사용한다. 하지만 이들 각각은 서로 뚜렷하게 구분되며, 기법과 관련해서는 더욱 그러하다. 이 용어들은 결코 같은 의미가 아니다.

당신이 기법을 정확하고 날카롭게 다듬으려고 노력한다면, 이에 더욱 주의를 기울여야 한다.

일례로 댄 브라운이 다음과 같이 말한다고 생각해 보자. 〈다빈치 코드〉의 주제는 2000년 전으로 거슬러 올라가는 미스터리 살인사건에 걸려든 한 남자가 오래된 금기를 무너뜨리는 것이라고. 하지만 이는 부정확한 주제다(그리고 이런 식의 부정확한 언급이 너무나 많다). 2000년간 지속되어 온 미스터리는 콘셉트다. 종교의 진실성에 의문을 제기한다는 것이 주제다.

작가들이라고 해서 모두가 위에서 언급한 용어의 차이를 아는 것은 아니다. 그런 작가들은 마치 근육남으로 불리는 운동선수들 같다(실제 사전에는 없는 단어다. 하지만 나는 ESPN(미국 오락, 스포츠 전문의 유료 유선 텔레비전망)에서 여러 번 이 말을 들었다). 그런 작가들은 원하는 곳에 도달하려면 어떤 기법을 적용해야 하는지를 모르고 있다. 대신 그들은 이렇게 말할 뿐이다. "그냥 앉아서 제대로 될 때까지 쓸 겁니다. 이야기가 어떻게 끝날지는 나도 모릅니다." 완벽한 헛소리다……. 원고를 송부할 때쯤이면 그들은 이야기가 어떻게 끝날지 안다. 내가 보장한다. 그때쯤이면 그들은 새로이 발견된 결말에 맞도록 원고를 다듬었을 것이다……. 따라서 그 전의 원고는 이야기를 탐색하는 과정의 일부가 될 것이고. 최종 원고를 쓰는 마지막 급박한 순간에 갑작스럽게 결말을 '찾아냈다'는 그들의 말은 근사하고 멋있고 섹시하게 들린다. 하지만 찾아내긴 뭘 찾아내는가? 결말은 그렇게 찾아내는 것이 아니다.

작가가 자기만의 구조를 발견했다고 말할 때는, 다음의 두 가지를 의미할 수 있다. 첫 번째는 헛소리에 불과하다는 것. 따라서 구조와 전략의 차이를 모르는 작가들에게는 위험할 수 있는 말이다. 아마 작가는 '구조'가 아닌 '전략'을 말할 생각이었을 것이다. 그는 4개의 파트로 이루어진 고전적인 도식(물론 작가가 발명한 도식은 아니다) – 1차 플롯포인트, 중간포인트, 2차 플롯포인트 등을 포함하는 – 에 꼭 맞는 장면과 서사적 내용을 찾으려고 노력했다고 말하고 싶었던 것이다(아마도 그는 이러한 요소들로 이야기의 호흡을 조절할 수 있다는 것을 완전히 알지는 못하지만 감각적으로 알고 있는지도 모른다). 비록 '구조'와 '전략'의 의미는 혼동했을지라도, 이는 정확한 접근이다. 그의 말이 이런 뜻이라면, 그는 잘하고 있는 셈이다.

하지만 이런 뜻이 아니라면? 기승전결 구조 대신 자기가 원하는 대로 구조를 발명할 필요가 있다 – 이게 가능하다면 말이다 – 고 생각했다는 뜻이라면? 그는 예외적인 작가다. 우리가 그를 본받아야 할까? 나는 그렇게 생각하지 않는다. 다리에서 떨어졌는데 살아난 사람을 보고 '나도 떨어져도 괜찮겠지'라고 생각하는 꼴이다. 위험한 생각이다.

아니면…… 그는 실제로 서사적 전략을 계획할 필요를 느꼈다는 말을 하려고 했던 것일까? 그는 '구조'라는 용어를 자기 식대로 사용하는 것은 아닐까? 결혼생활에 구조가 필요하다면서 상담을 받아야겠다고 말하는 사람처럼. 이때 구조는 사실상 아무거나 죄다 의미할 수 있다.

작가라면 이야기를 어떻게 써야 할지, 어떤 계획을 세워야 할지를 알아야 한다. 우리는 그래야 한다. 하지만 이를 뭉뚱그려 '구조'라고 불러서는 안 된다. 구조는 중력과도 같다. 당신은 중력을 바꿀 수 없다. 중력은 그 자체로 존재한다. 물론 중력은 어느 정도 가변적이다. 그러나 최소한의 정도로만 그러하다. 당신이 중력을 적용하는 방식 – 트램펄린이나 비

행기, 9번 아이언, 비행풍선, 평균대, 아니면 벼랑타기와 관련하여 – 은
모두 '전략'이다.

물리학은 불변한다. 당신이 물리학을 다루는 방식은 전략이다. 스토
리텔링에서 이는 서사적 전략이라 일컬어진다.

서사적 전략을 자세히 알아보자

엄청난 성공을 거둔 세 편의 소설을 보도록 하자. 전부 영화로도 만들
어진 세 편의 소설은 다음과 같다. 〈다빈치 코드〉, 〈헬프〉, 그리고 〈헝거
게임〉(〈헬프〉와 〈헝거 게임〉은 23장과 24장에서 상세히 분석할 것이다). 이 작
품들은 이야기 물리학이 제대로 적용된 구조의 원칙을 증명한다. 이 작
품들은 서로 구조적으로 동일하다. 세 작품 모두 오늘날의 출판시장에
서 통용되는 모델을 사용하고 있다(작가들은 우연히 이러한 모델을 채택했
는지도 모른다. 하지만 그들이 발명한 모델은 아니다. 오히려 그들은 이러한 모
델을 통해 이야기를 다듬어야 했다). 세 작품 모두 각기 비슷한 분량을 지
닌 4개의 파트로 구성되어 있으며, 매우 이상적인 지점에 이야기의 전환
점을 집어넣었다. 그리고 컨텍스트적 흐름과 인물의 전환점 역시 원칙을
벗어나지 않는다.

이 작품들은 이야기 구조의 원칙에 관한 교과서라고 할 수 있다. (그
들이 발명한 것이 아닌) 도식은 그들의 뛰어난 콘셉트와 서술적 기법을 든
든히 받쳐준다.

만약 구조라는 단어가 마음에 들지 않는다면, 총체적인 틀이라는 표
현을 대신 사용해도 좋다. 그리고 당신의 이야기가 틀 안에서 펼쳐지도

록 하는 것이다.

자, 위의 세 사람 중 한 명이 어느 인터뷰에서 가장 먼저 '구조를 계획'해야 했다고 말했다면?

이는 두 가지를 의미할 수 있다. 서사를 고전적인 구조의 틀에 맞추려고 했다거나……, 아니면 '자신만의 서사적 전략'을 계획했다거나.

바로 우리가 배워야 할 점이다.

앞서 언급한 작가들 모두 그들만의 서사적 전략을 계획했기 때문이다. 세 작품 모두 구조적으로는 동일한 도식을 따르지만, 서사적 전략은 매우 다르다는 점에 주목하라.

어떻게 다를까?

세 작품을 통해 직접 알아보도록 하자.

〈다빈치 코드〉에서 댄 브라운은 여러 사람의 시점을 통해 이야기를 진행시켰다. 고전적인 3인칭 전지적 시점이다. 랭던이 단서를 발견하고, 달리고, 어두운 진실을 발견할 때, 우리는 그와 함께 있다. 악랄한 프랑스 경찰이 그를 쫓을 때도 마찬가지다. 한편 기괴한 알비노 암살자가 자신에게 채찍질을 할 때도 그와 함께한다. 그가 명령을 받들어 밖으로 나가 다음 희생자를 찾을 때도 마찬가지다.

이것이 댄 브라운의 서사적 전략이다. 구조가 아니다. 이 작품의 구조는 고전적인 기승전결 형식을 따른다.

〈헬프〉에서 캐스린 스토킷은 세 사람의 시점을 통해 이야기를 전달한다. 각기 1인칭 과거시제다(간혹 현재 시제로 바뀌기도 한다). 이 역시 구조가 아니다……. 서사적 전략이다.

〈헝거 게임〉에서 수잔 콜린스는 사뭇 다른 전략을 구사한다(영화

〈헝거 게임〉과도 다른 전략이다). 그러나 구조는 〈다빈치 코드〉나 〈헬프〉를 비롯해 당신이 알고 있는 모든 베스트셀러들과 동일하다. 작가는 원하지 않더라도 보편적인 구조를 따라갈 수밖에 없으니까. 한편 그녀의 서사적 전략은 이야기를 1인칭 시점으로 제시하는 것이었다. 주인공인 캣니스의 심리를 보여주기 위해서였다. 이 소설에서 캣니스의 인식을 벗어난 장면은 하나도 찾아볼 수 없다(반면 영화에서는 이러한 장면이 등장한다).

세 사람의 전략은 저마다 다르지만, 모두 동일한 구조적 틀을 벗어나지 않았다.

우리 역시 이러한 전략을 사용해야 한다.

이야기가 사방으로 튀는 것처럼 보이도록 시간의 흐름을 뒤섞는 데 능한 타란티노 역시 서사적 전략을 사용하고 있다. 〈펄프 픽션〉을 생각해 보라. 이야기는 우연적으로 진행되지 않으며, 오히려 컨텍스트를 벗어나지 않으면서 원칙에 따라 완벽하게 통제되고 있다.

대부분의 이야기는 시간의 흐름에 따라 순서대로 진행된다. 하지만 이야기 구조는 선형적인 시간의 흐름과는 관계가 없다. 이야기 구조는 컨텍스트, 극적 긴장감, 그리고 호흡의 물리학을 최적화할 수 있도록 설계되어야 한다.

영화 〈500일의 서머〉를 생각해 보라. 제목 그대로 500일 중 하루가 무작위적으로 등장하면서, 이러한 무작위성 자체가 구조인 것처럼 보인다. 그러나 구조, 그리고 인물 간의 복잡한 관계와 갈등을 드러내는 컨텍스트는 교과서 그대로 4개의 파트로 나뉘어 훌륭하게 제시되고 있다.

구조는 콘셉트, 인물, 주제, 그리고 아름답고 영리한 문장들로 채워지는 서사적 흐름을 위해 사용되는 무엇이다. 구조는 이미 존재하고 있다. 중력처럼. 우리가 구조를 통해 이야기에 힘을 불어넣기만을 기다리면서.

…… 그러나 서사적 전략은 우리가 결정하고, 때로는 발명하는 것이다. 전략에는 사실상 어떠한 규칙도 없다. 그저 우리가 선택하면 되는 것이다. 그리고 우리의 선택에 따라 이야기가 살아날 수도, 그대로 죽어버릴 수도 있다.

구조는 절대적이다

이야기의 구조가 우리를 억압하는 규칙이라기보다는 이야기 물리학의 원칙을 적용하기 위해 필요한 것이라는 사실을 받아들여라. 진정한 작가로 거듭나기 위해서는 반드시 그렇게 생각해야 한다. 구조가 없다면 이야기는 나침반 하나 없이 수많은 선택지들로 가득한 바다를 표류하다 익사하고 말 것이기 때문이다.

보편원칙이라 할 수 있는 이야기의 구조는 당신이 제대로 이해했는지 아닌지에는 관심이 없다. 다만 늘 존재하면서 이야기에 영향력을 행사할 것이다. 이야기가 익사할 것인지, 목적지에 도착할 것인지는 당신이 구조를 어떻게 적용하느냐에 따라 달려 있다.

베스트셀러 작가들은 당신이 모르는 무언가를 알고 있다고 생각하는가? 아마도…… 전혀 그렇지 않을 것이다. 편집자들도 마찬가지다. 예전에 나는 소설출판과 관련된 콘퍼런스에서 개최한 토론회에 참석한 적이 있었다. 그곳에서 한 편집자가 말하길 만약 어떤 이야기가 제대로 작동할지를 미리 알 수 있다면, 첫 페이지만 읽고도 출간을 결정하겠다고 했다. 물론 그런 일은 없다.

알겠나? 편집자라고 해서 전부 다 아는 것은 아니다(내가 이런 말을 했다고 편집자에게 말하지는 말라).

당신은 보편원칙을 규칙으로 생각하고 벗어나려고 애를 쓸지도 모른다. 하지만 성공한 작가들은 의식하지 않더라도 물리학적 원칙이 적용된 이야기의 경이로운 힘을 감각한다. 이런 것이 재능이라면 재능일 것이다. 그리고 우리의 선택에 자유를 보장하는 것은 원칙이다. 이러한 원칙을 무시한다면 문학적 자살을 범하는 셈이다.

이 말이 너무 가혹하게 들린다면, 당신은 아직도 내가 말하는 원칙이 무엇인지를 이해하지 못한 것이다. 이러한 원칙의 본질을 알지 못한다면, 당신은 소설을 전혀 이해하지 못한 것이다.

원칙을 규칙이라고 부르고 싶다면…… 마음대로 해라. 규칙은 신경쓰지 않을 것이다. 하지만 당신이 규칙을 무시한다면, 이 규칙은 당신의 이야기를 죽게 할 수도 있다.

규칙의 수사학 vs 원칙

규칙으로 부르든 원칙으로 부르든 이는 중요하지 않다. 진짜로 중요한 것은 스토리텔링의 물리학과 작가의 관계다. 부지불식간에 '규칙'을 깨려는 욕망으로 글을 쓸 때, 그리고 규칙을 넘어설 수 있다는 믿음으로 글을 쓸 때, 당신은 상업적인 감각이 무엇을 의미하는지를 전혀 모르는 셈이다. 이야기 물리학이 작동하지 않은 채, 상업적으로 성공한 소설은 없다고 봐도 좋다.

해볼 테면 해봐라. 규칙을 깨라. 규칙을 잊어라. 다만 이야기 물리학만은 버리지 마라. 당신이 직접 만들어 낸 구조 내에서 당신의 이야기를 가능한 훌륭하게 만들어 줄 이야기 동력을 적용시켜 보도록 하라. 구부러지거나 펼쳐질 수는 있어도, 규칙이 아닌 물리학은 결코 깨지는 법이 없다. 이야기 물리학은 당신의 창의력과 전략을 실어나르는 수단이다. 하지만 이야기 물리학에서 어떤 요소들이 빠져 있다면, 이는 깨져버린 규칙이다. 그리고 이야기는 작동하지 않는다.

어쩌다 운이 좋다면, 당신은 이야기의 흐름을 진행시키면서 이야기 물리학의 요소 중 하나쯤은 직관적으로 사용할 수 있다. 하지만 물리학을 의식할 때 성공할 가능성이 훨씬 더 크다. 이야기에 날개를 달아 줄 동력을 최적화시키겠다는 의도로 이야기를 밀어붙일 때, 이야기 물리학은 당신이 제자리에 머물도록 하지 않는다…….

어떻게 하면 될까?

이야기의 구조가 지닌 요소들, 컨텍스트, 그리고 목표를 이해하면 된다. 이 모든 것들은 구조를 통해 페이지에 그대로 나타난다.

어디서 시작하고, 무엇이 이어지고, 다시 무엇이 이어지고, 어떻게 전환되고, 어떻게 발전하고, 어떻게 끝내고……는 직관적이고 천재적인 방식으로 결정되지 않는다. 이야기에 어떤 요소들을 어떻게 적용할지 심사숙고한 끝에, 마침내 선택한 것들을 이야기를 쓰기 전에 미리 구조 속에 집어넣도록 하라.

이야기의 구조는 규칙이 아니라 어렵지 않게 이야기를 쓸 수 있는 자유를 보장하는 수단이자 이야기를 작동시키는 훌륭한 원칙이다.

주인공에게 도전과제를 부여하라
주인공은 행동해야 한다

훌륭한 작가는 서로 독립적인 플롯과 인물이 이야기 물리학에 의해 상호의존적인 관계를 맺는다는 것을 이해한다. 플롯은 인물의 이야기가 펼쳐지고, 극적 긴장감이 조성되고, 호흡에 따라 이야기를 고조시키고, 궁극적으로는 문제가 해결되는 무대다. 한편 인물은 플롯에 적절성과 의미를 부여하고 독자의 공감을 이끌어내며 대리 체험을 약속하는 수단이다.

이러한 두 가지 필수적인 요소들이 조화롭게 균형을 이룰 수 있도록 이야기 물리학을 최적화시켜라. 인물과 플롯을 동시에 생각해 보라는 말이다.

인물의 성격묘사는 복잡하다

서브텍스트와 내적 독백의 미묘함을 전달할 수 있다면, 콘셉트를 갈등이 살아 숨 쉬는 무대로 만들 수 있다면, 당신은 생각했던 것보다 인물

스토리를 만드는 물리학

을 훨씬 더 생생하고 진짜처럼 여겨지게 할 수 있다. 인물은 맥없이 무슨 생각을 하는지만 늘어놓을 때보다 행동을 할 때 독자의 흥미와 관심을 유발한다. 최악의 인물은 작가의 관심사를 그대로 늘어놓는 인물이다.

당신의 인생과 인간관계를 깊이 들여다보라. 그러면 사방에서 온갖 대화들이 계속되고 있다는 것을 알게 될 것이다. 사람들은 가장 깊은 곳에 숨겨진, 모습을 드러내지 않는, 그러나 갈망으로 가득한 내적 자아와 계속해서 대화를 시도한다. 하지만 이러한 대화를 소설에 그대로 쓸 수는 없다. 웃기는 짓이니까. 말 그대로다. 혼잣말을 계속 중얼거리며 돌아다니는 사람은 웃기는 사람이다. 그러니까 당신의 인물도 그렇게 해서는 안 된다. 필요하지 않다면 말이다.

누군가의 내적 심리, 그리고 외적 행동과 태도가 보이는 차이는 대개 매우 뚜렷하다. 대부분의 사람들은, 거의 언제나, 겉으로 보이는 면과 속으로 생각하는 것이 다르다.

수줍은 사람이라면 많은 사람들 앞에서 억지로 용기를 쥐어짜낼 수밖에 없다.

불안정한 사람이라면 위악적인 모습으로 이 세상을 살아간다.

순응하면서 만족을 느끼는 사람이라면 자기가 진짜 누구인지도 모른다.

이런 사람들은 결혼식을 올릴 때, 직장에서, 교회에서, 기타 장소에서 행동이나 태도를 꾸며낸다.

이런 사람도 생각해 보자. 자기밖에 모르는 사람이 한 마디도 입 밖에 내지 않고 친구들과 근사한 레스토랑에 있다. 주변을 완전히 잊었거나 혹은 화제가 그가 가장 좋아하는 주제인 자기 자신으로 좁혀들기를 기다리고 있다.

예는 얼마든지 들 수 있다. 증오와 원한으로 가득하지만 겉으로는 태연한 얼굴로 끓어오르는 속내를 감추고 있는 사람도 있다.

한 사람이 느끼는 기분 역시, 좋은 기분이든 나쁜 기분이든 내적 독백이라 할 수 있다. 하지만 의미가 불분명한 꿍얼거림 따위는 독백이라 할 수 없다.

당신의 주인공이나 반대자가 자기가 진정으로 생각하는 것, 믿는 것, 선호하는 것, 편안해 하는 것, 그리고 이러한 것들에 위배되는 행동을 해야만 한다고 생각하는 것은 내적 독백이다. 한쪽에서는 악마가 달콤한 목소리로 속삭이고, 다른 한쪽에서는 천사가 올바른 말을 하는 셈이다. 혹은 적어도, 악마에게서 모자를 빌려 쓴 이성의 목소리가.

한편 독자는 내적 독백에 관심을 가질 수 있다. 그리고 그들이 관심을 가질 때, 내적 독백은 공감을 이끌어내는 역할을 한다.

자신이 어떤 갈등을 겪고 있는지를 인물 스스로 모르고 있다면, 이는 다른 종류의 독백이다. 자기만 모르고 다른 사람들은 전부 다 아는 상황이다. 하지만 우리 대부분은 (정신병원에 있는 것이 아니라면) 보통 주변이 어떤 상황인지를 안다. 필요한 상황에서 인물을 광장으로 보낼 것인지, 밀실에 가둘 것인지는 당신의 선택이다.

그러니까 독백을 어떻게 처리할지 알려달라고?

벌집을 건드리기 전에 한번 생각해 보라. 당신이 아는 사람들을 하나씩 생각해 보라. 그러면 당신은 내적 독백이 펼쳐지는 벽이 얼마나 투명한지를 깨닫게 될 것이다. 잘 아는 사람일수록, 당신은 그의 내부에서 무슨 일이 일어나고 있는지를 잘 알게 된다.

그는 자기가 다른 사람들을 놀리고 있다고 생각한다……. 하지만 별로 그렇다고는 할 수 없다.

무섭다. 그렇지 않은가?

당신도 사람이므로, 다른 사람들과 함께 있을 때면 이러한 내적 독백에 둘러싸여 있는 셈이다. 이러한 상황을 소설에서 활용해 보라.

이제 이 사람 – 혹은 당신 – 을 이야기에 캐스팅한다고 생각해 보라. 극적인 순간에 내적 독백을 통해 내적 긴장감과 모순된 마음을 드러낼 수 있는 가능성을 찾아보라.

사람들로 북적이는 공간에 들어간다. 지난밤에 한 일에 대해 거짓말을 한다. 처음으로 한 여자에게 데이트를 청한다. 속으로는 자살을 생각하면서 겉으로는 즐거운 척한다.

이처럼 모순된 사람은 어디서나 찾아볼 수 있다. 이러한 인물을 예술적으로 묘사할 수 있다면, 그가 주인공이든 반대자든, 독자들의 공감을 불러일으킬 수 있을 것이다. 이 점을 염두에 두어라. 인물을 입체적으로 그려낼 수 있는 또 다른 무기니까. 원하는 대로 깊숙이 들어가라. 그러면서 상황의 복잡성과 긴장감을 최대한도로 고조시킬 순간을 생각하라.

1인칭 화자로 서술하는 편이 수월하지만, 3인칭 화자로도 가능하다. 3인칭으로 쓰여진 소설에서 내적 독백이 나오는 부분을 찾아보라. 스티븐 킹, 데니스 루헤인, 조너선 프랜즌, 존 어빙, 그리고 당신이 좋아하는 작가들이 인물을 어떻게 다루고 있는지를 살펴보라.

주인공에게 내적 독백의 순간을 부여하라. 하지만 반대자에게도 복잡한 내적 심리를 표출할 수 있는 순간을 준다면(반대자가 인간이 아닐 수도 있다. 그러니까 어울리도록 써라), 당신은 새로운 차원의 깊이에 도달할 수 있을 것이다. 바로 당신의 소설을 돋보이게 해줄 깊이를.

강렬한 인물묘사를 위한 묘약

작가가 이야기의 구조를 (무언가를 깨닫듯) 발견할 때처럼, 인물의 내부에서 무엇이 보이는지를, 그리고 인물의 내부가 외부의 행동과 어떻게 연결되는지를 불현듯 인식하고 이해할 때, 당신은 누구보다도 흡입력 있는 인물을 쓸 수 있게 된다.

대단한 능력이다. 더 자세히 알아보도록 하자.

문학적인 본능이나 경험적인 감각에 의존할 수밖에 없는, 묘사가 불가능한 것처럼 보이는 무언가의 본질을 인식하고 언어로 표현하는 것이기 때문에 대단한 능력이다. 구조에 대해서도 동일한 능력이 생길 수 있다. 아마도 이야기 물리학을 이해했기 때문일 것이다.

공감할 수 있는 인물을 묘사하라

독자는 인물의 기본적인 성격을 처음으로 파악하게 될 때까지 해당 인물의 성격이 지닌 미묘함을 완전히 감지할 수 없다. 인물에게 할 일이 생겼을 때, 다시 말해서 변화해야 할 때 독자는 인물의 성격을 완전히 파악할 수 있다. 당신은 이러한 순서를 바꿀 수 없다.

〈이야기 공학〉에서 나는 인물을 묘사할 때의 몇 가지 기본적인 기법들을 설명했다. 과거사, 내적 갈등과 외적 갈등, 입체적인 인물 묘사(인물에 미묘함과 뉘앙스를 부여하는 것), 인물을 묘사할 때 필요한 7가지 요소 등……. 이는 모두 작가가 주인공에게 부여한 과제와 연결되어 있다. 한편 과제는 인물에게 '할 일'을 준다. 과제라는 무대를 통해 인물은 자신을 드러낸다.

이 점이야말로 인물 묘사에서 핵심적이다. 인물에게 할 일을 주어 자신을 드러내도록 해야 한다는 것을 결코 잊어서는 안 된다. 하지만 인물을 탁월하게 그려내기 위해서는 인물의 내부로 깊이 들어가야 한다. 콘셉트와 마찬가지로, 인물의 속내를 보여주는 것으로 당신이 만들어 낸 인물의 완성도를 높여라.

독자를 몰입하게 하고, 인물을 응원하게 (혹은 증오하게) 하여 독자들의 반응을 성공적으로 이끌어낼 수 있는 최상의 방법은, 인물이 자기 앞에 펼쳐진 여행에서 어떻게 느끼고 어떻게 행동하는지를 보여주는 것이다.

인물은 자기 앞에 놓인 길을 따라가며 자신의 모습을 생생하게 드러낸다. 인물의 의견, 두려움, 느낌, 판단, 그리고 주어진 순간에 대한 반응은 좋든 나쁘든 인물의 성격을 형성한다. 많은 사람들은 인물의 특성을 보여주기 위해 인물의 과거에 의존할 때가 많다. 하지만 당신은 또 다른 선택을 할 수 있다. 인물을 응답하게 하고, 행동하게 하라. 그러면 인물의 속내를 더욱 잘 들여다볼 수 있을 것이다.

그리고 인물이 생각하고 행동하는 것 이상을 보게 된다.

인물을 묘사할 때 이처럼 발전된 기법을 사용하는 작가는 그저 무엇이 일어나고 있는지만을 보여주지 않는다. 그는 인물의 머릿속을, 무슨 일이 일어나고 있는지를 보여주고, 인물을 해석(혹은 오해)하는 일은 우리에게 맡긴다. 우리는 인물과 마찬가지로 주어진 상황에 대해 정서적으로 반응하거나, 재거나, 두려워하거나, 맞서 계획을 세우거나, 도망치거나, 혹은 다른 종류의 반응을 보일 수 있다.

그렇게 우리는 인물을 바라보는 관점을 갖게 된다. 주인공에게 몰입하게 되는 순간이다.

그리고 주어진 순간에 인물이 어떻게 느끼는지, 어떻게 해석하는지를 알고 있다. 그러면서 주인공에게 즉각적으로 몰입하게 된다.

여기서 요점은 해석이다. 이는 단순한 인물 묘사를 넘어선다. 이는 독자가 인물에게 정서적, 분석적, 사회학적 관점을 넘어서서 인물의 심리와 하나가 되는 상태다.

이것이 흡입력 있는 인물을 묘사하기 위한 묘약이다. 작가는 독자가 주인공에게 공감하도록, 주인공을 응원하도록 해야 한다.

반드시.

독자의 대리 체험에 깊이를 부여하라
독자는 인물과 동고동락해야 한다

뭔가 특별한 것을 찾으려는 태도는 좋다. 하지만 특별한 것은 쉽게 찾아지지 않는다.

이미 당신의 레이더에 걸려든 스토리텔링의 전략, 기법, 원칙이라는 광대한 자원에서 금을 추출해 내기란 어렵다. 하지만 한번 방법을 알면 그 다음부터는 좀 쉬워진다. 그러면 어떻게 책을 써야 하는지, 당신이 쓴 책은 어떻게 베스트셀러 목록에 포함되는지, 그리고 영화로까지 만들어지는지를 알 수 있을 것이다.

어떤 장르라도. 어떤 작가라도. 어떤 이야기라도.

나는 사실상 어떤 이야기라도, 심지어는 가장 뚜렷한 컨텍스트에서 설정이 필수적이지 않은 이야기조차도 더 낫게 만들어 줄 수 있는 천금과도 같은 팁을 알려주려고 한다. 작은 전략이지만 하나의 이야기를 승리자로 만들어 줄 수 있는 전략이다.

작가라면 이 전략이 지닌 힘을 이해해야 하고, 이를 고려하여 이야기를 써야 한다. 바로 이 전략을 최적화시켜야 하는 것이다.

이 전략은 바로 대리 체험이다. 대리 체험은 이야기의 힘과 무게를 싣는 기본적인 이야기 동력 중 하나로, 소설이나 영화에서 대단히 중요한 역할을 한다. 우리는 이미 대리 체험에 대해 알아봤고, 소설이나 영화에서 어떻게 구현되는지를 보았다. 이제 더 자세히 알아볼 차례다. 독자들에게 대리적인 체험을 많이 안겨줄수록, 이야기가 성공할 가능성은 더욱 높아진다.

독자들은 이야기의 설정이나 사회적, 문화적, 혹은 관계적 역학을 통해 이야기를 대리적으로 체험할 수 있다. 다시 말해서, 독자에게 다음과 같은 시간이나 장소, 상황을 경험하게 하는 것이다.

a. 실제 생활에서 할 수 없거나, 어쩌면 하고 싶지 않은 경험.
b. 본질적으로 흥미진진하고, 호기심을 불러일으키며, 위험하고, 자극적이고, 보상을 안겨주는 경험.
c. 금지되어 있거나 불가능한 경험.
d. 혹은 다른 이유로 흡입력 있는 경험: 예를 들어 실제로 일어났던 사건.

위의 항목들을 다시 한 번 살펴보자. a는 사후세계, 역사, 초자연적 현상을 다루는 이야기일 수 있다. b는 특정한 장소(바티칸 교황청, 부패한 로펌, 아지트, 메이저리그 야구팀 사무실, 천국 혹은 지옥 등)에서 벌어지는 이야기거나, 모험 이야기(클라이브 커슬러Clive Cussler가 이런 이야기를 쓴다)일 수 있다. 혹은 마피아 이야기(《대부》처럼), 폭풍우 이야기, 등산이나

스토리를 만드는 물리학

가라앉는 배에 대한 이야기, 위험한 사랑 이야기, 감옥 이야기도 있다. c는 유령 이야기, 마약 제조실, 타락한 경찰, 투기에 대한 이야기일 수 있다. d는 중대한 사안을 다루는 이야기(〈헬프〉처럼), 실제로 있었던 이야기, 전쟁 이야기, 역사적인 사건을 다루는 이야기 등이 있다.

사실 대리 체험이란 너무나 흔한 경험이기 때문에, 당연하게 여겨지기도 한다.

모든 이야기는 극적인 무대에서 펼쳐진다. 당신은 이 무대를 (이야기에 도움이 되도록, 그리고 독자가 주목하고 열렬한 반응을 보일 수 있도록) 반드시 흡입력 있게 만들어야 한다. 이야기를 계획하고 쓸 때나 '무작정' 쓸 때나 대리 체험은 잊혀진 의붓자식처럼 취급된다. 하지만 독자들을 고려하면 사실상 대리 체험이야말로 가장 중요한 요소다.

아이다호 촌구석에서 벌어지는 로맨스물? 이런 이야기를 쓰고 싶다면 반드시 역동적인 인물을 그려야 한다. 그런 시골구석을 대리 체험하고 싶은 사람은 아무도 없기 때문이다. 하지만 백악관이나 수녀원……, 프로 스포츠팀……, 스페이스셔틀에서 벌어지는 사랑에 대한 이야기라면……, 아니면 다른 행성이나 사후세계라면……, 황금기의 할리우드에 있던 배우 에이전시나 스튜디오라면……. 당신은 무궁무진한 아이디어를 얻을 수 있다. 똑같은 사랑 이야기라도 설정이 다르다면 얘기는 달라진다. 독자들은 이러한 사랑 이야기에서 더 깊은 차원의 대리 체험을 할 수 있을 것이다. 또한 이러한 설정은 이야기를 떠받치는 서브텍스트가 된다. 아이다호의 서브텍스트는…… 감자튀김이다. 연방교도소의 서브텍스트는…… 감자튀김보다는 훨씬 더 매력적이다.

독특한 설정일수록 우리는 대리적으로 체험하며 만족하기 쉽다. 우리는 1962년의 미시시피 잭슨으로 돌아갈 수 없다(돌아가고 싶지도 않을 것이다). 하지만 1962년 미시시피 잭슨이라는 설정이 생생한 서브텍스트로 기능하면서 주제를 강화하는 〈헬프〉 속으로는 곧장 들어갈 수 있다.

이야기에 독자들이 대리적으로 체험할 수 있는 설정을 더하라. 본질적으로 독자들이 재미를 느낄 수밖에 없는 시간, 장소, 혹은 컨텍스트를 이야기에 부여할 때, 당신의 이야기는 대단한 성공을 거두게 될 것이다.

어떤 이야기는 거의 대리 체험에만 매달린다. 〈탑 건〉을 보자. 이야기 자체는 평범하다. 앞에서도 말했지만, 나는 누가 〈탑 건〉 얘기만 꺼내도 고개를 저었다. 그러나 이 이야기는 장점과 단점을 동시에 갖춘 이야기 모델이다. 이 영화를 보는 우리는 전투기 조종석에 앉아 있는 듯한 기분을 느낀다. 개봉 당시 이 영화는 엄청난 흥행 수입을 올렸다.

당신은 이런 성공작을 여러 번 봤겠지만, 아마도 무엇이 독자의 (혹은 관객의) 체험을 이끌어냈는지는 몰랐을 수도 있다.

이제 그래서는 안 된다. 작품을 '재미로' 볼 때도 우리가 작가라는 사실을 잊어서는 안 된다. 작가에게는 휴일이 없다. 우리는 언제나 탐색의 시선으로 작품을 보아야 한다. 가끔은 다른 사람의 눈을 통해서라도.

(이 글을 쓰는 시점에서) 요새 새로 부상한 소설인 크리스티나 앨거 Cristina Alger의 〈달링즈The Darlings〉를 보자. 2008년 금융위기 상황에서 맨해튼 부촌에 사는 백만장자 가족에 초점을 맞추는 일종의 성장 이야기다. 이 소설에 대한 평은 대개 컨텍스트적 설정 - 우리로서는 닿을 수 없는 영역인 - 에 주목했다. 게다가 작가가 실제로 헤지 펀드 경영자의 딸이라는 사실은 이러한 컨텍스트에 리얼리티를 부여했을 것이다.

스토리를 만드는 물리학

독자들은 이 책을 통해 완벽한 대리 체험을 할 수 있다. 같은 이야기가 캔자스 농장을 무대로 했더라면, 성공하기는커녕 관심도 받지 못했을 것이다. 사실 많은 비평가들이 소설을 평할 때 "우리를 또 다른 세계로 데려 간다"라는 언급을 심심찮게 한다.

얼마 전 앤 라이스Anne Rice의 책 〈늑대의 선물The Wolf Gift〉은 뉴욕타임즈 베스트셀러 목록에서 6위를 차지했다. 이 책은 놀랍게도 늑대인간에 대한 이야기다. 판타지물이지만, 라이스가 쓴 다른 소설들과 마찬가지로, 우리에게 대리 체험을 통해 늑대인간이 존재할 뿐만 아니라 서로를 사랑할 줄도 아는 장소를 경험하게 해 준다.

〈해리 포터〉 시리즈, 〈트와일라잇〉 시리즈, 〈헝거 게임〉 3부작은 모두 강력한 대리 체험의 세계에 의존한다. 우리는 호그와트에 가고, 뱀파이어와 사랑에 빠지고, 도덕과 윤리가 무너진 디스토피아적 세계에서 이웃집 소년이 목을 찌르려고 하는 세계를 체험한다. 이 이야기들에도 인물, 플롯, 서브플롯이 있다. 그리고 작가는 시간과 장소를 다른 때와 다른 곳으로 설정할 수도 있었다. 하지만 그들은 특별한 곳을 설정했고, 이는 이 이야기들이 전달하는 대리 경험에도 영향력을 미쳤다.

스테프니 메이어Stephenie Meyer는 (새로운 방식으로) 뱀파이어 소설을 쓰겠다고 결정했다. 그녀는 부분적으로는 자신의 대리 체험을 위한 소설을 썼는데, 이는 페이지에서도 생생히 엿볼 수 있다.

제임스 캐머런James Cameron이 〈타이태닉Titanic〉을 만들 때도 마찬가지다. 가라앉는 배에 나도 타고 있다는 대리적인 체험은 이 영화에서 핵심적이다. 놀라운 특수효과가 이에 도움을 주었음은 물론이다.

나 역시 2004년 발표한 소설 〈유인〉에서 대리 체험의 요소를 집어넣었다. 〈퍼블리셔스 위클리〉를 포함해서 실제로 모든 리뷰들은 내가 독자들을 억만장자와 트로피와이프로 가득한 실리콘밸리라는 세계로, 우리는 갈 수 없는 곳으로, 하지만 사기와 위협, 전용기가 기다리고 있는, 우리 대부분이 궁금해 하는 세계로 '데려 간다'는 말을 썼다.

독자들이 전율하도록 하라

이야기 물리학의 강력한 동력이자 당신의 목표가 되어야 하는 대리 체험은 단순한 시간과 장소 이상이다. 독자들은 사회적 역학과 인물 사이의 관계를 통해서도 대리 체험을 경험할 수 있다. 말 한 마디를 할 때마다 끝에 "침대에서"라는 말을 붙이라는 오래된 농담과 마찬가지다. 당신이 만들어 낸 설정이나 상황 첫 부분에서 "이러면 어떨까?"라는 질문을 해 보라. 이러한 질문을 해 보는 것만으로도 대리 체험을 철저하게 탐색하고 있는 것이다.

연쇄살인범과 결혼하면 어떨까?
내 아이에게 초자연적 능력이 있다면?
내가 갑자기 초자연적 능력을 갖게 된다면?
외계인들이 정복한 세상에서 살게 된다면?
외계인이 대통령이 된 세상에서 살게 된다면?
배우자가 바람을 피우고 있다는 것을 알아차렸다면?
복권에 당첨되었다면?
갑자기 마음을 읽는 능력이 생겼다면?

움직이지도 말하지도 못하게 된다면?

천국에 간다면? 지옥에 간다면?

신에게 당신의 말을 직접 전달할 수 있고…… 신의 응답을 이메일이나 편지로 받는다면?

이러한 질문들에 대한 답변들 각각은 완벽한 대리적 체험과 연결되어 있다. 이러한 질문들은 끝없이 이어질 수 있으며, 시간과 장소, 사회 체계를 가리지 않고 전개될 수 있는 컨텍스트적이고 콘셉트적이며 주제적이고 인물 중점적인 장면들을 이끌어낸다. 독자들이 결코 경험하지 못할 체험을 당신의 이야기 속에서 하게 하라.

자, 이제 당신을 성공으로 이끌어줄 비장의 무기가 생겼다.

당신의 이야기를 직접 살펴보라. 그리고 독자들에게 어떠한 대리적 체험을 전해줄 수 있는지를 생각해 보라. 모든 이야기는 우리의 현실과는 다른 인생, 다른 경험으로 우리를 이끈다. 당신의 설정 – 시간, 장소, 컨텍스트, 인물관계 – 이 독자들에게 흥미 있고, 강렬하고, 때로는 경이로운 독서 경험을 안겨 주는가? 독자들은 당신의 이야기를 통해 대리 체험을 할 수 있는가? 독자들은 대리 체험을 통해 당신의 이야기에 빠져들 수 있을까?

당신이 내린 선택의 힘과 결과를 파악할 때, 당신은 독자들이 당신의 이야기를 통해 생생하고 풍부한 대리적 체험을 경험하게 해야겠다고 생각할 것이다. 이야기가 성공할지 못할지는 거의 전적으로 독자들의 대리 체험에 달려 있기 때문이다.

PART 3

과정의 **힘**

글쓰기 과정에서 가장 중요한 목표
이야기는 어떤 깨달음처럼 다가온다

이야기에는 자연스러운 흐름이 있다. 작가가 이러한 흐름 안에서 근본적인 이야기 동력을 어떻게, 그리고 어디에 적용해야 할지를 정확히 알고 있을 때, 이것을 서사적인 전개와 어떻게 연결해야 할지를 정확히 알고 있을 때, 동력은 최대로 작동한다. 아이디어가 효율적인 이야기를 위한 다층적이고 연쇄적인 서사를 펼치는 무대를 설정하는 콘셉트로 언제, 어디서, 어떻게 발전하는지를 결정하는 것이 과정이다. 작가는 이 과정을 통해 이야기 물리학이 적용되는 시점과 방식을 결정한다.

이야기의 구조와 물리학에 대한 책을 쓰면서 나는 가끔 길거리 싸움에 휘말린 기분이 된다. '무작정 쓰는 사람' 대 '계획부터 세우는 사람', '빨리 쓰는 사람' 대 '느림보 고집쟁이', '좌파' 대 '우파', '선' 대 '악'. 올림포스의 신들이 수정구를 들여다보며 우리의 운명을 결정하듯 이야기의 운명을 결정하는 기본 원칙과 미학적 기준이 존재한다는 말을 듣기만 해도 짜증부터 내는 사람들은 생각보다 많다.

그러나 이야기를 작동시키는 것이 무엇인가에 관한 진실 공방에서

스토리를 만드는 물리학

회색지대는 존재하지 않는다. 회색의 가짓수도 많지는 않다(한 50가지쯤 될까?[14]) 당신을 로마로 데려다줄 길은 하나가 아니다. 하지만 로마라고 불리는 이탈리아 도시는 한 곳뿐이다. 우리 앞의 이야기 물리학과 도구는 무엇이든 만들어 낼 수 있다. 하지만 당신은 아무거나 쓰고 이야기라고 부를 수는 없다. 아무렇게나 쓴 이야기를 놓고 독자들이 가치를 알아줄 거라고 기대해서는 안 된다.

앞서 소설에서는 반드시 어떤 일이 일어나야만 한다고 했다. 이와 더불어 다음의 말도 반드시 새겨두어야만 한다.

> **"늘 과정을 생각하며 이야기를 써라. 이야기의 기본적인 뼈대가 드러내는 진실을 (찾아냈다면) 무시하지 마라. 이야기가 당신에게 요구하는 것을 들어주지 않는다면, 당신의 이야기는 결코 작동하지 않을 것이다."**

글쓰기 과정에서 무엇보다도 중요하게 생각해야 할 목표는 가능한 최고의 이야기를 찾아내는 것, 그리고 쓰는 것이다. 이 과정에 문제가 있다면 – 제대로 된 이야기를 쓰지 못하거나 책을 출판하지 못하는 사람들은 대개 이런 문제를 겪고 있다 – 당신은 글쓰기 과정을 처음부터 다시 생각해야 한다.

'무작정 쓰는 사람'과 '계획부터 세우는 사람'은 같은 목표를 추구할 수 있다. 둘은 같은 게임을 각자 다른 방식과 스타일로 하고 있다. 그러

---

14 〈그레이의 50가지 그림자〉를 두고 한 말장난

나 결승선을 끊는 이는 오직 한 명뿐이다.

불현듯 어떤 깨달음을 얻어 본 적이 있는가? 어느 문제라도 한 번 명확하게 파악하기만 하면 쉽게 해결될 수 있다. 계획을 세우고 차근차근 준비하는 습관을 들인다면 무작정 쓸 때의 위험을 날려버릴 수 있다.

성을 하나 짓는다고 생각해 보라. 당신은 평면도와 지게차를 사용할 수도, 혹은 한 줌의 모래만을 사용할 수도 있다. 모래성이 낭만적으로 보이기는 할 것이다. 그래서 모래성을 쌓고 싶다고 생각할지도 모른다. 하지만 이는 깨달음과는 거리가 먼 위험한 생각이다.

나는 당신이 이런 원칙을 잘 이해하기를, 계획을 세우기를, 상당한 시간을 들여 이야기를 탐색하기를, 있지도 않은 뮤즈가 나타나기만을 기다리며 무작정 쓰기부터 시작하지 않기를, 빨리 이야기를 완성하고 싶다고만 생각하지 않기를 바란다.

아무려나 당신이 도달해야 할 진실과 목적지는 분명하다. 다만 아직까지는 그 길이 어두운 안개에 가려져 잘 보이지 않을 뿐이다.

17

분명한 목적을 지닌 스토리텔링의 숨겨진 힘
당신의 소설을 긍정적으로 변화시키는
강력한 요소들을 알아보자

글쓰기에 관한 한 나는 누구보다도 목청을 높여 이런저런 조언을 해주는 사람이다. 해서 개인적으로 어떤 조언을 가장 좋아하느냐는 질문을 종종 받는다. 그럴 때마다 나는 분명한 목적을 지닌 스토리텔링 원칙이야말로 가장 중요하다고 망설임 없이 대답한다. 이 원칙은 다음과 같다.

- 이야기에는 각기 다른 컨텍스트로 규정된 네 개의 독립적이고 순차적이며 목적이 분명한 파트가 있다.
- 그리고 이러한 각각의 파트는 대략 같은 길이를 갖는다. 각각의 파트 안에서 발생하는 모든 것들은 해당 파트의 목표에 따라 각기 고유한 방식으로 정교화되어야 한다.
- 목적이 분명한 각각의 장면들은 작가가 설정한 배경과 인물을 벗어나는 일 없이 이야기를 설명하는 독립적인 서사로 쓰여야 한다. 하나의 장면에

너무 많은 목표가 담겨 있다면 극적 긴장감이 떨어진다. 반면 서사에 도움을 주는 대신 사물이나 인물을 단순히 묘사하고 만다면 호흡이 떨어진다 (출판되지 못한 원고에서 빈번이 드러나는 실수다).

극적 긴장감과 호흡이야말로 이야기 물리학의 가장 강력한 요소라는 점을 다시 한 번 되새겨라. 여기서도 이야기 물리학은 빠지지 않는다. 목적이 분명한 스토리텔링을 위해서는 이야기 물리학을 최적화시켜야 한다.

이는 다음과 같이 설명할 수 있다. 당신은 이야기의 모든 장면에 대해 각각 다음과 같은 질문을 던져보아야 한다. "이 장면에서 가장 중요하고, 유일하며, 서사를 설명하는 데 도움이 되는 목적은 무엇인가?" 이 질문에 선뜻 대답할 수 없다면, 혹은 하나 이상의 대답이 나온다면, 당신이 쓴 장면에는 분명 문제가 있다. 이런 문제가 계속해서 등장한다면 이야기 전체가 문제일 수도 있다. 해당 장면을 쓰기 전에 위의 질문을 하도록 하라. 비행기가 이륙하기 전에 기체를 점검하는 것과 마찬가지다. 당신이 미리 답변할 수 있다면, 당신의 이야기가 성공할 가능성도 부쩍 늘어날 것이다.

목적이 분명한 컨텍스트는 언제나 어디에나 적용된다

마음이 이끄는 대로 원고를 쓰는 사람들은 두 가지 위험에 처할 수 있다. 성공적으로 원고를 쓰는 사람들은 컨텍스트와 목적을 분명히 알고 있으며, 따라서 적절한 설명을 적절한 방식으로 적절한 시점에 이야기에 집어넣을 수 있다. 이 과정에서 초고를 몇 번 작성해야 할 필요가 있을지도 모른다. 하지만 그들은 이 과정이야말로 이야기가 제대로 작동하는 데 필수적이라는 것을 알고 있다.

계획을 세워 원고를 쓰는 사람들은 초고에서부터 목표를 분명히 드러낼 수 있을 방법을 고심한다. 그들이 장면마다 어떤 목적을 설정했는지는 결국 최종 원고에서 생생히 드러나게 되어 있다. 이런 사람들은 설정된 목적대로 글을 쓰고, 각각의 장면이 넘치지도 모자라지도 않게 세련된 방식으로 해야 할 말을 한다.

당신은 글을 쓰는 다양한 단계에서 목적을 분명히 설정해야 한다. 이는 전체 이야기를 분명하게 만들고, 서사의 흐름에 방해되지 않도록 불필요한 곁가지 이야기들을 쳐내면서 이야기의 뼈대를 튼튼하게 만든다. 따라서 반드시 전달해야 하는 설명적인 요소들과 이러한 정보들이 이어지는 장면과 어떻게 연결되는지를 이해하게 함으로써 각각의 장면이 최적화될 수 있도록 한다. 한편으로 작가는 이를 통해 주제, 인물의 변화, 서브플롯 등을 포함하는 서브텍스트를 풍부하게 만들 수 있으며, 그러면서도 장면 자체의 중심적인 목적을 잃지 않을 수 있다.

무언가를 쓰기 전에 목표부터 설정하라.

독자들이 시간을 투자해서 당신의 책을 읽게 하려면, 그들에게 그럴 만한 가치가 있다는 약속을 해 주어야 한다.

이야기를 생각하기 전에 어떤 갈등을 만들지부터 생각하라.

독자들이 당신의 이야기에 관심을 가지려면 위험요소가 있어야 한다.

이러한 요소들을 이야기의 첫 20~25%에 해당하는 분량 — 혹은 파트 1 — 에 집어넣는 것이 목표가 되어야 한다. 이 일을 제대로 해낸다면, 남은 분량 전체가 제대로 작동하게 될 것이다.

파트 1의 설정이 1차 플롯포인트가 나타나는 바탕이 된다는 말이 쉽게 와 닿지 않을 수도 있다. 어떤 사람에게는 숨통을 옭아맨 미친 각본가가 하는 말처럼 들릴 것이다. 각본가이자 소설가, 그리고 미친 사람인 나는 당신이 소설을 쓰든 각본을 쓰든 내 말을 따라야만 한다고 말할 수밖에 없다.

본질적이기 때문이다.

이야기는 기본적인 4개의 파트로 전개된다

영화 쪽에서는 3개의 파트로 전개된다고 말하기도 한다. 하지만 이럴 경우에도 2번째 파트는 첫 파트와 마지막 파트보다 두 배 가량 더 길고, 두 개의 독립적인 목표를 지니므로 4개의 파트라고 말하는 편이 더 정확할 것이다.

여기서 키워드는 목표다.

4개의 파트는 컨텍스트적 의미에서 서로 다르다. 이 말은 각각의 파트에 속한 장면들은 각각의 파트가 지닌 목표와 컨텍스트를 유지해야 하고, 따라서 서로 다른 파트에 속한 장면들은 저마다 다른 컨텍스트를 담아야 한다는 뜻이다. 내 말을 명심해라. 자기가 무엇을 하는지 아는 사람과 그간 읽어 왔던 소설들이나 베끼면서 글쓰는 법을 안다고 착각하는 사람 사이에는 분명한 차이가 있다.

4개의 파트가 각각 지닌 목표의 순서는 스토리텔링의 법칙에 따라 정해진다. 당신은 이러한 순서를 직접 정하는 위험을 감수해야 한다. 순서가 컨텍스트적으로 배열되지 않는다면 이야기는 제대로 작동하지 않을 것이다.

첫 번째 파트는 '설정(setup)'이다

파트 1은 미끼hook와 사건 유발inciting incident, 주인공 소개, 이어질 내용 암시, (서브플롯을 포함하여) 서사적인 씨앗 심기 등을 포함한다.

오프닝 단계의 목표는 독자들을 주인공에게 몰입하게 하여 이야기에 빠져들게 하는 것이다. 그러려면 이야기의 구심점이 될 극적 긴장감과 위험요소를 분명히 제시해야 한다.

누가 그런 거지? 무슨 일이 일어날까? 이 일은 어떻게 밝혀질까? 내가(독자가) 이 이야기에 빠져든다면 어떤 경험을 할까? 그리고 이 질문은 다음으로 이어진다. 내가 왜 관심을 갖는 걸까?

이러한 마지막 질문은 '1차 플롯포인트'라 불리는 파트 1의 설정 단계에서 제기된다. 이 지점은 언뜻 보기에 이야기의 전환점으로 생각된다. 파트 1의 끝을 알리는 동시에 파트 2의 시작을 알리기 때문이다.

속지 마라. 하지만 이러한 것들이 전부 무엇을 의미하는지를 배워라. 이야기를 작동하게 하는 요소들을 전부 알게 된 당신은 창의적인 자유를 만끽할 수 있을 것이다.

한번 알게 되는 순간, 당신은 책으로 출간된 모든 소설들에서 1차 플롯포인트가 제대로 작동하고 있다는 사실도 알게 될 것이다. 예외 없이.

당신은 이 소설들을 통해서도 많은 것을 배울 수 있다. 당신도 기성작가들과 어깨를 나란히 할 날이 머지않았다.

아직 잘 모르겠다고?

용어가 혼란스럽기 때문이다. 미끼는 뭐고 사건 유발은 뭐지? 또 1차 플롯포인트란 뭐지? 서사적인 설명과 인물 묘사의 차이점은? 극적 긴장감은 무엇이고 플롯은 무엇일까? 먼 옛날 불가에 앉아 고기를 구우며 이야기 보따리를 풀어놓던 이야기꾼들은 수사학이라는 말은 생각하지도 않았다. 하지만 무지몽매한 작가들은 아직도 수사학에 매달린다.

그런 작가가 되지 마라.

미끼가 사건 유발이 될 수 있기 때문에, 당신은 더욱 헷갈릴 것이다. 하지만 미끼는 (작품의 처음 20~25%에서 발생하는) 1차 플롯포인트가 아니다. 1차 플롯포인트는 미끼를 드리우기에는 너무 늦은 곳이다. 사건 유발 - 주요 이야기 요소들을 주입하여 변화를 주는 장면들 - 은 파트 1의 중간에 삽입될 수 있다(이 경우에는 아직 1차 플롯포인트가 나타나지 않은 것이다). 혹은 파트 1의 시작 부분에 삽입될 수도 있다. 이런 경우 사건 유발은 미끼라고 할 수 있다.

다시 한 번 제대로 알아보자

어떤 용어를 사용하건 간에 이야기의 첫 장면, 혹은 처음 10페이지 안에서 뭔가 진정으로 강렬한 일이 일어난다면, 이는 미끼다. 뭐, 사건 유발일 수도 있다(이어지는 스토리라인과 연결될 때 이는 사건 유발이다). 하지만 미끼는 줄거리와 꼭 연결되지 않아도 된다.

미끼는 플롯과 연결되지 않아도 좋고, 전적으로 인물묘사와만 관련된 것이라도 좋다. 1페이지에서 이야기의 화자가 유령이라고 밝히는 것도 이런 종류의 미끼라고 할 수 있다.

하지만 사건 유발은 반드시 플롯과 연결되어야 한다.

1페이지에서 누군가가 살해되거나, 누군가가 떠나거나, 누군가를 고용하는 일은 사건 유발이자 미끼라고 할 수 있다.

그리고 1페이지에서 일어난 사건이 지속된다면, 이는 미끼가 아니라 사건 유발이다. 그러나 여전히 1차 플롯포인트라고는 할 수 없다. …… 그렇게 되기 전까지는.

이해했는가? 어쩌면 이런 원칙과 지침들 때문에 당신의 글쓰기가 제약을 받을 것이라고 생각할지도 모르겠다.

하지만 이런 원칙이 없다면 결코 성공할 수 없다. 약한 이야기밖에 쓸 수 없기 때문이다. 이러한 원칙이 당신을 사실상 자유롭게 한다는 사실을 깨닫는 순간, 당신의 이야기는 강력해질 것이다.

1차 플롯포인트란?

파트 1의 발단 단계에서 많은 일이 벌어질 수 있고, 또 그래야 한다. 하지만 이러한 일들이 당신의 주인공과 적절하고 의미 있는 방식으로 연결되지는 않는다. …… 아직까지는. 이야기의 핵심, 즉 특별한 갈등은 당신이 주인공에게 부여한 목표 – 임박한 여행, 임무 – 가 제시되는 파트 1의 마지막 부분, 즉 1차 플롯포인트가 나타나기 전까지는 완전한 의미를 갖지 않는다.

반드시 이 점을 알아두도록 하라.

당신은 주인공에게 반드시 여행, 필요, 임무, 목표, 문제를 부여해야한다. 그래야 당신의 이야기는 독자들이 서서히 드러나는 주인공의 여행, 필요, 임무, 목표, 문제를 대리적으로 체험할 수 있게 한다.

다시 말해서, 주인공에게 여행, 필요, 임무, 목표, 문제를 부여해야하는 지점이 바로 1차 플롯포인트라는 말이다. 여기서부터 주인공은 자신이 맡은 역할 속으로 완전히 뛰어들게 된다. 바로 파트 1의 마지막 부분에서. 그전까지는 아니다.

다시 한 번 정리해 보자

1차 플롯포인트는 당신이 앞서 서사의 흐름에 주입했던 미끼와 사건 유발이 강화시킨 어떤 순간에 빠져드는 지점을 말한다. 여기서 미끼와 사건 유발은 주인공에게 임무가 맡겨지는 순간에 직접적으로 영향을 미치거나, 혹은 이를 자극한다. 이 지점에서 주인공은 자신이 중요한 역할을 맡았으며 이제는 벗어날 수 없다는 것을 깨닫는다. 따라서 그는 진정한 주인공으로 거듭난다.

주인공(과 독자)은 파트 1에서 있었던 일의 의미를 1차 플롯포인트에서 깨닫는다. 그리고 독자들은 당신이 앞서 주입했던 위험요소로 인해 여기서부터 진정으로 이야기에 빠져들게 된다.

그전까지는 그저 모든 재료들이 작업대에 놓여 있거나, 유혹적인 냄새를 풍기며 냄비 속에서 부글부글 끓으면서 우리를 끌어당기는 상태였다……. 아직까지는 음식이라고 할 수 없는 상태로. 1차 플롯포인트에서 당신은 이 재료들을 접시에 담아 독자들에게 내놓는다. 식사가 준비되었다. 이야기가 시작되었고, 이제부터 활발하게 전개될 것이다. 잊지 마라. 반드시 1차 플롯포인트에서 주인공의 임박한 여행, 필요, 임무, 목표, 문제를 제시해야 한다.

소스를 데우기도 전에 감자부터 내가지 마라. 그러면 식사를 망칠 것이다.

〈다빈치 코드〉를 생각해 보자. 박물관에서 사체가 발견된다. 미끼인가? 그렇다. 사건 유발인가? 그렇다. 하지만…… 아직까지는 주인공의 여행, 필요, 임무, 목표, 문제와는 관련이 없다. 아직까지는 발단에 지나지 않는다. 적어도 컨텍스트 면에서는 이어질 이야기와 관련이 없다. 이 장치는 후에 작동하게 될 요소다. 이는 아직 1차 플롯포인트가 아니라는 것을 의미한다.

독자는 경찰들이 사건수사를 돕기 위해 불려 온 결백한 주인공에게 혐의를 씌우리라는 것을 눈치챈다. 긴장감이 고조된다. 뭔가 냄새가 나지 않는가? 바로 이야기 물리학이 요리되는 냄새가.

이 순간을 1차 플롯포인트라고 할 수 있을까?

아직 아니다. 이 순간은 단순히 근사한 사건 유발이다. (비록 그렇게 될 것 같기는 하지만) 아직까지는 주인공과 깊은 연관이 없기 때문이고, 주인공의 여행, 임무, 목표, 필요, 문제가 분명히 제시되지 않았기 때문이다.

당신이 좋아하는 소설에서 이런 요소들을 찾아보라

그리고 영화에서도. 대부분의 영화 예고편은 파트 1의 설정을 간단히 제시하고 1차 플롯포인트를 보여주는 형식으로 제작된다.

> "존스 가족들을 만나보세요. 어린아이와 개, 깎아야 할 모기지론이 있
> 는 미국의 평범한 가정입니다……. 그런데 갑자기 아내가 전 남편에게
> 납치당하는 일이 벌어지고, 이 가정에는 위기가 닥칩니다. 현재 남편
> 은 아내를 되찾기 위해 FBI, CIA, 게다가 조직폭력배들에게까지 접촉
> 해야 합니다."

어쩌면 주인공이 파트 1에서 여행을 시작할 수도 있다. 하지만 파트 1에서 시작된 여행은 이야기의 핵심이 아니다. 이 여행은 변화할 것이고, 진화할 것이다. 갖가지 위험과 깊은 의미를 드러낼 수 있도록 말이다. 파트 1에서의 여행은 발단에 불과하다.

하지만 스토리 비트가 생겨나면 모든 것이 변화하게 된다. 스토리 비트는 이야기가 창조하는 세계 안에서 주인공의 진정한 여행, 필요, 임무, 목표, 문제를 드러내어 이야기의 의미와 방향을 지시한다.

무지몽매한 작가들은 대부분 여기서 실수를 범한다. 그들은 핵심적인 이야기에만 매달리거나, 이 지점에 너무 빨리, 혹은 너무 늦게 도착한다. 그러면 이야기 물리학이 제대로 힘을 쓰지 못한다. 이런 작가들은 4개의 파트로 나뉘는 이야기 구조의 원칙으로 돌아가서 파트 1과 1차 플롯포인트를 처음부터 다시 생각해 봐야 한다.

장면의 목표를 분명히 드러내라
문제가 없다고 생각될 때도
이야기를 더욱 강화시킬 방법을 고민해야 한다

우리의 소설쓰기 사전에는 컴퓨터 프로그래밍과 관련된 두 개의 단어가 들어 있다(구조architecture라는 단어까지 포함하면 모두 세 개의 단어다. 컴퓨터 프로그래밍의 선구자들은 건축에서 빌려온 구조라는 단어를 프로그래밍 설계를 표현하는 데 사용했다). 이러한 최첨단 단어들은 바로 도식paradigm과 최적화optimize이다.

프로그래머 ─ 그리고 작가 ─ 는 바로 구조를 최적화해야 한다. 도식이란 이야기에 등장하는 요소들을 제한하는 틀이며, 당신이 작업하는 모든 요소들은 이러한 도식에 의존한다.

다이어트나 치료법과 마찬가지로, 같은 도식을 사용한다고 해서 늘 같은 결과물이 나오지는 않는다.

공화당과 민주당의 정치적 도식은 서로 다르다. 소설과 비소설은 모든 부분에서 서로 다르다. 계획 먼저 세우기와 무작정 쓰기는 당신 생각처럼 다르지만은 않다(둘 다 이야기를 탐색하는 것이기도 하니까). 하지만 두 과정은 서로 다른 도식을 갖는다.

최적화한다는 것은 어떤 것의 용법, 컨텍스트, 그리고 목표의 최대치를 이끌어내는 것이다. 우리는 최적화의 목표를 반드시 이해해야 한다. 가끔은 속삭임이, 가끔은 투바이포(two-by-four) 공법[15]이 최적화를 위한 도구다. 어떤 도구를 사용해야 최적화할 수 있을지를 알기 위해서는 컨텍스트를 반드시 알아야만 한다.

프로그래머들이 기업용 소프트웨어에 사용하는 네 번째 용어가 있다. 바로 미션 크리티컬[16]이다. 미션 크리티컬이 제대로 작동하지 않는다면 전체가 망가지고 말 것이다.

'목적을 분명히 갖자'는 내가 가장 선호하는 글쓰기 팁이다. 이야기가 어디로 가는지 완벽하게 알지 못한다면, 당신에게는 이야기를 최적화하는 방법이 없는 셈이다. 물론 당신은 장면을 쓸 수도, 장면들을 서로 엮을 수도 있지만, 그 장면들의 최종 목적지를 모른다면 아무 소용이 없다. 초고만 대충 작성해 놓고 이야기를 무작정 써내려가면서도 장면을 최적화시킬 수 있다고 말하는 작가들은 다음의 셋 중 하나다. 인내심이 많거나, 천재거나, 결코 책을 출판하지 못하거나. 나를 믿어라. 이렇게 말하면서 책을 출판하고 마침내 책이 성공해서 영화로까지 만들어지는 – 이런 일이 가끔 일어나기는 한다 – 작가들은 분명 어디선가 땀깨나 쏟으며 퇴고했을 것이다. 내 입장은 다음과 같다. 이러한 원칙을 이해하면, 비록 계획을 짤 때는 시간이 좀 걸릴 수 있어도, 초고 단계에서는 시간을 확 줄일 수 있을 것이다(초고를 한두 번만 작성하면 될 테니까). 그리

---

15 목재로 짜여진 틀에 구조용 합판기타를 댄 바닥 및 벽에 의해 건축물을 건축하는 공법.

16 mission-critical: 절대 시스템이 다운되어서는 안 되는 하드웨어적 환경에 있는 근간 시스템. 앞으로는 '목적 필수적인', 혹은 '목적이 분명한'으로 옮김.

고 이야기를 시작해서 끝마칠 때까지 걸리는 시간도 줄일 수 있다.

목표가 이끄는, 목표가 필수적인 장면을 구축하고 쓰는 것이야말로 스토리텔링의 성패를 좌우한다. 당신은 미친 천재처럼 무작정 장면을 써나갈 수도 있지만, 전문적인 수준에 도달하지 못한다면, 당신의 계획 전체가 충족되지 못한 의도만으로 남게 될 수도 있다.

계획을 짜는 것은 구조적으로 완벽한 청사진을 만들어 내는 것이다. 목표를 분명히 드러내는 스토리 비트 – 미끼, 1차 플롯포인트, 1차 핀치포인트Pinch Point, 중간포인트Midpoint, 2차 핀치포인트, 그리고 클라이맥스 장면들 – 를 이야기 물리학에 근거하여 최적화시킬 때 계획 짜기에 성공했다고 할 수 있다. 장면 쓰기는 숙련된 장인의 솜씨로 벽에서 필요한 곳에 못을 박는 것과 같다. 처음부터 못을 박을 위치를 정해야 한다. 그렇지 않다면 텐트 안에 화강암 싱크대를 설치하는 것이나 마찬가지다.

장면 쓰기가 6가지 핵심요소 중 하나인 이유는 바로 이런 까닭이다.

마스터플랜으로 녹아드는 컨텍스트적 목표가 없다면 장면은 제 기능을 하지 못한다. 목표가 없다면 각각의 장면은 서사의 흐름을 설명하지 못하거나, 너무 많은 곁가지 요소들로 이야기의 호흡을 늘어지게 하기 십상이다. 문제를 더욱 복잡하게 하는 것은, 서로 다른 컨텍스트적 목표에 따라서 서로 다른 형식을 지녀야 하는 장면이 많다는 점이다.

오프닝 장면은 서사를 설명하는 장면과는 다르다……. 설명하는 장면은 이야기가 전환되는 장면과는 다르다……. 전환되는 장면은 회상이나 내적독백처럼 고유한 역할을 맡는 장면과는 다르다. 이야기의 4가지 컨텍스트(이에 대해서는 22장에서 설명할 것이다)의 차이, 그리고 해당 장면의 바로 앞뒤 장면에서 어떤 일이 일어나는지를 정확히 파악한다면,

장면 각각의 차이 역시 분명히 알 수 있을 것이다.

인물만 묘사하면서 아무것도 설명하지 않는 장면은 나쁘다. 이런 장면은 최적화되었다고 할 수 없다. 인물 묘사에만 그치지 않고 서사적인 설명도 집어넣는다면, 이 장면에는 목표가 생긴다. 하지만 하나의 장면에 둘 혹은 셋 이상의 목표를 집어넣는다면, 장면의 본질이 흐릿해질 수도 있다. 제임스 패터슨은 효과적인 장면을 쓰는 데 대가였다. 그가 장면을 쓰는 방식은 오늘날에도 인정받고 있다. 한 장면에는 하나의 목표만 담도록 하라.

각각의 장면이 파워포인트로 프레젠테이션할 때의 화면에 해당한다고 생각해 보라. 한 화면에 담긴 정보가 바로 목표다. 당신은 한 화면에 어떤 말을 집어넣을 것인가……. 각각의 화면에 어떤 정보를 집어넣을 것인지를 생각하듯 장면을 써라. 각각의 장면이 어떤 목표를 드러내야 할지를 생각하라는 말이다.

스스로 다음과 같은 질문을 던져라. 이 장면에서 성취해야 할 목표는 무엇인가? 이 내용은 왜 여기 존재하는가? 이야기가 전진하게 하려면 뭘 어떻게 해야 할까? 재미있거나 정서적으로 울림을 주는 요소는 무엇인가? 이 장면은 어떤 갈등을 담고 있는가? 서브텍스트는?

가끔 이야기 내의 주요한 순간은 드라마적 힘과는 구분되는 미시적인 드라마를 요청하기도 한다. 물론 거대한 순간을 위해서는 거대한 장면이 필요하고, 종종 거대한 장면을 예비하는 장면들도 필요하다. 그렇지 않을 때의 장면들은 민첩하고 빠르고 분명하게 제 몫을 해야 한다. 어느 장면을 쓰건 간에, 당신은 목표를 분명히 드러내어 장면을 써야 한다. 그래야 장면들은 최상으로, 다시 말해서 최적화되어 작동할 수 있다.

스토리를 만드는 물리학

일단 각각의 장면이 지닌 목표를 파악했다면, 그 다음에는 이야기 물리학을 사용하여 어떤 창의적인 방식으로 장면을 쓸지 생각하라. 장면을 효과적으로 ─ 무섭게, 극적으로, 다면적으로, 수수께끼처럼, 충격적으로, 섹시하게, 아무튼 당신이 원하는 대로 ─ 만들어 장면의 목표를 최대한 충족시켜야 한다. 결국 무엇이 창의적이고 최적화된 선택일지를 결정하는 직관적인 감각 역시 글쓰기 기술인 셈이다.

이야기의 전체 윤곽을 분명히 파악할수록, 이야기를 위한 원칙을 잘 알수록 이처럼 창조적이고 직관적인 글쓰기 방식에 빠르게 근접할 수 있을 것이다.

효과적인 장면을 쓰는 원칙

가능한 최후의 순간에 장면을 써라. 이는 장면의 목표를 이해하고 해당 장면이 독자들에게 전달하는 본질적인 핵심이 무엇인지를 파악했을 때만 가능하다.

해당 장면의 설정은 이야기에 필수적인가? 인물이 쓸데없는 잡담이나 나누고 있지는 않나? 인물묘사만 늘어지게 하고 있거나 필요하지도 않은 뒷얘기를 전달하지는 않는가? 인물이나 장소에 대한 묘사는 장면의 목표에 필수적인가? 독자들에게 너무 뻔하거나 진부한 이야기만 늘어놓아 오히려 필수적인 장면은 놓치게 하고 있지 않은가?

이야기에 깊이 빠진 독자라면 사소하고 하찮은 내용에 대해서는 관심을 끄겠지만, 아무튼 묘사가 필요하지 않은 것을 묘사하지는 마라. 다시 말해서 독자들이 바로 알아차릴 수 있는 디테일은 쓰지 말라는 말이다. 인물이 커피를 마시더라도 커피메이커가 어떻게 생겼는지는 묘사하지 마라. 나를 믿어라. 당신은 못 봤겠지만, 책으로 출판되지 못한 원고들에는 이런 묘사가 수두룩하다.

요점을 파악해라. 요점을 써라. 언제나 적게 쓰는 편이 좋다.

당신이 '문학적'이거나 인물의 다양한 성격을 묘사하는 데 초점을 맞춘 이야기를 쓴다 하더라도, 이런 규칙들의 의미는 퇴색되지 않는다. 당신의 이야기가 목표를, 목적을 드러내지 못한다면, 당신은 처음부터 다시 생각해야 한다.

모든 장면이 하나의 드라마처럼 읽힐 수 있도록 써라. 각각의 장면에는 목표와 직접적으로 연결된 이야기 물리학이 포함되어야 한다. 장면에서 뭔가 중요한 내용을 폭로해야 한다면, 일단 뭔가 나올 것 같은 분위기를 풍겨라. 그리고 장면의 마지막 순간에서 강타를 날려라. 이처럼 치고 빠지기 전법이 구사된 장면을 읽는 독자들은 해당 장면으로 완전히 빨려 들어갈 것이다.

다수의 장면들은 선행하는 장면의 컨텍스트로 만들어진 설정, 대립, 그리고 해결을 포함한다. 이러한 요소들은 암시될 수도, 분명히 드러날 수도 있다. 선택은 당신의 몫이다. 위대한 장면은 극적인 질문을 던지고, 어느 정도로는 이에 대답한다. 아무튼 중복되는 장면을 써서는 안 된다는 것만 알아두라. 이는 이야기의 호흡을 늘어뜨리는 주범이다. 모든 것을 설명하지 않아도 독자들은 충분히 이해할 수 있다는 점을 알아두라. 독자들은 생각보다 영리하다.

여기서 우리는 글쓰기의 왕도로 돌아간다. '설명하지 말고 보여줘라.' 보여줄 수 있을 때. 이는 공들여 적용되어야 할 유연한 원칙이다. 모든

스토리를 만드는 물리학

것을 보여주려고 하지 마라⋯⋯. 모든 것을 다 페이지에 쓸 필요는 없다. 독자들에게 대리적인 체험을 제공하는 서브텍스트(이야기 물리학의 한 요소)는 독자들이 자기들만의 준거 틀을 사용하여 이야기 속 설정이나 상황을 한눈에 볼 수 있게 해 준다.

당신의 이야기를
9개의 단순한 문장으로 말해 보자
당신이 쓰는 이야기를 제대로 알고 있는가?

이건 연습이니까 당황하지 마라……. 숨도 좀 쉬고. 일부러 단순한 문장으로 말해보라는 뜻은 아니다. 수영을 가르친다는 이유로 아이들을 물속에 처박을 생각도 아니고. 다만 우리가 이야기에 대한 무언가를, 이야기에서 점수를 딸 수 있는 방법을 짚어볼 때가 되었다는 말이다. 나는 지금부터 사용법을 알아두면 누구에게나 좋을 쓸모 있는 도구를 말해 주려고 한다.

어떤 이야기라도 9개의 문장으로 요약될 수 있다.

사실 한 문장으로도 요약될 수 있다. 하지만 9개의 문장은 이야기 전체의 구조를 드러낼 수 있다. 당신이 어느 단계에 있더라도, 당신의 이야기를 9개의 문장으로 요약해 보라. 혹은 가장 좋아하는 소설을 요약해도 좋다. 이로써 당신은 이야기의 구조를 제대로 알 수 있다. 바로 이것이 이번 챕터에서 말하는 연습이다.

이야기를 발전시키는 과정에서, 혹은 이야기를 완성하는 과정에서 이처럼 요약해 보라. 일종의 검증이라고 할 수 있겠다. 9개의 문장으로

　　　　　　　　　　　　　　　스토리를 만드는 물리학

요약하기 힘들다면, 아마 당신의 이야기에는 뭔가 문제가 있을 것이다.

당신의 목표는 이야기를 완성하는 것이 아니다. 이야기를 최적화하는 것이다. 당신의 이야기가 해당 컨텍스트 내에서 최상의 효과를 발휘하게 하고, 콘셉트가 컨텍스트를 벗어나지 못하게 해야 한다.

그런데 이야기를 발전시키는 과정에서 처음부터 9개의 문장으로 요약할 필요는 없다. 사실 그래서는 안 된다. 이야기 발전과정의 첫 단계는 아이디어를 구체화하는 것이다. 그 후에는 아이디어를 콘셉트로 확장해야 하고, 그 다음에야 9개의 문장으로 이야기를 구성하는 것이다. 그리고 이러한 9개의 문장은 각각 목표가 있어야 한다.

여기까지 하고 난 당신은 이제 막 소설의 전체적인 구조를 완성한 셈이다.

9라는 숫자는 그냥 나오지 않았다. 탄탄한 구조를 지닌 이야기에는 다섯 개의 중대 시점이 있고, 이러한 이야기는 4개의 파트로 전개된다. 계산해 보라. 따라서 9개의 변환점, 본질적인 내용, 그리고 차별화된 컨텍스트들 혹은 서브텍스트들이 생겨난다. 이는 개별적인 장면으로 충실하고 구체적으로 설명되어야 한다.

이러한 연습을 해야 하는 이유는 9개의 문장이 더 많은 문장으로 확대될 때 알게 된다. 여기서 각각의 문장은 궁극적으로 이야기의 장면을 기술한다. 자, 이제 축하할 시간이다. 당신은 이제 막 이야기의 전체 윤곽을 그리게 되었으니까.

다음과 같은 목표를 지닌 9개의 문장을 찾아내라

1. 미끼

2. 파트 1 설명(설정)

3. 1차 플롯포인트

4. 파트 2 설명(반응, 주인공의 여행이 시작되는 지점)

5. 중간포인트

6. 파트 3 설명(주인공이 주도적인 역할을 맡는 지점)

7. 2차 플롯포인트

8. 파트 4 설명(주인공이 결말을 위한 기폭제가 되는 지점)

9. 결말/해결

9개의 문장으로 본 〈헝거 게임〉

9개의 문장이 나타내는 4개의 파트와 5개의 중대시점이 무엇을 드러내고 있는지에 주목하라. 그래야 하는 까닭은 이러한 문장들이 특정한 순서로 나열될 필요가 있으며, 목표를 분명히 드러내야 하기 때문이다. 다음의 문장들로 알아보자.

1. 챕터 1은 캣니스와 그녀의 가족들이 소개하고 미끼를 등장시킨다. 그녀의 동생 프림이 12구역의 대표로 선출된 것이다. 우리는

캣니스(주인공)가 동생 대신 게임에 자원하는 모습을 본다.

2. 캣니스가 지금까지 어떻게 살아왔는지를 보여주면서 설정이 지속된다(파트 1, 혹은 전체 분량에서 약 20%를 차지하는 지점까지). 우리는 그녀가 능숙한 사냥꾼이라는 것을 알게 되고, 캐피톨로 가기 전에 작별하는 모습을 지켜본다. 그녀는 캐피톨로 향하는 기차 안에서 역시 12구역의 대표인 피타와 함께 멘토와 보호자의 지도를 받는다.

3. 피타와 낭만적인 관계를 형성하라는 전략에 회의를 품었던 캣니스가 이를 받아들이는 1차 플롯포인트에서 이야기가 돌진하기 시작한다. 그들은 동반자가 되어 게임에 참여하고, 그들의 관계에 대한 서브텍스트적 이야기가 풀려나가기 시작한다. 이러한 전략은 그들에게 우승에 대한 희망을 안겨준다.

4. 파트 2의 장면들(새로 등장한 임무에 대한 주인공의 반응)을 통해 우리는 마지막 준비를 마치고 게임을 시작한 캣니스가 숲속으로 도망치기 전 죽을 뻔했다가 살아나는 모습을 본다. 다른 참가자들을 피한 캣니스는 은신처와 물을 찾는다. 그리고 우리는 그녀를 노리는 패거리에 낀 피타를 본다.

5. 중간포인트에서 캣니스는 잠재적인 희생자에서 강력한 전사로 거듭난다. 여기서 그녀는 말벌 둥지를 떨어뜨려 그녀를 죽이려고 기다리던 대표들을 죽게 하고 사랑스럽고 똑똑한 루와 동맹관계를 맺는다.

6. 파트 3의 장면들에서 이제 루와 동맹을 맺은 캣니스는 그녀를 환각에 빠뜨렸던 말벌의 독을 물리친다(그녀가 환각 상태에 빠져 있는

동안 피타는 그녀를 실제로 도와주려고 했다). 그녀는 (피타를 포함한) 다른 대표들이 독점한 음식과 물품들을 없애버린다는 계획을 세운다. 계획은 성공하지만 이로 인해 루가 죽는다.

7. 2차 플롯포인트에서 심각한 부상을 입은 피타와 캣니스는 다시 연합한다. 여기서 그들은 관계를 회복하고 낭만적인 감정을 회복하여 생존을 도모한다. 여기서 결말이 가까워진다.

8. 파트 4의 장면들은 캣니스와 피타가 은신처를 찾아내고, 그곳에서 안전하게 회복하는 피타를 보여준다. 캣니스는 피타가 잠든 사이 게임 관리자가 전해주는 물품을 받으러 간다. 그곳에서 죽을 위기에 처한 캣니스는 루와 같은 구역에서 온 대표에 의해 목숨을 구한다(그는 루를 구해준 대가로 캣니스를 살려준다). 그리고 규정이 바뀌었다며 같은 구역에서 온 대표 둘이 끝까지 살아남으면 둘 다 공동 우승자로 인정하겠다는 안내가 나온다. 이제 그들은 게임 관리자가 마지막을 위해 투입한 투견을 물리쳐야만 한다.

9. 이야기의 마지막. 투견을 물리친 캣니스와 피타는 마지막으로 살아남은 가장 포악한 대표와 대결한다. 그를 물리친 캣니스와 피타는 74번째 헝거게임 우승자로 선포된다. 그들은 캐피톨로 돌아가 사람들의 축하를 받는다. 하지만 그들의 멘토는 그들이 죽음을 앞둔 마지막 순간에 속임수를 쓴 것에 대해 대통령이 모욕을 느꼈다고 경고한다. 그들은 아직 위험에서 완전히 벗어나지 않았다(이는 후속작을 예고한다).

스토리를 만드는 물리학

나도 안다. 처음부터 이처럼 많은 내용을 담은 9개의 문장을 쓰기란 쉽지 않으리라는 점을 인정한다(아마 완성된 이야기를 이렇게 요약하는 편이 훨씬 쉬울 것이다). 물론 짧은 문장으로 시작해도 좋다. 하지만 각각의 문장은 나타내고자 하는 목표를 분명히 담고 있어야 한다. 그래야 어떤 지점에서 어떤 일이 일어나야 할 것인지를 보다 명확히 알 수 있을 것이다.

9개의 문장을 파악하면 훨씬 더 쉽게 글을 쓸 수 있다

9개의 문장은 이야기를 발전시키는 과정에서 일차적인 뼈대로 기능할 수 있다. 원고를 여러 번 퇴고하는 것보다 9개의 문장을 먼저 써 보는 것이 훨씬 빠르고 쉬울 것이다. 9개의 문장을 통해 이야기에서 중요한 지점이 무엇인지를 알 수 있고, 이러한 지점을 떠받치는 장면을 보다 쉽게 떠올릴 수 있기 때문이다. 또한 9개의 문장을 미리 써 보는 것으로 이야기 물리학을 연습할 수도 있다.

나의 조언은 다음과 같다. 원고를 작성하기 전에 9개의 문장을 미리 써 보라. 그리고 이 문장에 살을 붙여라. 이렇게 하기가 어렵다면, (수천 명의 사람들이 어렵다고 하니까 당신도 아마 그럴지도 모른다) 장면을 써나가면서 전체적인 이야기 구조가 최적화된 상태를 유지할 수 있도록 이러한 9개의 문장을 항상 염두에 두어라.

당신의 이야기는 9개의 문장으로 요약될 수 있는가? 요약된 9개의 문장은 4개의 파트(설정, 반응, 공격, 해결)와 5개의 중대시점(미끼, 1차 플롯포인트, 중간포인트, 2차 플롯포인트, 결말)을 나타내는가?

시도하라. 이 과정이 얼마나 쓸모있는지를 알고 나면 놀라지 않을 수 없을 것이다.

9개의 문장을 완성하는 순간, 인물 전환점, 컨텍스트, 주제와 관련된 서브텍스트, 그리고 구체적인 장면들이 9개의 문장에 자연스럽게 살을 붙여줄 것이다. 성공적으로.

수잔 콜린스에게 물어봐도 좋다⋯⋯. 그녀도 동의할 것이다. 〈헝거 게임〉은 성공작이었으니까.

비트 분석표(Beat Sheet)를 작성하라
여기서 당신은 장애물을 피하고 계획적인
스토리텔링을 할 수 있을 것이다

비트 분석표에서 'beat'라는 단어는 (권투를 할 때처럼 '때리기'라는 의미보다는) '울림'이나 음악에서 사용하는 '비트'의 의미에 가깝다. 내가 말하는 비트는 스토리 비트로, 개별적인 장면을 통해 제공되는 앞으로 나아가는 순간 혹은 설명적인 단계를 의미한다. 이러한 비트들은 처음에는 ＊표시나 단상에 가까운 구절, 혹은 몇 개의 묘사적 문장으로 작성될 수 있다. 아무 곳에나. 붙임쪽지를 사용해도 좋고, 인덱스 카드를 사용해도 좋다. A4용지를 바닥부터 천장까지 테이프로 붙여도 좋을 것이다.

　종이 한 장마다 당신의 이야기를 포함한다. 한 장에 비트 하나씩. 이러한 종이들을 '비트 분석표'라고 부르자. 비트 분석표를 만들 수 있는 방식은 무궁무진하다. 워드 프로그램을 사용하여 1번부터 60번까지 번호를 매겨도 된다. 번호 하나당 비트를 하나씩 쓰는 것이다. 이는 내가 가장 좋아하는 방식이다.

　스토리 비트 각각은 한 단어나 한 구절로 표현할 수 있는 목표를 담는다.

한 단어나 구절이 한 문장으로 변화한다.

한 문장이 한 단락이 된다.

한 단락이 한 장면이 된다. 이 장면은 최적화된 스토리 비트를 담아 내야 한다.

이러한 과정을 반복하여 장면 자체를 위한 목표를 이끌어내라. '소년 이 소녀를 만나다'처럼 포괄적이어도 좋고, '소년이 주차장에 서 있던 소 녀의 차를 받았다'처럼 특별해도 좋다.

당신의 비트 분석표는 이야기의 뼈대로 활용될 수 있다. 비트 분석표 를 작성하고 바로 초고를 쓰기 시작해도 좋고, 이야기의 윤곽을 정밀하 게 다듬는 데 써도 좋다.

비트 분석표를 작성해 보자

워드 프로그램을 사용하든, 붙임쪽지 60장으로 시작하든, 혹은 3인치× 5인치 크기의 인덱스 카드 60장으로 시작하든, 당신은 다섯 지점에 포괄 적인 목표를 부여해야 한다.

- 장면 1에는 '미끼'를 써라.
- 장면 12부터 장면 15 사이에 1차 플롯포인트를 써라.
- 장면 30에는 중간포인트를 써라.
- 장면 42부터 장면 46 사이에 2차 플롯포인트를 써라.
- 장면 60에 결말을 써라.

이제 당신에게는 각각의 장면을 발전시킬 수 있는 토대와 컨텍스트가 생겼다. 그런 뒤에는 5개의 비트들을 특정한 내용을 지닌 장면들로 발전시켜라. 그러면 이야기를 계획하는 단계는 거의 완성된 것이나 다름없다. 이러한 장면들이 있어야 할 자리를 지킨다면 당신은 자연스럽게 각각의 장면들이 서로 연결되는 모습을 볼 수 있을 것이다.

스토리 비트가 적힌 붙임쪽지나 인덱스 카드들을 각각 15개씩 4개의 더미로 만들어라. 이때 장점은 비트를 더할 수도 있고, 뺄 수도 있으며, 처음부터 다시 시작할 수도 있다는 점이다……. 무작정 원고부터 쓰는 것보다는 이편이 훨씬 수월하다는 점을 알아둬라.

꼭 60개만 만들 필요는 없다. 41개도 좋고, 88개도 좋다. 결정권자는 당신이다. 그저 4개의 더미가 각각 최적화된 분량을 갖고 있는지만 확인하라. 이제 다 됐나? 구조적으로도 괜찮은가? 그렇다. 구조적으로 완벽할 때까지 이 작업을 계속한다면 괜찮지 않을 리가 없다.

이 지점부터 당신의 작업은 전진하기 시작한다. 이제 글을 쓰기 시작하고 원고를 퇴고하는 일만 남았다. 무작정 이야기를 써나가는 것보다는 이편이 훨씬 건전하고 행복하다.

비트 분석표가 필요한 이유를 이제 잘 알았을 것이다. 당신에게 쓸 만한 비트 분석표를 소개하도록 하겠다. 다음을 프린트하라.

writersdigest.com/story-physics-beat-sheet

비트 분석표 – 이야기의 흐름을 만들어 주는 유용한 도구

콘셉트와 관련된 미끼, 주제, 그리고 간단한 줄거리를 작성해 보는 것으로 당신은 이야기의 방향을 찾고 서사적인 흐름을 만들어 낼 수 있다. 아래 칸을 채워라. 그러면 머릿속에서 장면에 관한 구체적인 아이디어들이 샘솟기 시작할 것이다.

　1.1로 시작되는 빈칸들 각각은 하나의 장면을 나타낸다. 빈칸들 각각을 해당 장면이 지닌 단일한 서사적 목표(예: 주인공이 처음으로 사랑하는 사람을 만난다)나 해당 장면에 필요한 서사적 내용(예: 밥과 셜리가 동창회에서 우연히 만난다)으로 채워라.

콘셉트와 관련된 미끼: ＿＿＿＿＿＿＿＿＿＿＿＿＿＿＿
＿＿＿＿＿＿＿＿＿＿＿＿＿＿＿＿＿＿＿＿＿＿＿＿＿＿
＿＿＿＿＿＿＿＿＿＿＿＿＿＿＿＿＿＿＿＿＿＿＿＿＿＿
＿＿＿＿＿＿＿＿＿＿＿＿＿＿＿＿＿＿＿＿＿＿＿＿＿＿

주제(들): ＿＿＿＿＿＿＿＿＿＿＿＿＿＿＿＿＿＿＿＿
＿＿＿＿＿＿＿＿＿＿＿＿＿＿＿＿＿＿＿＿＿＿＿＿＿＿
＿＿＿＿＿＿＿＿＿＿＿＿＿＿＿＿＿＿＿＿＿＿＿＿＿＿
＿＿＿＿＿＿＿＿＿＿＿＿＿＿＿＿＿＿＿＿＿＿＿＿＿＿

간단한 줄거리: ＿＿＿＿＿＿＿＿＿＿＿＿＿＿＿＿＿＿
＿＿＿＿＿＿＿＿＿＿＿＿＿＿＿＿＿＿＿＿＿＿＿＿＿＿
＿＿＿＿＿＿＿＿＿＿＿＿＿＿＿＿＿＿＿＿＿＿＿＿＿＿
＿＿＿＿＿＿＿＿＿＿＿＿＿＿＿＿＿＿＿＿＿＿＿＿＿＿

스토리를 만드는 물리학

파트 1 – 설정

1.1 _____
1.2 _____
1.3 _____
1.4 _____
1.5 _____
1.6 _____
1.7 _____
1.8 _____
1.9 _____
1.10 _____
1.11 _____
1.12 _____
1.13 _____
1.14 _____
1.15(1차 플롯포인트) _____

파트 2 – 반응

2.16 _____
2.17 _____
2.18 _____
2.19 _____
2.20 _____
2.21 _____
2.22(핀치포인트) _____
2.23 _____
2.24 _____
2.25 _____
2.26 _____
2.27 _____
2.28 _____
2.29 _____
2.30 _____

파트 3 – 공격

3.31 _____
3.32 _____
3.33 _____
3.34 _____
3.35 _____
3.36 _____
3.37(핀치포인트) _____
3.38 _____
3.39 _____
3.40 _____
3.41 _____
3.42 _____
3.43 _____
3.44(서사적 소강 상태) _____

파트 4 – 해결

4.45(2차 플롯포인트) _____
4.46 _____
4.47 _____
4.48 _____
4.49 _____
4.50 _____
4.51 _____
4.52 _____
4.53 _____
4.54 _____
4.55 _____
4.56 _____
4.57 _____
4.58 _____
4.59 _____
4.60 _____

열정을 다해 능력을 발휘하라
시간은 기다려주지 않는다

어떤 작가들은 힘 있는 글쓰기를 장식적인 글쓰기 – 천재적인 묘사와 멋진 형용사들, 그리고 고루한 동사들을 사용한 글쓰기 – 와 같다고 생각한다. 하지만 후자는 힘 있는 글쓰기라기보다는 잔뜩 치장한 글쓰기에 지나지 않는다. 신인 작가들은 너무 자주 이런 짓을 한다. 열심히 노력하면 이런 실수를 피할 수 있다. 시중에 나와 있는 책들에서 장식적인 문장을 얼마나 볼 수 있는가? 별로 없을 것이다.

힘 있는 글쓰기가 무엇인지 제대로 이해하려면 힘 있는 글과 그렇지 않은 글의 차이를 알아야 하고, 그 다음에는 이러한 깨달음을 통해 글을 써야 한다. 문장이 화려하다고 해서 글에 힘이 실리는 것은 아니다. 진실성이나 지성이 아름다운 외모와는 별 관계가 없는 것처럼 말이다.

힘과 아름다움을 둘 다 얻는다면 좋겠지만, 장식적인 문체만으로는 책을 출판할 수 없다. 앞서 어느 토론회에서 원고의 첫 페이지만 읽고 출간 여부를 결정할 수 있다면 작가의 대변인을 자청하겠노라고 말한 어느 에이전트를 언급한 적 있다. 이상한 점은 그가 장식적인 문체에 쉽게 현혹되는 사람이라는 것이다. 더 이상한 점은 그가 50페이지쯤 읽고 나면 대개 마음을 바꾼다는 것이다. 그의 말은 그다지 신랄하게 들리지는 않았다(그런 장소의 문제가 지나치게 일반적이거나 극단적으로 말하는 고집쟁이들이 많다는 점이기는 하다).

강력한 순간은 어떤 것인지 알아보자.

영화 〈우리는 동물원을 샀다We Bought a Zoo〉 예고편에서 맷 데이먼Matt Damon은 힘들어하는 아들에게 다음과 같은 강력한 대사를 날린다.

> "넌 20초 동안 미친 용기를 보여주어야 해. 그러면 뭔가 위대한 일이 생길 거라고 약속하마."

세상에. 아버지도 내게 이런 말을 해 주셨더라면 좋았으련만. 그리고 나도 이런 말을 직접 생각해서 첫 작품에 써먹었다면 좋았을 텐데.

이 대사에는 불필요한 형용사가 없다. 이 대사를 듣는 순간 나는 입을 떡 벌리고 말았다(예고편에서는 종종 위대한 한 마디의 대사를 들을 수 있다). 우리는 이런 문장을 써야 한다. 전혀 장식적이지 않은 이 문장이 강력한 이유는 내포된 의미 때문이다. 그리고 당신은 이 문장에 주목한다.

힘 있는 문장은 형용사와는 관계가 없다. 어떤 문장이 충격을 안겨주거나, 서브텍스트를 드러내거나, 적절한 사실을 밝혀내거나, 아이러니를 표출하거나, 분명하거나, 진실을 담고 있거나, 어떤 정수를 가리키거나, 영혼을 울리거나, 가식을 발가벗길 때, 이 문장에는 힘이 담겨 있다.

본받을 만한 문장이 하나 더 있다

아마존 사이트에 들어가서 콜린 해리슨Colin Harrison의 소설 〈맨해튼 녹턴
Manhattan Nocturne〉의 첫 페이지를 읽어 보라. 1997년에 처음으로 출간된
이 책은 꾸준한 찬사를 받고 2008년 다시 출판되었다. 이 책의 첫 문장
은 다음과 같다. "나는 혼란과 추문, 살인과 파멸을 판다."

나는 놀라지 않을 수 없었다. 워크숍을 할 때마다 이 문장을 학생들
에게 읽어 주었는데, 그들 대부분은 '와우'라고 조용히 읊조리는 듯한 반
응을 보였다. 이 문장으로 시작되는 문단에는 전부 4개의 형용사만이
포함되어 있다. 그러면서도 묘사적인 힘과 강렬함을 잃지 않았다. '미국
스릴러 작가들의 계관 시인'이라 불리는 콜린 해리슨은 단지 문장만을
잘 쓰는 것이 아니다. 그는 힘 있는 글을 쓸 줄 아는 사람이다. 그리고
그의 강력한 문장은 견고한 스토리라인을 든든히 받쳐준다.

힘 있는 글쓰기는 이야기 물리학을 더 높은 단계로 끌어올린다.

힘 있는 글을 쓰려면 타이밍, 운율, 그리고 절제가 중요하다

당신은 하나의 장면이 무엇을 위한 것인지를 알아야 한다. 그러려면 전
체 이야기의 주제가 무엇인지를 알아야 한다. 그래야 힘 있는 글쓰기를
위한 당신의 능력이 최적화될 수 있다. 다시 한 번 말하지만 목표를 분명
히 하는 것이 열쇠다. 모든 문장을 장식할 필요는 없다. 그 대신 힘 있는
순간들을 만들어 낸다면, 모든 문장을 애써 화려하게 꾸미지 않아도 전
체 이야기에 힘을 가득 실을 수 있을 것이다.

이러한 솜씨를 배우기란 쉽지 않다. 사실 본능이나 직관이 도움이 될 때가 있다. 당신의 내부에서 이러한 능력을 발견하라. 스스로 들여다봐야만 이러한 능력을 찾아낼 수 있다. 힘 있는 글을 쓰려면 당신의 내부에 깃든 시인이나 카피라이터, 철학자, 가장 좋아하는 삼촌, 케네디 대통령의 대변인, 에이브러햄 링컨이 꼭 필요한 때에만 입을 열게 해야 한다. 즉, 탁월한 타이밍 감각이 필요한 것이다.

억지로 짜내지 마라. 당신에게도 이러한 능력이 있을 것이다. 찬찬히 찾아보고, 습득하고, 이해하라. 그리고 당신이 쓰는 이야기의 어느 지점에서 힘 있는 문장이 필요한지를 찾아보라.

최근에 당신은 무엇을 썼는가?

처음 쓴 소설이나 각본을 팔 수 있을 거라고 생각한다면, 당신은 자신을 특별하다고 여기는 모양이다. 이런 일은 거의 없다. 소설가를 직업으로 삼으려면 긴 시간과 인내가 필요하다. 책이 출간되었다고 해서 달라질 것은 별로 없을지도 모른다. 다만 책이 하나 나왔을 뿐이다. '다음 권에 계속'이라는 말을 쓸 수 있는 사람은 성공한 작가뿐이다.

여기서 다음 질문에 답해 보라. 당신의 뮤즈는 버스를 운전하고 있는가, 아니면 벤치에 앉아 기다리고 있는가?

최근 나는 아름다운 의붓딸과 저녁을 먹었다. 영문학을 전공한 그녀는 열정적으로 소설을 읽는 독자로, 우리들 중 많은 사람들을 숨거나 정신과를 찾아가야겠다고 생각하게 할 만큼 지성과 에너지로 무장한 사람이다.

그녀에게는 '재능'이 있다.

나는 지난 15년 동안 그녀에게 소설을 한번 써 보라고 권했다. 그녀의 삶도 소설을 쓰는 쪽으로 이끌려 왔고, 이제는 때가 된 것 같았다.

나는 그녀에게 재미있는 암시가 담긴 질문을 던졌다. 뭘 기다리고 있니? 뭘 기대하는 거니? 뮤즈가 갑자기 나타나 지금이 때라고 말해 주며 아이디어를 던져 주기를 기다리는 거니? 뮤즈가 위대한 아이디어를 속삭여 주기를 바라는 거니?

그녀가 대답하기 전에 나는 이미 그녀가 뮤즈나 우주로부터의 신호를 기다리는 모양이라고 말한 셈이다. 또 그녀가 뮤즈의 말만 듣고 곧장 원고를 쓰기 시작할 거라는 암시도 한 셈이고. 그리고 나는 이렇게 덧붙였다. 그녀가 뮤즈를 기다리는 것이 아니라 뮤즈가 그녀를 기다리고 있다면? 그녀가 소설을 쓰겠다고 생각하기만을, 그래서 그녀를 이야기 탐색 단계로 밀어 넣기만을 뮤즈가 기다리고 있는 거라면?

그녀는 재미있는 생각이라며 고려해 보겠다고 했다.

나는 당신이 뮤즈만을 기다리고 있지 않기를 바란다.

당신은 최근에 무엇을 썼는가? 만약 '별로 쓰지 않았다'라면, 무엇을 기다리고 있는가?

기다리기만 해서는 오지 않는다.

뮤즈도, 위대한 아이디어도 마찬가지다.

위대한 아이디어는 찾아내기 어렵다. 건성으로 찾아서는 발견할 수 없다. 하지만 생각보다는 가까이 있을지도 모른다. 하지만 아이디어를 찾아내더라도, 이를 발전시키기 전에 충분히 심사숙고해야 한다. 그래야 성공할 수 있다.

매력적이고, 두려우며, 도전적인 아이디어가 떠오를 때마다 "이러면 어떨까?"라는 질문을 해 보라. 그리고 숨어 있는 뮤즈에게 나오라고 소리쳐라. 당신의 뮤즈에게 이야기 물리학을 적용시켜라. 그러면 어떤 일이 일어날지 누가 알겠는가?

뮤즈는 당신에게 아무것도 알려주지 않을 것이다. 하지만 그녀는 가까운 곳에서 당신의 말을 들어줄 것이다.

시간이 가고 있다.

PART 4

이야기
물리학과
실전
글쓰기

성공적인 스토리텔링을 위한
6가지 핵심요소 : 입문편
아직도 스토리텔링이 어려운가? 그렇다면 복습하자

지금까지 이 책을 통해 6가지 핵심요소라는 용어를 여러 번 접했을 것이다. 나는 이 용어를 4가지의 이야기 전개 요소와 2가지의 시행기법으로 구성된 일종의 도구 상자 — 전체 스토리텔링 과정 내에서 각각 독립되어 있으면서도 서로 의존적인 지식과 기법들로 가득한 — 로 생각한다. 각각의 요소들은 하위요소들과 이 요소들이 이야기 안에서 얼마나 잘 작동할 것일지를 결정하는 대안적인 형식과 기준을 가지고 있다. 이러한 요소들이 제대로 적용된다면 '그냥 생각나는 대로 썼다가 바람에 날려보고 어떻게 되는지 보자'는 생각과는 정반대의 결과가 나올 것이다.

6가지 핵심요소 가운데 4가지는 효율적인 이야기를 쓰기 위해 반드시 있어야 할 성질이라고 할 수 있다. 이들 중 하나라도 빼먹거나 잘못 적용한다면, 당신이 책을 출판하는 일은 없을 것이다. 4가지 요소는 다음과 같다.

스토리를 만드는 물리학

- 콘셉트
- 인물
- 주제
- 구조

나머지 2가지 요소는 글쓰기와 관련된 기법task과 기술skill을 말한다. 위의 4가지 요소를 시행하기 위해서는 기법과 기술이라는 '글쓰는 행위'가 반드시 필요하다. 이는 다음과 같다.

- 장면 쓰기
- 목소리와 스타일

어떤 사람들은 한 권의 책을 쓰기 위해 단 두 가지 - '장면 쓰기'와 '문장들을 사용해 장면 창작하기' - 만 하면 된다는 것을 알고 놀라기도 한다(알아야 할 것은 여섯 가지나 되니까). 당신이 모니터를 들여다보며 부지런히 손가락을 움직이면서 하는 모든 행위는 이러한 두 가지 중 하나일 것이다.

마취과 전문의는 마취만 잘하면 된다. 하지만 마취를 잘하기 위해서는 사전에 의학지식을 500가지쯤은 알아야 한다. 작가도 마찬가지다. 당신은 4개의 요소를 잘 알아야 한다. 그리고 이러한 지식을 활용하려면 2가지 기법을 익혀야 한다.

너무 단순하게 말하는 건 아니냐고? 전혀. 내가 말하는 6가지 핵심 요소만 알면 당신은 수백 가지 요소를 알고 활용할 수 있게 된다. 하지만 이러한 요소들을 생각나는 대로, 남의 글을 따라하며, 잘못된 신념에 따라 아무렇게나 사용하지 않고 적재적소에서 활용하려면 당신은 이 요소들을 체계적으로 파악하고 있어야 한다.

핵심요소 vs 이야기 물리학

다시 한 번 분명히 말한다. 이 책에서 중점적으로 다루는 이야기 물리학의 6가지 본질과 여기서 말하는 6가지 핵심요소는 다르다. 둘이 같다고 생각하는 것은 비행기가 중력이라고 생각하거나, 서핑이 파도라고 생각하는 것이나 마찬가지다. 다이너마이트가 폭발이라고 생각하는 것과도 마찬가지고.

6가지 핵심요소는 도구, 혹은 도구를 필요로 하는 행위다. 한편 이야기 물리학은 결과물을 위한 본질이자 동력, 기폭제이다. 다시 말해서 이야기 물리학은 도구를 사용하는 대상이다. 이야기 물리학은 도구를 쓸모 있게, 도구가 제 몫을 할 수 있게 한다.

두 모델이 6가지 요소로 이루어져 있다는 사실은 우연이다. 아마 그래서 당신이 헷갈리는 것 같다. 두 모델은 전적으로 다르다. 하지만 비행기와 중력의 관계처럼, 두 모델은 이야기 물리학의 6가지 기본적인 요소 – 흡입력 있는 전제, 극적 긴장감, 호흡 조절, 주인공에 공감하기, 대리적으로 경험하기, 서사적 전략 – 내에서 서로 연결되어 있다. 이야기 물리학의 이러한 동력은 6가지 핵심요소를 필수적이고 효과적이게끔 한다. 동력이 강력할수록 도구도 효율적으로 사용될 수 있다.

하나의 이야기를 발전시키고 시행하는 과정 전체를 고려할 때, 6가지 핵심요소와 이야기 물리학이 어떻게 통합되어야 하는지를 제대로 이해할 때, 작가는 이야기 내에서 이해하고 시행할 필요가 있는 모든 것이 바로 6가지 핵심요소와 이야기 물리학의 통합이라는 것을 알게 된다. 그래야 이야기가 강화되는 것이다. 이제 작가에게는 이야기에 넣어야 하는 6가지 요소와 그래야만 하는 6가지 이유(동력)가 생겼다. 이야기 물리학은 6가지 핵심요소를 적용하면서 변형시킬 수 있는 6가지 변수다. 다른 용어를 사용하는 사람이 있더라도 – 많은 사람들이 다른 용어를 사용한다 – 이러한 12가지 요소는 효과적으로 쓰여진 이야기에서 고스란히 찾아볼 수 있다.

학계에서는 이를 모델이라고 부른다. 원형을 보여주는 모델 말이다. 효과적인 이야기를 쓰는 방법을 알고 싶다면, 이때 기본적으로 필요한 것을 알고 싶다면, 이야기 물리학과 6가지 핵심요소가 당신을 도와줄 것이다. 그렇지 않다면, 그냥 자리에 앉아서 글을 쓰면서 이러한 모델이 자연스럽게 나타나기만을 기다려야 할 것이다.

이런 작가들은 천지에 널려 있다. 인터뷰마다 초심자들에게 스토리텔링 도구나 동력을 활용하지 않고 글을 써도 괜찮다는 믿음을 주는 베스트셀러 작가들도 마찬가지다. 그렇게 쓰고 싶으면 마음대로 해라. 하지만 어쩌다가 적절한 균형이나 구조를 찾아내어, 아니면 단순히 본능적으로, 혹은 배운 대로 (여러 번 실패한 경험대로) 성공적인 이야기를 써낼 수 있는 작가는 없다고 보면 된다. 이런 식으로 글을 쓴다면 당신의 원고는 줄줄이 퇴짜를 맞을 것이다.

이론적으로는 자기가 뭘 하는지도 모르면서 맹장수술이나 절단수술을 성공적으로 할 수 있다. 실제로 없는 일은 아니다. 하지만 이래서는 환자가 사망하기 십상이다. 맹장수술을 하고 싶다면 의대에 가서 극도로 복잡한 수술과정을 배워야 한다. 효과적인 소설이나 각본을 쓸 때도 마찬가지다. 6가지 핵심요소와 이야기 물리학 모델은 스토리텔링을 위한 의학대학이라고 할 수 있다.

이 장에서 여러분에게 6가지 핵심요소를 소개하고자 한다(아마 당신이 〈이야기 공학〉을 읽었거나 내 웹사이트를 방문한 적이 있다면 이미 아는 내용일 것이다). 여기서 다루게 될 내용은 앞서 언급되었던 맥락과는 독립적이다. 근사한 식사를 차리기 전에 양념의 화학적 성질을 연구하는 것과 비슷하다. 다른 비유를 사용하자면, 건물을 세우기 전에 재료의 성질 — 하중은 어떻게 지지할 것인지, 미적으로는 어떤 형태를 지닐 것인지 — 을 알아야 하는 것과 마찬가지다.

모델의 기원

글쓰기와 관련된 나의 첫 번째 책 〈이야기 공학〉은 핵심요소를 주로 다루고 있다. 이 책은 작가가 알아야 할 수많은 정보들을 6개의 범주로 나누어 제시한다. 범주는 일부러 6개로 정한 것이 아니다. 다만 30년 동안 이 분야를 연구하다 보니 자연스레 그렇게 된 것이다. 나는 소설쓰기를 어려워하는 사람들도 이 책이 제시하는 6개의 범주와 각각의 범주에 담긴 핵심요소를 잘 활용하면 충분히 좋은 글을 쓸 수 있으리라는 결론을 내렸다.

콘셉트는 주제가 아니다. 콘셉트는 구조가 아니다. 작가가 구조에 콘셉트를 집어넣기 전까지는, 구조는 콘셉트적이지 않다. 콘셉트와 만나지 못한 인물은 주제를 형성하지 못한다. 장면은 거대 콘셉트 macroconcept와 분리된 동시에 종속되어 있다. 각각의 단어들은 이야기라는 거대한 호수를 구성하는 물방울이 아니다. 그 자체로 가치 있고 필수적인 모든 단어는 서로 분리되어 있으면서도 통합될 필요가 있다.

작가에게는 쿼터백의 자질이 요구된다. 공을 던지는 능력, 빠른 발놀림, 필드를 보는 시야, 스피드, 타격 능력……은 각기 분리되어 있다. 하지만 이러한 자질 모두는 그 자체로 꼭 필요한 핵심요소이다.

하지만 중학생도 이러한 자질 – 스피드, 강인함, 필드를 보는 시야 따위 – 을 소유할 수 있다. 쿼터백은 대학생도, 고등학생도, 중학생도, 직업선수도 맡을 수 있다. 나이는 중요하지 않다. 좋은 선수와 훌륭한 선수의 차이를 드러내는 것은 핵심요소 각각에 작용하는 물리학에 달려 있다. 근력, 스피드, 감각, 대처 능력, 용기, 그리고 뭔가 특별한 것……, 이런 것들이야말로 선수의 미래를 결정하는 축구의 물리학이다. 우리가 쓰는 이야기도 마찬가지다. 전문 작가가 되려면 반드시 핵심요소를 자유자재로 다룰 수 있어야 한다. 핵심요소들이 제 몫을 다하게 하는 이야기 물리학을 잘 이해할수록, 빠른 시일 내에 우리의 이름이 적힌 책을 서점에서 볼 수 있게 될 것이다.

전문적으로 쓰자

6가지 핵심요소가 이야기에 효과적으로 적용될 때, 이야기는 효과적으로 전개될 수 있다. 다시 말해서 작가는 핵심요소를 독립적인 요소 및 기법으로 다루는 동시에 통합된 전체를 구성하는 각각의 부분들로 이해해야 한다는 뜻이다. 그러려면 이야기 물리학의 강력한 동력을 이해하고, 이야기의 적재적소에 적합한 방식으로 적용해야 한다. 이런 모델을 적용해서 쓴 소설이 지나치게 정형화된 스토리텔링이라고 비난하는 사람들을 무시하라. 각각의 요소들은 다양하게 적용될 수 있으며, 따라서 우리가 쓸 수 있는 소설의 숫자는 무한하기 때문이다.

책을 출판하고 싶다면 6가지 핵심요소를 사용하여 독자들의 기억에 남을 만한 이야기를 써라. 하지만 당신이 이러한 요소들을 얼마나 제대로 활용하고 있는지 여부를 결정하는 사람은 에디터나 에이전트, 독자들이다. 따라서 성공은 보장되지 않을 수도 있다. 우리는 그저 최선을 다해야 할 것이다. 다만 6가지 핵심요소를 잘 알고 있다면, 우리의 노력도 빛을 볼 수 있다.

다시 말해서, 핵심요소를 무작정 파고들기만 해서는 충분하지 않다는 의미다

아무리 노련한 선수라도 모든 경기를 이기지는 못한다. 이 세계에서는 타고난 재능이 많은 영향을 미친다. 메이저리그 선수들은 모든 것들을 잘 해내는 반면, 대부분의 선수들은 한두 가지 것들만 매우 잘 해낸다. 당신의 골프 선생이나 테니스 선생에게 물어보라……. 서류상으로는 그도 기량이나 근력 면에서 프로 선수들과 다를 바가 없을지도 모른다. 하지만 그는 존 매컨로John McEnroe(미국의 테니스 스타)와 나란히 인터뷰를 하는 대신 시간당 40달러를 받고 레슨을 해 준다. 책을 출판하는 과정을 이에 빗대어 생각해 보자. 출판 시장에서 베스트셀러로 등극할 수 있는 책을 내려면 뭔가 특별한 것, 예외적인 것이 필요하다(물론 운도 좀 따라야겠지만). 하지만 다행스럽게도 여기에 타고난 재능은 필요하지 않다. 다만 타고난 근력과 스피드를 경기에 활용하는 운동선수와 유사한 방식으로, 이야기를 쓸 때 문학적 물리학을 적용해야 한다. 6가지 핵심요소를 충분히 알고 있다면, 그리고 글을 쓸 때 미묘한 차이와 감각을 불어넣는다면, 우리도 그곳에 닿을 수 있다.

이야기 물리학과 관련된 핵심요소를 알아보자

- 이야기 물리학을 통해 하나의 콘셉트(핵심요소)를 다른 콘셉트보다 호소력 있고 강렬하게 만들 수 있다. 극적 긴장감을 고조시키고, 이야기의 호흡을 효과적으로 조절하고, 독자를 위한 대리 체험을 보다 많이 제공할 때 콘셉트는 더욱 강력해진다.
- 이야기 물리학을 통해 하나의 인물(핵심요소)을 생생하게 부각시킬 수 있다. 독자는 이러한 인물에게 더 많이 공감할 수 있고, 더 많은 응원을 보낼 수 있다.
- 이야기 물리학을 통해 이야기의 주제(핵심요소)가 독자의 마음을 움직이고 그들의 '버튼을 누르게' 할 수 있다. 흡입력 있는 전제는 독자에게 우리가 무엇을 중점적으로 다루고 있는지를 가시적으로 드러내어 보여주고, 그 결과 독자는 주인공에게 더 많이 공감할 수 있고 더 많은 대리적 체험을 경험할 수 있다.
- 이야기 물리학을 통해 구조(중요한 핵심요소, 작가는 구조에 가장 주의를 기울여야 한다)를 작동시킬 수 있다. 구조가 제대로 작동한다

면 이야기의 극적 긴장감과 호흡은 독자가 계속해서 이야기를 읽어나갈 수 있도록 계속해서 최적화된 상태를 유지할 것이다. 따라서 주인공에게 몰입하거나 대리 체험과 같은 물리학의 다른 요소들도 꾸준히 효력을 발휘할 수 있게 된다(읽던 책을 내려놓고 싶은 마음이 든다면, 아마도 소설의 구조가 강력하지 않아서일 것이다……. 기술적으로는 잘 만들어진 구조일 수도 있지만, 필요한 만큼 강력하지 않을 수도 있다).

- 이야기 물리학을 통해 효과적인 장면(핵심요소)을 쓸 수 있다. 독자들은 장면에서 이야기를 대리적으로 체험하고, 극적 긴장감과 이야기의 호흡 역시 장면을 통해 드러난다.

- 이야기 물리학을 통해 목소리와 문체(핵심요소)로 이야기를 더욱 빛나게 할 수 있다. 목소리는 당신의 원고를 차별화시킨다. 그리고 유려한 문체는 더욱 풍부한 독서 경험을 제공할 수 있다(우리는 책 읽기를 산만하게 하는 문체를 지닌 소설은 볼 수 없다. 이런 소설은 출판될 수 없기 때문이다).

모든 핵심요소는 이야기 물리학의 요소 중 하나 이상에 의존한다는 것, 그리고 이를 이야기에 적용하는 것은 정도의 문제라는 것을 알아두도록 하자. 〈헝거 게임〉을 통해 알아보자. 캐피톨에서 벌어지는 대회는 빵 굽기 대회일 수도 있었다. 하지만 빵을 굽는 대회로는 목숨을 걸고 벌이는 경기만큼 독자들이 극적 긴장감을 느끼거나 주인공에게 몰입하거나 강렬한 대리적 체험을 경험하기 힘들다. 이래서는 독자들을 홀릴 수 없다. 조금도. 우리는 이야기에 핵심요소를 적용하면서 이야기 물리학의 정도를 결정한다. 그리고 수잔 콜린스의 결정은 탁월했다(24장에서 〈헝거 게임〉의 이야기 물리학을 분석하게 될 것이다).

핵심요소를 제대로 다루고 싶다면 다음을 기억하라. 핵심요소는 무엇what이다. 그리고 핵심요소를 작동시키는 이야기 물리학은 왜why이다. 그리고 핵심요소를 통합하여 글을 쓰는 작가의 기법은 어떻게how이다. 효과적인 이야기를 쓰려면 이러한 세 가지가 조화를 이루어야 한다.

다른 많은 작가들과 마찬가지로, 당신은 여전히 무엇, 어떻게, 왜를 찾고 있는지도 모른다. 아마도 당신은 지금까지 소설쓰기에 대해 배워온 모든 것들이 거대한 구름처럼 모양을 바꿨다가 움직였다가 분리되었다가 다시 합쳐지는 생각의 덩어리 같다고, 그런데 자꾸만 그러한 생각들을 상자 하나에 집어넣으라고 하는 것 같다고 느낄지도 모른다. 당신은 지금까지 훌륭한 조언을 들어왔을 것이다. 예를 들면 독자들이 주인공을 응원하게 해야 한다······ 정서적인 위험요소와 분위기를 만들어야 한다······ 주제와 서브텍스트가 있어야 한다······ 대단원에서는 서사적인 설명과 컨텍스트가 일치해야 한다······ 인물이 변화하는 지점에서는 독자의 공감을 불러일으켜야 한다······ 기타 등등.

하나같이 훌륭하지만, 명확하지는 않은 조언들이다. '왜'와 '어떻게'가 빠져 있기 때문이다. 그러나 이야기 물리학은 왜, 그리고 어떻게를 중요하게 생각한다. 불을 붙일 때 성냥처럼, 연료처럼 중요한 존재라고 할 수 있다. 연료는 없고 장작만 있다면 당신은 결코 장작에 불을 붙일 수 없다.

그런데 어떻게 연료를 구할 것인가? 화가가 그림을 그리려면 붓이 필요하다. 당신은 어디서, 그리고 무엇으로 시작하는가? 시작한 뒤에는 무엇이 따라나오는가? 당신은 무엇을 쓸지 어떻게 아는가? 어떤 순서로 쓰는가? 당신은 소설쓰기라는 거대한 구름을 어떻게 움켜쥘 것인가?

6가지 핵심요소 모델은 이러한 질문에 답변할 수 있으며, 얼핏 보아서는 잘 보이지 않는 소설쓰기를 위한 기준과 범주를 제공한다.

그러러면 스토리텔링 모델을 구성하는 범주와 특징적인 그 내용을 확실히 파악해야 한다. 그렇다. 성공적인 모든 이야기는, 형식이나 내용과는 관계없이, 구체적인 요소들과 내적 역동성, 그리고 기준을 공유한다. 이 기준은 공식은 아니지만 널리 인정받고 있는 구조다.

다시 한 번 말하지만, 6가지 핵심요소 중 하나라도 빠뜨린다면 이야기는 늪에 빠지고 말 것이다. 진부한 아이디어를 사용한다거나, 비효율적으로 활용한다거나 하는 등, 당신이 핵심요소 중 하나라도 소홀하게 다룬다면 당신의 원고에서는 풋내기 냄새가 날 것이다. 대부분의 작가들은 장인정신을 갖고 글을 쓰기 시작하지만, 제대로 된 도구상자가 없는 경우가 많다. 그들은 6가지 핵심요소를 고려하지 않은 채로 곧장 스토리텔링을 시작한다. 그들에게는 독자들이 단점을 찾아낼 수 없을 정도로 훌륭한 이야기를 쓰겠다는 원대한 계획만 있을 뿐이다.

절대로 보이는 것처럼 쉽지 않다

지금까지 당신도 "언젠가 소설을 쓰고 싶다"고 말하는 사람들을 수없이 만나 왔을 것이다(혹은 각본을 쓰고 싶다는 사람들을. 혹은 둘 다 쓰고 싶다는 사람들을). 스스로를 작가라고 생각한다면(작가란 글을 쓰는 사람이다), 당신은 이렇게 생각할지도 모른다. '한번 해 보세요. 보이는 것처럼 쉽지 않습니다.' 나는 복잡한 글쓰기를 명쾌하게 설명하고 접근가능하게 도와주는 6가지 핵심요소 모델을 만들었지만, 그렇다고 해서 글쓰기가 쉽다고 말할 생각은 없다. 절대로 쉽지 않다. 하지만 6가지 핵심요소를 명확히 알게 되는 순간, 당신은 창작의 정글을 통과하여 출판 가능한 원고를 쓸 수 있게 해 주는 지도를 발견할 것이다. 이 과정에는 좌뇌와 우뇌가 동시에 제 몫을 다해야 한다. 그리고 이야기 물리학을 이해한다면, 당신의 여정은 보다 안전하고 효율적이며 재미있기까지 할 것이다. 진짜 프로들이 쓴 책은 항상 쉽게 쓰여진 것처럼 보인다는 사실을 명심하라. 간단하게 만들어진 것처럼 보이는 예쁘장한 웹사이트 뒤에 수없이 복잡한 코드들이 무수히 숨겨져 있는 것과 마찬가지다. 성공한 작가들은 전문가가 아닌 사람들에게는 보이지 않는 프로그램을 작동시키는 구조 전체를 손에 쥐고 있다.

6가지 핵심요소: 정의와 요약

이 책에서 6가지 핵심요소는 8장에서 처음 등장했고, 이후 여러 번 맥락에 따라 언급했다. 이번에는 목록의 형태로 자세히 알려주도록 하겠다.

1. **콘셉트**: 이야기의 플랫폼으로 진화할 수 있는 아이디어. 콘셉트는 "이러면 어떨까"라는 질문으로 가장 잘 표현될 수 있으며, 이야기가 내재한 흡입력을 이끌어내는 극적 질문들과 연결될 수 있다. 이야기에 콘셉트가 없으면 극적 긴장감도 없다. 그러면 인물은 전혀 재미있는 행동을 보여주지 않는 맥없는 인물로 전락해

버린다. 콘셉트는 전제를, 전제는 플롯을 이끌어낸다. 상업적으로 성공할 수 있는 소설을 쓰려면 이 점을 잘 기억해야 한다(콘셉트가 뛰어난 소설 〈헬프〉를 23장에서 자세히 알아보자).

2. **인물**: 주인공은 이야기에서 대개 영웅의 역할을 맡는다. 해당 인물의 여정은 내적인 심리와 이전까지와는 달리 변화하는 모습이 표출되는 무대가 된다. 주인공이 영웅적인 모습을 보이지 않는다면 독자들은 어떤 감정도 느낄 수 없다. 이러한 이야기는 마치 신문기사처럼 읽힐 것이다.

3. **주제**: 어렵다고 생각하지 마라. 병에 연기를 집어넣는 것처럼 어려워 보이겠지만 당신도 주제를 잡을 수 있다. 주제는 이야기 밖에서 펼쳐지는 실제 인생과 관련된 요소들 ─ 현실적 문제, 인간 조건, 사랑이나 상실, 노화와 관련된 문제, 무능한 정부, 부패한 사회, 혹은 사회의 붕괴 등 ─ 을 생각하게 하며 이야기의 의미를 이끌어낸다. 주제는 결과물 ─ 책을 다 읽은 독자들에게 남은 것 ─ 을 통해 가시적으로 드러날 때 더욱 강력해진다.

4. **구조**: 무엇이 처음에 와야 하는지, 다음에 무엇이 와야 하는지, 또 그 다음에는 무엇이 와야 하는지……를 결정하는 것. 구조는 4개의 파트로 이루어진다. 각각의 파트마다 목표와 고유한 컨텍스트가 있고, 역시 목표와 고유한 컨텍스트를 지닌 스토리 비트(이야기가 전환되고 뭔가 새로운 것을 알게 되는 지점)를 통해 분리된다. 원고가 거절당할 때는 대부분 구조가 약하기 때문이다. 기본적인 이야기 물리학 ─ 특히 극적 긴장감과 호흡 조절 ─ 을 최적화시키려면 강력한 구조가 필수적이다. 작가라면 구조를 잘 다루

어야 한다. 성공적인 소설과 영화는 모두 효과적인 구조를 여실히 드러낸다.

5. **장면 쓰기**: 이론적으로 잘 아는 게임이라 하더라도 플레이가 훌륭하지 않다면 게임에서 이길 수 없다. 당신은 장면 쓰기를 통해 이야기를 전개시키는 극적 요소들을 설명한다. 원칙과 이론은 장면을 통해 실체를 갖는다. 장면을 쓸 때 필수적인 원칙과 기준을 지켜야 하지만, 이러한 원칙을 지키면서도 작가들은 자기 식대로 장면 쓰기에 도전할 수 있다.

6. **글쓰는 목소리**: 독자들에게 전달할 재킷을 말끔하게 다리고 있다고 생각하라. 이야기는 집, 구조는 하중을 떠받치는 틀, 인물은 건축양식, 콘셉트는 평면도, …… 그리고 목소리는 장소에 개성을 부여하는 페인트, 타일, 카펫 등의 장식적인 요소다.

이야기의 구조를 가까이서 들여다보자

6가지 핵심요소 가운데 가장 중요한 것은 이야기의 구조다. 대부분의 작가들은 직관적인 감각이나 학습한 내용들을 활용하여 나머지 5가지 요소에 다소 질서를 부여할 수 있다. 그러나 구조는 당신을 옭아매는 동시에 해방시킨다. 구조는 당신에게 (장면이 지닌 목표와 관련하여 컨텍스트적으로) 무엇을 쓸지 알려주고, 무엇을 어디에 위치시켜야 할지 보여주는 지침이자 컨텍스트적 지도로 기능한다.

많은 사람들이 구조를 잘 다룰 수 없다고 생각하는 것처럼 보인다. 그러나 많고 많은 이야기의 가능성 앞에서 길을 잃고 아무 방향으로나

가보는 대신, 익히 알려진 구조적 모델을 제대로 활용하는 것만으로도 성공한 작가로 거듭날 수 있다. 구조는 어디에나 있다. 실제로 지금까지 읽거나 본 모든 소설과 영화에서 구조를 발견할 수 있다(범위를 확장하면 여기에는 고전도 포함된다. 하지만 나는 당신이 고전이 아니라 오늘날의 독자들을 매혹시킬 책을 쓰고 있다고 생각한다. 셰익스피어나 세르반테스가 썼을 법한 책이 아니라 우리의 원칙에 반응하는 독자들 말이다). 구조는 따분한 규칙이 아니다. 다만 중력처럼 존재할 뿐이다. 비행기와 중력의 상관관계를 생각해 보라. 구조가 있어야 이야기 물리학이 작동할 수 있다.

비행기 날개의 설계방식은 복잡하다. 그러나 모든 비행기 날개는, 크기가 제각기 다를 수 있어도, 기본적으로는 모두 같은 형태를 갖고 있다. 물리학 때문이다.

우리의 이야기도 마찬가지다.

www.writersdigest.com/story-structure-graphic에서 그림으로 표현된 이야기의 구조를 연구하라. …… 가능하다면 글을 쓰는 동안 계속해서 연구하라. 이 그림은 당신의 이야기에 가장 강력한 이야기 물리학을 주입하게 해주는 성배다. 에이전트나 에디터는 이 그림을 모를 수도 있다. 하지만 그들은 이러한 구조를 따르지 않은 원고를 거절할 것이다.

이야기 물리학이 대충 적용된 원고는 거절당할 수밖에 없다. 구조적으로 훌륭할 수 없기 때문이다.

당신이 이 말을 새겨듣지 않아도 상관없다. 하지만 구조를 무시하는 것은 이불을 뒤집어쓰고 스카이다이빙을 하는 셈이나 마찬가지라는 것만 알아둬라.

아직도 의심스럽다면 직접 알아보기를 권한다.

내가 제시한 모델에 반하는 책이나 영화를 분석해 보라. 당신에게는 새로운 인식의 문이 열릴 것이다……. 그 모든 워크숍이 말해 주지 않았던, 오랫동안 찾아다녔던 진실을 보게 될 것이다……. 이토록 간단한 형식을……. 워크숍이 당신에게 뭔가 알려주기는 했겠지만 무엇보다도 중요한 것을 알려주지 않았을 것이다. 그들이 알려준 것은 전체와 연결되지 않고 아무렇게나 흘러다녔을 것이다.

이어지는 23장과 24장은 이 책에서 가장 중요한 대목이다. 이제부터 엄청난 성공을 거둔 두 작품, 〈헬프〉와 〈헝거 게임〉을 통해 이야기 물리학의 힘을 목도하게 될 것이다.

23장과 24장은 두 소설을 통해 일반적인 이야기 물리학과 이야기 구조의 요점을 도출하여 당신에게 학습의 기회를 제공한다. 우리는 여러 각도로 각각의 작품들을 들여다볼 것이고, 당신은 이 책을 통해 지금까지 학습한 내용들을 더욱 명쾌하게 이해할 수 있을 것이다.

두 작품을 읽지 않았다면 이제라도 한 번 읽어 보기를 권한다. 하지만 시간이 부족하다면 다음 장으로 넘어가기 전에 DVD를 봐두는 편이 좋겠다. DVD를 보는 것만으로도 충분히 작품을 분석할 수 있다(영화와 소설의 다른 점은 내가 짚어 주도록 하겠다). 이미 영화를 봤다면, 당장 다시 한 번 볼 생각이 들었는지도 모르겠다……. 다시 영화를 보게 된다면 이야기 물리학과 이야기 구조가 대번에 눈에 띌 것이기 때문이다. 이제부터 당신은 흥미로운 소설이나 영화를 모조리 분석해 보고 싶다고 생각하게 될 것이다. 전문가라면 다른 사람들의 작품도 늘 눈여겨봐야 한다.

I. 설정

파트 1: (주인공이 뭔가 잃게 될지도 모를) 위험요소를 발생시켜 플롯을 설정한다. 주인공의 배경 이야기. (주인공의 내면을 괴롭히는 요소도 도입한다.) 다가오는 갈등의 전조를 드리우며 인물에 대한 공감도를 높게 한다.

파트 1은 주인공이 인생에서 어떤 결정이나 행동, 혹은 보이지 않는 사건들을 통해 무언가 새로운 것을 인지하게 되면서 끝난다. 1차 플롯포인트는 파트 1의 마지막에 등장하며, 이야기의 일차적인 적대자가 지닌 힘을 처음으로 완벽하게 제시한다.

설정의 목표는 다음과 같다. 1) 근사한 미끼 2) 주인공 소개 3) 위험요소 도입 4) 다가오는 사건들의 예고 5) 1차 플롯포인트 준비

1차 플롯포인트의 정의: 주인공의 상태나 계획, 믿음에 영향을 끼치거나 이를 바꾸는 요소가 이야기에 들어오는 순간.

이 순간은 주인공이 반응하며 어떤 행동을 취하게 하고, 따라서 이 시점부터 주인공이 하게 될 경험의 성격을 규정한다. 위험요소와 반대자 역시 이 시점부터 뚜렷하게 부각된다.

1차 플롯포인트의 목표: 갈등을 정의할 것. 1차 플롯포인트, 중간포인트, 2차 플롯포인트는 이야기를 떠받치는 3개의 주요 지점이다. 다른 모든 사건들은 이러한 세 지점 사이에서 잦아들거나 부상한다.

1차 플롯포인트

거대하고, 극적이며, 이야기에 전기(轉機)를 마련하는 요소. 1차 플롯포인트와는 구분된다(1차 플롯포인트는 주인공이나 독자, 혹은 둘 다에게 어떤 '의미'를 안겨준다). 사건 유발은 단순히 주인공에게 미래로 향하는 일방향로를 마련해준다.

사건 유발

미끼

처음 몇 페이지에서 제시된 긴장감이나 갈등은 독자를 '낚기' 위한 미끼다. 독자는 아직 이러한 미끼의 의미를 알 수 없다.

이야기 길이

고아: 주인공은 다음에 어떤 일이 일어날지를 모른다. 우리는 그에게 공감하고 관심을 갖는다. 이야기 – 당신이 주인공에게 부여한 모험 – 는 그를 '입양'하여 앞으로 나아가게 한다.

스토리를 만드는 물리학

2. 반응

파트 2: 1차 플롯포인트에서 새로이 도입된 상황(갈등)에 대한 주인공의 반응. 파트 2는 반대자의 힘에 대한 주인공의 행위, 결정, 혹은 망설이는 과정을 통한 반응을 보여주며, 새로이 정의된 필요를 충족시키기 위한 새로운 모험을 발생시킨다. 독자들이 주인공의 반응에 어째서 공감해야 할지를 결정하라.

중간포인트의 정의: 독자나 주인공, 혹은 둘 다의 이야기에 대한 이해와 컨텍스트적 경험을 변화시키는, 이야기의 한가운데서 소개되는 새로운 정보.

중간 포인트

주인공이 겪어보지 못한 반대자의 힘의 본성과 의미를 보여주거나 상기시켜 주는 지점. 독자는 여기서 주인공의 눈이 아닌 자신의 눈으로 반대자를 지켜보게 된다.

1차 핀치포인트

방랑자: 방랑하는 주인공은 선택과 위험으로 가득한 숲 속을 달려간다. 그는 어디로 가야 할지, 무엇을 해야 할지를 모른다. 그는 더 이상 고아가 아니다.

3. 공격

파트 3: 주인공이 상황을 해결하기 시작한다. 그는 점점 더 진화하는 목표를 성취하기 위한 모험에서 용기를 내고, 독창성을 발휘하며, 사전대책을 강구하기 시작한다. 그는 더 강해지고, 갑작스럽게 영웅이 되어야 하는 자신에게도 적응한다. 주인공은 앞에 놓인 대상과 내면의 악마를 공격한다. 그는 성공하려면 무엇이 바뀌어야 할지를 안다. 중간포인트는 그에게 새로운 정보를 주고, (혹은) 그의 공격에 불을 붙이는 기폭제로 작용하는 새로운 깨달음을 갖게 해준다.

소

이야기에 마지막으로 새로운 정보가 소개되는 지점. 이후에는 주인공의 행위를 제외하고는 더 이상 설명적인 정보가 들어오지 않게 된다. 2차 플롯포인트에서 도입되는 마지막 서사적 정보는 주인공에게 꼭 필요했던 것이며, 이러한 정보는 이야기가 종결되는 데 일차적인 기폭제로 작동한다(2차 플롯포인트는 당신이 집어넣을 수 있는 마지막 퍼즐 조각이다).

**2차
플롯포인트**

당신이 선택하기 나름이다. "모든 희망을 잃었다"는 소강기를 2차 플롯포인트 이전에 주입하라.

**2차
플롯포인트
이전의
소강기**

2차 핀치포인트에서 반대자의 힘은 독자들이 직접 느끼기보다는 주인공이 감지하는 것을 통해 경험될 수 있다(독자는 주인공의 고통을 느끼며 주인공이 일어서기를 희망한다).

2차 핀치포인트

인물 발전 과정

전사: 주인공은 반응하기를 멈추고 추격에 나선다. 그는 도망치는 대신 용기와 기지를 끌어모아 반대자의 힘에 응전한다.

4. 해결

클라이맥스

파트 4: (10~12개의 장면들로 이루어진) 파트 4는 주인공이 문제를 해결하고 목표를 달성하기 위해 어떻게 용기를 내고 성장하여 내면의 장애물을 극복하고 마침내 반대자를 이겨내 자신의 목표를 성취하는지를 보여준다.

규칙: 2차 플롯포인트 이후에는 새로운 정보가 이야기에 주입될 수 없다.

지침: 주인공은 이야기를 해결하는 데 일차적인 기폭제가 되어야 한다. 우리는 주인공이 그간 어떻게 성장해 왔는지를 볼 수 있어야 한다. 이야기를 끝낼 때 작가의 목표는 독자를 울리거나, 환호하게 하거나, 박수치게 하는 것이어야 한다.

비트 분석표로 이야기 계획하기

1. 장면 하나당 *표시를 붙여 해당 장면의 목표(어째서 장면이 이 지점에 있어야 하는지, 이어지는 이야기를 설명하는 데 어떤 도움을 줄 것인지 등)와 내용을 짧게 써라.

2. 1에서 쓴 내용을 하나의 서술적인 문장으로 고쳐써라.

3. 2에서 쓴 문장을 하나의 요약적인 단락으로 확장하라.

4. 3에서 쓴 단락에 기초하여 소설을 써라.

대단원

이야기 길이: 40~70개의 장면

순교자: 주인공은 죽지 않아도 된다(죽을 수도 있지만). 하지만 그는 필요한 것을 하기 위해서라면, 목표를 달성하기 위해서라면 죽음을 감수한다. 이 점이 그를 순교자로 만들어 준다.

〈헬프〉에 적용된 이야기 물리학
이 책이 수없이 많은 사람들을 중독시킬 수 있었던 비밀을 알아보자

캐스린 스토킷의 메가 베스트셀러 〈헬프〉는 이야기 물리학의 표본이다. 이 소설을 위해 작가가 초고만 열 번쯤 썼는지, 혹은 개요를 잡은 뒤 단박에 써내려갔는지는 중요하지 않다. 〈헬프〉의 이야기 물리학은 효과적으로 작동하고 있는 바, 극적 긴장감이나 호흡 조절, 주인공에게 몰입하기(이 책에는 주인공이 세 사람 등장하고, 우리는 이들 모두를 응원한다), 대리 경험, 그리고 이러한 동력을 빛내 주는 글솜씨까지 상당한 단계를 보여주고 있다.

또한 플롯포인트는 적재적소에 배치되어 제 몫을 해내며, 기승전결에 해당하는 4개의 파트는 각각 컨텍스트적 목표를 교과서처럼 정확하고 충실하게 제시한다.

〈헬프〉는 스토킷의 첫 소설이었다. 사람들은 비평적으로나 상업적으로나 성공을 거둔 이 책에 놀라움과 경의를 표하지 않을 수 없었다. 〈헬프〉는 오랫동안 베스트셀러 자리를 지켰다. 〈뉴욕타임즈〉 베스트셀러 1위를 1년 이상 유지했으며, 다른 베스트셀러 리스트에서도 지속적으로

스토리를 만드는 물리학

상위권에 머물렀다. 〈뉴욕타임즈〉 페이퍼백 리스트에서도 간간히 1위 자리에 오르고는 했다. 비평가들은 이 책이 "더할 것도 덜할 것도 없이 완벽한" 힘 – 이는 '글쓰는 목소리'라는 핵심요소와 연결된다 – 을 갖고 있다고 입을 모아 상찬했다. (주인공에 대한 독자의 공감을 불러일으키는) 유머와 따뜻한 마음도 잃지 않았음은 물론이다. 플롯을 언급한 비평가들은 거의 없었지만, 눈썰미 좋은 작가들은 비평가들이 앞다투어 내놓은 찬사들이 전부 플롯과 연계되어 있다는 사실을 알아차렸다. 독자들이 책을 읽으면서 느낄 수 있었던 힘, 정서적인 울림 – 이 책은 인물이 서로 정서적인 교감을 나누게 하면서 주제가 되는 사안을 드러낸다 – 은 플롯이라는 무대에서 발견될 수 있었다.

이 소설은 영화로도 제작되었다. 영화 역시 비평가들의 찬사를 받으며 오스카상 후보에 올랐고 박스오피스에서도 대단한 기록을 세웠다……. 이 모두는 이야기 물리학 덕분에 가능했다.

책과 영화가 성공했다고 해서 캐스린 스토킷이 문학적 천재라고 말할 수 있을까? 내 대답은 '그렇다'이다. 그녀의 솜씨는 빼어났다. 소재를 잘 선택했기 때문일까? 물론이다. 그녀가 〈헬프〉를 위해 선택한 흡입력 있는 전제는 이 책에서 다루어 온 이야기 물리학의 동력이 최대치로 작동할 수 있는 계기를 마련해 주었다. 단지 운이 좋았던 건 아니냐고? 당신은 인내심 역시 작가의 자질 중 하나라는 사실을 생각하지 않는 모양이다. 대박을 터뜨린 다른 작품들과 마찬가지로 그녀 역시 여러 번 원고를 거절당한 전력이 있다.

실제로 45개의 에이전시가 그녀의 원고를 거절했다. 수많은 베스트셀러나 고전들은 이처럼 우울한 과거를 갖고 있는 경우가 많다. 보는 눈이 없었던 에이전트들 역시 죄다 대박을 꿈꾸는 전문가들이었다(그러니 당신의 책이 대박과는 거리가 멀다고 말하는 에이전트들을 무턱대고 믿지 마라……. 다만 그들의 말을 새겨듣고 당신의 책이 한 걸음 더 성장할 수 있는 계기로 여겨라). 전에 말한 바 있듯 오스카 각본상 수상자이자 소설가인 윌리엄 골드먼은 영화 산업에 대해 "아무도 아무것도 모른다"고 했다. 이 말은 출판 시장에도 똑같이 적용될 수 있다.

특정한 장르에 얽매이지 않는 〈헬프〉는 여러 면에서 "위대한 미국 소설"의 자격을 충족한다. 미국 현대사의 어두운 시기를 조명하고 있는 이 작품에 대한 평가는 여기서 끝나지 않을 것이다. 이 작품은 역사에 관한 소설이라기보다는 인간을 다루는 역사소설이라 할 수 있다.

나는 이런 소설을 쓰고자 하는, 다시 말해서 어떤 사안을 중심축으로 하는 소설을 쓰고자 하는 많은 작가들에게 조언을 해 주고는 한다. 이 책에서 여러 번 이야기한 바와 같이, 많은 작가들은 이야기를 통해 어떤 사안을 명확하고 분명하게 드러내기보다는 그저 하나의 사안과 관련된 어떤 책을 쓰는 우를 범한다. 그러나 스토킷은 〈헬프〉에서 전자를 훌륭하게 해냈다.

〈헬프〉의 구조가 독창적이고 중요한 방식으로 이야기를 살려내고 있음에도 불구하고, 이 책의 구조에 찬사를 보낸 비평가는 한 사람도 없었다. 이 책의 구조는 완벽하다. 따라서 우리는 이에 주목해야 한다. 다른 사람들이 구조에 주목하지 않았던 까닭은, 다른 5가지 핵심요소 – 구조를 통해 힘을 발휘할 수 있었던 – 에 정신을 빼앗겨 구조를 미처 볼 수 없었기 때문이다.

당신은 내 말을 가슴 깊이 새겨두어야 한다. 구조가 나머지 요소들

　　　　　　　　스토리를 만드는 물리학

을 든든히 떠받쳐야 이야기는 성공할 수 있다. 구조가 없다면 다른 요소들은 아무런 힘도 발휘하지 못한다.

완벽하게 설계된 자동차와 마찬가지다. 대부분의 사람들은 자동차가 어떻게 굴러가는지 신경쓰지 않는다. 다만 드라이브를 즐길 뿐이다.

〈헬프〉의 첫 번째 교훈

이 이야기에는 세 명의 화자가 등장한다(그렇다, 틀을 벗어난 독창적인 선택이었다. 고매하신 글쓰기 선생들이라면 무덤 속에서 돌아누울 만한 선택이다). 이 화자들 중 누구라도 주인공으로 불릴 수 있다. 이처럼 '독창적인' 선택은 6가지 핵심요소 원칙도 기본적인 이야기 물리학도 저해하지 않는다. 다만 이런 선택을 실수라고 생각하는 몇 가지 낡은 '규칙들'에 위배될 뿐이다. 이야기 물리학은 창의성을 제한하지 않는다. 그리고 고등학교 문학 선생님의 규칙 따위도 신경쓰지 않는다.

책을 읽으면서 당신은 이야기에서 구심점을 담당하는 인물이 기자로서의 경력을 쌓기 위해 1962년 미시시피 잭슨에 도착한 부유하고 예의바른 스키터라는 것을 점차 깨닫게 될 것이다(이 인물은 상당 부분 작가를 닮았다. 그녀는 어린 시절 그녀의 부모를 도와 가사일을 담당했던 유색인종 여성들과 함께 생활했던 경험에서 영감을 받았다고 밝힌 바 있다).

작가가 되기를 갈망하는 스키터는 작가 자신의 삶을 자세히 반영한다. 여기서 우리는 중요한 교훈을 배운다. 스토킷의 아이디어는 한낱 아이디어로 그치지 않는다. 스토킷은 이 아이디어를 허구화시키는 과정을 통해 콘셉트로 발전시키고, 나아가 전제로 만든다. 〈헬프〉는 인종차별이 나쁘다고 강의하는 소설이 아니며, 교조적인 문장은 하나도 찾아볼 수 없다. 그저 다양한 사람들의 행동을 통해 주제를 드러내는 드라마라고 할 수 있다.

사실, (그리고 이는 6가지 핵심요소 중 하나인 콘셉트화하기 – 아이디어를 콘셉트로 발전시키기 – 의 교훈이 된다) 스키터가 원하는 작가라는 직업은 전체적인 이야기를 이끄는 기폭제가 된다. 이러한 설정이 없었다면 〈헬프〉는 역사적인 컨텍스트를 통해 인물의 면면을 살펴보는 정도에 지나지 않았을 것이다.

스키터가 작가라는 설정이 없었다면 이야기도 없었다.

처음에는 스키터 역시 우리 대부분과 마찬가지로 그저 글을 쓰고 싶어한다. 무엇을 써야 할지를 모르는 그녀는 왜 글을 쓰고 싶은지도 모른다. 그녀는 타자를 칠 수 있는 직업이라면 무작정 하려고 한다. 해서 지역 일간지에서 가사일 관련 팁을 제공하는 기사를 쓰기 시작하며 겨우 담뱃값 정도를 번다(때는 1962년이다. 이 이야기에서 핵심적인 역할을 하는 당시 분위기는 담배를 용인하고 있었다).

스키터는 뉴욕의 거물 에디터를 만나지만, 그녀는 스키터에게 거의 시간을 내주지 않는다(이는 1962년이나 지금이나 마찬가지다). 하지만 에디터는 스키터에게 인생의 전환점이 될 만한 충고를 해주고, 스키터는 그녀의 말을 겸허히 받아들인다.

어떤 사람들은 스토킷 자신도 글을 쓰겠다는 마음을 품은 뒤 이처럼 작지만 축복에 가까운 깨달음을 얻은 것인지 궁금할 것이다. 인권운동에 관한 책을 쓰고 싶다는 오래된 갈망에서 비롯되었다기보다는, 바로 이 지점에서 책이 시작될 수 있었던 것은 아닐까? 아닐 수도 있다. 흑인의 인권에 대한 책을 쓰고 싶다고 생각하던 찰나, 스토킷 역시 에디터로부터 스키터와 동일한 이야기를 들었을지도 모른다.

가끔 있는 일이다. 스토킷만이 알고 있겠지만. 창작의 열정과 강렬한 주제가 만날 때, 이는 매우 훌륭한 결과를 낳을 수 있다.

쓴소리를 잘하는 에디터의 충고는 다음과 같다. 쓸 만한 가치가 있는 것을 써라. 지금 이 시대를 살고 있는 사람들을 한 방 먹일 만한 것을. 무언가 도전할 만한 것을. 현재에만 안주하려는 사람들을 꼬집는 것을. 기득권을 불편하게 하는 것을. 옳다고 생각되는 것의 잘못된 면을 보여주어 진실이 드러나게 하는 것을.

사람들을 화나게 하는 것을……. 다시 말해서 옳은 것을.

〈헬프〉를 해체해 보자

내 생각은 이렇다. 나는 그간 수많은 워크숍을 진행하고……, 작법 책들을 살펴보고……, 블로그들도 돌아보고……, 이처럼 우리를 도와줄 수 있는 수많은 방법들을 찾아본 결과, 작가들이 기량을 강화시킬 수 있는 가장 확실한 길은 모든 장르의 책들을 읽고 분석하는 것이라는 결론에 도달했다. 이야기를 구성단위로, 명시적인 전환점으로 분해해서, 이러한 요소들이 어떻게 작동하고 있는지와 이야기 구조의 힘이 어떻게 발휘되고 있는지를 살펴보는 것이다. 이미 다 아는 얘기겠지만, 다시 한 번 살펴보도록 해라. 당신이 읽거나 본 모든 이야기에서 이러한 요소들을 찾아볼 수 있을 것이다.

의대생들은 시체를 해부한다. 우리는 베스트셀러 소설과 위대한 영화를 해부한다.

우리에게는 〈헬프〉가 있다. 〈헬프〉는 아직도 살아 숨쉬며 영향력을 발휘하는 이야기다.

죽은 이야기든 살아있는 이야기든, 당신은 이론과 실제를 비교하며 많은 것들을 배울 수 있을 것이다.

〈헬프〉에서는 배경과 설정, 그리고 인물에 대해 배울 수 있다.

한편 이 요소들은 (뚜렷한 서사적 전환점에 의해 구분되는) '교과서처럼 완벽한 기승전결 구조'를 통해 형성되는 극적 긴장감에 조금도 방해되지 않는다. 많은 장면들은 목표를 잃지 않으면서도 인물들 사이의 역학관계를 명시적으로 보여준다. 플롯을 전개하는 설명적인 내용이 별로 없는 것처럼 보이는 장면에서도.

해당 장면에서 아무 일도 일어나지 않는 것처럼 보인다고 해서, 속아서는 안 된다. 페이지들마다 서브텍스트가 분출하고 있으니까.

서브텍스트가 없었다면 〈헬프〉는 별 볼 일 없는 소설이 되었을 것이다.

스릴러 소설을 애호하는 독자들은 〈헬프〉의 이런 측면을 마음에 들어하지 않을지도 모른다. 하지만 이 책은 일부러 이렇게 쓰였다. 어째서? 우리는 인물의 역학관계와 내적 반응을 대리적으로 체험하면서 해당 인물과 깊은 정서적 관계를 맺게 되는데, 이것이 바로 이 소설에서 가장 중요한 점이기 때문이다.

이야기에서 어떤 일이 일어나는가는 독자들이 공감하며 대리 체험을 경험할 수 있는 인물의 감정에 의해 무게가 실린다. 그리고 인물이 느끼는 감정이 글로 쓸 만한 가치를 지닐 때, 이야기는 궁극적으로 그들이

스토리를 만드는 물리학

하는 행위에 초점을 맞추게 된다.

작가는 이처럼 미묘한 차이를 완벽하게 이해하고 있다. 이야기는 인물 묘사만 하다가 길을 잃고 표류할 수도 있었다(처음에는 나도 그렇게 생각했다). 하지만 나는 이 이야기가 어디론가 향하고 있다는, 도전할 만한 위험요소로 향하고 있다는 느낌을 잃지 않았다.

이런 느낌이야말로 인물 중심적인 스토리텔링의 본질이 되어야 한다고 생각한다. 인물을 중심적으로 다룬다고 해서 이야기를 포기해서는 안 된다. 풍부한 긴장감과 서브텍스트를 순수하게 극적으로 제시해야 하는 것이다. 우리는 무슨 일이 일어나고 있는지를 알아내기 위해 계속해서 책을 읽는다. 하지만 스토킷이 인물이나 시대상, 그리고 설정을 이토록 완벽하고 풍부하게 그려내지 못하고 균형감을 잃고 말았다면, 이야기에서 무슨 일이 벌어지든 신경쓰지 않았을 것이다.

주제

이렇게 말해 보자. 〈헬프〉는 예술적인 면과 기교적인 면을 흔하지 않은 방식으로 조합해 낸다. 댄 브라운의 〈다빈치 코드〉와 마찬가지로, 비평가들이나 독자들의 마음을 모두 사로잡은 핵심요소는 바로 이 책의 주제다. 주제는 이 이야기를 중요하게 만들며, 여러 면에서 읽을 가치가 있는 책으로 만든다. 이 책은 이야기가 성공하려면 이야기의 중요성이 얼마나 필수적인지를 우리에게 보여주고 있다.

〈헬프〉: 1만 피트 상공에서 본 구조

이미 눈치챘겠지만, 나는 컨텍스트를 무척 중요하게 여긴다. 컨텍스트는 여러 단계에서 이야기의 순간들 각각을 강화하고, 해당 순간들과 관련된 정보를 준다. (6가지 핵심요소 각각에 동등한 힘을 부여하는) 컨텍스트는 구조 그 이상이다. 다만 우리는 구조부터 들여다보는 것으로 〈헬프〉의 분석을 시작하고자 한다.

모든 것은 구조에 달려 있다.

스토킷은 이야기가 구조적 원칙과 관련된 모든 것을 따라야 한다는 생각을 하지 못했을지도 모른다. 어쩌면 나처럼 이야기 공학 예찬론자일지도 모르지만.

이는 중요하지 않다. 〈헬프〉는 잘 쓰여진 소설이다. 그녀가 어떤 원칙을 사용하기로 계획했든, 일부를 사용했든, 직관적으로 사용할 수 있었든, 어쨌거나 이 원칙은 〈헬프〉를 성공으로 이끌었다. 우리는 교과서처럼 완벽한 이 책의 선형적 구조를 연구하며 각각의 파트와 전환점에 의해 컨텍스트가 어떻게 자리잡고 있는지를 볼 수 있다.

미끼

앞으로의 재미를 보장하고 책을 다 읽고 나면 어떤 보상이 따르리라고 약속하는 (여러 가지 뜻밖의) 질문들을 던지거나 극적 긴장감을 형성하는 것으로 독자들을 초반부터 – 아주 초반부터 – 사로잡는 것이 미끼의 목표다. 미끼는 가끔 거대한 것이기도 하고, 가끔은 미묘한 것이기도 하다.

〈헬프〉의 미끼는 주제와 직접적으로 연결되어 있고, 따라서 다소 미묘한 성격을 지닌다. 달리 표현하자면, 〈헬프〉의 미끼는 당신의 '버튼'을 누를 것이며, 이 점은 매우 중요하다는 것을 드러낸다.

미끼가 독자의 세계관이나 개인적인 믿음체계와 관련된 버튼을 누를 수 있다면, 근사한 이야기로 향하는 문이 활짝 열리는 셈이다. 존 어빙의 〈사이더 하우스〉도, 댄 브라운의 〈다빈치 코드〉도, 캐스린 스토킷의 〈헬프〉도 모두 이러한 미끼를 사용하고 있다. 여기서 주목할 점은 세 작품 모두 엄청난 베스트셀러가 되었다는 것이다.

〈헬프〉의 미끼는 챕터 1의 마지막 부분에 등장한다. 미끼가 등장하기 딱 좋은 지점이다. 만약 독자가 이 미끼를 눈치채지 못한다면, 챕터 2의 마지막 부분에 다시 등장하는 미끼가 첫 번째 미끼를 보완할 수 있다.

미끼는 13페이지(이하 모든 페이지 표시는 원서 − 페이퍼백 기준 − 를 따랐다), 마지막 문장에 존재한다. 전체 챕터는 이 순간의 정서적 울림을 위한 발판이라고 할 수 있다. 우리는 여기서 벌써부터 우리의 관심을 불러일으키는 흡입력 있는 화자와 우리가 싫어하는 악인을 만난다. 미끼는 이 이야기의 핵심사안이 1962년 미시시피 잭슨에 사는 인종 차별주의자인 젊은 백인 여자와 관련되어 있다는 것을 분명히 밝힌다. 그녀는 하녀가 더 이상 집 안에 하나뿐인 '백인용 욕실'을 쓰지 못하도록 따로 '흑인용 화장실'을 만들어야겠다고 생각한다.

바로 이 지점에서 우리는 거대한 미끼에 걸려든다. 이 미끼는 보편적인 차원에서 여러 가지 문제들을 건드릴 수 있기 때문이다. 한편 인물적인 차원에서도 미끼에 걸려드는데, 이미 자신의 인간 됨됨이를 보여준 여자에 대한 서술적 시점에서 무언가를 배우게 되기 때문이다.

첫 번째 장면, 혹은 첫 번째 챕터의 목표는 이런 미끼를 설정하는 것이다. 이야기 물리학은 작동하기 시작했다. 이미 넓은 범위에서.

1차 플롯포인트

1차 플롯포인트는 선행하는 챕터들, 혹은 전체 이야기에서 20~25%를 차지하는 분량을 통해 설정되어 온 순간이라는 점을 기억하라. 여기서 플롯은 변화하기 시작한다(많은 경우, 이 지점에서 플롯이 시작된다). 그러나 보다 중요한 것은 1차 플롯포인트가 (독자가 주인공에게 공감하기 시작하는) 위험요소가 등장하고 주인공에게 어떤 임무나 필요, 혹은 여정이 다가오고 있는지가 드러나는 동안, 앞으로 어떤 극적 긴장감이 생겨날 것인지를 정의한다는 점이다.

〈헬프〉의 1차 플롯포인트에서 우리는 3명의 주인공을 만난다. 이 지점에서 세 사람의 이야기도 변화하기 시작한다.

〈헬프〉의 1차 플롯포인트는 챕터 6의 마지막 부분인 104페이지에서 발생한다(이야기가 약 20%가량 진행되었을 때다). 스키터 양이 화자로 나선 대목이다. 이제 각각의 인물이 지닌 세계관과 '1차 플롯포인트 이전의 인생'에 대한 이야기가 모두 등장했고, 이후의 이야기를 이끌어낼 사안들과 잠재적인 반응들이 등장하고 있다. 이야기 물리학이 작동하고 있으므로 독자는 이미 인물에게 깊이 공감하고 있다. 이제 무언가가 변화하면, 인물에게 어떤 기회가 주어지면, 혹은 주인공이 돌아올 수 없는 다리에 올라서면, 이야기는 인물을 보여주는 단계에서 그들이 반드시 해야만 하는 것을 보여주는 단계로 진입한다. 이것이야말로 1차 플롯포인트의 일차적 목표라 할 수 있다.

〈헬프〉의 1차 플롯포인트는 스키터가 미시시피 잭슨에 사는 하녀들의 인생담을 쓸 것이며, 써야만 한다는 것을 깨닫는 대목이다. 전에는 해 보지 않았던 생각이다. 두려운 아이디어라고, 아마도 이루어지지 않을 꿈이라고 생각했던 것이다. 그냥 생각만 하고 있어서는 위험하지 않은 아이디어다. 하지만 그녀가 생각을 실제 행동으로 옮길 때, 이야기가 생겨난다.

인물들이 아이디어를 행동으로 옮기기 시작하자 모든 것들은 변하기 시작한다. 그리고 이 지점에서 이야기가 실제로 시작된다. 이 순간에 선행하는 모든 것들은 이 지점을 위한, 그리고 이후에 일어날 일을 위한 설정에 불과했다.

중간포인트

중간포인트의 목표는 주인공이나 독자, 혹은 둘 다에게 새로운 정보를 주입하는 것이다. 이러한 정보는 이미 이야기에 영향력을 행사하는 요소로 작용해 왔지만, 이제는 그 자체로 노출될 차례인 것이다. 혹은 새로운 컨텍스트를 형성하는 차원의 전적으로 새로운 정보일 수도 있다 (이 경우 미리 암시해 두는 편이 이로울 것이다). 이처럼 새로운 정보를 주입받게 된 주인공은 앞으로 더욱 전진하게 된다.

〈헬프〉의 중간포인트는 (전체 이야기의 약 48%에 해당하는 지점인) 248페이지에 등장한다. 새로운 정보가 어떻게 그리고 어째서 이야기를 변화시키며 강화하는지를 이해하려면 컨텍스트가 필수적이다.

지금까지 에이블린과 미니를 제외한 다른 하녀들은 스키터의 책을 도와주려고 하지 않았다. 그런데 중간포인트에서 새로운 위험요소가 등장한다. 메드거 에버스가 지역 인종주의자들에게 살해당한 것이다. 그리고 (겉으로는 합리적인 척하지만 속으로는 누구보다도 악랄한) 미스 힐리 역시 미니의 비밀 ― 미스 실리아가 그녀를 고용한 것 ― 에 가까워지고 있다.

248페이지에서 그간 스키터의 책에 참여하기를 거부해 왔던 율 메이는 에이블린에게 조용히 스키터를 돕고 싶다고 말한다. 다른 하녀들의 목소리를 대변해 왔던 율 메이의 말은 그들 모두가 돕기를 원한다는 뜻이기도 하다. 이제는 두려움보다도 그래야만 하는 이유가 더 크기 때문이다. 이제 그들은 기꺼이 위험을 감수할 준비가 되어 있다.

스키터의 책에는 이제 활력이 생긴다. 그리고 위험도 커진다……. 하지만 이제는 피할 수 없다.

2차 플롯포인트

(이야기의 77%에 해당하는 지점인) 398페이지에서 커다란 비밀이 밝혀지는 대목이 2차 플롯포인트이다. 이 책을 읽었다면, 여기서 어떤 일이 벌어지는지 알 것이다. 미니가 미스 힐리를 위해 구웠던 파이의 비밀이 밝혀진다. 여기서 파이는 이야기의 기폭제인 동시에 그 자체로 은유적인 것이기도 하다.

이 순간은 모든 것을 변화시킨다. 위험요소가 불거진다. 호흡이 가빠지고 긴장감은 걷잡을 수 없을 정도로 커진다. 도화선의 끝에는 또 다른 막다른 골목이 기다리고 있다. 새로운 공포와 위험이 생겨난다. 피할 수 없는 유일한 해결책은 인물을 행동하게 하고, 이전과는 전혀 다른 결과에 직면하게 한다.

우리는 인물에게 너무나 깊이 몰입한 나머지 인물의 운명을 우리 자신의 운명으로 생각한다. 기꺼이 우리 스스로를 인물에게 투영하는 것이다.

이 이야기가 그토록 성공적일 수 있었던 것은 바로 이런 이유에서다.

결말

구조적으로 볼 때 책의 마지막 부분은 그간 발생했던 모든 것들에 의해 정의되는 단계라 할 수 있다. 따라서 결말에서는 포괄적인 범주나 기준을 벗어나 어느 정도의 의미, 감정, 종결을 전달해야 한다.

〈헬프〉의 결말은 피할 수 없이 어려운 상태로 진행되고 있었다. 스토킷은 미국 남부에 만연했던 인종적 편견을 맨손으로 깨부수는 여성들의 행동을 실제로 보여줄 수 없었다. 그렇다. 결말은 개인적인 차원에 머물러야 했다. 어쩌면 그들의 책으로 인해 조용한 변화들이 도미노 효과를 일으키며 중대한 사회적 변화를 이끌어낼지도 몰랐다. 선행하는 훌륭하게 쓰여진 사건들에 대해, 이 책의 결말은 조용하지만 만족스러운 해법을 보여준다.

스키터가 하녀들의 공포나 저항감을, 따라서 위험요소의 무게를 보거나 느끼지 못했다면, 우리는 잘못된 것을 바로잡기 위해 책을 쓰겠다는 그녀의 결정 – 다시 말해서, 그녀의 필요 – 에 별로 관심을 갖지 않앉을 것이다. 1차 플롯포인트가 지나치게 일찍 발생했다면 이러한 본질이 흐려졌을 것이고, 지나치게 늦게 발생했다면 이야기가 불필요하게 늘어졌을 것이다.

1차 플롯포인트가 전체 이야기의 20~25%에 해당하는 지점에서 발생해야 한다는 말에는 그럴 만한 이유가 있다. 〈헬프〉를 통해 그 이유를 잘 알 수 있다. 1차 플롯포인트가 너무 일찍 등장했더라면 인물이 위험요소를 맞닥뜨리게 되면서 보여주는 다른 모습도 별반 눈에 띄지 않았을 것이고, 우리 역시 깊이 공감하지 못했을 것이다. 또한 1차 플롯포인트가 너무 늦게 등장했더라면 극적 긴장감이 떨어졌을 것이고 인물의 내부를 벗어난 외부 세계에서 어떤 일이 일어나기까지 지나치게 오래 걸렸을 것이다.

중간포인트는 극적 긴장감에 박차를 가한다. 우리는 스키터의 책에 참여하기를 거부하는 하녀들의 모습과 이 일을 폭로해야만 하는 이유를 스스로 납득해야 하는 스키터를 지켜볼 필요가 있었다. 그리고 책이 실제로 쓰여지는 순간, 이야기가 앞으로 나아가리라는 것도 알고 있었다. 따라서 스토킷은 이야기의 중간에 이러한 변화를 위한 지점을 삽입하여 극적 긴장감의 흐름에 균형을 부여했다.

위대한 결말을 이끌어내려면 이 이야기에는 주제적 요소와 더불어 무언가 외적인 요소가 필요했다. 스키터의 책이 출판되는 것이나 백인 여성을 모욕하는 것이 아닌 다른 무엇으로부터의 도움을. 이 지점을 돋보이게 하기 위해서는 무언가가 더 필요했다. 독자들은 미스 힐리가 꼼짝달싹하지 못하는 모습을 보고 통쾌한 만족감을 느낄 필요가 있었다. 이는 후에 등장할 2차 플롯포인트에 의해 보완되는 바, 2차 플롯포인트가 더 늦게 발생했다면 독자의 기대를 한풀 꺾이게 하고, 너무 빨리 발생했다면 이야기의 호흡이 엉망이 되었을 것이다.

이러한 지점들을 언제 만들어야 하는지는 더 이상 애매하게 느껴지지 않을 것이다. 이야기 물리학이 알려줄 테니까. 〈헬프〉는 우리에게 이야기 물리학이 어떻게, 그리고 어째서 작동하는지를 보여준다. 이제 처음으로 돌아가서 〈헬프〉를 구성하는 4개의 파트 각각이 지닌 컨텍스트들이 전체 이야기 내에서 어떻게 연결되는지를 살펴보자.

이야기의 서막

이야기를 쓸 때도, 읽을 때도 작가는 파트 1의 가장 중대한 임무가 1차 플롯포인트가 등장할 때까지 필요한 이야기 요소들을 소개하고 설정하는 것임을 놓치지 말아야 한다. 파트 1은 서서히 위험요소를 도입하고 독자들에게 정서적인 공감대를 형성하기 시작하고, 반대자의 힘을 부상시키며, 이어질 다른 요소들을 예고하는 역할을 한다.

파트 1에서는 타이밍과 서술적 설명이 전부라고 할 수 있다. 여기서 너무 욕심을 부리지 마라. 그러면 은식기를 펼쳐놓기도 전에 메인요리부터 내주는 셈이다.

하지만 파트 1에서는 극적으로 중요한 몇몇 요소들이 등장할 수 있다. 〈헬프〉의 파트 1은 인물을 소개하고 배경 이야기를 들려주면서 우리를 세 명의 화자들의 인생에 뛰어들게 한다. 파트 1에서는 이야기보다는 인물을 파악할 수 있는 인물의 행위들을 보여준다.

파트 1의 이러한 장면들이 지닌 목표는 분명하다. 우리에게 현장에 있는 듯한 느낌을 제공하는 것이다(이는 대리 체험과 관련이 있다). 그래서 우리가 인물로서는 아직 알 수 없는 이야기의 움직임을 볼 수 있도록 한다(이는 인물에게 공감하기와 관련이 있다). 인물은 무언가가 변화하고 있다는 것을 느낀다(그리고 우리는 이러한 느낌을 생생하게 만들어 낼 수 있다). 하지만 그들에게 이러한 느낌은 아직 이야기가 아니라 그들이 살아오던 인생 그 자체에 불과하다. 이처럼 독자들이 인물보다 먼저 변화의 낌새를 알 수 있게 하는 것은 놀라운 서사 전략이라 하지 않을 수 없다.

이야기는 인물의 인생을 변하게 하려고 한다. 그러나 우리는 이러한 변화에 전략적으로 친숙해져야 한다. 무엇이 변화할지를 아는 것(사회에 만연한 인종차별)과 그 이유를 아는 것(인종 간 평등에 대한 사회적 요구)으로부터 드라마적 정수가 발생한다. 이는 독자들의 '버튼'을 누를 것이고, 스토킷은 이를 제대로 활용한다.

1차 플롯포인트가 모든 것을 변화시키기 시작하면서 이야기는 마침내 전개되기 시작한다. 그 전까지 이야기는 단지 다가오고 있었을 뿐이다.

이 소설의 파트 1은 도합 43개의 장면으로 이루어진 6개의 챕터로 구성되어 있다. 각각의 장면들은 행갈이를 할 때 한 칸을 띄우는 것으로 분리되며, 설정과 시간 혹은 초점의 변화를 나타낸다. 예를 들어 잠시 장면을 벗어나 인물의 어린시절이나 가정생활을 짤막하게 회상한 뒤 조금 전 벗어났던 장면과 연쇄적으로 이어지는 새로운 장면으로 돌아오는 식이다. 이러한 장면들 대부분은 채 1페이지가 되지 않는다. 반면 일차적으로 서사를 설명하는 목표를 지닌 장면들은 20페이지 정도로 길다.

이러한 장면들은 내가 스토리텔링에서 가장 강력한 원칙 중 하나라 믿는 목적이 분명한 장면 쓰기를 빼어나게 보여주고 있다.

이처럼 목적을 분명히 드러내는 기법은 챕터 1의 초반부라 할 수 있는 2페이지 하단에서 처음으로 나타난다. 화자(에이블린)가 주인집 아이에 대한 이야기를 들려주는 장면부터 자신의 아이에 대한 이야기로 넘어가는 장면(이 장면은 과거 시제로 쓰였다. 과거 시제를 제대로 활용하기란 너무나 어렵다……. 당신도 한 번 시도해 보라……. 그러면 당신에게는 지구상에 존재하는 모든 서점들의 시계를 거꾸로 돌릴 수 있도록 미래 시제로 쓰인 장면이 필요하다는 것을 알게 될 것이다)까지가 바로 이러한 기법이다.

두 장면 모두 인물의 심성과 돌보는 아이에 대한 그녀의 열정을 보여 주고 있는데, 이 장면이 중요한 까닭은 우리에게 앞으로 계속해서 그녀를 좋아하고 응원할 수 있는 계기를 만들어 주기 때문이다. 한편 두 장면 모두 이야기가 실제로 시작될 때 작동하게 될 컨텍스트적 요인들을 설정하는, 서사를 설명하는 목표 역시 지니고 있다.

작가는 두 개의 장면을 하나로 뒤섞을 수도 있지 않았을까? 그럴지도 모른다. 하지만 아마도 효율적이지 않거나 분명하지 않았을 것이다(단지 시제만 혼용한 시도에 그쳤을지도 모른다). 목표를 지닌 장면은 한 가지 목표만을 따라가고, (대개) 한 가지 내용만을 서술한다. 해당 목표를 컨텍스트로 전달하면서 이러한 내용을 서사적 구축물로 사용하는 것이다. 다시 말해서, 서사를 설명하는 목표가 존재할 때도, 모든 장면은 인물 묘사 역시 목표로 삼는다.

스키터가 등장하는 모든 사람들의 인생을 바꾸게 될 책을 쓰겠다고 생각할 때, 1차 플롯포인트가 발생한다. 핵심적인 극적 요소가 이제 작동하기 시작한다. 이전까지 그녀의 생각은 위험하고 아무도 좋아하지 않을 아이디어로만 여겨졌다. 이 지점에서 인물은 하나의 계획을 심사숙고한 뒤, 이를 탐색하고, 이에 전념하겠다는 마음을 품는다. 그리고 설정은 이야기로 진화한다.

〈헬프〉의 파트 1을 다시 읽어 보고 6개의 챕터와 43개의 장면이 어떤 방식으로 1차 플롯포인트를 이끌어내고 있는지를 자세히 살펴보라. 104 페이지에 달하는 파트 1은 인물의 과거를 털어놓고……, 위험요소를 만들고……, 여기에 긴장감과 두려움, 그리고 기대를 뒤섞으며 이후 인물의 참여를 준비하는 동시에, 독자들도 순간에 몰입할 수 있게 한다.

평균적인 독자라면 파트 1에서 어떤 일이 벌어지고 있는지를 알 수 있겠지만, 아마도 구조적인 단계에서 벌어지고 있는 일이 무엇인지는 모를 것이다. 하지만 작가는 이를 알아야 한다. 왜냐하면 효과적인 이야기에서는 반드시 벌어져야 하는 일이 〈헬프〉의 파트 1에서도 벌어지고 있기 때문이다.

한편 작가가 파트 1의 처음 6개 챕터에서 서술적 시점을 명확하게 분배하여 전달하고 있다는 점도 주목하라. 그녀는 반드시 세 명의 화자를 소개해야 하며, 따라서 이들에게 공평하게 마이크를 넘겨주고 있다.

2개의 챕터들은 서로에게 필수적이다. 왜냐하면 세 사람의 시점 모두가 설정에 필수적이기 때문이다. 인물 각각은 고유한 서브플롯과 고유한 서브텍스트를 갖고 있다.

우리가 각각의 인물을 알고 사랑하고 공감하지 않는다면 이 이야기는 전혀 효과적이지 않았을 것이다. 우리가 그들을 억압하는 것과 그들이 필요한 것을 느끼지 못하고 사회적 압박과 이러한 압박에 저항하기 두려워하는 마음을 감지하지 못한다면, 그래서 이런 상황이 뒤집히기를 기대하지 않는다면 말이다.

스토리를 만드는 물리학

〈헬프〉를 비롯한 소설의 파트 1이 무엇을 달성해야 하는지는 전부 위와 같이 요약될 수 있다. 〈헬프〉는 놀라운 솜씨로 이를 달성했다. 이 소설의 파트 1은 이야기 물리학, 극적 긴장감과 공감을 위한 씨앗 심기, 이어질 내용에 대한 탄탄한 완급 조절, 그리고 이 모두를 위한 흡입력 있는 틀을 마련해 줄 전제를 모범적으로 제시하고 있다.

스키터가 여전히 책에 대한 아이디어를 버리지 않았다고 고백할 때, 그리고 이 일이 생각보다 크다는 것을 깨달을 때(즉 1차 플롯포인트에서), 우리는 이야기가 나아갈 길을 알게 된다. 이 길은 좋은 소설이라면 늘 갖추고 있기 마련인, 하나의 이야기를 모든 단계에서 훌륭하게 만들어 줄 갈등과 극적 긴장감, 그리고 강력한 주제를 품은 길이다.

무슨 말인지 잘 모르겠다면 파트 1을 다시 읽고 위에서 설명한 대로 각각의 장면이 어떤 식으로 목적을 드러내고 있는지를 자세히 살펴보라. 파트 1은 독자들이 인물의 감정에 뛰어들어 소설의 주제에 대한 그들의 느낌을 살펴보도록 유도하는 장치다.

각 챕터들이 이러한 목표에 어떻게 공헌하고 있는지를 살펴보자

챕터 1에서 에이블린과 만난다. 우리는 돌보는 아이를 진정으로 사랑하는 그녀의 마음을, 누구보다도 강한 모성애를 느낄 수 있다. 한편 에이블린의 고용주를 만난 우리는, 그녀의 얄팍하고 공허하며 차가운 영혼을 느낄 수 있다. 우리는 이러한 관계의 역학을 정의하는 사회로 들어간다.

한편 이야기에서 서사적 주인공이라 할 수 있는 스키터 양 역시 에이블린의 눈을 통해 만나게 된다. 일차적인 플롯 장치 – 잭슨에 살던 하녀들의 이야기를 모아 들려주는 것 - 가 이 지점에서 처음으로 암시되지만, 극적 긴장감은 이미 작동하고 있다. 에이블린은 당시 만연해 있던 인종차별에 대해 언급하기를 꺼린다. 그녀에게는 일이, 돌봐야 할 가족이, 그리고 그녀를 필요로 하는 어린 백인 여자아이가 있는 것이다.

그런데 그녀는 조금씩 목소리를 내기 시작한다. 그녀의 인생이 문제시되는 것이다. 우리는 그녀의 고용주가 차고에 하녀용 "흑인 화장실"을 만들고 있다는 것을 알게 된다. 이 화장실이 완성되면 그녀는 더 이상 집 안의 "가족 화장실"을 사용할 수 없게 된다.

이 대목을 읽는 우리는 솟구치는 분노를 느낀다.

우리는 미끼에 걸려들었다. 주제는 이미 제시되었다. 그리고 우리가 벌써부터 응원을 보내고 있는 인물은 다가오는 결전의 한복판으로 나아가고 있다.

이 모든 일들은 13페이지가 끝나기 전에 일어난다.

챕터 2 역시 에이블린의 시점을 통해 진행된다. 여기서 에이블린의 친구 미니 - 하녀이자 이야기의 또 다른 화자로 등장하게 될 - 가 소개되고, 인종차별적 사고방식을 지닌 당시의 인물을 대변하는 거만한 미스 힐리가 소개되면서 에이블린의 삶을 조금 더 엿볼 수 있다.

챕터 3은 미니의 시점으로 넘어간다. 미니에게도 그녀만의 문제와 위험요소가 있다. 은식기를 훔쳤다는 누명을 씌워 미스 힐리가 그녀를 부당하게 고소한 것이다. 한편 미니의 과거사는 이 이야기에 등장하는 악인의 본성, 그리고 주인공들이 맞닥뜨리게 될 악인이 만들어 낸 위험요소에 대해 우리가 알아야 할 것들을 모두 알려준다. 여기서 주인공에게 반하는 2개의 적대적 동력 - 사회에 만연한 인종차별적 풍조와 인종차별적 편견으로 가득한 미스 힐리 – 이 제대로 작동하고 있다는 점에 주목하라. 미스 힐리가 없었다면, 혹은 스토킷이 이 주제를 일반적인 방식으로 서술하고 말았더라면 이야기는 결코 작동하지 않을 것이다. 소설에서 거대한 주제를 다루고자 하는 신인 작가들은 흔히 이런 실수를 범한다. 그들은 적대자를 누군가로 그리지 않는다. 다만 무언가로 설명할 뿐, 인물을 통해 주제를 구현하여 독자들이 해당 인물에게 어떤 감정을 느끼게 하지 않는다. 주제 자체를 서술해 버리는 것이다.

챕터 4에서 우리는 세상을 바라보는 미니의 시점으로 보다 깊이 들어간다. 여기서 백인 고용주들이 하녀들을 어떻게 취급하는지에 대한 책을 쓰겠다는 백인 여성, 스키터에 대해 이야기하는 에이블린의 목소리를 듣는다. 그런 책에 참여했다는 것이 알려지면 상당한 위험이 따르리라는 것을 알고 있기 때문에, 에이블린도 미니도 섣불리 스키터를 도와주려고 하지 않는다. 따라서 이는 앞으로 이어질 갈등의 한 축을 만들어내는 동시에 예고한다.

챕터 5는 이야기의 일차적 기폭제이자 주인공이라 할 수 있는 스키터를 소개한다. 우리는 몇 년 전 수수께끼처럼 사라져버린 흑인 하녀 콘스턴틴의 사랑과 보살핌을 듬뿍 받고 자라난 백인 여성인 그녀가 어떻게 살아왔는지를 알게 된다.

챕터 5와 챕터 6을 통해 우리는 미스 힐리가 앞뒤가 꽉 막힌 사촌과 스키터를 결혼시킬 계획이라는 것을 알게 된다. 잘 자란 백인 여성이 남부 신사를 만나 가정을 꾸리고 정착할 때가 되었다는 것이다. 한편 스키터는 자신의 인생에 대해 다른 시야를 갖게 된다. 그녀는 작가가 되고자 한다. 작가가 되고 싶다는 것, 이는 모든 사건들에 대한 일차적인 동기가 된다. 개인적인 동기가 양심과 분노와 결합할 때, 사건은 일어난다.

작가의 서사적 전략

효과적인 파트 1 장면이 지닌 목표는 이야기 자체와는 멀게 보일 수 있다. 목표는 서사적 기법이라기보다는 결과이며, 효과적이기 위해서는 서사적 전략을 필요로 한다.

스토킷은 우리가 사회적 역학관계를 충분히 느낄 수 있는, 나아가서는 편견과 위험, 그리고 부당함이라는 서브텍스트를 느낄 수 있는 순간과 회상 장면을 적절히 병치시킨다. 그러면서도 이야기의 호흡은 전혀 늘어지지 않는다. 훌륭한 솜씨다. 작은 이야기처럼 기능하는 몇몇 장면은 작은 위험요소와 이에 따르는 결과로 완성된다. 다른 장면들은 인물의 일상을 통해 인물이 어떤 감정을 느끼는지를, 그리고 이야기의 현재 지점에서 이러한 감정이 어떤 의미를 갖는지를 우리가 이해할 수 있도록 한다.

가장 중요한 것은, 이러한 장면은 예정보다 빨리 계획될 수 있다는 점이다. 비트 분석표를 작성한다면 이야기를 앞으로 나아가게 하기 위해 달성되어야 할 필요가 있는 목표를 미리 설정할 수 있고, 이러한 목표를 지닌 장면들에 인물과 행위, 대화, 그리고 위험요소를 어떻게 마이크로 이야기의 형식으로 담아낼 수 있을지도 계획할 수 있다.

하지만 꼭 계획할 필요는 없다. 일화나 회상, 그리고 현재의 순간들이 적절히 조합되어 이야기에서 적절한 호흡을 유지하고 적당한 정도로 서사를 설명할 수 있을 때까지 여러 번 시도하고 수정하면 된다. 여기서

스토리를 만드는 물리학

스토킷이 어떤 접근방식을 취했는지는 알 수 없지만, 이는 중요하지 않다. 어떻게 접근하든 결과는 같을 것이다.

한편 처음 6개의 챕터들은 기본적인 플롯에 영향을 미치게 될 서브 플롯을 효과적으로 설정하고 있다. 악독한 고용주의 딸인 어린 메이 모블리와 에이블린의 관계는 이 마을에 인종차별과 관련된 엄청난 사건을 일으키게 될 위험요소를 만들어 낸다. 미니의 새로운 고용주에게는 어딘가 이상한 구석이 있으며, 앞으로 이야기에 변화를 불어넣게 될 비밀을 숨기고 있다. 그리고 스키터 양은 어색하고 서투른 로맨스를 시작하는 와중에도 계속해서 작가가 되려고 노력한다. 만약, 그녀가 읽을 만한 가치가 있는 원고를 보낼 수 있다면, 그녀는 랜덤 하우스와 출판계약을 맺게 될 것이다.

스키터의 목표와 관련하여, 이야기의 뼈대를 형성하는 지점은 바로 이 마지막 부분이다. 1962년 미시시피 잭슨에 사는 하녀들의 인생과 고용조건을 노출하는 이 책은 일종의 사회적 시한폭탄이 될 수 있다. 그녀의 책에 참여했다는 이유로 일자리를 잃을 수도 있고, 나아가서는 안전을 보장받지 못할 수도 있는 하녀들의 도움을 스키터가 받을 수만 있다면, 그녀는 이러한 시한폭탄을 손에 쥐게 되는 셈이다.

파트 1은 스키터의 책을 그다지 조명하지 않는다. 이 책이 결국 기본적인 플롯 장치로서 후에 수면 위로 떠오르게 되겠지만 말이다. 파트 1에서는 스키터의 책이 거의 등장하지 않지만, 그럴 때에도 그녀의 책은 언제나 어떤 전조로 사용되고 있다. 또한 이 책은 이야기의 추진동력이자 가장 필수적인 역학요소로서 부상하기를 기다리며 계속해서 서브텍스트로 존재하고 있다.

스키터의 책이 본격적으로 중요한 역할을 맡게 되는 104페이지 전까지, 모든 장면들은 1차 플롯포인트를 발생시키기 위해, 그리고 이 지점에 강력하고 풍부한 충위를 만들기 위해 쓰여졌다는 점에 주목하라.

아직까지는 아무 일도 일어나지 않았고, 아무것도 해결되지 않았다. 그보다는 이야기의 요소들이 등장했고, 이야기의 역학이 작동하기 시작했다고 보아야 한다.

설정은 끝났다.

1차 플롯포인트의 타이밍

이처럼 정서적인 울림을 주는 컨텍스트적 요소들을 만들기 위해서는 일정한 분량 이상의 서사가 진행되어야만 한다는 사실을 깨닫는다면, 어째서 1차 플롯포인트가 더 빨리 등장할 수 없는지에 대한 이유를 분명히 알 수 있을 것이다. 최적화된 지점보다 빠르게 1차 플롯포인트를 주입하면 이야기 물리학은 제대로 작동하지 않을 것이다.

스키터가 미끼가 발생하는 지점(약 25페이지 부근)에서 하녀들을 책에 끌어들이는 데 성공했다면, 하녀들이 참여를 망설였던 원인인 위험요소와 개인적인 위기들은 이야기에서 충분한 효력을 발휘하지 못했을 것이다. 그들이 위험을 감수하면서까지 책에 참여하는 과정은 이 이야기의 모든 것이라 할 수 있다.

당신이 읽는 책에서도 이 점을 살펴보라. 거의 모든 책에서 이러한 구조가 꾸준히 나타나고 있다는 것을 알게 될 것이다. 그리고 특히 〈헬프〉는 당신에게 1차 플롯포인트의 위치가 어째서 중요한지를 훌륭하게 보여주고 있다.

1차 플롯포인트에 이르기 전까지 장면들은 대부분 인물 묘사에만 할애되어 있다. 하지만 스키터의 계획이 모든 것을 바꾼다. 적어도 독자가 이야기에 대해 느끼는 감각을. 왜냐하면 이제 갈등……, 극적 긴장감이 생겨났기 때문이다. 그녀의 계획은 불안과 위험을 자아내고, 관계된 모든 사람들에게 모험을 제공한다. 이제 패는 분명해졌다. 한쪽에는 스키터와 하녀들이, 다른 한쪽에는 언젠가 지옥에 떨어질 미스 힐리와 그녀의 악당들이 있다.

영화로 제작된 〈헬프〉를 보라. 당신은 1차 플롯포인트가 어떤 역할을 하는지를 알게 될 것이다. 18~20분쯤 지나면 이야기는 움직일 것이다. 이야기가 변화한다. 이야기가 뒤틀린다. 이야기는 (전조를 통해) 그저 힌트만 주어졌던, 혹은 이 순간에 앞서 예고되었던 무엇으로 변화한다. 스키터 양이 잭슨의 하녀들에 대한 책을 쓸 것이며, 반드시 써야 한다는 것을 깨닫는 순간, 이야기와 관련된 모든 것들이 변화한다.

그녀가 책을 쓰겠다고 결정하는 데 큰 역할을 하는 윤리적인 인식은 갑자기 그녀를 둘러싼 관계에 관한 정보를 제공한다. 그녀의 어머니, 사회적 그룹, 하녀들, 앞으로의 커리어 계획, 새로운 로맨스에 대한 전망, 그리고 어린시절 내내 그녀를 사랑해 준 하녀 콘스턴틴(이러한 기억은 후에 이야기의 서브플롯으로 부상하며 주제와 밀접한 관련을 맺는다)에 대한 기억과 관련된 정보들을.

그녀의 관계들은 이제 모두 달라졌다. 그녀의 인생과 관련이 있는 모든 사람들이 이 사안에 대해 저마다 어떤 입장을 취하고 있기 때문이다. 그리고 스키터의 마음 속에서는 그들이 지닌 각각의 입장이 그들을 규정하게 된다.

이러한 관계들은 이제 모두 달라졌다. 그녀의 인생과 관련된 모든 인물들이 이 사안에 대해 어떠한 입장을 취하고 있기 때문이다. 그리고 스키터 양의 마음 속에서, 이러한 입장이 그들을 규정한다.

하녀들, 특히 에이블린과 미니는 세계관이 변화하는 경험을 하게 된다. 그들은 두려움(혹은 반항)과 안전(그들이 여전히 피고용자이기 때문에)만을 생각하던 사람들에서 용기 있고 목적을 지닌 사람들로 변화한다. 그들에게 갑자기 한 줄기 희망의 빛이 비친다. 세상을 바꾸겠다는 거창한 의무감은 없지만, 그들은 위험을 감수할 만한 더 높은 단계로 나아간다. 그것만이 진실을 드러낼 것이기 때문이다.

이는 이야기의 주제가 함축하고 있는 여러 질문을 노출시킨다. 당신의 직장과 안전, 심지어는 인생 자체가 위험에 처할 수도 있을 위험을 감수하는 까닭은 무엇인가? 그리고 이 질문에 대한 당신의 대답은 바로 당신을 규정하는가?

스키터 양이 책을 쓰겠다고 결심하는 순간, 즉각적이고 다층적인 극적 전환점이 생성된다.

1차 플롯포인트가 발생하면서 위험요소는 존재할 이유를 갖는다.

에이블린이 떠나게 된다면 어린 메이 모블리는 사랑받지 못하고 성장할 것이다. 그런데 스키터의 책에 참여했다는 사실이 알려진다면 에이블린은 떠나야 할 것이다. 그렇다면 미니 역시 미스 힐리에게 복수를 감행하기 전에 분노한 미스 힐리로부터 계속 숨어 있어야만 할 것이다.

자, 우리는 이런 이유에서 그들을 응원한다.

컨텍스트와 서브텍스트

이야기의 구조 내에서 파트 2가 지닌 컨텍스트적 목표는 1차 플롯포인트에서 새로이 제시된 상황, 적어도 새로운 국면을 맞게 된 상황에 대한 인물의 반응을 보여주는 것이다. 이유가 뭐냐고? 왜냐하면 독자가 다음과 같이 생각하고 있기 때문이다. "이 상황에서 나라면 어떻게 행동할까." 다시 말해서 이야기 물리학에서 필수적인 대리 체험을 경험하고 있기 때문이다.

이는 우리를 또 다른 지점으로 데려간다. 당신이 1차 플롯포인트에서 이러한 상황을 제시하지 못한다면 독자는 인물에 별로 공감할 수 없을 것이고 대리 체험도 적게 경험할 수밖에 없다. 이야기를 계획할 때 반드시 1차 플롯포인트에서 어떤 일이 일어나게 할 것인지를 생각해야 한다. 콘셉트와 1차 플롯포인트에서의 전환을 생각해 낸다면, 당신은 이들과 관련하여 일어나는 거의 모든 것들을 갖게 된 셈이다.

잠시 다른 이야기를 하겠다.

이야기를 계획하고 시행하는 과정에 언제 들어오는가와는 관계 없이, 컨텍스트는 이야기 전체에 서브텍스트를 공급한다. 레스토랑의 분위기나 호텔의 인테리어와 마찬가지다. 여기서 재미있는 점은 이야기를 쓸 때 컨텍스트나 콘셉트 중 무엇을 먼저 만들어도 상관없다는 것이다. 하나가 구체화되면 곧 다른 하나가 따라오기 때문이다.

주제에 대해서도 마찬가지다. 주제는 이야기가 전개되는 과정 어디에서나 들어올 수 있다. 주제는 콘셉트로 이어지고, 따라서 컨텍스트로도 이어진다(주제는 본질적으로 컨텍스트적이기 때문이다). 이런 식이다. 부유한 남부 가정에서 자라난 스토킷은 "유색인종" 고용인들과 생활했던 경험이 있다. 그녀는 여기서 주제를 찾아냈고, 이러한 주제적 컨텍스트로부터 콘셉트가 따라나왔다. 그녀에게는 미국 남부에 만연해 있던 인종차별주의를 정확히 글로 쓸 수 있는 지식이 있었고, 이러한 사회를 살아가는 인물의 컨텍스트와 시점을 통해 인종차별이라는 주제적 사안을 조명하는 이야기를 쓸 능력도 있었다.

만만찮은 작업이었을 것이다. 그러나 스토킷의 능력은 작가라면 필수적으로 갖춰야 할 능력이다. 성패는 이러한 능력에 달려 있다.

〈헬프〉의 콘셉트

콘셉트는 스키터의 책이다. 이를 플롯 장치라고, 혹은 메타포라고 부르자. 스키터의 책에 관한 아이디어를 떠올리는 순간, 스토킷에게는 콘셉트가 생겼다. 1962년 인종차별이 팽배한 남부 소도시에서 백인 여성이 흑인 하녀들과 긴밀한 도움을 받아 고용주들로부터는 종종 2류 시민으로 취급되는 그들의 경험 – 좋든 나쁘든 – 에 대한 책을 쓴다면 어떨까?

콘셉트가 적용되기 전까지, 모든 것들 – 강력한 인물, 무거운 주제 – 은 적절한 이야기 물리학을 결여하고 있다. 이처럼 극적인 콘셉트, 혹은 적어도 동등한 기폭제로 작용할 수 있는 콘셉트가 없다면, 이야기는 어디로도 갈 수가 없다. 갈 곳이 없기 때문이다(강력한 콘셉트는 이야기 물리학의 다른 세 가지 요소 인물, 주제, 구조를 위한 기폭제가 되어야 한다. 이는 콘셉트의 일차적인 목표라는 점을 반드시 알아두라).

이러한 콘셉트는 모험을 만들어 낸다. 이야기의 갈등을 만들어 내기 때문이다. 콘셉트는 모든 위험요소를 균형있게 다루고 적대자의 동력을 드러내며 주인공의 필요와 임무, 문제, 위험을 정의한다.

이러한 콘셉트가 없었다면 이 소설은 그저 악랄한 고용주 밑에서 가사일을 돌보는 하녀들의 일상을 소소하게 다루는 것 – 평범한 이웃집 이야기 – 에 지나지 않았을 것이고, 스키터 역시 이 상황이 뭔가 대단히 잘못되었다는 것을 알아차리고 마는 정도로 끝났을 것이다.

이야기가 만들어지려면 그녀는 반드시 무언가를 해야만 한다. 콘셉트는 그녀에게 해야 할 일을 주고, 따라서 콘셉트는 이야기의 구조가 지닌 목적이 된다.

시작(파트 1의 설정)과 중간(컨텍스트가 전환되는 중간포인트에 의해 분리되는 파트 2와 파트 3), 그리고 끝(파트 4)으로 이루어진 구조는 콘셉트를 설명하는 서사적 장치다.

구조와 콘셉트는 〈헬프〉에서 완벽하게 적용되어 있다. 이들은 거대한 주제와 강력한 인물들에게 목적을 갖게 하고, 자기 자신을 드러낼 기회를 주면서 이야기를 강화시킨다.

하지만 스토킷이 처음 생각했던 아이디어는 이러한 콘셉트가 아니었다는 점에 주목하라. 그녀의 콘셉트는 최초의 아이디어가 진화한 결과다. 많은 작가들은 아이디어와 콘셉트를 구분하지 못한다. 글을 써 나가면서 극적 긴장감을 더해가는 것으로 아이디어를 콘셉트로 진화시키게 될 것임에도 불구하고 말이다.

작가 후기에서 캐스린 스토킷은 자신의 어린 시절을 행복하게 해 준 하녀에게 당시 흑인으로 산다는 것이 어떤 것일지를, 비록 그녀를 공정하게 대접했을지라도 동등하게 여긴 적은 없었던 백인 가정에서 일한다는 것이 어떤 것일지를, 마을 반대편에서 다른 기대와 규칙 하에 살아간다는 것이 어떤 것일지를 물어볼 수 없다는 것을 깨달았을 때 이 책의 아이디어가 떠올랐다고 말한다.

그녀는 이 아이디어를 다른 핵심요소들을 품을 수 있도록, 이야기 물리학이 작동할 수 있도록 성장시켰다. 이 아이디어를 사용하려면 그녀의 가족까지도 인종주의와 관련된 논란에 서게 하는 위험을 감수해야 할지도 몰랐다. 하지만 그녀는 당시의 상황이 그들에게 어떤 것이었을지(대리 체험과 공감)를 알아보고자 했고, 인간에 대한 부당함을 폭로함으로써 잘못된 것을 바로잡기를 원했다. 이것이 스토킷의 아이디어이자 시작점이었다. 하지만 이야기는 존재하지 않았다……, 아직까지는. 아이디어는 순수한 주제가 되었다. 그녀에게는 그 이상이 필요했다. 콘셉트, 인물, 그리고 구조라는 세 가지 요소가.

다행히도 작가는 인물에게 할 일을 주어야 한다는 원칙을 알고 있었다. 인물에게는 모험이, 그녀의 주제를 드러낼 수 있는 갈등을 빚어낼 목표가 필요했다. 인물들은 어떤 선택을 내려야했고, 이들을 방해하는 적대자가 등장해야 했으며, 이야기의 균형을 맞추기 위한 위험요소가 필요했던 것이다.

스키터의 책이 바로 콘셉트, 스토킷이 이 소설을 통해 말하고 싶어하는 모든 것을 밝혀줄 플롯 장치였다.

작가의 눈으로 〈헬프〉를 다시 읽어 보라. 그리고 이러한 콘셉트의 컨텍스트가 1페이지에서 어떻게 시작되며 이어지는 각각의 모든 장면에 어떤 영향을 미치고 있는지를 살펴보라. 이러한 콘셉트의 컨텍스트가 없었다면 아무 일도 일어나지 않았으리라는 점에 주목하라.

이 이야기의 콘셉트가 실제로 치고 들어오는 지점이 1차 플롯포인트라는 점에도 주목하라. 〈헬프〉의 1차 플롯포인트는 이상적인 위치에서 발생한다. 이야기의 콘셉트(스키터의 책)가 인물들의 모험(책을 쓰는 스키터를 도와준다)에 불을 붙이면서 위험요소(스키터를 도와주면서 인물들은 위험에 처해 있다)가 만들어지고, 그러면서 극적 컨텍스트가 생겨날 뿐만 아니라 내용이 전개되는 지점이다.

당신의 소설에도 같은 원칙이 적용될 수 있다. 당신의 콘셉트는 무엇인가? 당신의 콘셉트는 독자들의 심금을 울려줄 다른 요소들 - 인물, 주제, 구조 - 을 위한 플랫폼을 어떻게 만들어 내는가?

당신의 인물에게는 어떤 모험이 마련되어 있는가? 독자들도 그들의 여정에 동참할 수 있는가?

이 질문들에 대한 대답이야말로 위대한 이야기를 쓰는 열쇠다.

구조에 미묘한 차이를 부여하지 않았더라면, 〈헬프〉는 작동하지 않았을 것이다

이 이야기의 주요한 플롯포인트들은 당연히 기본적인 컨텍스트를 전달한다. 많은 이야기들에서 이 지점들은 요란하게 제 존재를 드러내지만, 〈헬프〉에서는 그렇지 않다. 이야기는 그저 차례대로 자연스럽고 우아하게 플롯포인트들을 제시한다. 그러다 갑자기 모든 것이 변화한다.

스키터가 잭슨의 하녀들과 그들을 옭아매는 인종차별주의로 가득한 현실에 관한 책을 쓸 것이라고 (우리에게도) 밝히는 순간, 그녀의 아이디어느 갑자기 하나의 의도로, 실행되어야만 하는 무엇으로 진화한다. 그녀의 의도는 단지 그녀 자신이나 그녀의 경력만을 위한 것이 아니다. 세상에 대해 무언가 중요한 이야기를 하기 위함이다(여기서 독자들은 주인공에게 공감할 수 있다). 이야기의 극적 전환점이 발생한 것이다. 선행하는 모든 장면들은 단지 이 순간을 위한 설정에 불과하다.

여기서 스키터를 위한, 따라서 하녀들을 위한 목표가 발생한다. 그들 모두를 위해 이 목표를 추구하는 과정이 이야기이다. 1차 플롯포인트가 도래하기 전까지는 이야기가 아닌 상황만이 주어졌을 뿐이다.

그들의 목표는 우리가 응원할 수 있는 정서적인 무언가를 불러일으킨다. (설정 단계인) 파트 1에서 인물을 깊이 있게 묘사하고, 울림이 있는 주제를 제시하고, 신속히 변화해야만 하는 여러 인물의 세계관을 제시하는 작업을 탄탄히 해 둔 덕분이다. 이 지점에서 독자는 스키터의 책에 관심을 갖기 시작한다. 1차 플롯포인트가 더 빨리 등장했다면, 독자의 관심은 피상적인 수준에 그쳤을지도 모른다. 왜냐하면 파트 1이 효과적으로 만들어졌을 때, 1차 플롯포인트부터 남은 이야기 전체를 앞으로 밀고 나아가는 연료 역할을 하기 때문이다. 여기서부터 이야기는 탄력을 받아 앞으로 나아간다. 그리고 결코 뒤를 돌아보지 않는다.

우리는 이제 이야기의 파트 2로 빨려 들어간다.

읽을 때는 부드럽게 술술 넘어가지만, 파트 2에서 이야기의 컨텍스트는 완전히 달라졌다. 목적에 변화가 일어났기 때문이다. 이 지점에서 일어나는 모든 일들은 어떤 방식으로든 1차 플롯포인트 ─ 스키터의 책 ─ 에서 작동했던 요소들과 연관되어 있다.

이야기가 앞으로 나아가게 하는 모든 것들은, 직접적으로든 간접적으로든, 이러한 새 컨텍스트에 대한 반응이다.

파트 2는 10개의 챕터와 51개의 짧지만 분명한 목표를 지닌 장면들로 구성되어 있다. 모든 장면들이 새로운 컨텍스트에 대한 인물들 각각의 반응을 직접적으로 보여주지는 않는다. 하지만 이야기에 새로 도입된 컨텍스트에 의해 주인공의 일차적인 모험이 이제 막 시작되었고 위험요소들은 더욱 심각해졌다. 여성들이 함께 책을 쓰기 시작한 것이다.

이는 파트 1에서는 등장하지 않았던 내용이다.

파트 2에서 어떤 일들이 일어나는지를 살펴보고, 이러한 사건들이 스키터의 책과 그녀가 책을 쓰는 데 협력하는 여성들의 역할에 어떤 식으로 반응하고 있는지를 자세히 검토하라.

파트 2에서 깊어가는 극적 긴장감과 날카로워지는 위험요소들을 어떻게 서술하고 있는지, 한편으로는 인물의 또 다른 면을 어떻게 보여주고 있는지를 살펴보라. 아직 아무것도 해결되지 않았다. 그러나 상황은 점점 더 심각해지고 급박해진다. 스키터는 에이블린의 참여가 절실히 필요하다. 하지만 에이블린은 두려워하며 머뭇거린다. 그녀는 일자리를 잃을 수도 있고, 공동체를 뒤흔들 수도 있다는 것을, 그리고 무언가 말할 수 없는 것을 두려워한다. 이는 모두 스키터의 책과 관련이 있으며, 책에 대한 반응이기도 하다.

한편 파트 2에서는 스키터와 남부 신사의 데이트라는 서브플롯이 등장한다. 얼핏 봐서는 그녀의 책과는 별 관계가 없어 보이는 이 장면들은 그러나 스키터의 내적 모험과 관련이 있다(스키터의 내적 모험은 1차 플롯 포인트에서 시작되었다). 왜냐하면 잭슨 특권층에 속하는 젊은 백인 여성으로서 정상적이라고 생각했던 모든 것들이 새로운 의식 속에서 전혀 다르게 보이기 시작했기 때문이다.

우리는 미스 힐리의 악랄한 심성과 어두운 영혼을 본다. 파트 2에서 악당에 대한 혐오감을 부추기는 것은 좋은 선택이다. 스키터의 작업이 진척되어 감에 따라 악당의 역할이 중요해지면서 독자들은 더욱 책에 몰입할 수 있기 때문이다. 우리는 스키터의 책과 이에 협력하는 여성들을 응원하는 동시에 미스 힐리가 지옥에 떨어지기를 간절히 바라게 된다.

파트 2에서는 어디서나 서브플롯을 찾아볼 수 있다

미니와 미스 셀리아는 겉으로는 잘 드러나지 않는 어두운 비밀로 인해 권력 다툼에 휘말려 있다. 미니의 가정 생활은 불행하다. 스키터는 인종 차별을 옹호하는 쪽과 반대하는 쪽 모두의 책들을 도서관에서 빌려 에이블린에게 가져다주며 그녀의 계획에 대한 에이블린의 열정을 북돋운다. 이러한 모든 서브플롯들은 이야기의 기본적인 극적 장치 – 스키터의 책 – 와 컨텍스트적으로 연결되어 있다.

이 여성들이 쓰려고 하는 책은 〈헬프〉의 핵심이자 영혼으로, 주제를 부각시키는 동력이라는 점을 잊어서는 안 된다.

회유를 이겨내지 못한 미니는 마지못해 팀에 합류한다. 그녀는 당시의 분위기를 규정하는 두려움과 냉소주의를 대변하며, 극적 긴장감이 형성되는 데 일조한다. 스키터가 책을 완성할 수 있을 정도로 충분히 많은 하녀들을 끌어들일 수 없을지도 모르고, 마감을 지킬 수 없을지도 모르기 때문이다. 그리고 스키터가 책을 완성한다면, 그녀와 다른 하녀들은 어떻게 될 것인가?

챕터 15에서 역사적으로 실제 있었던 사건이 끼어든다. 메드거 에버스가 자기 집 현관 앞에서 냉혹한 백인 인종주의자들의 총에 맞아 숨진 것이다. 우리의 하녀들이 사는 동네에서 몇 블록 떨어지지 않은 곳이었다. 공동체의 반응과 하녀들의 반응, 그리고 이 사건을 영원히 묻어 버리고자 하는 악랄한 백인 여성들의 태도는 독자들에게 스키터의 책이 성공하기를 간절히 바라게 한다. 이야기 물리학은 여기서 활활 타오르고 있다.

중간포인트는 챕터 16의 마지막에 등장한다

〈헬프〉의 중간포인트는 미묘해서 놓치기 쉽다. 하지만 이야기의 구조를 파악하고자 한다면, 이를 찾아내야 한다. 이야기는 마치 자연스레 전개되는 것처럼 보인다……. 하지만 그렇지 않다. 중간포인트 역시 구조적으로 의도된 위치에 자리하고 있다.

스토킷은 메드거 에버스가 살해된 사건을 아무 곳에나 집어넣을 수 있었다. 혹은 집어넣지 않았을 수도 있고. 하지만 그녀는 이 사건을 〈헬프〉의 기폭제로서 중간포인트에 삽입한다. 그리고 이 사건은 모든 것들의 컨텍스트를 변화시킨다.

살인 사건은 중간포인트가 아니라 중간포인트를 위한 도약판이다. 중간포인트는 인물들이 새로운 사건이나 상황으로 인해 자신의 모험에 새로운 컨텍스트가 생겼다는 사실을 불현듯 인지할 때 발생한다.

중간포인트는 다음과 같은 목표를 갖는다. 주인공이나 독자, 혹은 둘 다를 위해 서사의 장막을 열어 젖힐 수 있는 요소를 이야기에 더하는 것. 바로 반응하는 단계에서 공격하는 단계로 옮겨가는 것을 통해서.

〈헬프〉의 중간포인트는 바로 이런 목표를 보여주고 있다.

먼저 흑인 교회가 에버스 살인사건에 대한 관심의 목소리를 모으고 이 사건이 공동체에서 어떤 의미를 갖는지를 밝히려고 한다. 그들의 삶은 전과는 다른 방식으로 위험에 처하게 된 것이다. 무언가가 반드시 해결되어야 한다. 억압받는 공동체 사람들 사이에서 분노가 솟아오르기 시작한다.

하녀들이 스키터의 책에 협력했다는 사실이 드러난다면, 그들의 삶이 심각한 위험에 처하게 되리라는 무언의 정서가 감돈다. 그리고 우리는 미스 힐리가 그렇게 할 수 있는 인물이라는 점을 알고 있다.

위험요소가 이제 막 등장했다. 스키터의 책이 지닌 위험성과 필요성은 대단히 큰 의미를 갖게 되면서, 극적 긴장감과 주인공에게 몰입하기라는 이야기 물리학이 최대치로 작동하기 시작한다.

중간포인트의 또 다른 요소는 (미스 힐리 밑에서 일하는) 스키터에게 협력하기를 가장 꺼렸던 하녀 율 메이가 에이블린에게 참여의사를 밝히는 순간이다. 그녀는 이 세상에 자기 목소리를 내는 하녀들 사이에 끼기를 원한다. 이제 컨텍스트는 스키터의 책을 시작점으로 삼아 공동체 전체가 한마음이 되어 이 상황을 개선하고자 한다는 것으로 변모한다.

그리고 율 메이의 고용주가 마을에서 (적어도 이 책에서) 가장 끔찍한 인종차별주의자인 까닭에 그녀의 위험요소는 그 누구의 위험요소보다도 크다.

지금까지 극적 긴장감을 유발하는 요소 중 하나는 마틴 루터 킹 행진이 임박하여 갑자기 앞당겨진 마감일 전까지 관련된 하녀들을 모아야 하는 스키터의 능력에 달려 있었다.

하지만 이제 시작되었다.

스키터에게는 하녀들이 있다. 그들 모두는 하나된 목적과 공통의 목표를 갖는다. 그리고 더 많은 무기가 생긴 악당들은 고요한 상태를 유지하기 위해 필요하다면 무엇이든 할 의지를 갖추고 있다.

이 지점부터 일어나는 일들은 새로운 컨텍스트를 갖는다.

이제 파트 3의 공격 단계가 시작된 것이다(공격은 파트 3에 속하는 장면들이 지닌 컨텍스트적 목표이다). 파트 3 역시 어떤 미묘함을 지녀야 한다. 파트 2의 반응 단계가 완료되었고, 파트 3의 사전대책을 강구하며 앞으로 나아가기 단계가 시작되었다. 인물들은 전보다 더 위험하고 의미있는 위험요소들과 직면해야 한다.

캐스린 스토킷이 이 모든 것들을 미리 계획하기를 통해서 발전시켰는지, 혹은 초고를 쓰며 이리저리 시도하고 실험하고 퇴고하면서 발전시켰는지는 알 수 없다(아마도 두 과정을 적절히 조합했을 것이다). 이는 중요하지 않다. 중요한 것은 그녀가 구조적이고 콘셉트적이며 컨텍스트적인 결과물을 성공적으로 만들어 냈다는 것이다.

〈헬프〉의 파트 3에서 51개의 장면들은 공격이라는 컨텍스트를 공유하는 10개의 챕터들 내에 위치한다. 무엇을 해야만 하는지를 아는 인물들은 그렇게 할 준비가 되어 있다.

미니는 이제 스키터의 책에 완전히 뛰어들었다. 파트 2에서 두려워하고 머뭇거리며 냉소적인 태도를 보였던 그녀는 더 이상 의심하거나 다른 선택을 고려하지 않는 인물로 변모했다. 다른 하녀들도 마찬가지다.

게임은 변화했다. 파트 2에서 극적으로 반드시 필요했던 질문이 "스키터가 하녀들의 협력을 충분히 이끌어낼 수 있을까?"였다면, 파트 3에서는 "책이 완성되어 출판되었을 때, 그들은 어떻게 될까?"로 변화한다.

그들은 문제를 공격하고 있다. 사전대책을 강구하면서. 그들은 어떤 결과가 다가올 것인지를 분명히 알고 있다. 그러면서도 용기와 지혜를 보여준다. 그들이 시도하는 모든 것들이 아직은 잘 되고 있지 않지만, 그래도 그들은 시도한다. 이것이 파트 3의 포인트다.

이러한 모든 플롯 요소들은 파트 2의 서브텍스트에 숨겨져 있었다. 하지만 여기 파트 3에서는 앞다투어 앞으로 등장한다. 서사적인 우연이 아니라 1페이지부터 드러나 있던 작가의 의도에 의해서다.

파트3의 미묘한 변화

파트 3은 결말이 아니다. 그러니 서둘러 결말에 도달하려고 하지 마라. 이야기는 여전히 긴장감과 절정의 순간, 그리고 위험요소를 구축하고 있다. 파트 3에서 상황에는 변화가 생기지만, 어떤 결과가 나올지는 아직 미지수이며, 아직 위험한 상태다.

미묘한 변화를 강화하는 것은 필수적이다. 그리고 이러한 미묘함은 우연히 나타나지 않는다.

파트 3에서는 적대자 역시 진화하고 있다는 점을 드러내어 긴장감을 전환하며 고양시킨다. 새로이 활력을 부여받은 주인공들을 접한 적대자 역시 보다 악랄하고 영악하게 발톱을 드러내며, 자기만의 사전대책을 강구하여 주인공들에게 새로운 위험요소를 안겨 준다.

이 또한 반드시 필요한 미묘한 변화다. 실은 전혀 미묘하지 않다. 생

스토리를 만드는 물리학

각해 보라. 이는 이야기가 작동하는 데 필요한 연료, 이야기 물리학이다. 이야기 물리학은 파트 3에서 전혀 미묘하지 않다.

중간포인트 이후에 시작되는 〈헬프〉의 파트 3에서 미니와 에이블린은 나란히 스키터의 책의 목소리가 된다. 그러면서 그들은 스키터의 책에 참여했다는 사실이 드러날 위험에 가까이 다가간다. 그들이 처하게 될 위험은 스키터의 그것보다 훨씬 더 크고 사적인 것이다. 그들의 선택과 결과가 어떤 국면을 맞이하게 될지는 스키터가 쓸 책의 운명에 달려 있다. 비록 그들의 위험이 책 때문에 생겨났을지라도.

파트 3의 서브플롯들은 기본적인 플롯에 새로운 위기가 닥치면서 생겨난다. 미니는 그녀의 고용주인 (백인 여성) 미스 셀리아와의 관계에서 강자의 위치를 차지한다. 따라서 그들의 권력관계는 당시의 일반적인 상황과는 반대된다.

스키터는 새 남자친구가 자신이 고발하려는 사회를 지지한다는 것을 깨닫는다. 그녀의 폭로는 그녀 자신의 사회적 안위뿐만 아니라 가족의 지위까지도 위험에 처하게 할 것이다. 한편 그녀는 자신이 원하는 책을 출간한 작가라는 경력에 점차 근접해 간다.

파트 3의 끝이 다가오면서, 이야기를 변화시키고자 할 때 주입할 수 있는 '플롯을 비트는 지점twist'이 등장한다. 바로 스키터가 이 책이 결국 출판되리라는 것을 알게 되는 대목이다. 이는 인물들 각각의 전환점에 불을 붙인다. 이제 문제는 '책이 출판된다면'이 아니라 '책이 언제 출판될까'가 되었기 때문이다.

물론 악당이 마지막 위협을 가하지 않는다면 파트 3은 완결되지 않을 것이다. 미스 힐리는 우리를 실망시키지 않는다. 그녀는 스키터가 신문사에서 해고되게 하고, 하녀에게 누명을 씌워 감옥에 가둔다. 그녀가 우리의 사랑스러운 주인공들(여기서 우리는 또 한 번 주인공에게 몰입한다)을 악랄하게 위협하리라는 사실은 어느 때보다도 명백하다. 하지만 미니의 파이 이야기가 알려진다면 그녀 역시 위험한 상황에 놓일 것이기 때문에, 그녀는 감히 함부로 행동하지 못한다.

당신도 보다시피 적대자(미스 힐리)에게도 목표가 있다. 그녀에게도 중차대한 위험요소가 있고, 이를 이겨내지 못한다면 그녀 역시 곤란을 겪게 될 것이다. 위험요소와 그 결과는 악당이 움직이는 힘이고, 이 역시 서사적으로 설명될 필요가 있다.

〈헬프〉를 읽지 않았을 사람을 위해 미니의 파이 이야기가 이 소설에서 중요한 역할을 맡고 있다는 점을 알려주도록 하겠다. 미니의 파이는 직접적으로나 은유적으로나 중요한 플롯 장치다. 긴장감은 397페이지까지 고조된다. 그리고 미니의 파이는 갑자기, 그리고 맛깔나게(말장난을 하려는 것은 아니다) 새로운, 전혀 예상할 수 없었던 위험요소를 도입한다.

2차 플롯포인트는 파이의 비밀이 밝혀지는 대목이다. 미니는 스키터의 책을 통해 세상에 알려지게 되면 온통 웃음거리가 될 미스 힐리의 비밀을 폭로한다. 이 비밀은 백인사회와 흑인사회 모두를 뒤흔들 것이다. 미니의 비밀이야말로 이 이야기의 구심점 역할을 한다. 어쩌면 미니 역시 살해될 수도 있고, 어쩌면 미스 힐리의 또 다른 거짓말 탓에 감옥에 갇힐 수도 있다.

어쩌면 미니의 이야기로 인해 미스 힐리가 가엾은 인간 존재라는 사실을 폭로할 수도 있다. 작가는 놀라운 솜씨로 독자들을 조종하고 있으므로, 이런 귀결도 놀랍고 만족스러울 수 있다. 독자들은 이런 결말을

스토리를 만드는 물리학

바랄 것이다.

밤을 새워 읽을 가치가 있는 책이다. 수백만 명의 독자들이 그랬듯이. 그 이유는 대리 체험을 경험할 수 있었기 때문이었다. 우리는 인물들이 곤란한 상태로 남아있기를 바라지 않는다.

독자는 잭슨의 에이블린과 함께 한다. 우리는 무슨 일이 일어나고 있는지를 알아야만 한다. 파이 이야기가 너무나 재미있어서가 아니라 — 사실 이 이야기는 미스 힐리의 업보와 평판에 대한 두려움 외에는 전체 이야기에 직접적으로 영향을 미치지 않는다 — , 우리 독자들이 꼭 알고 싶어하기 때문이다.

실수해서는 안 된다. 우리가 이야기에 빠져드는 이유는 이야기의 구조와 물리학 때문이고, 이 둘은 우리에게 이야기의 주제를 전달한다.

1차 핀치포인트

조심하라. 잘못 읽을 수도 있으니까. 여기서는 1차 플롯포인트가 아니라 1차 핀치포인트를 다루고 있다.

1차 핀치포인트 — 정확히 파트 2의 중간에 위치하는 스토리 비트 — 는 전체 이야기의 35%에 해당하는 184페이지에 있다. 미스 힐리가 평소처럼 커피를 갖다달라고 하며 "가정부 위생관리 계획"을 지역 신문에 발표한다는 계획을 말할 때다. 그녀는 인종주의를 제도화하고 합법화하는 기준과 법칙을 공동체에 마련하고자 한다.

악당이 송곳니를 드러냈다. 〈헬프〉의 핀치포인트는 거의 교과서처럼 완벽한 지점(최적화된 위치는 파트 2의 중간인 36~37%에 해당하는 지점이다)에 자리한다.

모든 일들이 잠시 중지된다. 암흑이 나타난다. 그리고 극적 긴장감이 고조되고 독자들은 주인공에게 더욱 공감하며 대리적으로 체험한다. 이야기 물리학이 활발하게 작동하고 있는 것이다.

위에서 언급한 "공식적인" 핀치포인트가 등장하기 몇 페이지 전에 (역시 이야기 물리학을 작동시키는 데 큰 도움을 주는) 핀치포인트가 하나 더 있다. 에이블린을 몇 차례 인터뷰한 스키터가 쓸 만한 말을 별로 듣지 못했다고 고백하는 대목이다. 에이블린이 "네, 아가씨"라는 말밖에 하지 않았기 때문이다. 이는 주인공의 모험에 일차적인 도전이나 위험을 도입하는 고전적인 핀치포인트다(책을 완성하려면 스키터는 12명의 다른 하녀들도 인터뷰해야 한다). 하녀들의 입을 열지 못하는 스키터의 무능력은 파트 2에서 그녀가 봉착하는 문제다.

또 다른 사소한 핀치포인트는 스키터가 뉴욕 에디터에게 인터뷰 초안을 보내면서 발생한다. 이 지점은 우리에게 그녀의 목표를 위협하는 장애물을 떠올리게 한다.

그러나 파트 2의 핀치포인트들 가운데 가장 위협적이고 중대한 지점은 미스 힐리가 인종차별적 공격을 해올 때다. 그녀는 전체 이야기에서 가장 위험한 적대자이며, 그녀의 공격과 관련된 핀치포인트가 최적화된 지점(파트 2의 한가운데)과 가까운 위치에 등장하는 것은 우연이 아니다. 이 지점은 구조적으로 볼 때 1차 핀치포인트라 할 수 있다.

서브플롯을 통해 본 서브텍스트

우리 모두 서브플롯이 무엇인지 알고 있다. 서브플롯은 주요 플롯과는 직접적으로 연결되지 않는 독립적인 사건들을 말한다.

…… 그러나 서브텍스트는 다르다. 그리고 서브텍스트는 대단히 중요한 역할을 한다.

서브텍스트는 까다롭다. 컨텍스트와 서브텍스트의 차이가 미묘하기 때문이다. 4개의 파트(설정, 반응, 공격, 해결)는 목표, 즉 컨텍스트를 지닌다는 점을 알고 있다. 하지만 인물이 처한 (말해지지 않는) 역학들(인종주의, 위험, 사회적 압박, 고용불안정, 원한 등)은 모두 서브텍스트다.

서브텍스트는 이 세계에서 일어나는 일의 상태와 본질이며, 인물에게 영향력을 행사하여 앞으로 나아가게 한다. 주어진 순간에 이야기가 무엇을 하고 있는지가 컨텍스트라면, 서브텍스트는 해당 파트의 컨텍스트적 목표에 의해 결정된다.

(풍부한 컨텍스트와 서브텍스트를 지닌) 〈헬프〉를 자세히 살펴보기 전에 예시를 하나 들어 보자. 4명의 가족이 교회에 간다. 막내는 유치부로, 첫째는 청소년부로 가고, 부모는 교인들과 커피를 마신 뒤 예배에 참석한다. 이들 셋은 서로 다른 컨텍스트를 갖고 있다. 참석자들 각각 특정하고 고유한 목적을 갖기 때문이다.

하지만 그들 모두는 교회에 있다. 교회는 그들 모두의 경험 밑바탕에 자리하고 있다. 교회는 그들의 믿음체계다. 여기서 교회는 서브텍스트가 되는 것이다.

〈헬프〉에서 파트 각각은 독자들에게 신선한 컨텍스트와 고유한 서브텍스트를 장면마다 제공한다. 기본적이면서도 보다 진보된 이야기 구조를 보여주는 것이다. 따라서 4개의 파트 ― 설정, 반응, 공격, 해결 ― 각각이 지닌 컨텍스트적 목표가 사실상 서브텍스트 자체를 서술하고 있다는 것은 우연이 아니다.

컨텍스트가 작가를 위한 것(장면은 반드시 파트에 주입된 적절한 컨텍스트와 어우러져야 한다)이라면, 서브텍스트는 인물을 위한 것(인물의 감정과 결정, 행동, 결과에 영향을 미치는 겉으로 드러나지 않는 사회적·인간적 압력)이라고 말할 수도 있다.

〈헬프〉의 4가지 서브텍스트

(컨텍스트가 설정인) 파트 1에서 인물의 삶을 위협하는 인종주의를 비롯한 특정 문제들을 위한 해결책은 제시되지 않는다. 해결책은 존재하지 않는다……. 아직까지는. 모든 일들과 관련된 서브텍스트는 현재 상황이 이렇다는 것이다. 숨막히는 상황이다.

(컨텍스트가 반응인) 파트 2에서 서브텍스트가 변화한다. 책을 쓰겠다는 스키터의 계획이 실현될 가능성이 높아지면서, 극적 에너지와 긴장감이 고조되며 중요한 순간이 다가오리라는 것이 예고된다. 그리고 핵심적인 극적 질문이 제기된다. 이 책은 쓰여질 것인가? 그렇다면, 그 결과는 어떠할까? 파트 2에서 새로운 서브텍스트가 생겨나기 이전까지 인물들에게는 희망이 없었다.

파트 2의 장면들은 파트 1의 장면들과 상당히 비슷하게 보이지만, 이들 각각의 컨텍스트, 서브텍스트는 다르다. 인물들은 저마다 스키터의 책에 참여하면 어떻게 될지를 두고 고민한다. 그들은 스키터의 책이 지닌 가능성을 새로운 눈으로 예민하게 평가한다. 그들에게도 삶의 희망이 솟아나고 있는 것이다. 한편 그들은 스키터를 도와주었을 경우 따를 수 있는 위험과 보상도 고려한다.

(컨텍스트가 문제에 대한 공격인) 파트 3에서 서브텍스트는 다시 변화한다. 인물들은 생사가 달린 문제를 직면할 수밖에 없다. 그들은 이미 책에 참여했다. 돌아오지 못할 다리를 건넌 것이다. 살아오면서 지속적으로 부당한 대우를 받았던 그들은 급박하게 다가오는 새로운 위험을 맞닥뜨린다. 그들은 반드시 행동해야만 한다. 그들은 행동한다.

(컨텍스트가 해결인) 파트 4에서는 미니의 커다란 비밀이 밝혀지면서 미스 힐리가 어떤 반응을 보일 가능성이 제시되는 2차 플롯포인트 이후, 근사하고 새로운 서브텍스트가 생겨난다. 책은 익명으로 출판되었지만, 참여자들 각각은 '공적 인물'로 부상한 것이다.

파트 4: 결말

위대한 결말을 쓰기는 어렵다. 작가가 공감과 대리적 체험이라는 이야기 물리학을 성공적으로 주입한 결말이라면 읽을 가치가 있다. 이러한 결말은 당연히 진짜로 좋은 결말로 여겨진다. 결말에서는 폭탄을 터뜨려야 한다. 그래야만 주목을 받을 수 있다.

내가 가장 좋아하는 작가 넬슨 드밀은 〈나이트 폴〉의 결말을 완전히 망쳐버렸다(이 소설은 1위를 독주하던 〈다빈치 코드〉를 처음으로 밀어냈다). 이야기를 데우스 엑스 마키나(이야기를 종결시키기 위해 개입되는 신의 손,

혹은 전적인 우연)로 끝내버린 것이다. 우리는 증거를 수집하고 적대자들과 힘겹게 싸워 온 주인공에게 수백 페이지에 걸쳐 응원을 보낸다. 그리고 결말에서는 언론과 FBI의 만남이 제시된다. 진실을 만천하에 알리기 위해……. 2001년 9월 11일 월드 트레이드 센터에서…….

드밀은 결말을 어떻게 써야 할지를 몰랐다고 후에 인정했다. 드밀 같은 작가도 어떤 지점에서는 이런 실수를 한다. A급 작가들은 분명 우리와는 다른 기준을 갖고 있지만, 가끔 그들의 기준이 우리보다 낮기도 하다. 글을 쓸 때 처음부터 결말을 머릿속에 담고 있어야 한다.

캐스린 스토킷은 2차 플롯포인트에 해당하는 452페이지부터 〈헬프〉의 결말을 준비한다. 하퍼앤로우 출판사가 책을 출간하기로 결정했다는 사실을 스키터가 하녀들에게 알려주는 대목부터다. 이제 돌이킬 수 없다. 그들의 행동이 빚어낼 결과는 이제 피할 수 없다. 스키터는 하녀들에게 이렇게 말하는 것인지도 모른다. "여러분, 새로운 서브텍스트가 생겼어요. 잘 해봅시다."

이 책에서 남아있는 장면들 각각에 컨텍스트적 목표(해결책)를 만들어 내는 것은 책에 대한 기대와 책으로 인한 귀결이다. 이제 몇몇 스토리라인들은 봉합되어 마지막 무대를 준비한다.

스키터는 마을을 떠나 본격적으로 글을 쓰기 시작한다. 에이블린은 일자리를 잃지만, 개의치 않는다. 마침내 어떤 해방감을 느꼈기 때문이다. 그리고 미니는……, 글쎄, 미니는 미스 힐리에게 엄청난 모욕을 안겨준다. 하지만 미스 힐리는 더 나쁜 대접을 받아야 마땅하다.

당신도 나처럼 이 책을 읽는 동안 가능한 결말을 예상해 봤을 것이다. 나는 스키터의 책이 잭슨 전체에서 폭력과 반항을 이끌어내어 궁극적으로 시대를 바꾸리라고 예상했다. 이 책은 로자 팍스Rosa Parks처럼 흑인들의 인권운동에 영향을 미쳤을지도 모른다.

그러나 스토킷은 이러한 결말을 만들지 않았다. 그러면서도 우리에게 인물 중심적이고 미묘한 결말도 강력할 수 있다는 것을 보여주었다.

사회 전체에 파장을 몰고오는 결말은 이 책이 첫 페이지부터 유지하던 분위기와는 사뭇 다를 수 있었다. 마이클 베이 풍의 지나치게 할리우드적 결말로 보일 수 있었던 것이다.

미국 역사상 어두웠던 시기를 주제로 다루며 심각하게 풀어나가는 이야기에는 보다 가벼운 결말을 안겨 주는 것이 최상의 선택이라고 여겨진다.

스키터의 책은 미국에서 인종차별을 몰아내지 않는다. 인물들이 더 이상 차별받지 않게 하지도 못한다. 하지만 그녀의 책은 인물들에게 희망을 부여한다. 인종문제가 더 이상 그들을 규정하지 않는다는 것을 알려준 것이다. 그들은 용기 있게 분노하고 저항함으로써, 압제자들보다 더 나은 사람들로 거듭난다. 그렇게 그들은 더 나은 사람들로서 인생을 살아간다. 그들은 조용한 승리자들로 그들만의 자유의지를 찾아낸 것이다. 다른 사람들 역시 계속해서 싸울 수 있도록 독려하면서.

이는 우리가 〈헬프〉로부터 배울 수 있는 많은 교훈들 가운데 하나다

인물이 끌어가는 이야기의 결말은 반드시 인물 특정적이어야 하며 강력한 주제를 제시해야 한다(반면 플롯이 끌어가는 이야기의 결말은 거대한 할리우드적 결말일 수 있다).

이 책은 우리가 큰 뜻을 품을 수 있도록, 희망의 눈으로 어둠을 반성하는 세계에 선물을 안겨 주도록 한다. 독자들은 인물들에게 공감 그 이상의 감정을 쏟아붓는다.

작가들에게 너무나 많은 배울 점들을 제공하는 이 책은 일반 독자들에게도 너무나 많은 교훈을 준다.

결말과 관련된 유일한 규칙은 다음과 같다. 독자들에게 진실한 울림으로 보상을 주어야 한다. 제멋대로 결말을 쓰지 마라. 데우스 엑스 마키나도 안 된다. 독자들의 마음속에 오랫동안 살아남을 수 있는 결말을 써라. 이는 결말에 도달하기 한참 전부터 독자들의 공감을 이끌어낼 수 있을 때만이 가능하다.

여기까지 제대로 해왔다면, 당신은 본능적인 감각을 발휘해야만 하는 유일한 장소에 도달하게 된다. "당신이 계획했던, 원했던 결말인가? 혹은 다른 선택지가 없어서 꼼짝 못하게 되고 말았는가?"

이야기 구조 – 이야기 물리학의 힘이 6가지 핵심요소를 통해 강화되는 곳 – 의 원칙은 작가에게 결말을 가리켜 보인다. 이야기와 작가가 하나가 되는 장소인 결말에 이르렀을 때, 작가는 이야기와 함께 운명을 만들어야 한다.

스토리를 만드는 물리학

〈헝거 게임〉에 적용된 이야기 물리학
놀라운 성공을 거둔 베스트셀러를 파헤쳐 보자

적어도 상업소설과 관련해서는 수잔 콜린스의 〈헝거 게임〉을 연구하는 것보다 더 나은 공부는 없으리라고 생각한다(특히 3부작 중 1부를). 이 이야기에서는 6가지 핵심요소가 눈부시게 활약하고 있으며, 하나의 이야기 – 어떤 이야기든 – 를 위대한 소설로 만들 수 있는 이야기 물리학 또한 대단히 잘 적용되어 있다.

〈해리 포터〉 시리즈와 마찬가지로, 〈헝거 게임〉 3부작 역시 청소년들 사이에서 엄청난 인기를 모았다가 출판시장 전체로 그 영향력이 광범위하게 확대된 경우다. 이 책은 3천만 부가 팔렸으며, 블록버스터 영화로도 제작되었다. 소설에는 등장하지 않는 몇몇 장면들을 채택하고 있지만, 영화는 3부작 중 첫 번째 책을 매우 충실하게 각색한 편이다.

이 책이 완벽하다고 주장할 생각은 없다.

엄청난 성공을 거둔 장르 소설을 지나치게 추켜세우려는 사람들은 항상 존재한다. 나는 〈헝거 게임〉이 완벽하다고 말하는 사람들을 수없이 보아 왔고, 〈헝거 게임〉이 잘 쓰인 소설이라고 생각하기는 하지만, 완벽하다는 말에는 동의하지 않는다. 분석 단계에서는 완벽하니 어쩌니 하는 말들이 중요하지 않다. 중요한 점은 소설이 어떻게 쓰여졌는가이며, 이런 점으로 보면 비록 완벽하게 쓰여지지 않았다고 하더라도 하나의 소설은 완벽한 학습도구이다.

〈헝거 게임〉은 다른 무엇보다도 강렬한 대리 체험을 가능하게 하는 흡입력을 갖추고 있다.

미학은 취향의 문제이며, 대부분의 사람들은 이 이야기가 지닌 폭력적이고 환상적인 요소들을 신경 쓰지 않을 것이다. 하지만 당신이 타겟으로 삼은 독자층에 속하지 않은 사람들의 마음까지도 읽을 수 있다면, 큰 도움이 될 것이다. 특히 〈헝거 게임〉처럼 모든 면에서 고루 잘 쓰여진 소설을 살펴보는 것으로 이러한 도움을 받을 수 있겠다.

이 이야기를 읽으면서 다음의 몇 가지를 알아보도록 하라.

컨텍스트와 서브텍스트가 독자 혹은 관객들의 경험에서 어떤 중요한 역할을 하고 있는지를 살펴보라.

(1차 플롯포인트 이전까지의) 파트 1은 특히 주인공이 자칫하면 죽게 될 수도 있을 시련이 임박해 있다는 상황적 서브텍스트에 의해 이끌려나온다. 주인공은 처음부터 자기가 죽을 수도 있다는 것을 깨닫는다. 이러한 깨달음은 모든 장면과 대화 등 파트 1에서 벌어지는 모든 일들에 영향을 미치며 생생하게 부각된다. 이야기의 초반부에서부터 역설적인 상황과 기이한 공포가 발생하여 독자들을 처음부터 이야기에 몰입하게 하는 것이다. 여기서 작가는 초반부터 이야기 물리학의 힘을 강화시켜 독자들의 공감을 불러일으킨다.

수잔 콜린스의 독자들은 빠르게 주인공을 응원하게 된다. 강하지만 아직 여린 캣니스를 독자가 응원할 가능성은 대단히 크다(이는 이야기 물리학의 요소이기도 하다). 바로 이런 까닭에 이 이야기가 특히 청소년 독자들에게 많은 울림을 주었을 것이다.

이러한 서브텍스트는 외적 플롯과 더불어 전체 이야기 구조의 기저에 자리한다(로맨스를 쓰고 싶다면 이 점에 특히 주목하라). 이야기를 발전시키는 과정에서 이를 파악해 내는 순간, 당신은 머릿속에 전구 몇 개가 환히 켜진 것 같은 기분을 느끼게 될 것이다.

하지만 〈헝거 게임〉은 〈해리 포터〉가 아니다. 두 작품 모두 우리를 판타지의 어두운 이면으로 데려가지만, 〈헝거 게임〉에는 과학 소설적인 요소도 찾아볼 수 있다. 〈해리 포터〉는 독자들에게 황홀한 마법과 경이로움을 대리 체험할 수 있게 하지만, 〈헝거 게임〉은 순수한 공포와 절망에 대한 감각을 제시한다. 그리고 이는 우리에게 소설 속 세계가 '텔레비전 리얼리티 쇼'를 사랑해 마지않는 우리 사회와 크게 다르지 않다는 점을 상기시킨다.

〈헝거 게임〉의 주제적 전략

〈헝거 게임〉이 그토록 성공할 수 있었던 데는 부분적으로는 우연과 순전한 행운이 따랐기 때문이었다. 예나 지금이나 제아무리 훌륭하다 하더라도 손톱만큼도 주목받지 못한 소설들은 무수히 많다. 심지어는 아예 출판되지 못한 소설들도 많고. 뛰어난 결과물을 창작하기 위해 우리가 계획하고 고심하는 동안, 정확한 과학이 아닌 글쓰기에 대해 우리는 완벽한 통제력을 거의 행사할 수 없다.

수잔 콜린스는 다소 도전적이라 할 수 있는 서사적 전략을 채택했다. 그녀는 각각의 장면들을 한데 모아 제시한다(장면을 챕터와 혼동하지 마라). 1인칭 화자로 전개되는 이야기에서 화자는 과거를 회상하다 현재로 돌아오는 식으로 시간을 가로지르며 마치 오래전 헤어진 친구에게 기억을 털어놓듯 자신의 여행을 계속한다. 당신은 이러한 장면 전략이 어떻게 기능하고 있는지에 주목해야 한다.

1인칭 시점은 이런 종류의 이야기에서 유일하게 가능한 동시에 최상의 선택이었다.

(영화와는 달리) 책에서 주인공이자 화자인 캣니스의 시점이 전체 이야기 내에서 지속적으로 사용되고 있다는 점에 주목하라. 이는 작가에게는 한계가 될 수도 있었지만, 사건들의 의미와 사건들이 의미할 수 있는 것을 끌어올리는 동시에 이야기가 반드시 필요로 하는 공포와 분노, 분열, 그리고 희망에 대한 (서브텍스트적) 감각을 발생시킨다.

이 이야기가 성공할 수 있었던 중요한 요인 중 하나는 서브텍스트였다

사실상 모든 장면의 밑바탕에서 해당 장면에 정보를 제공하는 〈헝거 게임〉의 서브텍스트는 캣니스가 게임을 위한 행사의 일부인 화려한 텔레비전 쇼에서 괴기한 진행자와 대화를 나누거나, 나무 위에서 잠들거나, 그저 기차에서 식사를 할 때도, 그 이상의 무언가를 불러일으키는 극적 긴장감을 고조시킨다. 임박한 죽음, 불신, 그리고 공포는 항상 표면 아래에 자리하며, 겉으로는 잘 드러나지 않는다. 그러나 이것만으로도 이

스토리를 만드는 물리학

야기 물리학의 필수요소인 독자들의 공감은 강화될 수 있다. 우리는 캣니스가 게임과 가까워질수록 그녀와 함께 두려움을 느낀다.

그리고 우리는 그녀를 응원한다. 왜냐하면 그녀의 인격 때문이다(그녀는 초반부터 동생을 구하려고 앞으로 나서는 용기를 보여준다). 그녀는 우리가 공감할 만한 인물이다.

어떻게 봐도 캣니스는 죽을 것이다. 끔찍하게. 그녀도 다른 사람들도 모두 이 사실을 알고 있다. 죽지 않으려면 그 전에 다른 사람들을 죽여야 한다. 그녀는 자신과 마찬가지로 죽을 이유가 없는 아직 십대에 불과한 아이들을 죽일 것이다. 이런 사실 또한 어둡고 복합적인 감정을 불러일으키며 우리가 그녀에게 공감하게 한다.

이 소설의 서브텍스트가 지닌 가장 이상한 요소는 바로 이러한 상황 – 그녀가 사람들을 죽이리라는 것과 동시에 그녀의 죽음이 다가오고 있다는 것 – 이다. 그리고 이 점이 중요하다. 그녀를 가장 절망하게 하는 게임의 상황은 피할 수 없다. 그리고 그녀가 놓인 상황은 우리와 크게 다를 바 없는 사회의 욕망을 충족시킨다. 이는 주제적인 측면에서 또 하나의 천재적인 서브텍스트이다.

하지만 이 서사에서 정말로 절묘한 서브텍스트는, 주제와 관련된 서브텍스트들과 마찬가지로, 그녀와 피타의 관계가 발전되면서 생겨난다. 사실상 그녀와 피타의 관계는 또 하나의 구조적 뼈대를 이루며 – 당신은 이 말을 듣고 놀랄지도 모르겠지만, 앞으로 설명하도록 하겠다 – 이야기의 구심점이 된다.

〈타이태닉〉은 가라앉는 배가 아닌 관계에 보다 초점을 맞춘다. 배가 가라앉고 있다는 것, 그리고 끔찍한 상황은 순수한 서브텍스트이다. 이는 분명한 사실이다.

〈헝거 게임〉도 마찬가지다. 이 이야기는 끔찍한 상황이 다가오고 있다는 것보다는 관계에 초점을 맞추고 있다. 두 작품 모두 위험, 임박한 죽음, 그리고 (이야기 물리학의 한 요소인) 공감을 이끌어내는 주인공의 두려움과 관련된 상황을 다루며, 〈헝거 게임〉의 상황은 극적 긴장감을 촉발시키는 일차적인 원천으로 기능한다.

위험은 관계를 진전시키는 기폭제다. 만약 '게임'의 외부에서 싹트기 시작한 관계라면, 이 관계는 지루하기만 했을 것이다. 하지만 여기는 경기장이고, 캣니스와 피타의 관계는 강렬하게 독자들을 빨아들인다. 이야기 물리학 때문이다.

캣니스가 진짜로 죽을지도 모른다고 생각한 적이 있는가? 없을 것이다. 이 이야기는 3부작으로 이루어져 있다. 이런 이야기에서 주인공은 결코 죽지 않는다. 따라서 캣니스의 죽음이 긴장감을 불러일으키는 일차적 원인은 아니다. 그러면…… 무엇 때문일까? 답변은 바로 그녀가 어떻게 살아남을 수 있을까에 달려 있다. 그녀의 생존여부는 전적으로 피타에게 달려 있다. 그는 그의 이름이 대표자로 불리던 그 순간부터 캣니스를 잠재적으로 위협할 수밖에 없는 상황 – 특히 캣니스가 생각하기에 – 에 있기 때문이다.

독자인 당신은 이러한 서브텍스트를 눈치채지 못할 수도 있다. 하지만 작가인 당신은 서브텍스트를 반드시 이해해야 하고, 사용해야 한다. 서브텍스트는 당신을 강력한 스토리텔링으로 이끈다. 그리고 〈헝거 게임〉의 서브텍스트는 독자의 공감에 불을 붙이는 장치다.

그 결과, 〈헝거 게임〉은 독자를 조종하는 탁월한 기술을 보여주었다.

비트 분석표

수잔 콜린스는 이 이야기에서 1인칭 화자 시점만을 줄곧 사용한다. 따라서 모든 장면들은 1인칭 화자에 의해서만 전개된다. 영화와는 달리 소설은 100% 캣니스의 시점으로만 전개되고, 그녀의 시점을 벗어나는 곳에서 진행되는 일들은 독자에게 보여지지 않는다. 이는 장면을 서로 구분하기 어렵게 하는데, 장면의 흐름이 말끔하게 이어지기 때문이다. 때로는 장면이 바뀌었다는 것조차도 눈치채기 어려울 정도다. 실제적인 서술적 목표가 없는 장면이 목표가 있는 장면으로 봉합될 때, 나는 이를 '하나의' 장면으로 간주한다(목표가 없는 장면은 다음 장면을 위한 '설정' 장면이라고 간주한다). 그러므로 이러한 장면 나누기는 시간과 장소의 변화 – 새로운 장면의 특징 – 가 뚜렷하더라도 애매할 수 있다.

한편 수잔 콜린스가 '파트'로 이야기를 나누고 있다는 점에 주목하고, 혼동하지 마라. 그녀가 사용하는 '파트'는 우리가 지금까지 논의해 온 기승전결로 이루어진 '파트'와는 다르다. 그러나 물론 〈헝거 게임〉의 극적 구조는 우리가 말하는 '파트'와 일치한다. 극적 컨텍스트를 지닌 파트들, 플롯포인트들, 그리고 인물이 변화하는 지점은 모두 반드시 있어야 할 자리에 있다.

그녀가 미리 이런 지점들을 계획했는지, 혹은 최적화된 이야기가 무엇인지를 감각적으로 알고 있었는지는 모르겠다. 어쨌거나 별로 상관은 없다. 그녀가 어떤 방식을 사용했든, 최적화된 효율적인 이야기를 구축하는 방법을 우리에게 보여주고 있기 때문이다.

〈헝거 게임〉의 비트 분석표를 작성하기 전에 마지막으로 다음에 주목하라. 이 책을 읽으면서 스스로 다음과 같이 질문하라. 당신은 수잔 콜린스가 초고를 쓰기 전에 아래와 같은 비트 분석표를 세밀하게 작성하며 장면의 흐름을 계획했다고 생각하는가? …… 우리로서는 알 수 없다. 하지만 그녀는 그렇게 했을 것이다. 이 말은, 당신도 초고를 쓰기 전에 비트 분석표를 작성할 수 있다는 뜻이다(이야기의 전체적인 흐름을 만들어 보라는 말이다). 혹은 초고를 쓰고 나서 비트 분석표를 작성해도 좋다. 그러면서 두 번째 초고에서는 무엇을 바꾸어야 할지를 살펴보는 것이다.

아무튼 완벽하게 작성된 비트 분석표는 이야기 전체를 보여준다. 비트 분석표 단계에서 이야기가 제대로 작동한다면, 여러 난점들을 극복하고 성공적인 초고를 완성할 수 있을 것이다.

자, 이제 시작해 보자…….

파트 1: 더 트리뷰트

챕터 1의 장면

1. 세계관이 설정된다……. 캣니스는 대표자 추첨일에 잠에서 깨어난다. 시작부터 빠르다. 콘셉트는 즉각적으로 치고 들어온다. 여기서 느린 전개는 없다.

2. 숲 속의 캣니스……. 그녀는 우리에게 사냥능력과 생존기술, 즉 그녀가 속한 세계의 '규칙'을 보여준다. 한편 우리는 게일을 만난다(3부작 중 첫 책에서는 별 역할을 하지 않는 게일은 후속작을 예고하는 동시에 위험요소로 기능한다).

3. 시장 방문……. 이 장면에서는 그녀의 세계가 어떻게 돌아가고 있는지와 그녀의 관계들, 그리고 전조를 보여준다.

4. (회상 이후) 집으로 돌아간 캣니스는 추첨식에 갈 준비를 하는 여동생 프림을 도와준다. 그러면서 그녀의 가족관계가 제시되고, 위험요소가 도입된다.

5. 캣니스와 프림은 추첨장에 도착한다. 이제 무엇을 위한 추첨인지가 드러난다. 프림이 12구역의 첫 번째 대표로 선출된다(여기서 주목할 점: 이 장면은 2개의 미끼들 중 첫 번째 미끼다. 하지만 아직 1차 플롯포인트는 아니다. 1차 플롯포인트는 72페이지에 등장한다).

챕터 2의 장면

6. 프림의 선출 장면이 조금 더 이어진다(이는 다음 장면이 바로 이어지기 전, 해당 순간을 보다 강조하려는 목적에서다). 그리고 캣니스는 여동생을 구하려고 신속하게 자원한다(설정과 관련된 앞선 5개의 장면들이 없었다면, 이 순간의 정서적인 울림은 그다지 크지 않았을 것이다). 우리는 (12구역의 유일한 우승자이자 지난 번 우승자인) 헤이미치를 만난다. 피타 역시 12구역의 또 다른 대표자로 선출된다(이 모든 일들은 하나의 장면에서 제시된다. 당신은 원칙적으로는 각각의 장면들로 나뉘어야 할 사건들이 전부 하나의 장면에 들어 있는 것은 아니냐고 물을 수도 있다).

7. 캣니스는 피타를 처음 만났던 때를 회상한다. 그가 몰래 그녀에게 빵을 던져주는 장면은 이후 그녀와 피타의 관계에 대한 최초의 컨텍스트를 형성한다. 한편 우리는 피타의 아버지도 만난다

(이는 중요한 장치이자 전조로 기능한다. 이 이야기는 궁극적으로 피타와 캣니스의 관계에 관한 것이기 때문이다).

8. 다시 추첨장. 캣니스와 피타가 사람들 앞에서 소개된다. 캣니스는 자신이 이기려면 그를 죽여야 한다는 것을 깨닫는다. 누군가가 대신 피타를 죽여주거나, 먼저 죽이지 않는다면 말이다(중요한 컨텍스트: 즐거워하는 사람은 캣니스를 맡아 관리하게 될 에피뿐이다. 이는 캣니스가 앞으로 가야 할 도시에 대한 중요한 전조로 작용한다).

챕터 3의 장면

9. 가족들(위험요소와 공감), 피타의 아버지(친절하게도 여행을 떠나는 캣니스에게 쿠키를 준다), 그리고 게일(피타와의 관계가 진행되면서 갈등이 빚어지고 애정관계도 변하리라는 것을 암시)과 가슴 아픈 작별이 이어진다. 게일은 그녀에게 활을 만들어 무기로 쓰라고 용기를 준다. 캣니스는 그들 중 누구도 다시는 볼 수 없으리라고 생각한다. 한편 그녀가 이기려면 피타가 반드시 죽어야 한다고도 생각한다(독자 공감, 긴장감 고조). 이러한 각각의 작별들이 독립적인 장면으로 쓰여져야 한다고 말할 수도 있겠다. 하지만 콜린스는 이를 하나의 삽화적인 장면으로 서술하고 있다.

10. 캐피톨로 가는 기차 안. 콜린스는 이 장면을 게임에 대한 특정한 정보를 전달하는 장치로 활용한다. 캣니스와 피타는 다른 구역의 대표자들, 즉 그들이 싸워야 할 적대자들에 관한 영상을 본

다. 그녀의 관리자 에피, 그리고 헤이미치와의 관계역학도 계속된다. 속을 알 수 없는 피타와도 마찬가지다(이 모든 일들이 캣니스의 1인칭 시점으로 전개되기 때문에, 우리로서는 피타의 의도를 알 수 없다).

챕터 4의 장면

11. 여전히 기차 안. 우리는 캣니스에게 관심을 보이는 피타를 관찰한다(그의 의도는 무엇인가?). 그녀는 혼란스럽고, 회의적인 기분을 느낀다. 그녀는 피타에게 다가가기를 거부한다. 피타에 대한 거부의 표시로 그의 아버지가 준 쿠키를 기차 밖으로 내던진다.

12. 또 다른 회상 장면. 활 사냥이 주특기인 그녀의 모습을 보여준다. 우리는 그녀의 가족에게 어떤 일이 있었는지를 알게 된다. 특히 아버지의 죽음과 이를 견디지 못하는 어머니의 모습, 그리고 주로 캣니스가 가족을 먹여살렸다는 것을 알 수 있다.

13. 다시 기차 안……. 헤이미치는 코뉴코피아 경기장에서 게임이 막 시작할 때 살아남는 방법을 캣니스와 피타에게 알려준다. 그의 충고는 '반대 방향으로 뛰어가라'이다.

14. 서사적 다리narrative bridge……. 기차가 캐피톨에 진입할 때 캣니스는 이 모든 정보들을 다시 한 번 되새긴다. 그녀는 피타가 이미 게임에 빠져들어 전략을 짜고 있다는 것을 깨닫고 그가 지금은 친절해도 때가 되면 그녀를 죽이려 들 것이라고 믿는다.

15. 그들은 대중 앞에 나설 준비를 한다. 그녀의 스타일리스트 시나는 동맹처럼 보인다. 그는 캣니스의 의상을 이야기하며 어떤 전략을 세워야 할지를 도와준다. 캣니스와 피타는 연합전선을 구축했다고 소개될 것이다. 피타는 늘 미소를 지으며 협조한다.

16. 시민들 앞에서 펼쳐지는 대표자들의 퍼레이드……. 피타와 캣니스는 (말 그대로) 불타오르는 의상을 입고 나선다. 이는 중요한 장면이다. 이들은 의도적으로 연합한 팀으로 대중 앞에 나서는 것이기 때문이다(모든 사람들은 한 팀일지라도 결국 서로를 죽여야 한다는 것을 안다). 피타는 마치 진정한 팀이라는 듯 그녀의 손을 잡는다.

17. 그 후 곧바로…… 불꽃이 꺼진다. 우리에게 캣니스의 내적 독백이 들려온다. 바로 이런 것이다. 피타는 그녀를 꾀어 약하게 만들려는 심산인지도 모른다. 그와 가까워질수록 그는 더 위험해질 것이다. 마지막 순간에서야 캣니스는 마침내 그의 전략을 신뢰하기로 하며 그에게 애정의 몸짓을 보인다. 그녀는 피타의 뺨, '상처 바로 위에' 키스한다. 이제 시작이다. 그녀의 여정에는 변화가 생겨났다. 이제부터 그녀는 생존해야만 한다. 마침내 게임이 시작된 것이다(이 지점은 전체 이야기의 19.4% – 최적지점인 20%와 근접한 – 에 해당하는 72페이지이다).

여기가 1차 플롯포인트이다. 파트 1에서의 설정은 끝났다……. 이제 우리는 파트 2에 들어선다. 파트 2의 전반적인 컨텍스트는 캣니스가 새로운 모험에 어떻게 반응하고 행동하는지를 보여주는 장면들을 만들어 낸다. 파트 2의 모든 장면들이 이러한 컨텍스트를 어떻게 담아내고 있는 지에 주목하라.

챕터 6의 장면

18. 캣니스와 독자를 위한 오리엔테이션……. 캣니스가 치러야 할 게 임에 어떤 정치학이 숨어있는지를 보여준다(스폰서들, 대중들의 호 감을 사는 법 등). 여기서 독자는 다른 대표자들을 소개한다. 캣니 스는 눈앞의 상황에서 용기를 얻지 못한다. 사회적·계급적 편견 에 대한 주제가 이미 테이블에 올라와 작동하고 있다.

19. 12구역 '팀'과 함께 저녁식사를 하던 도중 캣니스는 시중을 드는 소녀(벙어리 범죄자)를 본다. 그녀는 소녀를 알아본다. 그러자 피 타는 앞으로 나서서 그녀를 붙든다. 그러자 그녀는 더욱 혼란스 럽다. 피타가 이런 행동을 하는 것은 전략 때문인가, 혹은 진정한 우정 때문인가? 그녀는 전자라고 확신하면서도, 뭔가 미심쩍은 기분을 느낀다.

20. 저녁식사 이후 그녀는 피타, 시중 드는 소녀와 대화한다(이 장면에 서는 그녀의 관리자들이 뭔가 끔찍한 내용을 말하며 위험요소를 만들 어 내는 데 일조하고 있다). 피타는 그녀를 위해 거짓말을 하며 그녀 를 지켜준다. 캣니스가 그 소녀를 안다고 말하면 위험해질 것이 기 때문이다.

21. 캣니스는 소녀를 마주쳤을 때를 회상한다. 게일과 숲 속에서 사 냥을 할 때였다. 평화유지군이 소녀를 다치게 했다.

22. 캣니스의 회상이 끝나고 피타는 고향에서 캣니스를 처음 봤던 날과 그녀에게 빵을 주었던 사건에 대한 기억을 이야기한다.

23. 캣니스가 방으로 돌아가는 짧은 장면. 벙어리 소녀가 멀리 서 있다. 캣니스는 공포가 아닌 죄책감을 느낀다. 그녀는 헝거 게임을 지켜보듯 평화유지군이 소녀의 친구를 죽이고 소녀를 다치게 하는 장면을 보고 있었다. 바로 고통스러워하다 죽음에 이르는 자기 자신을 보게 될 사람들처럼. 캣니스는 소녀도 그 장면을 즐기면서 지켜볼지를 궁금해 한다.

챕터 7의 장면

24. 다음 날 아침, 캣니스는 훈련 첫 번째 날을 준비한다. 그녀는 혼자 아침을 먹고, 고향을 떠올린다.

25. 피타와 헤이미치가 도착한다. 대표자들이 소개될 때를 대비한 피타는 캣니스와 똑같은 옷차림을 하고 있다. 헤이미치는 그들 각각에게 조언을 해준다. 그들은 각자의 능력을 두고 상의한다. 피타가 캣니스를 뒤에서 받쳐주기로 한다. 헤이미치는 이에 동의한다. 피타가 그녀를 도와줄 때, 사람들은 그들을 지지할 것이다. 헤이미치는 훈련을 하지 않을 때도 항상 둘이 붙어 있으라고 말한다. 이는 그들을 생존하게 해줄 유일한 전략이다.

26. 훈련이 시작된다. 그녀는 퍼레이드 의상을 벗은 다른 대표자들을 평가한다. 그들 중 몇몇은 이미 친해지고 있다. 특히 (어렸을 때부터 '전문적으로' 게임을 위해 양육된) 2구역에서 온 대표자가……. 이는 전조로 기능한다. 게임관리자가 훈련장을 찾아온다. 우리는

대표자들 사이의 알력이 작용하는 식사 장면을 본다(이 장면은 의도적으로 고등학교 점심시간처럼 보이게 쓰여진 듯하다). 그녀와 피타는 혼자가 아니라는 사실에 감사한다(이 장면은 하나의 장면으로 여러 시간대를 드러내는 기법으로 쓰였다).

27. 훈련 두 번째 날. 우리는 루를 만난다(루는 나중에 활약할 것이다).

28. 피타와 캣니스는 그날의 훈련에 대해 헤이미치, 에피와 논의한다.

29. 캣니스와 피타는 둘만 남겨진다. 캣니스는 그를 조롱한다. 그녀는 둘만 있을 때는 전략적으로 굴지 않아도 된다고 말하면서 그를 거부한다……. 그녀는 이 모든 것이 그저 게임의 일부라고 생각한다.

30. 훈련 세 번째 날. 캣니스는 게임관리자들에게 훌륭한 활쏘기를 보여주어 깊은 인상을 남기고자 한다. 하지만 그들은 주목하지 않는 것처럼 보이고, 그녀는 분노한다. 그녀는 그들 한가운데를 노려 활을 쏜다. 그들은 순간적으로 공포에 떤다. 이제 그녀는 주목을 받게 된다(놀라운 장면이 아닐 수 없다).

챕터 8의 장면

31. 후에 캣니스는 혼자 반성한다. 그녀는 치명적인 실수를 저질렀다고 생각한다.

32. 저녁식사를 하면서 그녀의 행동에 대한 토론이 이어진다. 헤이미치는 그녀가 잘했다고 생각한다.

33. 식사가 끝나고 그들은 훈련 점수를 보기 위해 모인다. 그녀는 11

점을 받는다. 가장 높은 점수다. 이제 그녀는 자신이 우승 가능성이 가장 높은 후보로, 다른 모든 대표자들의 표적이 되었음을 깨닫는다.

34. 게일을 만났던 날에 대한 회상. 이 장면은 우리에게 그녀가 활을 잘 쏘고 사냥을 잘 한다는 사실을 다시 한 번 알려준다(그녀와 우리에게 희망의 불씨를 가져다 주는 장면이다).

35. 다시 현재로 돌아옴. 캣니스는 게일을 가엾다고 생각한다.

36. 다음 날 아침, 캣니스는 피타가 이제부터 혼자 훈련하겠다고 요청했다는 소식을 듣고 반가워한다.

챕터 9의 장면

37. 캣니스는 배신당한 기분을 느끼면서도 '전략'과 가식이 끝났다는 데 기뻐한다. 그녀는 에피를 만나 의상에 관해 이야기한다.

38. 그녀는 헤이미치를 만나 전략에 관해 이야기한다. 이제 그녀는 인기 있는 후보다. 헤이미치는 사람들의 호감을 사는 편이 이득이라고 생각한다. 그들은 스폰서를 통해 그녀에게 게임에 필요한 물품들을 보내줄 수 있다. 헤이미치는 피타의 전략이 사람들에게 '호감을 사는 것'이라면, 그녀의 전략은 이야기를 보여주는 것이라고 생각한다.

39. 다음 날, 그녀는 스타일리스트 시나와 함께 있다. 에피와 헤이미치의 훈련은 끝났다. 헤이미치는 그녀에게 옷을 입혀주며 기운을 북돋우려고 애를 쓴다. 그는 그녀에게 보다 호감을 얻을 수 있는 방법을 알려준다. 그는 그녀의 친구가 되고자 한다.

40. 언론간담회가 텔레비전으로 중계된다. 헤이미치는 피타와 캣니스가 계속해서 커플로 보여야 한다고 말한다. 이는 캣니스의 마음에 들지 않는다. 진행자 시저가 다른 대표자들을 인터뷰하는 동안, 캣니스는 그들을 관찰한다. 그녀는 인터뷰를 잘 해내며, 대중들의 호감을 사는 데도 성공한다. 피타는 인터뷰에서 그와 캣니스가 커플이라고 분명히 말한다. 그러면서 그녀가 죽기 전에 자신이 먼저 죽을 것이라는 점을 확실하게 밝힌다.

파트 2: 게임

챕터 10의 장면

41. 피타의 인터뷰가 이어진다. 그는 그녀(캣니스)가 몰랐던 사랑의 감정이 그들 사이에 자리하고 있었음을 밝힌다. 마음이 흔들린다.

42. 대표자들은 저마다 숙소로 돌아간다. 캣니스는 피타에게 분노를 표출한다. 그가 인터뷰에서 했던 말 때문이다. 그러나 헤이미치는 그녀가 피타의 말 덕분에 도움을 받은 셈이라고 말한다. 피타는 그녀에게 생존할 수 있는 기회를 준 것이다. 사람들이 그녀에게 호감을 품었기 때문이다. 그들은 그녀를 응원할 것이고, 스폰서들도 생길 것이다.

43. 게임은 다음 날 아침 시작된다. 에피와 헤이미치는 작별의 인사를 남기는 한편, 꾸준히 도와줄 스폰서들을 찾겠다고 말한다(이는 중요한 전조다). 헤이미치는 마지막으로 꼭 필요한 조언을 해준다. 첫 대결이 벌어지자마자 코뉴코피아에서 도망쳐라. 피바다가

될 테니까.

44. 캣니스는 잠들지 못한다. 그녀는 지금까지 있었던 일들을 떠올리며 옥상으로 간다. 피타도 그곳에 있다. 그는 죽기로 결심했다고 한다. 그는 '자기 자신으로' 죽기를 원한다. 그들은 가장 인기를 끌 만한 결과를 만들려는 게임관리자들이 장막 뒤에서 어떻게 게임을 조종하는지를 논의한다(이는 전조로 작용한다). 141페이지에 해당하는 이 장면에서 1차 핀치포인트가 나타난다. 전체 분량으로 따지면 37~38%에 해당하는 지점이다. 이 이야기에서는 여러 군데에서 핀치포인트들을 찾아낼 수 있다(적대자의 힘이 주인공과 독자의 눈앞에 제시되며 위험요소를 상기시키는 지점이 핀치포인트다). 하지만 이 순간은 다른 핀치포인트들과는 다른데, 인물의 내적 자아와 포기하지 않으려는 욕망, (그들이 바랄 수 있는 유일한 승리인) 자기 자신으로 죽고 싶다는 욕구를 깊이 파고들고 있기 때문이다. 당신은 앞으로 경기장에서 피비린내를 풍기는 가학자들로 돌변한 다른 대표자들을 보게 될 것이다……. 그러나 우리의 주인공들은 그렇게 전락하기 전에 죽을 것이다. 이 장면은 무엇보다도 이런 점에 주목하고 있다.

45. 시나는 경기장으로 떠나는 캣니스를 준비시킨다. 그는 캣니스에게 따뜻한 작별의 말을 건네며 프림의 모킹제이 핀을 건네준다(이는 1부의 남은 이야기와 후속작을 예고하는 전조다). 그녀가 활주로에 들어설 때 안내방송이 들려온다. "게임이 시작되었습니다."

챕터 11의 장면

46. 캣니스가 경기장에 들어선다. 대표자들은 시작신호가 들려오기를 기다린다. 그녀는 무기를 취하려면 안으로 달려들어가야 한다고 생각한다. 그리고 신호가 울렸을 때⋯⋯ 그녀는 무기가 있는 곳과는 반대 방향으로 달려간다. 몇 분이 채 지나기도 전에 대표자들의 절반이 사망할 것이다. 그녀는 헤이미치의 충고대로 행동한다(여기서 재미있는 점: 이 장면은 이 이야기에서 가장 커다란 전이 transition를 보여주는 것처럼 보이지만, 주요 전환점이라고는 할 수 없다. 이야기는 아직 1차 플롯포인트 직후에 해당하는 파트 2에 머물러 있기 때문이다. 이야기의 컨텍스트는 아직 변화하지 않았다. 게임을 위해 억지로 꾸며낸 피타와의 관계에 대해서도 그녀는 여전히 반응 단계에 있다. 그녀가 공격자로 나서는 시점은 파트 3부터이다).

47. 그러나 그녀는 보급품을 조금이라도 챙기기 위해 다시 돌아가기로 결정한다. 그러려면 싸워야 한다. 그런데 그녀의 뒤쪽에서 다른 대표자가 살해당한다. 다음은 그녀 차례다. 칼이 날아온다. 하지만 칼은 그녀의 배낭에 꽂힌다. 이제 그녀가 사용할 수 있게 된 칼이다. 그녀는 달려간다.

48. 캣니스는 숲 속으로 도망친다. 후에 그녀는 죽은 대표자들의 숫자를 알리는 대포 소리를 듣는다. 11명이다. 거의 절반에 가까운 숫자다. 그녀는 피타도 죽었을지, 그렇다면 어떤 기분이 들지 궁금하다. 적어도 그녀는 이미 죽은 그를 죽이지 않아도 될 것이다. 그녀는 발걸음을 멈추고 물이 있기를 바라며 보급품을 살핀다. 그런 행운은 없다. 해가 지고 있다. 그녀는 먹을 것을 구하기 위

해 덫을 설치한다.

49. 밤이다. 캣니스는 나무로 올라가 자리를 잡는다. 밤하늘에 사망
자들의 얼굴이 홀로그램으로 떠오른다. 그녀가 죽기를 바랐던 사
람의 얼굴은 없다. 피타와 다섯 팀의 대표자들이 살아있다. 그리
고 루도. 그녀는 곧장 곯아떨어진다.

50. 근처에서 바스락거리는 소리에 잠을 깬 그녀의 눈에 대표자들 무
리가 들어온다. 그들이 다른 대표자를 죽이는 소리와 그들의 대
화가 들려온다. 그들은 그녀를 쫓고 있다. 놀랍게도, 그리고 두렵
게도 피타가 그들 사이에 끼어 있다.

챕터 12의 장면

51. 연합한 대표자들이 그녀의 바로 밑에 있다. 그들은 살해된 대표
자의 보급품을 가져오라며 피타를 보낸다. 이제 그들은 피타를
죽일지 말지를 고려하지만, 그러지 않기로 한다. 피타가 그녀를
찾을 수 있다고 생각한 것이다.

52. 새벽. 연합한 대표자들이 움직인다. 캣니스가 나무에서 내려가기
전 호버크래프트가 나타나 전날 밤 살해된 소녀의 시신을 거두어
간다.

53. 캣니스는 달리고, 사냥하고, 물을 찾는다. 그녀는 자신의 모습이
텔레비전으로 중계되고 있다는 것을 안다. 그리고 시청자들이 그
녀를 응원하고 있거나 혹은 그녀가 죽기를 바라고 있다는 것도.
그녀는 그들에게 깊은 인상을 남기고자 한다. 그녀는 약해진 기
분이 든다. 그녀는 아픈 것 같다. 그녀는 독이 든 베리를 먹을 뻔

한다. 그녀는 밤을 보내기 위해 나무에 올라간다.

54. 아침. 몸 상태가 나빠졌다. 그녀에게는 물이 필요하다. 그녀는 코뉴코피아 근처의 호수를 생각해 내고 나무에서 내려간다.

55. 그녀는 진흙을 발견한다. 물이 있다는 의미다. 그 후 연못이 나온다. 그녀는 천천히 물을 마시고 토끼를 먹은 뒤 쉰다. 밤이 다가오고 그녀는 나무 위로 올라가 잠든다. 갑자기 그녀는 잠에서 깨어난다. …… 불길이 타오르고 있다.

챕터 13의 장면

56. 불길을 피해 도망치면서 그녀는 게임이 바뀌었으며 게임 바깥의 관리자들이 대표자들에게 위협적인 요소를 게임에 집어넣고 있다고 판단한다. 그녀는 다리에 심한 화상을 입는다. 마침내 불길이 잦아들고 고요가 찾아온다. 그녀는 절망적인 기분으로 새벽까지 휴식을 취한다.

57. 그녀는 작은 연못에서 목욕을 하며 피를 씻어내고 상처를 돌본다. 피로가 몰려오고, 그녀는 곯아떨어진다.

58. 피타를 포함한 대표자들 연합이 다가오는 소리에 그녀는 잠에서 깨어난다. 그러나 숨을 시간이 없다. 그들은 나무 위로 높이 올라가던 그녀를 찾아낸다. 그녀는 죽음을 감수하고 그들을 조롱한다. 텔레비전을 보는 시청자들에게도. 그들은 그녀를 쫓아 나무를 오르지만 잘 되지 않는다. 한 소녀가 활을 쏘지만 빗나간다. 이제 화살은 그녀의 것이다. 그들은 아침까지 그녀를 내버려두기로 결정하고 나무 아래서 야영할 준비를 한다.

59. 그 후 그녀에게 어떤 소리가 들려온다. 땅이 아니라 나무 위, 옆에서 들려오는 소리다. 그녀를 줄곧 지켜보고 있었던 루가 무언가를 가리켜 보이며 어떤 신호를 보낸다. 캣니스는 더 이상 혼자가 아니다.

챕터 14의 장면

장면 60은 중간포인트이다. 이 지점에서 새로운 컨텍스트가 이야기를 변화시킨다. 그리고 캣니스는 반응 단계를 벗어나 공격 단계로 접어든다.

이 지점은 전체 이야기의 49.5%에 해당하는 185페이지로, 거의 정확한 위치에 자리하고 있다(콜린스가 중간포인트의 원칙을 알고 있었는지, 혹은 타고난 이야기꾼의 감각으로 정확한 위치를 찾아냈는지는 알 수 없다. 여기서 중요한 점은 〈헝거 게임〉의 중간포인트가 이야기의 구조적 원칙과 정확하게 부합한다는 점, 그리고 적용된 이야기 물리학의 힘이 효율적으로 발휘되고 있다는 점이다. 비효율적인 이야기들은 대개 구조도 이야기 물리학도 느슨하게 적용되어 있다).

60. 루는 캣니스에게 그녀의 침낭 위에 걸려있는 유전자조작 맹독 말벌들의 벌집을 가리켜 보인다. 캣니스가 벌집을 잘라 연합한 대표자들 위로 떨어뜨린다면, 그녀에게도 기회가 생길 것이다. 하지만 벌집을 자르는 동안 벌에게 쏘이지 않기란 거의 불가능할 것이다. 그녀는 밤마다 들려오는 안내방송이 울려퍼지기를 기다린다. 코뉴코피아에서 가져온 칼로 벌집을 자르는 소리를 숨길 수

있도록 말이다.

61. 마침내 안내방송이 들려오고, 그녀는 가지를 자르기 시작한다. 하지만 부상을 입은 몸으로 작업은 너무나 고통스럽고 더디다. 아마 잘 되지 않을 것 같다(그녀가 여기서 말 그대로 달리는 대신 공격하고 있다는 점에 주목하라. 파트 2와 파트 3의 컨텍스트적 차이는 바로 여기에 있다: 반응하는 자에서 공격하는 자로의 변화).

62. 그 후 그녀는 나무에 걸려 있던 그녀의 가방 위에 무언가가 놓여 있다는 것을 깨닫는다. 헤이미치가 보낸 연고다. 연고는 그녀의 상처를 빠르게 없애줄 것이다. 그녀의 통증은 곧 사라진다.

63. 다시 벌집을 잘라내던 그녀는 벌에 쏘인다. 그녀는 앞으로 엄청난 통증이 생길 것이며, 어쩌면 환각도 겪게 되리라는 것을 안다. 하지만 그녀는 계속해서 벌집을 자르고…… 마침내 벌집이 떨어진다. 연합한 대표자들은 공포에 질려 도망간다. 그러다 두 소녀가 벌에 쏘여 사망한다. 캣니스는 혼자이며 안전하다. …… 아직까지는. 그녀에게는 이미 벌에 쏘인 효과가 나타나고 있다.

64. 그녀는 나무 밑으로 내려가 조금 전 죽은 소녀의 시신 옆에서 활을 찾아낸다. 전사에게 새로운 무기가 생긴 것이다. 그녀에게 꼭 알맞은 무기가.

65. 그러나 독이 그녀를 뒤덮는다. 그녀는 넘어지고, 그 순간 다른 대표자들 중 하나가 다가온다. …… 피타다. 피타는 그녀에게 도망치라고 한다. 결국 그가 그녀를 구한다.

66. 그녀는 환각에 빠진 채로 달려간다. 대표자들 중 하나가 그녀를 거의 잡을 뻔한다. 그녀는 개미굴로 떨어져 기절한다.

챕터 15의 장면

67. 캣니스는 고통스러워하며 깨어난다. 감각을 되찾으며 그녀는 구역을 떠날까 말까 게일과 논의하던 때를 회상한다. 그들은 떠났어야 했다. 그 후 그녀는 자신이 장기를 발휘할 수 있는 활이 생겼다는 사실을 기억해 낸다. 그녀에게는 기회가 생겼다. 이제 활을 갖게 된 그녀는 '게임에 대해 전적으로 새로운 시각'을 갖게 되었다. 이는 우연이 아니라 중간포인트 직후의 장면이 갖는 목표다.

68. 그녀가 연못에서 물로 상처를 닦고 치료할 때 루가 다가온다. 그녀와 동맹을 맺기를 바라는 루는 갖고 있던 약초로 벌에 쏘인 캣니스의 상처를 돌본다. 캣니스는 야생 새를 쏘아 잡는다. 그들은 새를 먹는다.

69. 루는 캣니스에게 밤에도 볼 수 있는 '선글라스'를 갖고 있다고 말한다. 그들은 공격적으로 나갈 계획을 세우기로 결정한다.

챕터 16의 장면

70. 죽음의 대포가 그들을 깨운다. 어디 있는지는 알 수 없지만 피타를 포함한 8명의 대표자들이 남았다. 캣니스와 루는 대표자들이 음식물을 저장한 곳을 급습한다는 계획을 세운다. 그들은 새소리를 흉내내어 먼 거리에서도 의사소통을 하기로 한다.

71. 살해된 대표자들로부터 챙긴 전리품을 잔뜩 쌓아둔 코뉴코피아 요새를 공격한다는 계획을 시행해야 하므로 그들은 서로 떨어진다.

72. 코뉴코피아에 도착한 캣니스는 상황을 살핀다. 부비트랩이 보인다. 그녀는 대표자들이 자신을 두고 하는 대화를 듣게 된다. 분노한 그들은 그녀를 천천히 죽일 의도를 갖고 있다(이는 극적 긴장감과 위험요소를 고조시키려는 작가의 의도가 담긴 장치다).

73. 그녀에게 마침내 기회가 찾아온다. 그녀는 전리품 더미에 활을 쏘고 사과를 던진다. 사과는 지뢰밭으로 굴러간다. 지뢰가 터지면서 전체가 날아가버린다.

챕터 17의 장면

74. 폭발이 끝나고…… 캣니스는 도망가려고 하지만 어지러움을 느낀다. 또 다른 폭발이 이어지고, 그녀는 다시 무력해진다. 다른 대표자들이 파괴된 전리품 더미로 돌아갈 때 그녀는 몸을 숨긴다. 그녀는 밤새도록 기다리며 다음 순간을 노린다.

75. 그녀는 아침에 깨어난다. 파괴된 전리품 더미 너머에서 한 소녀의 웃음소리가 들려온다. 다른 자들은 지금 없는 것 같다.

76. 캣니스는 루와 헤어졌던 곳으로 돌아와 그녀가 돌아오기를 기다리며 끼니를 때운다.

77. 잠시 후, 그녀는 2차 약속장소로 간다. 비명이 들려오고 그녀는 그곳을 향해 달려간다. 루가 그물에 걸렸다. 캣니스가 도착하자마자 창이 루의 몸을 관통한다(주목할 점: 이 장면은 2차 핀치포인트로 최적화된 위치 - 62%, 232페이지 - 에 자리하고 있다. 여기서 캣니스는 처음으로 다른 참가자를 직접 죽여야 하고, 그녀와 독자는 루의 운명이 결정되면서 이 상황의 어두움을 직접적으로 경험 - 이 장면의

목표 – 한다).

챕터 18의 장면

78. 캣니스는 창을 던진 소년을 재빨리 쏜다. 그녀는 죽어가는 루에게 위안의 노래를 불러준다(주인공에게 공감). 캣니스는 루와 그녀가 어떻게 여기까지 올 수 있었는지를 회상한다. 그녀는 게임관리자가 볼 수 있도록 루의 시신을 꽃으로 장식하고, 다른 참가자들이 사용할 수 없도록 창을 단단히 박아넣는다. 호버크래프트가 루의 시신으로 다가온다(이 장면은 여러 개의 연쇄적인 사건들로 이루어져 있지만, 장면의 목표는 단 하나이다).

79. 캣니스는 몸을 숨긴 채로 전열을 가다듬는다. 작은 낙하산이 내려와 한 덩이의 빵을 건네준다. 루의 구역에서 감사의 표시로 온 빵이다. 그녀는 나무로 올라가 밤을 보낸다. 저녁의 안내방송이 그날의 사망자를 보여준다. 루와 루를 살해한 대표자. 이제 6명이 남았다.

80. 그녀는 루가 죽은 곳으로 돌아가 보급품을 챙기고 기다린다. 그녀는 새를 사냥해서 먹고, 물이 있는 곳으로 가서 캠핑한다. 오늘은 아무 일도 없다. 그녀는 자신이 죽인 소년을 떠올린다.

81. 그리고 예상치 못한 일이 생긴다. 규정이 바뀌었다는 안내방송이 들려온다. 같은 구역에서 온 대표자가 둘 다 끝까지 살아남으면 공동우승자로 인정하겠다는 내용이다. 그녀는 피타를 부른다. 이 지점은 극적으로 변화하거나 인물이 변화하는 지점인 '플롯포인트'가 아니다. 그러니 혼동하지 마라. 안내방송의 내용은 분명

새로운 정보이며, 캣니스에게는 새로운 서브텍스트가 생겨났다. 이 장면은 작가가 이야기에 불어넣는 많은 꼬임들 중 하나로, 서브텍스트를 변화시키고, 플롯을 변화시킨다. 그러나 각각 독립적인 컨텍스트를 지니며 주요한 전환점들로 구분되는 4개의 파트로 이루어진 구조 자체가 변하지는 않는다. 아직 2차 플롯포인트는 나타나지 않았다.

파트 3: 승리자

챕터 19의 장면

82. 캣니스는 이 소식을 듣고 행복하다. 그녀에게는 희망이 생겼다. 피타의 전략은 결국 통한 것이다. 그녀는 그때를 회상하며 잠든다.

83. 그녀는 아직도 피타를 찾고 있다. 그러다 핏자국을 발견하고 그 흔적을 따라간다. 그녀는 위장한 채 숨어있는 그를 발견한다(이 장면은 훈련 센터에서 예고된 적이 있다). 그는 부상당했다. 그는 그녀에게 키스해 달라고 농담한다. 그녀는 그를 물로 닦아 주고 먹인다. 그는 또 다시 키스를 언급한다.

84. 캣니스는 피타를 동굴로 데려가 함께 숨는다. 그녀는 더 이상 죽음을 입에 올리지 말라는 의미로 그에게 키스한다. 그녀에게는 첫 키스다……. 헤이미치는 음식을 보내 용기를 북돋우며 계속해서 이런 전략을 구사하라고 말한다. 관객들의 마음에 들 수 있도록.

챕터 20의 장면

챕터 20은 특별한 구분점이 없는 하나의 긴 장면처럼 작동한다. 당신은 여러 개의 장면으로 구분할 수 있다고 말할 수도 있다. 하지만 이는 중요하지 않다. 작가는 여기서 이야기를 빨리 전개시키기 위한 서사적 장치를 사용하고 있다. 바로 시간을 압축적으로 제시하는 것이다. 그녀는 서사를 충분히 설명하면서도 이야기의 호흡을 늘어뜨리지 않을 수 있도록 노력하고 있다. 나는 챕터 20을 4개의 장면으로 나누어 각각의 스토리 비트가 지닌 목표가 어떻게 변화하고 진화하고 있는지를 보여주고자 한다.

85. 캣니스는 피타를 돌보고 음식을 먹인 뒤 잠든다. 그녀가 깨어났을 때, 그의 다리는 상태가 더 심각해졌다. 그녀는 그에게 다시 먹을 것을 주고 옛날 이야기를 들려준다.

86. 안내방송이 들려온다. 필수 보급품이 담긴 배낭이 코뉴코피아에서 각각의 대표자들을 기다리고 있다. 참가자들을 한데 모으려는 수작이다. 피타와 캣니스는 논쟁을 벌인다. 그녀가 살해될까 봐 두려운 피타는 함께 머물러 달라고 말한다. 하지만 그녀는 가고자 한다. 그들에게는 보급품이 필요하다.

87. 헤이미치가 피타의 회복을 돕는 약을 보낸다.

88. 캣니스는 피타에게 독이 든 베리를 약간 먹여 기절시킨다. 그녀는 이제 배낭이 있는 곳으로 갈 수 있다.

챕터 21의 장면

89. 캣니스는 코뉴코피아로 갈 준비를 한다. 숲 속으로 들어가면서

고향인 12구역의 사람들이 자신을 응원하는 모습을 떠올려본다.

90. 코뉴코피아에 도착한 그녀는 놓여 있는 배낭을 본다. 그때 다른 대표자 하나가 달려들어 배낭을 움켜쥐고 달아난다. 그러자 그녀는 자기도 달려들어야겠다고 생각한다.

91. 하지만 다른 대표자 ― 칼이 주특기인 클로브 ― 가 그녀를 밀친다. 그는 그녀를 넘어뜨리고 피타에 대해 조롱하는 말을 한다. 그리고 그녀를 죽이려고 한다. 마침 루와 같은 구역에서 온 스레시가 그녀에게서 클로브를 떼어낸다. 클로브가 루를 죽였다고 믿는 그는 분노에 차서 클로브를 죽인다. 그 후 스레시는 캣니스에게 루와 친구가 되어준 대가로 이번만은 살려준다고 말한다(이 장면이 제대로 작동하기 위해서는 작가가 미리 스레시와 루의 친분을 보여줄 필요가 있었다).

92. 그녀는 피타를 구할 수 있는 약물이 들어 있는 주사기를 들고 동굴로 돌아간다. 그녀는 피타를 치료한다. 그들에게는 새로운 희망이 생겼다. 그녀와 피타는 결국 한 팀이 되었다.

챕터 22의 장면

여기서 이야기는 또 다시 변화하며 마지막 승부를 위한 무대를 설정한다. 곧 최후의 결전이 벌어질 것이다. 바로 2차 플롯포인트다. 이 지점에서 캣니스의 모험과 (처음부터 이야기의 뼈대를 형성하는 데 일조해 온) 피타와의 관계는 변화해야 했다. 그리고 지금이다. 전체 이야기에서 79%라는 최적의 위치에 자리하는 297페이지에서.

93. 코뉴코피아에서 부상을 입은 캣니스는 혼미한 상태로 동굴 안에서 깨어난다. 이제 다 나은 피타가 그녀를 간호한다. 그들은 지금의 상황과 스레시, 카토, 그리고 그들 중 하나가 상대방을 위해 죽을 수도 있다는 사실에 대해 두서없는 대화를 나눈다. 그녀의 내적 독백을 통해 우리는 그녀가 피타를 잃고 싶어하지 않는다는 것을 알게 된다(바로 이 점이 이 장면의 목표다. 하지만 이러한 목표는 그들이 나누는 대화의 컨텍스트에 따라 유기적으로 발생해야 했다). 그들은 키스한다. 전과는 다른 키스다.

94. 그날 저녁 늦게 그들은 갑자기 생겨난 진짜 로맨스라는 화제로 돌아간다. 그리고 낙하산이 하나 다가온다……. 축제다. 그들은 헤이미치가 보내온 낙하산을 보상이자 새로운 단계에 진입한 사랑에 대한 승인의 표시로 받아들인다. 사랑이야말로 헤이미치의 전략이자 희망이었다.

챕터 23의 장면

95. 그들의 관계에 대한 농담, 그리고 관객들 앞에서의 연기가 계속된다. 그들은 헤이미치가 게임에서 어떻게 살아남았을지, 그리고 그들이 우승자 커플로 생존하게 된다면 고향에 돌아갔을 때 어떤 인생이 기다리고 있을지를 생각한다. 그들은 좀 더 먹고 기력을 충전한다.

96. 그들은 마침내 동굴 밖으로 나와 먹을 것을 찾는다. 그들은 동굴 밖 피타의 은신처에 숨겨두었던 치즈가 사라졌다는 것을 깨닫는다. 대포 소리가 들려오고, 호버크래프트가 날아와 여자들 중 유

스토리를 만드는 물리학

일하게 살아있던 소녀(폭스페이스)의 시신을 수거한다. 그녀는 피타가 숨겨두었던 독이 든 베리를 먹고 죽었다(베리는 계속해서 전조로 등장한다). 캣니스는 피타에게 베리에 독이 있다고 말한다. 그녀가 말해 주지 않았더라면 피타 역시 베리를 먹고 죽었을지도 몰랐다. 그들은 카토가 발견하고 먹기를 바라며 베리를 주머니에 담아 놓아둔다. 그들은 카토를 유인하려고 불을 피운다. 카토가 그들을 찾고 있다는 것을 알기 때문이다. 그들은 다시 동굴로 돌아간다.

97. 캣니스는 자신과 피타가 어디쯤 와 있는지를 생각한다(특히 파트 4에서 내적 독백으로 서술되는 이야기가 우리에게 선택지들을 고민하는 캣니스의 두려움과 용기를 들려주고 있다는 점에 주목하라……. 동시에 우리는 깊어가는 그녀의 피타에 대한 감정도 느낄 수 있다. 이는 이 장면을 비롯한 몇몇 장면들의 목표다).

98. 그들은 물을 구하러 호수로 가지만, 게임관리자가 호숫물을 완전히 말려버린 뒤다. 그들은 이제야 나타난 카토와의 최후의 결전에 직면한다(이 장면의 목표다). 하지만 그는 무언가로부터 도망치고 있다. 야생늑대처럼 보이는 짐승들 – 유전자조작으로 만들어진 – 이 그를 쫓고 있다……. 이제 캣니스와 피타도 짐승들에게 쫓기게 된다.

99. 캣니스와 피타, 카토는 코뉴코피아로 도망친다. 그들은 개들이 따라올 수 없도록 구조물 꼭대기로 올라간다. 피타가 뒤로 처진다. 캣니스는 개들이 그의 다리를 물어뜯기 전에 그를 도와주어야 한다. 그러면서 개들에게 가까이 다가간 캣니스는 개들의 실

제 동력원이 죽은 대표자들이라는 것을 깨닫는다(이는 영화에서는 등장하지 않는다. 책에서 개들은 아이들이 서로에게 등을 돌리게 하려는 게임관리자의 장치다). 개들은 피타를 따라잡는다. 그는 칼로 개 한 마리를 죽인다.

100. 부상을 입었음에도 구조물 꼭대기로 올라온 카토는 피타를 꼼짝 달싹못하게 한다. 그들은 싸운다. 캣니스는 활을 당겨 카토의 머리를 조준한다. 교착상태. 그녀가 카토를 맞추면, 카토와 피타는 동시에 코뉴코피아 밑바닥에서 기다리는 개의 입 속으로 떨어질 것이다. 캣니스는 카토의 손에 화살을 쏘아 맞춘다. 카토는 사악한 개들에게로 떨어진다. 캣니스는 피타를 붙들어 떨어지지 않게 한다.

101. 카토는 혈투를 벌이며 개들과 싸운다.

102. 카토는 대단히 오랫동안 개들과 사력을 다해 싸운다. 캣니스는 텔레비전 시청자들은 이 편을 더 마음에 들어할 거라고 생각한다. 그러는 동안 그녀는 코뉴코피아 꼭대기에서 피타의 상처를 돌본다.

103. 새벽. 날이 밝아오고 캣니스는 간신히 숨만 붙어 있는 카토를 본다. 그녀는 마지막 화살로 그의 고통을 끝내준다. 개들은 땅속으로 난 구멍으로 사라진다. 캣니스와 피타가 게임에서 우승했다.

104. 혹은 그렇다고 생각하거나. 게임관리자가 마음을 바꾸었다. 그는 처음의 규칙을 적용한다고 발표한다. 한 명만 승리할 수 있다는 것이다(우리는 이런 식으로 나오는 자들을 얼마나 증오하는가?

증오를 불러일으키는 것은 이 이야기가 지닌 호소력 중 하나이며, 작가는 우리가 캣니스에게 공감하는 한편 이러한 증오를 느끼도록 종종 부추긴다).

105. 캣니스와 피타는 새로운 전개방식에 대해 상의하고, 아이디어를 하나 찾아낸다. 그들에게는 게임관리자를 이기게 할 생각이 없다. 그들은 베리를 이용해 동시에 자살하기로 한다(로미오와 줄리엣을 떠올리게 하는 생각이다). 그들에게는 어떤 생각이 있다……. 그리고 캣니스는 실제로 베리를 입 안에 넣는다. 허풍은 없다. 게임관리자는 갑자기, 다급하게 멈추라고 명령한다……. 그리고 두 사람 모두 헝거 게임의 우승자가 되었음을 선포한다. 캣니스와 피타가 거둔 승리는 그러나 그 이상이다. 마지막 행동으로 다른 어떤 대표자들보다도 승리한 것이다.

챕터 26의 장면

106. 호버크래프트가 그들을 데리러 다가온다. 그들은 훈련 센터로 돌아가 몸을 치료하고 휴식을 취한다. 캣니스는 지금까지 있었던 일들을 내적 독백으로 술회하고, 그 의미를 생각한다.

107. 그녀는 전에 본 적 있는 벙어리 소녀에게로 다가간다. 소녀는 캣니스가 죽기를 전혀 바라지 않았다는 것이 밝혀진다. 그녀는 압제자가 아니라 압제받는 사람이다. 그녀의 온화한 면모는 인간적인 모습을 보여준다(주목할 점: 영화에는 이 장면이 등장하지 않는다).

108. 시간이 흐르고 캣니스는 회복한다(그녀는 이 장면에서만 회복하

지 않는다. 다만 이 장면에서는 일부 시간 압축적인 서사적 전략이 적용되어 있다. 이 장면은 하나의 목표만을 지니고 있지만, 마치 서사적인 내용을 제시하는 장면처럼 쓰였다).

109. 그녀는 마침내 팀과 합류한다. 시나는 또 다른 텔레비전 쇼에 나가야 하는 그녀를 치장해 준다. 그녀는 여전히 게임관리자가 사용하는 상품이다. 게임관리자는 성형수술을 통해 그녀를 물리적으로 바꾸고자 한다. 캣니스가 더 이상 숲 속에 있지 않다는 인상을 주려는 것이다.

110. 헤이미치는 그녀가 여전히 위험에 처해 있다고 경고한다. 그녀는 게임을 방해했으며, 게임관리자와 대통령을 모욕했다는 것이다. 그들은 그녀를 어떤 식으로든 처벌할 것이다. 그의 말을 들은 그녀는 다음과 같이 설명한다. 자신의 행위는 피타에 대한 감정 때문이며, 게임관리자를 모욕할 생각도, 게임을 방해하겠다는 정치적인 의도도 없었다고.

111. 캣니스는 차라리 경기장에서 죽었다면 더 좋았겠다고 생각한다.

챕터 27의 장면

112. 우리는 (무척 괴상한 인물로 그려지는) 시저가 진행하는 텔레비전 다큐멘터리를 본다. 프로그램은 캣니스의 모험을 하이라이트로 보여준다. 캣니스는 반항적이라고 생각될 만한 장면들(그녀가 루의 시신을 꽃으로 덮는 장면 등)을 모두 삭제했다는 것을 알아차린다(이는 빅브라더Big Brother 정치학과 미디어의 결탁을 보여준다). 캣

니스와 피타는 대통령의 축하만찬에 초대된다. 헤이미치도 참석해 캣니스를 지원해 준다(캣니스가 다음 경험으로 우리를 데려가기 전에 등장하는 이 장면은 독립된 장면이라기보다는 한 문단 정도로 처리되고 있다).

113. 피타는 의족을 한 채로 나타난다(그래서 그는 캣니스와 떨어져 있었던 것이다. 그녀는 이 사실을 모르고 있었다). 결국 이 모든 것들이 게임을 위한 완벽한 전략이었다는 것이 드러난다. 캣니스와 피타는 안전하게 12구역으로 돌아갈 때까지 사람들의 기대에 부응하기로 한다.

114. 고향으로 돌아가는 동안 헤이미치는 그들이 캐피톨에서 간신히 벗어날 수 있었다고 말해 준다. 그는 독이 든 베리로 자살하려고 했던 그들의 연기가 대단히 반항적으로 보였음을 지적한다.

115. 피타는 캣니스가 게임에서 그에게 보여주었던 마음이 결국 생존전략에 불과했음을 깨닫는다. 이제 게임은 끝났고, 그녀는 그에게 거리를 둔다. 그러나 캣니스는 자신의 감정을 완전히 파악하지 못한다. 그녀는 혼란스러운 상태로 집으로 돌아간다.

116. 그들은 한 번 더 텔레비전에 등장해야 한다. 그들은 마지막으로, 다소 강압적으로, 대중들 앞에서 커플로 행세한다.

이처럼 이 이야기에는 다양한 주요지점들이 존재한다. 이러한 비트 분석표를 통해 각각의 주요지점들이 서사적으로 적절한 위치에 있는지 찾아보기를 바란다.

하지만 지금은 이야기 물리학이 어떻게 작동하고 있는지를, 이야기의 구조와 서사적 전략은 이러한 물리학을 어떻게 작동시키고 있는지를 하나하나 따져볼 차례다. 이제 이 이야기의 주요 사건들은 어떤 것들이 있는지 살펴보자. 12구역에 있는 캣니스(대표자 추첨과 회상)……, 캐피톨로 이동……, 훈련과 준비……, 게임 시작, 도망치는 캣니스……, 루와의 동맹, 공격……, 루의 죽음, 캣니스와 피타의 재결합……, 캣니스와 피타의 코뉴코피아 공격……, 카토와의 결전……, 그리고 게임 이후.

당신 또한 이야기를 계획할 때 이처럼 서사적인 주요 사건들을 만들어 낼 수 있다. 그리고 이러한 사건들을 4개의 파트(설정, 반응, 공격, 해결)로 전개되는 컨텍스트로 통합시켜라. 이야기의 요소들을 규정하는 도구들로 6가지 핵심요소(특히 콘셉트와 인물, 주제, 구조)를 활용할 때, 장면과 비트 분석표를 완성할 때, 그리고 당신이 실제로 장면을 쓰기 시작할 때 언제나 이야기 물리학을 염두에 두고 있어야 한다. 그래야 제대로 작동하는 원고를 쓸 수 있을 것이다. 그래야 퇴고도 할 수 있으며, 당신의 원고를 받아줄 사람도 생길 것이다.

1차 플롯포인트

1차 플롯포인트가 이야기에서 가장 중요한 이유는 무엇인가?
1차 플롯포인트에서 주인공의 이야기 – 특정적인 모험 – 가 본격적으로 시작되기 때문이다. 이전까지의 모든 일들은 이 순간을 위한 설정이었다.

여기서 '이야기 – 특정적'이라는 표현을 사용한 까닭은 주인공이 1차 플롯포인트에 선행하는 여정에 있으며(이는 좋은 점이다), 이야기의 실제

'플롯'이 이미 작동하고 있을 것이기 때문이다. 1차 플롯포인트는 주인공의 모험, 필요, 문제, 혹은 위험요소나 반대자의 압박과 관련된 여정을 갑자기, 그리고 완벽하게 (혹은 최초로) 규정한다.

파트 1의 설정 장면들은 독자가 주인공에게 어떤 감정을 느끼기 시작하는 동안 위와 같은 역할을 해내야 한다.

작은 역할은 아니다.

1차 플롯포인트가 약하다면, 잘못된 위치에 자리한다면, 혹은 존재하지 않는다면, 기본적인 이야기 물리학은 절대로 작동하지 않을 것이다. 에디터는 당신의 소설을 거절하며 1차 플롯포인트가 잘못되었다는 말은 하지 않을 것이다……. 하지만 그들이 (드물지만) 어떤 이유를 말해준다면, 그건 이야기 물리학을 적용하지 않았기 때문이고, 1차 플롯포인트를 제대로 만들지 못했기 때문이다.

"거기까지 너무 오래 걸린다." "주인공에게 관심이 생기지 않는다." "위험요소가 약하다." "이야기가 선헤엄을 친다." "흡입력이 별로 없다."

〈헝거 게임〉의 1차 플롯포인트는 연쇄적으로 등장하는 사건 유발 이후에 등장한다(그렇다. '사건 유발'은 1차 플롯포인트에 선행하는 파트 1에 등장할 수 있다). 수잔 콜린스가 1차 플롯포인트라는 용어를 사용하는지는 중요하지 않다. 다만 그녀는 탁월한 감각으로 교과서적인 위치에, 있어야 할 곳(비트 분석표에 따르면 페이퍼백 72페이지에)에 1차 플롯포인트를 만들었다는 점이 중요하다.

누군가는 이의를 제기할지도 모른다. 언뜻 보기에는 1차 플롯포인트처럼 보이지 않기 때문이다……. 당신은 이 이야기에서 엉뚱한 지점을 1차 플롯포인트라고 말할 수도 있다. 하지만 1차 플롯포인트를 찾아내려면, 그리고 1차 플롯포인트를 제대로 써 내려면, 핵심 이야기가 무엇인지를 이해해야 한다.

그리고 〈헝거 게임〉의 1차 플롯포인트는 당신이 생각하는 지점과 다를 수 있다.

〈타이태닉〉과 〈헝거 게임〉은 모두 대단히 극적인 플롯 변환점이 있다. 그러나 두 이야기에서 — 인물에게 보다 위협적인 상황을 제공하는 꼬임twist들이 존재할 때조차도 — 이야기의 핵심 구조는 주인공의 사랑 이야기를 축으로 회전한다. 가라앉는 배, 그리고 게임에 참가하는 것과 관련된 꼬임과 전환은 핵심 이야기를 위한 기폭제이다. 그리고 〈헝거 게임〉의 핵심 이야기는 바로 캣니스와 피타의 관계이다.

와우. 이들의 관계는 모든 것을 변하게 한다. 이 지점에서는 다른 플롯포인트들과는 달리 이야기를 명백하게 변화시키지 않는다. 다른 플롯포인트들은 이야기를 앞으로 나아가게 한다. 하지만 여기서의 핵심 이야기는 4개의 파트로 이루어진 구조를 떠받치는 사랑 이야기이다.

당신의 소설에서 핵심 이야기가 무엇인지를 파악하라. 그런 뒤에 플롯포인트들과 주요 사건들을 만들어라.

1차 플롯포인트 이전에 무언가가 대단히 변화하는 것처럼 보인다면, 이는 사건 유발이다. 〈헝거 게임〉의 사건 유발은 다음과 같다: 프림이 대표자로 선출된다……. 캣니스가 프림을 대신해 자원한다……. 피타가 선출된다……. 그들은 고향을 떠나 캐피톨로 간다……. 그리고 그들은 전략적으로 커플처럼 행세하며 스폰서와 관객의 호감을 얻어 이기겠다는 계획을 세운다.

이러한 사건들 중 무엇도 1차 플롯포인트가 아니다. 전부 사건 유발이다.

이러한 사건들은 모두 이야기의 효율성에 도움을 준다. 사건들은 우리에게 미끼를 던진다……. 우리가 느끼게 한다……. 우리가 캣니스의 내부를 깊이 들여다보도록, 그녀를 응원하도록 한다……. 그리고 (여기서 이야기 물리학이 작동하는데) 우리는 그녀의 여행을 그녀와 함께 대리적으로 시작한다.

그런데 어째서 이들 중 무엇도 1차 플롯포인트가 아니냐고? 두 가지 이유에서다.

첫째, 위치가 아니다. 이 장면들은 모두 1차 플롯포인트가 되기에는 너무 빨리 등장한다. 이 장면들은 이야기를 바꾸고 주인공에게 다가오는 모험을 정의하는 데 일조한다……. 하지만 이 장면들은 설정 단계에만 머물러 있다. 이 장면들은 주인공의 핵심적인 여정(이는 게임을 시작하는 것이 아니다)이 다가오기 시작할 때 이야기에 진정으로 뛰어든다. 이 이야기의 구조적 핵심, 그리고 주인공의 핵심적인 여정은 바로 사랑 이야기다.

72페이지에서 캣니스는 계속해서 거부했던 '커플' 전략에 결국 동의한다. 그녀는 이 전략을 의심스럽게 여기고, 피타에 대해서도 마찬가지다. 피타는 그녀를 갖고 노는지도 모르고, 그녀를 약하게 만들며 그녀의 심장에 칼을 꽂을 순간만을 노리고 있는지도 모른다. 그녀는 피타를 어떻게 대해야 할지 모르고, 이는 갈등을 촉발한다.

72페이지가 되어서야 그녀는, 적어도 겉으로 보기에는, 그를 신뢰하고, 받아들이고, 그의 전략에 동의한다. 그녀는 우리에게 (행동을 통해) 그녀가 피타의 어두운 게임을 받아들일 것이며, 그를 이기겠다고 선언한다. 여기서 어떤 이야기 물리학이 작동하고 있는지를 보자. 우리는 그녀에게 공감하고, 그녀를 응원한다(극적 긴장감). 우리는 이어질 일을 궁금해 한다(극적 긴장감). 우리는 새로운 사랑에 대한 전망과 함께 초조해진다(대리적 체험). 우리는 피타의 계획이 쓸 만한 전략인 동시에 그들이 실제로 사랑하게 될지도 모르겠다고 느낀다(흡입력 있는 전제). 그리고 앞으로의 일들을 전혀 예측할 수 없는 우리는, 더 많은 것을 원한다(미지의 요인 도입).

그녀는 피타의 파트너로서 그의 뺨에 있는 상처 위에 키스한다. 이는 시적이면서도 역설적인 순간을 만들어 낸다. 이 행위 하나로 이야기는 변화하기 시작한다. 여기가 1차 플롯포인트다. 이 순간은 그녀의 여정이 시작되게 하며, 그녀가 핵심적으로 해야만 하는 일을 정의한다. 게임에서 살아남기, 뿐만 아니라 기만적인 파트너로부터 살아남기. 이는 위험 요소와 반대자라는 컨텍스트와 관계된다. 이제 극적 긴장감이 고조되었고, 우리는 그녀에게 복합적인 감정을 품게 되었으며, 따라서 우리는 캣니스의 위험천만한 여정을 따라가는 대리 체험을 만끽할 수 있게 되었다.

수잔 콜린스는 이야기 물리학적으로 너무나 강력하고 흡입력 있는 외적 플롯 – 게임 – 을 만들어 냈다. 한편 외적 플롯 아래에는 캣니스와 피타의 사랑 이야기가 이야기의 뼈대를 이루고 있다. 따라서 독자는 두 가지 감정선을 따라갈 수 있다. 이 이야기에서 외적 플롯과 내적 뼈대는 제 역할 이상을 해내며 하나의 이야기를 완성한다.

콘셉트에서 흡입력 있는 전제로

인터뷰에서 콜린스는 텔레비전에서 리얼리티 쇼를 보던 중 최초의 아이디어를 생각해 냈다고 인정했다. 하지만 아이디어는 아직 이야기가 아니었다. 그녀의 아이디어는 이야기로 만들어지기 전에 콘셉트가 되어야 했다.

콘셉트는 다음과 같다. "미래의 디스토피아 사회에서 잔인한 엘리트 지배계층이 그들에게 맞서 혁명을 일으켰던 구역을 통제하고 보복하기 위해 젊은이들을 차출해 죽음의 게임을 벌이는 장면을 텔레비전으로 중계한다면 어떨까?"

물론 이 이상의 콘셉트가 있었겠지만, 여기서 중요한 점은 다음과 같다. 최초의 아이디어와 이러한 아이디어로 만들어진 최초의 콘셉트는 이야기의 층위와 뉘앙스를 만드는 데 도움을 준다.

전제는 다음과 같다. "죽을 것이 분명한 죽음의 게임에 차출된 여동생을 대신하여 소녀가 자원한다. 같은 구역에서 파트너로 차출된 소년은 안면이 있는 사이다. 게임이 임박해 오자 그는 그녀에게 하나의 전략을 제시한다. 그녀가 관객과 스폰서들 앞에서 호감을 얻을 수 있다면……."

아이디어에서 콘셉트로…… 콘셉트에서 다층적인 콘셉트로…… 그리고 이러한 콘셉트들을 하나로 통합할 수 있는 컨텍스트에서 도출된 흡입력 있는 전제로…….

작가는 언제나 이러한 과정이 제대로 이루어지고 있는지를 확인해야 한다.

〈헝거 게임〉의 구조 – 혹은 베스트셀러 소설들의 구조 – 를 파악하라. 배울 점이 많으니까. 이러한 구조가 어떻게 작동하고 있는지를 파악하라. 그리고 각각의 목적, 4개의 파트, 이야기의 주요지점들을 설명하는 장면들, 장면들의 흐름이 어떤 원칙에 따라 배열되어 있는지를 파악하라.

그런데 우리는 〈헝거 게임〉에서 콘셉트의 어떤 점을 배울 수 있을까?

〈헝거 게임〉의 콘셉트는 거대할 뿐만 아니라 강렬하다. 대부분의 베스트셀러들은 이러한 콘셉트를 갖추고 있다(존 어빙이나 조너선 프랜즌처럼 순수문학을 하는 경우는 제외다). 그런데 도대체 무엇이 이러한 콘셉트를 위대한 이야기를 위한 플랫폼이 되게 하는가? 〈헝거 게임〉을 분석하면서 바로 이 점을 배워야 한다.

콘셉트는 엔진과 같다. 하지만 바퀴, 트랜스미션, 이착륙장치, 좌석, 조종간, 그리고 페달이 없다면 비행기는 이륙하지 않을 것이다. 그저 제자리에 선 채로 독한 연기만 내뿜으며 시끄럽게 할 것이다. 이때 엔진은 연기에 휩싸인 채 쓸모없는 존재로 간주되기 쉽다.

하지만 엔진이 없다면 비행기는 날아갈 수 없다.

수잔 콜린스는 처음부터 콘셉트를 갖고 있었는가?

우리로서는 알 수 없다. 하지만 독자들이 어째서 〈헝거 게임〉에 빠져들었는지는 말할 수 있다.

당신은 캣니스와 게임을 시작한다. 당신은 경기장에 머무른다. 호흡이 가빠온다. 당신은 계속해서 페이지를 넘긴다. 관심을 갖게 되었기 때문이다. 이는 당신이 이야기의 주제에 빠져들었으며, 그들의 사랑 이야

스토리를 만드는 물리학

기에 빠져들었기 때문이다.

수잔 콜린스가 어떻게 시작했는지는 중요하지 않다. 이야기는 대개 3가지 요소 - 콘셉트, 인물, 혹은 주제 - 중 하나로 시작된다. '실화에 바탕한 이야기'는 대개 구조나 연쇄적인 사건들로 시작된다.

하지만 무엇보다도 중요한 점은 이러한 요소들이 전부 제자리에 놓이지 않는다면, 이야기는 위대해질 수도, 효과적일 수도 없다는 사실이다. 어디서부터 이야기를 발전시키기 시작하는지는 중요하지 않다. 결국 당신은 6가지 핵심요소를 파고들어야 한다.

그 후에야 당신은 이야기를 위대하게 만들 수 있는 무언가를 더 필요로 하게 된다. 이에 대해 (콜린스가 어떻게 했는지를) 좀 더 자세히 알아보자.

수잔 콜린스가 어느 날 저녁 텔레비전에서 전쟁 다큐멘터리와 리얼리티 쇼 채널을 돌려가며 보던 중 버튼이 눌렸다고 치자.

그리고 〈헝거 게임〉의 콘셉트가 이렇게 생겨났다. 최초의 아이디어는 아니었다. 최초의 아이디어가 무엇이었는지는 모르지만, 아무튼 그녀는 어떤 아이디어로 콘셉트를 이끌어냈다.

하지만 "이러면 어떨까?"라고 묻는 단계는 인물이나 주제를 필요로 하지 않았는지도 모른다. 수잔 콜린스는 이 단계에 무언가를 부가하고, 포장하고, 콘셉트로 만들어야 했다. 이 모든 과정은 스토리텔링의 기술이다. 그녀는 처음부터 콘셉트나 인물, 주제 등의 요소들을 생각하지 않았는지도 모른다. 그녀는 이야기를 발전시키면서 이러한 요소들을 만들고 이리저리 뒤섞어보았던 것이다.

이야기를 계획하면서, 혹은 초고를 쓰기 시작하면서 위와 같은 발전

과정에 진입할 수 있다. 두 방식 모두 가능한 이유는 모두 이야기를 작동하게 하는 물리학의 힘에 의존하고 있기 때문이다.

하지만 쉬운 길을 택하거나 어려운 길을 건너뛰겠다고 생각하지 마라. 특히 당신이 초고를 쓰고 있다면. 왜냐하면 첫째, 이야기를 계획하지 않고 초고부터 작성하면 이야기 요소들이 제대로 작동하고 있는지를 파악하기가 어렵고, 둘째, 한 400페이지쯤 썼는데 단점만 보이는 초고를 처음부터 다시 쓰기도 어렵기 때문이다. 그렇다고 그냥 내버려둘 수도 없고.

어떤 요소를 먼저 선택하든(보통 콘셉트로 먼저 시작한다), 당신이 고른 요소를 이리저리 돌려보고, 찔러보고, 양분을 주어 더 나은 것으로 성장시켜라. 인물과 주제가 완벽하게 논리적이고 흡입력 있는 방식으로 녹아들 수 있도록. 이러한 과정에서 이야기 물리학이 힘을 발휘하게 하라. 항상 이야기 요소를 더 낫게, 더 훌륭하게 만들어 줄 방법을 찾아보라.

출간되지 못한 원고들에서 흔히 볼 수 있는 실수는 다른 요소들은 거의 전적으로 배제한 채 콘셉트나 주제만을 쓸 때 발생한다. 플롯도 없이. 〈헝거 게임〉이 인물을 중심적으로 다루면서도 어떻게 극적 긴장감(플롯)을 고양시키고 인물에게 할 일을 주는지, 그리고 어떻게 그들에게서 변화를 이끌어내며 도전(전환점)하게 하는지를 파악하라. 극적 긴장감이 높아질수록, 독자들은 더 많이 공감하고 더 많이 대리적으로 체험할 수 있다.

수잔 콜린스는 〈헝거 게임〉을 이러한 콘셉트로 시작하지만, 이야기는 점차 사랑 이야기를 중심으로 돌아가게 된다. 그러면서 전체적으로 극적 긴장감도 높아진다. 거대한 위험요소가 덧붙여졌기 때문이다. 외적 플롯은 게임이 펼쳐지는 경기장 안에서 전개된다. 그리고 이러한 플롯 내부에는 사랑 이야기가 자리하고 있다.

1차 플롯포인트는 사실상 사랑 이야기에 의해 나타난다. 이를 '플롯 A'라 부르자. 원한다면 '플롯 B'로 불러도 좋다(뭐라고 부르든지 그건 중요하지 않다. 당신이 이를 어떻게 이해하고 사용하는지가 중요하다). 하지만 외적 플롯(B)이든 사랑 이야기와 관련된 내적 플롯(A)이든 이들 둘은 하나로 결합되면서 시너지 효과를 발생시킨다.

사랑 이야기가 없었다면, 이야기 속 게임은 그저 우리가 텔레비전에서 흔히 볼 수 있는 리얼리티 쇼의 에피소드 하나에 불과했을 것이다. 한편 게임이 없었다면, 사랑 이야기는 그저 평범한 월화드라마에 불과했을 것이다.

사악한 게임관리자들과 그들이 봉사하는 디스토피아 사회가 없었다면, 중요하지 않았다면, 독자는 주인공을 응원할 수도, 적대자를 증오할 수도 없었을 것이다. 그들은 이야기의 주제를 강력하게 만들어 독자가 어떤 감정을 느낄 수 있게 한다(이 경우에 독자는 분노를 느낀다). 이 점이야말로 이 이야기에서 가장 강력하게 독자를 끌어당기는 요소일 것이다.

이야기 물리학과 독자의 참여

이야기 물리학은 독자의 반응과 참여를 끌어내는 서사적 힘이다. 우리는 〈헝거 게임〉에서 다음과 같은 교훈을 배워야 한다. 당신은 6가지 핵심요소와 마찬가지로 이야기 물리학의 6가지 본질도 파고들어야 한다.

당신의 콘셉트가 아무리 강력하더라도 이야기 물리학의 본질이 전부 제대로 작동하지 않는다면, 이야기는 결코 높은 단계에 도달하지 못할 것이다. 또한 강력한 인물, 강력한 주제, 그리고 강력한 콘셉트와 이를 떠받치는 견고한 구조가 없을 때도 마찬가지다.

당신은 강력한 이야기 물리학을 사용해야 한다. 그러려면 6가지 핵심요소가 필요하다. 역설적으로 들리겠지만 당신은 이러한 고리 속으로 들어가야 한다.

게임이 없다면 〈헝거 게임〉의 사랑 이야기는 극적 긴장감이 떨어질 것이며 (독자들의 공감을 이끌어낼 때 필요한) 위험요소도 없다. 뿐만 아니라, 극적 긴장감도 없을 것이다.

사랑 이야기가 없다면 독자는 인물에게 덜 몰입할 것이고, 대리적 체험도 별로 할 수 없을 것이다. 사랑 이야기가 없는 〈헝거 게임〉은 사실상 비디오 게임처럼 보였을지도 모른다.

디스토피아적 사회가 없었다면 독자들의 공감도가 낮아졌을 것이다.

〈헝거 게임〉이 너무나 솜씨 좋게 빚어낸 이러한 요소들을 이해했다면, 이야기를 발전시키기 위한 목록을 다시 한 번 확인하라. 당신은 6가지 핵심요소를 어떻게 다루고 있는가? 이야기 요소들은 이야기 물리학의 본질을 최적화하고 있는가?

계획을 세우면서, 혹은 초고를 써나가면서 당신의 이야기를 만들어갈 수 있다. 그리고 이야기를 효율적으로 만들 수 있는 방법은 결코 수수께끼가 아니다. 이야기를 가까이서 들여다보라. 그리고 이야기를 작동하게 하는 내부의 역학을 이해하라. 〈헝거 게임〉은 그런 당신에게 교과서가 되어줄 것이다.

파트 1 설정 장면에서의 물리학

이야기에서 가장 중요한 지점은 1차 플롯포인트라고 했던 말을 기억하고 있을 것이다. 이제 〈헝거 게임〉의 1차 플롯포인트가 어디인지를 알고 있는 우리는 이에 선행하는 장면들 – 파트 1의 설정 장면들 – 이 맡은 바 역할을 어떻게 해내고 있는지 알아볼 것이다.

파트 1의 장면이 지닌 컨텍스트적 목표는 다음의 두 가지를 설정하는 것이다. 1) 다가오는 1차 플롯포인트……. 2) 그 후의 이야기. 1차 플롯포인트는 그 후의 이야기를 위한 기폭제이자 방아쇠이다. 따라서 1차 플롯포인트는 이야기에서 가장 중요한 순간이라 할 수 있다.

한 가지 놀라운 사실을 알려주도록 하겠다. 파트 1의 설정 장면들을 얼마나 훌륭하게 만들어 내느냐에 따라 당신의 이야기가 얼마나 성공할 수 있을지가 대체적으로 결정된다. 정착해서는 안 될 지점에 정착하지 마라. 무엇보다도 컨텍스트의 중요성을 항상 인지하고 써라.

이러한 설정 장면(대개 10개에서 18개다)은 다음의 목표를 필수적으로 성취해야 한다.

- 독자들을 낚아라(흡입력 있는 전제).
- 이야기의 콘셉트를 소개하라(흡입력 있는 전제와 극적 긴장감).
- 설정, 시간, 장소, 그리고 (필요하다면) 약간의 과거사(대리 체험)를 보여줘라.
- 주요 인물(이야기의 주인공)을 소개하라(주인공에게 공감).

- 우리에게 주인공이 가게 될 길을 보여주기 전에 주인공의 상황, 목표, 세계관, 정서적인 상태를 보여줘라(주인공에게 공감).
- 위험요소를 설정하여 주인공에게 관심을 갖게 하라(주인공에게 공감).
- 필요하다면 적대자가 출현할지도 모른다는 낌새를 드리워라(극적 긴장감).

이 모든 것들은 1차 플롯포인트를 이끌어낸다.

이 모든 것들이 제자리에 있다면, 당신은 엔진을 가동시키고 1차 플롯포인트와 함께하는 여행을 떠날 수 있다. 1차 플롯포인트도 위와 동일한 목표를 공유한다(한편 독자들이 어떤 감정을 느끼게 한다는 목표도 포함한다). 이는 당신의 소설이 작동시켜야 할 이야기 물리학의 기초다. 이 모든 것들은 여기, 파트 1에서 시작된다.

정확한 설정 없이 너무 빠르게 1차 플롯포인트를 도입한다면, 독자는 주인공에게 덜 공감하게 된다(이야기가 성공하려면 공감이 필수적이다). 또한 위의 목표들을 위험에 처하게 할 수 있다.

설정을 질질 끈다면 호흡이 늘어질 위험이 있다(특히 이 지점에서 호흡이 늘어져서는 안 된다).

〈헝거 게임〉의 파트 1을 알아보자

수잔 콜린스가 〈헝거 게임〉 3부작에서 사용하는 서사적 스타일과 흐름은 장면 구분을 까다롭게 만든다. 그녀는 내가 '강한 1인칭 시점'이라고 부르는 목소리를 사용한다. 강한 1인칭 시점이란 캣니스가 과거의 일을 회상할 때 의식적인 사고의 흐름이 덩어리처럼 표현된다는 것을 의미한다. 이런 표현방식이 나타나면 당신은 이를 독립적인 장면을 갖는 회상 flashback으로 간주할 수 있다……. 아닐 수도 있고. 보통 '장면'이란 시간이나 장소, 혹은 둘 다의 변화를 의미하지만……, 〈헝거 게임〉에서 이러한 변화에 의한 구분은 매우 힘들다.

아무튼 나는 파트 1을 17개의 장면으로 구분했다. 이 장면들 모두는 분명한 컨텍스트에 따라 다가오는 1차 플롯포인트와 그 후의 이야기를 설정하는 데 사용된다. 비트 분석표를 다시 한 번 살펴보고 이러한 컨텍스트가 파트 1의 장면들에서 전부 작동하고 있는지를 알아보라. 파트 1의 장면들은 하나같이 캣니스가 게임에서 어떻게 생존할 수 있을지를 계획하는 1차 플롯포인트로 향한다.

'뺨의 상처에 키스하는 순간'이 1차 플롯포인트인 까닭은, 이 순간이 그들 앞에 놓인 여정을 정의하기 때문이다. 그리고 이 순간은 이미 우리 앞에 제시된 위험요소들과 맥락을 같이한다. 캣니스는 1차 플롯포인트에서 이야기의 핵심적인 뼈대를 도입하는 전환점을 만들고 있다.

연쇄적인 장면들의 힘

이 부분을 쓰기 위해 〈헝거 게임〉 DVD를 다시 한 번 봤다. 나는 이 이야기를 미디어를 통해 처음 접했다……. 그 다음에는 영화를 보았다……. 그 다음에는 다시 영화를 봤고, 소설을 읽었다……. 그 다음에는 소설을 천천히 분석적으로 읽기 시작했다……. 그리고 다시 영화를 보았다. 이렇게 이 이야기에 빠져들었던 모든 단계에서 나는 무언가 새로운 것을 찾아냈고, 무언가 새로운 것을 배울 수 있었다.

내가 이 이야기를 경험했던 방식은, 어떤 이야기를 생각해 내고, 이야기에 충분히 친숙해지고, 마치 이야기를 쓰기 시작할 때 경험하는 방식과 동일했다. 이야기에 빠져들기 전까지는, 무언가를 결정할 수 있도록 완벽하게 이해하기 전까지는, 이야기를 충분히 알지 못한다. 무작정 쓰는 사람은 이런 위험에 처하기 쉽다. 이야기가 변화하는 지점들을 대충 그때그때 봐가며 만들기 때문이고, 또 다른 초고를 쓰면서 다시 이야기에 들어가기 전까지는 이야기가 어떻게 변화하고 있는지를 충분히 파악할 수 없기 때문이다. 무작정 쓰는 길에는 이러한 걸림돌이 있다. 이야기에 내재된 잠재력을 전부 찾아내어 이야기를 발전시키기 전에 정착하기 쉽다는 것이다.

우리가 지닌 가장 강력한 서사적 도구 중 하나는 장면의 흐름sequence이다. 이러한 흐름 속에서 각각의 주요 행위들은 장면으로 구분될 수 있으며, 부드럽고 완만하게 다음 행위 혹은 장면을 이끌어낸다. 〈헝거 게임〉은 이러한 서사적 장치를 연구할 수 있는 최적의 교과서다.

〈헝거 게임〉에서의 추격 장면은 훌륭한 본보기다. 이 장면은 여러 개의 장면들이 모인 것인가? 혹은 연쇄적인 순간들로 이루어진 단독적인 장면인가? 나는 후자라고 생각한다. 이 장면에는 장면을 구분하는 기준인 시간이나 장소, 혹은 시점의 전환이 없다.

이러한 연쇄적인 순간들은 종종 장면을 구분하기 위해 시간과 장소를 변화시키지만, 연쇄 그 자체는 이러한 장면을 작은 이야기micro story로 연결시킨다.

예를 들어 보자. 캣니스가 나무에서 잠들고, 그녀를 추격하는 대표자들이 나무 밑에서 야영하고, 루가 그녀를 깨우고, 조용히 바로 위에 걸려 있는 벌집을 가리키고, 벌집을 잘라서 밑에 있는 대표자들을 향해 떨어뜨리라고 하고……, 캣니스가 가지를 자르기 시작하고, 그 와중에 벌에 쏘이고……, 벌집이 떨어지고, 대혼란이 빚어지고……, 나무에서 내려온 캣니스가 죽은 소녀의 활을 갖는다.

장면의 연쇄적인 흐름은 여기서 끝난다.

이는 모두 하나의 장면에 들어 있는가? 논란의 여지가 있을 수 있다. 하지만 가까이서 들여다보면, 이러한 연쇄적인 흐름이 마치 일렬로 연결된 장면들처럼 시작, 중간, 그리고 끝이 있는 작은 이야기처럼 전체 이야기를 앞으로 나아가게 하고 있다는 점을 볼 수 있을 것이다.

이야기의 중간포인트에 등장하는 이러한 연쇄적인 흐름은 캣니스가 파트 2의 반응하는 단계에서 파트 3의 공격하는 단계로 진입하게 한다는 구조적이고 설명적인 목표를 갖는다. 서사적으로 보면 이 흐름의 목표는 캣니스에게 활과 화살을 갖게 하여 도망자에서 전사로 거듭나게 하는 것이다.

장면이나 흐름의 목표가 무엇을 성취해야 하는지를 알고 있을 때, 그리고 이러한 목표가 구조적으로나 컨텍스트적으로나 서사적으로 적절할 때, 작가에게는 무언가 놀라운 일이 일어난다. 당신은 이야기를 움켜쥘 수 있다. 극적 긴장감과 호흡, 그리고 더욱 생생한 대리적 체험을 통해 공감이라는 이야기 물리학을 최적화할 수 있다.

말벌은 당신을 깜짝 놀라게 했는가? 적어도 나는 그랬다. 콜린스는 다른 수단을 통해서도 캣니스에게 죽은 소녀의 활과 화살을 쥐여줄 수 있었다(죽은 소녀는 그처럼 폭력적인 죽음을 맞는 데 합당하도록 의도적으로 잔인하게 묘사되었다). 하지만 콜린스는 벌집이라는 독특한 선택으로 해당 순간을 최적화했다.

장면과 연쇄적인 흐름에 목표를 부여한다면, 이야기 물리학은 최적화될 것이고, 우리의 이야기는 더 높은 단계에 도달할 수 있다. 하나의 장면에서든 여러 개의 장면에서든 연쇄적인 흐름이 어떻게 이어지고 있는지를 파악하라.

〈헝거 게임〉의 또 다른 흐름

연쇄적인 흐름의 장점 중 하나는 페이지를 채워준다는 것이다. 60개의 장면으로 구성된 소설에서 5개의 장면마다 6개의 연쇄적인 흐름을 부여한다면, 이는 이야기의 절반을 채울 수 있다. 60개의 장면을 전부 극적인 설정과 행위로 채우는 대신, 최적화된 방식으로 전체적인 이야기를 앞으로 나아가게 하는 6개의 작은 이야기로 절반을 채울 수 있는 것이다.

〈헝거 게임〉의 또 다른 연쇄적인 흐름을 살펴보자. 이러한 흐름이 이야기를 얼마나 점유하고 있는지를 보라. 추첨……, 기차 여행……, 훈련……, 게임의 시작……, 도망치는 캣니스……, 벌집이 등장하는 장면……, 벌에 쏘인 캣니스(피타가 그녀를 구해주는 지점)……, 루의 계획과 보급품 공격……, 동굴에서 치료받는 피타……, 사악한 개들에게서 도망치기……, 코뉴코피아에서의 마지막 결전……, 그리고 그후.

이러한 13개의 연쇄적인 흐름은 이야기에서 전체 장면의 절반을 차지하는 일종의 서사적 블록이다. 처음부터 이러한 블록을 생각해내어 적

스토리를 만드는 물리학

절한 목표를 부여하고 주요한 지점으로 활용할 수 있다면, 비트 분석표를 작성하는 개요 잡기 단계에서부터 전체 이야기를 남들에게 말해 줄 수 있다……, 원고를 쓰기도 전에. 무작정 초고부터 쓴다고 하더라도 이러한 흐름을 염두에 두어야 한다. 그래야 '최종' 원고를 쓰기 전까지 헤매는 일 없이 이야기 물리학으로 강화되고 구조적으로 최적화된 이야기에 가까워질 수 있다.

연쇄적인 흐름에 어떤 목표를 주입해야 할지, 이러한 흐름을 통해 독자에게 무엇을 전달해야 할지가 결정되면, 이러한 흐름은 장면으로 분해될 수 있다.

이처럼 목표가 분명한 흐름을 통해 컨텍스트를 강화하고 단단한 서사를 구축할 수 있다.

책에서 영화로

선수들의 발놀림에 대해 잔소리를 해야 할 때마다 코치는 타임아웃을 외친다. 게임에 접근하는 방식이나 사고방식에 대해 잔소리를 해야 할 때도. 고집 부리지 말라고 할 때도. 혹은 선수들이 게임에서 얼마나 재능을 발휘하고 있는지에 대해서 한 소리 해야 할 때도.

내가 그럴 차례다.

이제부터 〈헝거 게임〉 영화와 원작 소설 사이의 다른 점들을 짚어 보고자 한다. 수잔 콜린스 역시 각본에 참여했다고 한다(실제로 누가 최종 각본을 썼는지는 알 수 없다. 콜린스는 그저 일부에만 참여했을지도 모른다). 따라서 그녀도 각본에 참여했다고 가정하자. 어쩌면 칸느에서 요트를 타는 동안 각본에 서명만 했을지도 모르지만.

누군가는 소설에서 바꿀 점이 대체 무엇이냐고 물을지도 모른다. 좋은 질문이다.

나의 답변은 다음과 같다. 소설에서 잘 작동하는 것이 영화에서는 그렇지 않을 수도 있다. 이 대답이 거의 맞을 것이다. 소설가들과 각본가들은 다음의 교훈을 잊어서는 안 된다. 소설에서 잘 작동하는 것이 영화에서는 그렇지 않을지도 모른다는 점을 발판으로 삼아 더욱 좋은 글을 쓰도록 하자.

내가 이렇게 말하더라도 수잔 콜린스가 체면을 구기지는 않을 것이다. 영화는 단지 영화를 최적화시키기 위해 원작을 바꾼 것이 아니다. 이야기를 더 낫게 만들려는 의도도 있었다.

당신이 다음과 같이 외치는 소리가 들려오는 것 같다. '3천만 부나 팔린 소설을 어떻게 더 낫게 만들 수 있다는 말인가? 어째서 다들 좋아하는 이야기를 바꾸려고 하는가?'

왜냐하면, 더 낫게 바꿀 수 있기 때문이다.

소설가로서 우리는 단독으로 작업한다.

우리는 적어도 우리의 '최종' 원고에서 무엇을 남겨야 할지, 무엇을 버려야 할지, 무엇을 바꾸어야 할지를 단독으로 결정할 수 있다. 에디터들이 이런저런 조언을 해주기는 하지만, 그들은 영화제작자들처럼 본격적으로 작품을 뜯어고칠 생각은 하지 않는다. 다시 말해서 작가는 자기가 내린 결정에 죽기도 하고 살기도 한다. 우리는 항상 우리가 스토리텔링에 관해 믿는 것에 따라 글을 쓴다.

수잔 콜린스는 이 이야기를 쓸 때 전혀 초보자가 아니었다. 영화제작자들이 뭘 바꾸었든 그녀의 선택은 눈부셨다. 그리고 그녀는 영화제작자들이 바꾸겠다고 결정한 내용들을 받아들였다. 그리고 그녀의 통장 잔액은 자릿수가 바뀌었을 것이다.

주목할 점은 특히 초보자나 책을 출간하지 못한 작가들은 이야기를 쓰는 과정에서 반드시 내려야만 하는 모든 선택들 각각을 최적화시키지 못할 때가 많다는 것이다. 우리는 어떤 선택에 매달리고, 어떤 선택은 잘 해내고, 어떤 선택은 완전히 망친다. 진짜 문제는 우리가 잘 모르거나, 무지하거나, 서두르거나, 첫 번째 아이디어에 정착하거나 하기 때문에 생겨난다. 그리고 우리의 이야기는 수렁에 빠진다.

늘 있는 일이다. 우리 모두에게. 어느 정도로는 수잔 콜린스에게도.

영화제작자들이 원작 소설을 약간이라도 수정한 이유는 무엇이었을까?

더 낫게 만들기 위해서다. 이야기 물리학을 강화시키기 위해서다. 극적 긴장감을 더욱 고조시키기 위해서다. 위험요소를 강화시키기 위해서다. 독자들의 공감을 높이고, 주제적 울림을 고조시키기 위해서다.

수잔 콜린스 역시 각본에 참여했다는 사실을 잊지 마라. 그녀는 각본가 명단에 이름을 올리는 동시에 수표도 받았다. 그녀는 이야기가 바뀐다는 사실을 충분히 알고 있었다.

책을 영화로 각색할 때 바뀌게 되는 모든 지점들은 모두 이야기 물리학, 이야기를 작동시키는 동력과 연관되어 있다……. 우리는 이 점에 주목해야 한다.

작가인 우리는 이런 관점에서 우리의 이야기를 살펴보아야 한다.

에디터에게 원고를 보내기 전에 이런 관점에서 다시 한 번 당신의 이야기를 검토하라.

〈헝거 게임〉은 1인칭 화자를 고수한다. 이는 작가의 선택이다. 우리는 주인공의 의식 너머에서 일어나는 일은 알 수 없고, 그래서 그녀의 동기와 게임을 조종하는 잔인한 사람들을 완전히 이해하는 데는 한계가 있다.

더 잘 이해할수록, 우리는 더 많은 감정들을 쏟아붓는다.

영화제작자들은 이 점을 잘 알고 있었고, 그래서 이야기를 바꾸었다.

소설에서는 캣니스의 시점을 통해서만 역사적인 내용들을 접할 수 있다. 우리는 스노우 대통령과 게임관리자를 직접 만나지 못한다. 경기장에 불길을 치솟게 하고 유전자조작 개들을 풀어 넣는 사람들을 직접 보지 못한다(한편 책에서 유전자조작 개들은 죽은 대표자들의 대리자였다. 하지만 영화에서 개들은 끔찍하고 무서운 존재로 묘사된다. 영화는 이야기를 환상의 영역으로 밀고 들어가는 새로운 물리학 – 이야기 물리학이 아니라 학교에서 배우는 물리학 – 의 법칙을 만들어 낸다).

제한된 1인칭 시점은 위에서 언급된 이야기 물리학의 거의 모든 요소들을 제한한다. 따라서 영화제작자들은 책에는 존재하지 않는 몇 개의 장면을 추가했다. 여기에는 대통령이 게임관리자를 제거하는 고유한 극적 긴장감을 지닌 서브플롯이 포함되어 있다.

영화를 봤다면 이 장면이 어떻게 처리되었는지를 알 수 있을 것이다. 하지만 3부작 중 1권만 봤다면 알 수가 없다. 이러한 역학이나 관계는 2권까지 드러나지 않는다. 2권에서도 영화처럼 직접적으로 제시되지는 않는다.

책과 영화의 다른 점은 또 있다.

영화 속에서 게일은 캣니스의 마음을 가득 채우고 있지만, 그녀가 게임에 참여하고 난 뒤에는 거의 등장하지 않는다(소설에서는 회상 장면을 통해 게일을 자주 불러낸다). 그리고 또 하나 영화에 부가된 중요한 장면은 루가 죽었을 때 애도하는 캣니스를 본 11구역의 사람들이 폭동을 일으키는 장면이다(이는 위험요소, 주제와 연결된다).

근사한 옷차림으로 아이패드 앞에 앉아 비싼 생수와 커피를 홀짝이는 사람들로 가득한 방을 생각해 보라. 당신의 책을 바탕으로 어떤 영화를 찍을지 논의하는 각본가, 프로듀서, 그리고 배우들로 이루어진 한 팀이다. 이런 일이 당신에게 일어날 때, 당신의 책을 바탕으로 한 영화를 제작할 때, 당신은 그 방에 있을 수도 있고, 없을 수도 있다⋯⋯. 아마도 없을 가능성이 크지만.

그들은 당신의 이야기를 사랑해야 한다. 당연한 일이다. 그들은 당신의 이야기를 사랑하고, 더 낫게 만들어야 한다.

그들은 "이러면 어떨까?"라고 질문하며 여러 선택지들을 가늠하고, 아이디어들을 솎아낸다. 그들에게 당신의 결정은 영향력을 미치지 못한다. 그들이 당신의 이야기가 지닌 기본적인 콘셉트를 사랑하더라도. 당신이 수잔 콜린스더라도.

그러니 처음부터 더 나은 이야기를 써라.

맹렬하게 당신의 이야기를 써라

당신이 내린 결정이, 당신이 만들어 낸 순간이 절대적으로 최상이라 할 수 있는지를 스스로 늘 물어보라. 이야기 물리학이 최대로 작동하고 있는지도. 당신의 이야기가 매 순간마다, 전체 이야기에서나 장면 하나하나에서, 설명을 전달하는 동시에 극적 긴장감을 최적화하고 있는지도.

당신이 만들어 낸 장면과 연쇄적인 흐름들에는 제각기 고유한 긴장감과 위험요소가 있는가? 흡입력이 있는가? 당신의 독자들은 그 안에 빠져들 수 있는가?

시점을 최대로 활용하고 있는가? 겉으로는 보이지 않는 곳에서 일어나는 사건은 이야기에 도움이 되는가? 당신은 인물에게 주어진 성격을 벗어나지 않을 정도로, 그러나 인물이 평면적으로 보이지 않도록, 인물의 배경과 앞으로 다가올 일들을 만들고 있는가?

독자는 당신의 이야기에 관심을 가질 것인가? 주어진 순간에서 당신이 뽑아낼 수 있는 감정은 어디까지인가? 더 나은 이야기를 쓸 수 있는가? 당신은 이야기를 써 나가면서 끝없이 이러한 질문들을 던져 보아야 한다.

〈헝거 게임〉과 '위험'을 감수하기

이야기의 구조와 목표 지향적인 요소, 그리고 시장에서 통용되는 미적 기준이라는 컨텍스트로 소설을 써야 한다고 주장하는 사람인 나는 가끔 이야기를 쓸 때 '위험'을 감수해야 한다고 맞서는 사람들과 마주칠 때가 있다.

이는 '위험'을 어떻게 정의하느냐에 달린 문제다.

기본적인 원칙과 법칙을 깨는 건 위험한가……? 자살 아닌가……?

다리에서 뛰어내리는 건 위험한가……? 다들 자살이라고 생각하지 않겠는가……?

이 질문은 우리의 이야기에서 위험을 감수한다는 것이 무엇인지를 정확히 설명할 수 있다.

유혹당하지도, 바보가 되지도 말라

위험은 좋다. 자살은 비극일 뿐더러 멍청한 짓이다. 순진해서 죽는 건 더 나쁘다.

나를 포함해서 위험을 감수하라고 용기를 북돋우는 사람들은 이야기 물리학과 구조, 혹은 창의력을 배제하고 이야기를 쓰라고 말하는 것이 아니다. 해볼 테면 해보라. 갈등이 존재하지 않는 이야기를 써라. 호흡은 느려터지고 흡입력도 재미도 응원할 인물도 없는 이야기를 써라……. 그리고 어떻게 되는지 한번 보라.

"당신의 원고는 결코 빛을 보지 못할 것이다."

위험을 감수하라는 말의 의미는 용기와 확고한 시야를 가지라는 것이다.

일반적인 믿음, 사회적 통념, 그리고 전통적인 서사기법에 가끔씩 반항하는 것은 좋다. 작가는 확고하고 도전적인 주제를 내밀어 독자를 두렵게 하고, 방해하고, 움켜쥐고, 즐겁게 한다.

〈헝거 게임〉이 탁월한 본보기다.

나는 〈헝거 게임〉이 아이들에게 폭력을 가르치는 외설적인 책이라고 분노하며 작가라면 더 높은 기준을 지닌 소설을 책임감 있게 써야 한다고 외치는 몇몇 사람들을 보아 왔다. 그들은 〈헝거 게임〉을 증오하면서 자부심을 갖는 것처럼 보인다. 자신들의 세계관이 도전받고 있기 때문에 그들은 수잔 콜린스가 좋은 작가가 아니라고 믿는다(하지만 콜린스의 확고한 시야와 날카로운 글쓰기 감각이 어떤 결과를 낳았는지를 보면 그들이 틀렸다는 것을 알 수 있다. 한 시대의 상징적인 베스트셀러는 못난 작가들과 비평가들을 솎아내는 법이다).

그렇다면 그들은 어떤 기준에서 이런 말을 하는 것일까?

당신의 기준? 사회의 기준? 우리가 일반적인 통념에 저항할 때, 현실의 대안을 찾을 때, 그리고 그 결과를 보여줄 때, 그리고 이 모든 과정을 위와 같은 사람들을 충분히 열받게 만들 것이라는 사실을 알면서도 해낼 때, 우리는 위험을 감수한다고 말할 수 있다.

아이가 다른 아이를 죽이는 소설을 쓴 수잔 콜린스는 특별한 위험을 감수했다. 댄 브라운 역시 가톨릭에 대한 전통적인 관점에 도전하는 유사한 위험을 〈다빈치 코드〉에서 감수했다. 이러한 책들에 대해 투덜거리는 사람들은 책을 잘못 읽은 것이다. 그들은 다른 수백만 명의 독자들이 얻은 것을 얻지 못했다.

백번 양보하더라도 수잔 콜린스가 상업적으로 어마어마하게 성공했다는 것만은 분명하다. 그녀의 책을 싫어하는 사람들이 아무리 많더라도, 이는 수잔 콜린스가 근사한 전망과 헬리콥터 이착륙장을 갖춘 4만 제곱미터짜리 저택에서 미소를 짓게 할 뿐이다.

한편 〈헝거 게임〉은 이야기 물리학과 관련된 측면에서는 전혀 위험을 감수하지 않았다는 점에 주목하라. 사실 이 소설은 이야기 물리학을 전혀 벗어나지 않았다.

한 번 생각해 보라. 지금까지 당신은 '위험을 감수하라'는 주문을 잘못된 의미로 받아들이지는 않았는가? 당신은 소설이라는 다리에서 뛰어내리고픈 유혹을 느끼고 있는가? 혹은 적절한 주제를 이끌어낼 확고한 아이디어를 갖추고 원칙을 정확히 지키며 이야기를 쓸 생각을 하고 있는가?

후자이기를 바란다.

당신이 감수하게 될 모든 위험은 당신을 살릴 것이고, 성공으로 이끌어줄 기폭제가 될 것이다. 확고한 시야를 갖고 용기 있게 글을 쓸 수 있기를. 당신에게는 이야기의 목숨을 구해줄 낙하산이 있다. 6개의 핵심 요소라 불리는 이 낙하산은 당신을 목표지점에 안전하게 착륙시켜 줄 것이다……. 그리고 이 낙하산에는 이야기 물리학이라는 글자가 선명하게 새겨져 있다…….

당신이 안전하게 착지하기를, 그리고 당신의 이야기가…… 근사하기를.

찾아보기

스토리를 만드는 물리학

스토리를 만드는 물리학

인   쇄 | 2015년 7월 7일
발   행 | 2015년 7월 14일

지 은 이 | 래리 브룩스
옮 긴 이 | 한유주

발 행 인 | 채희만
출판기획 | 안성일
영   업 | 김우연
관   리 | 최은정
발 행 처 | INFINITYBOOKS

주   소 | 경기도 고양시 일산동구 하늘마을로 158 대방트리플라온 C동 209호
대표전화 | 02-302-8441 팩스 | 02-6085-0777
Homepage | www.infinitybooks.co.kr
E - mail | helloworld@infinitybooks.co.kr

I S B N | 979-11-85578-10-1
등록번호 | 제25100-2013-152호

* 이 책의 국립중앙도서관 출판예정도서목록(CIP)은 서지정보유통지원시스템
  홈페이지(http://www.nl.go.kr/kolisnet)에서 이용하실 수 있습니다.
  (CIP제어번호: CIP2015017830)